鲁迅与20世纪中国研究丛书

鲁迅与20世纪中国
传媒发展

唐东堰　著

百花洲文艺出版社
BAIHUAZHOU LITERATURE AND ART PRESS

图书在版编目（CIP）数据

鲁迅与20世纪中国传媒发展/唐东堰著. — 南昌：
百花洲文艺出版社, 2018.3
（鲁迅与20世纪中国研究丛书）
ISBN 978-7-5500-2718-3

Ⅰ.①鲁… Ⅱ.①唐… Ⅲ.①鲁迅著作研究②传播媒介 –
研究 – 中国 – 20世纪 Ⅳ.①I210.97②G219.2

中国版本图书馆CIP数据核字（2018）第046112号

鲁迅与20世纪中国传媒发展

LUXUN YU 20 SHIJI ZHONGGUO CHUANMEI FAZHAN

唐东堰　著

出 版 人	姚雪雪
策　　划	毛军英
责任编辑	童子乐　杨　振
书籍设计	方　方
制　　作	何　丹
出版发行	百花洲文艺出版社
社　　址	南昌市红谷滩世贸路898号博能中心一期A座20楼
邮　　编	330038
经　　销	全国新华书店
印　　刷	江西华奥印务有限责任公司
开　　本	720mm×1000mm　1/16　印张　17.75
版　　次	2018年5月第1版第1次印刷
字　　数	270千字
书　　号	ISBN 978-7-5500-2718-3
定　　价	46.00元

赣版权登字　05-2018-110

邮购联系　0791-86895108
网　　址　http://www.bhzwy.com
图书若有印装错误，影响阅读，可向承印厂联系调换。

让鲁迅重新回到民族的现实生存中去

——"鲁迅与20世纪中国研究丛书"代序

谭桂林

　　鲁迅学在中国学界是一门显学，鲁迅与20世纪中国之关系的研究在国内外的中国现当代文学研究中，也都是一个持续热门的话题。成果汗牛充栋，意见纷纭杂陈，尤其是近20年来，国内外鲁迅研究趋势发生了一些重要的变化，归纳起来大致有三种现象比较明显。一是大众娱乐化现象。一些文化明星以鲁迅作商品，在各种大众传媒的平台上宣讲着各种似是而非的有关鲁迅的言论，消费鲁迅，利用鲁迅，其目的并不是宣传鲁迅，而是以鲁迅的牌号来包装自己，使自己的利益最大化；一些江郎才尽的作家则以开涮鲁迅甚至谩骂鲁迅来哗众取宠，迎合后现代文化思潮下社会公众对权威的消解狂欢；一些娱乐媒介甚至把鲁迅与朱安的婚姻、鲁迅兄弟的失和等私人生活事件加以种种的猜测、窥探和渲染，以此娱乐大众。二是价值相对化现象。国内思想文化界有一些学者利用重评20世纪文化论争的平台，或者抬高学术，贬抑启蒙，或者标举胡适，批判鲁迅；不少学者或文化人认为鲁迅的价值和意义在时空上是相对的，鲁迅的意义在于启蒙，在于对旧文化的批判和毁坏，这种批判和毁坏的力量在鲁迅的时代里是必须的，而当下的时代主题是建设，需要的是平和的理性精神，所以鲁迅是过时了的文化英雄，是功能退化乃至错位的文化符号。三是学术的边缘化现象。许多严肃的学者坚守在鲁迅研究领域，但是为了抗衡近20年来鲁迅研究中的浮躁状况，这些严肃的研究越来越学院化、边缘化、琐细化。研究的内容和研究成果的突出成就大多集中在研究史的总结、文本技术的解析、资料的整理考据，等等。这三种现象尽管对鲁迅研究的态度、对鲁迅精神的认知截然不同，但它们有一个倾向却是共同的，这就是从不同的方向把鲁迅这一民族精神的象征同当下民族的生存现实和文化建构疏离开来。正是针对鲁迅研究中的这三种现象，我们撰写了这一套丛书，目的就在于将鲁迅研究与20世纪中国社会的革命现实和民族命运重新联系起来。

我们认为，中国的20世纪是一个改革的世纪，政治制度的更迭变换是改革的外在形式，而整个世纪中有关改革的思想则总是围绕着若干基本问题而展开。鲁迅作为一个文学型的思想家与社会文化批评家，他与20世纪中国社会改革的关系当然是十分密切而深刻的。所以，本丛书以现代中国思想文化的发展为线索，提出了八个20世纪中国社会改革过程中的、鲁迅曾经深度介入的基本问题，从思想史的角度来清点、整理、发掘和重新解读鲁迅这一民族精神象征和文化符号与20世纪中国的联系。丛书不仅全面切实地梳理鲁迅研究界在这些基本问题上所取得的研究成果，深入地解读阐述鲁迅面对和思考这些基本问题时的思路、资源和观点，而且着重分析了鲁迅这一精神象征在20世纪中国历史中建构与形成的内在机制与外在因缘，深度阐释鲁迅这一文化符号在20世纪中国社会改革进程中的能指、所指和功能结构，突出一种从民族精神象征与文化符号的意义上对鲁迅与20世纪中国关系进行综合思考的问题意识和方法观念。我们希望通过这一思想史角度的采用和综合思考的方法观念，使本丛书既容纳又超越过去从文学史角度或者学术史角度进行鲁迅研究总结的局限性，在新世纪的鲁迅研究中，从理论上进一步深化思想、文化与现实融会贯通，多种学科交叉融合的鲁迅研究新思维。

在20世纪的中国，不少先进知识分子向西方寻求真理来解决中国的问题，结果形成了激进主义的文化思潮；也有不少刚正的知识分子固守民族的文化血脉，主张以儒家文化融汇新知来渐进改良，结果形成了保守主义的文化思潮。

我们认为，在"五四"一代中国的知识分子中间，也许只有鲁迅的思想真正超越了激进与保守的思维模式，根基的是本民族的经验和当下的个体生命感受。鲁迅的伟大就在于他用熔铸着民族本土经验和个体生命感受的思想为20世纪中国的社会改革与文化发展提供了一种无可取代的精神资源。改革开放初期，针对"左"倾思潮影响下鲁迅研究的机械政治化倾向，鲁迅研究界曾经发出鲁迅研究要"回到鲁迅那里去"的口号。现在30年时间已经过去，针对近年来鲁迅研究的学院化和娱乐化的倾向，我们认为，应该理直气壮地提出"让鲁迅重新回到民族的现实生存中去"的口号。所以，本丛书将通过对鲁迅思想的民族化和个体性特点的发掘与阐述，在民族精神象征和文化符号的基石上，重新建立起鲁迅与20世纪中国社会的密切联系，让鲁迅精神和鲁迅研究重新深度介入中国当下社会改革的民族生存现实中去。

基于这样的立场，在本丛书的写作中，我们强调了三个方面的方法理念。

一是突出问题意识。本丛书在研究思路上，以思想史为线索，以问题意识为切入口，来清点、整理、发掘和解读鲁迅这一象征和符号在中国民族复兴运动中的伟大意义、价值及其局限性。这种问题意识的突出，也许能对目前鲁迅研究界纯粹学术研究的学院传统有所突破。本丛书选择的八个问题经过精心选择，其中国民信仰的重建、政治文化的变迁、民族国家话语的建构等都是我国20世纪精神文化建设中举足轻重的问题，而鲁迅与中国的都市化进程，与20世纪中国的文学教育以及鲁迅在20世纪中外文化交流历史上的符号功能与象征意义等，则是本丛书提出的具有创新性的问题。譬如鲁迅与20世纪中外文化交流的子课题，我们的研究对象不仅是国外对鲁迅的学术性研究，也不仅是鲁迅对外国文学的译介活动，我们的重心是鲁迅在20世纪中国对外文化输出方面所起到的历史和现实作用及所达到的积极效果。其中包括收集整理和分析西方主流媒体的鲁迅报道、西方主流教育中的鲁迅课程开设情况以及西方主流大学中文系与文学系对鲁迅的学习介绍情况，尤其是要运用比较的方法来探讨西方主流教育鲁迅课程开设的特点，为国内鲁迅教育以及国外孔子学院的鲁迅推广提供参考。正是因为本丛书设计的重心不是单纯研究鲁迅在社会文化领域内诸多方面的成就和贡献，而是紧紧扣住20世纪中国社会文化发展的若干基本问题，着重研究鲁迅这一符号和象征在20世纪中国社会文化发展中所起到的作用、所具有的价值和意义，所以这一设计方向可能使本丛书的研究另辟蹊径，可以从鲁迅研究浩如烟海而且程度高深、体系庞大的已有成果中突围出来，建构起自己的原创性。

二是强调民族经验。我们认为，鲁迅作为20世纪中国伟大的文学家、思想家和社会文化批评家，他的伟大之处就在于他对中国现代社会问题的思考具有鲜明的独特性。他同无数现代先进知识分子一样，为了改变民族命运而积极介入中国社会问题的思考。而他与很多现代知识分子不一样的地方在于，他是在中国这块文化土壤里诞生出来的一个思想独行者，他从来就是立足在中国的土地上、立足在"当下"这一时间维度上，以自己对于中国民族生存现实的极其个性化的生命体验为基础，来考量、思索和辨析中国社会存在的问题。所以，鲁迅对于20世纪中国文化史的贡献乃是他提供了一种极其鲜明的、具有民族本土性和生命个体化的关于中国问题的思想。本丛书在设计上一个突出的特点就是在整个课题的论证过程中强调鲁迅思想的民族性，从民族本土经验与个体生命体验相熔铸的观点来阐释鲁迅思想在现代中国思想界不可取代的独特性。这一观念在鲁迅资源与20世纪中国社会改革之关系的研究中具有支撑性的创新意义，同时也能对于国内外近来比较流行的认为中国现代民族国家的历史是想象的历史，民族国家只是存在于知识分子的各种文字记叙中的学术观点给予理论上的回应。

三是解读批判精神。我们认为，鲁迅是20世纪中国伟大的文化巨人，而他的伟大性在于他是一个思想批判型的文化战士，他的特征是民众的立场、人本的理念、积极介入现实的公共情怀、独立思考的精神原则、不惮于做少数派的英雄气度以及信仰的纯粹意义。这种批判不是只问破坏与摧毁式的批判，而是康德的批判哲学中所倡导的在反思中求证、在扬弃中螺旋上升式的主体自由精神。社会建设需要鲁迅这样的具有纯粹信仰的批判型文化战士来承担社会文化批判的任务，来体现知识分子作为社会良知在社会文化发展中的中坚作用，使民族的发展、社会的建设始终保持一种人本的取向、清醒的精神和理性的态度。这一观点，我们认为对鲁迅资源在当代中国社会改革与文化建设的伟大价值的阐释方面，具有十分重要的意义。

在具体的研究方法上，本丛书的写作力图突出两个方面的特色。一是将历史述评与现实透视结合起来。这一研究方法包括两个层面的要求，第一是要求每一个子课题都必须有研究史梳理的论证环节，将研究历史的梳理评述与当下研究现状的透视分析结合起来；第二是要求每一个子课题都必须十分重视鲁迅生前与20世纪中国社会革命，与20世纪中国民族发展的命运的紧密关系的研究，也即重视鲁迅的生命史与中国现代革命史之间的紧密的关联，这是整个丛书研究的历史基础，没有这个基础，也就无法说清楚鲁迅的符号意义与精神象征在当代中国社会发展与民族文明建设上的资源价值所在。二是将社会调查与学理思辨结合：本丛书同时具有基础研究和应用研究这两方面的特质，是一种综合性的研究项目。因而，本丛书在研究方法上坚持学理思辨与社会调查相结合的论证途径。在具体研究中，尤其重视社会调查的环节，合理地设计调查内容，精确地统计与分析调查数据和资料，对鲁迅在公众心目中的形象定位、鲁迅资源在某个现实问题中的社会效应、鲁迅形象在国内外媒体传播中的实际状况、鲁迅资源在国内外文学教育中的功能呈现等等问题进行广泛的社会调查。由上海同济大学承担的国家社科基金特别委托项目"鲁迅社会影响调查报告"在这方面开启了一个先端，但这一项目目前成果侧重在学术与社会物质文化的层面，我们希望本丛书以社会文化问题为中心，将鲁迅的社会影响调查推进到国民精神与心灵现象的层面，从国内影响推进到国际影响的层面，实现在鲁迅社会影响研究方面的进一步补充与深化。

需要说明的是，本丛书是在国家社科基金重大项目"鲁迅与20世纪中国研究"结项成果的基础上编选出版的。2011年底，重大项目"鲁迅与20世纪中国研究"获得全国社科规划立项，这对我们既是一种巨大的鼓励，也是一份沉甸甸的责任。5年来，仰仗课题组各位同人的大力支持与辛勤劳作，这一重大项目取得了显著成就，各个子课题组成员总共发表出版阶段性研究成果120余项，其中著作6部，论文110余篇，论文集2部。不少论文发表在《中国社会科学》《文学评论》《鲁迅研究月刊》《中国现代文学研究丛刊》等国内重要的学术刊物上。最让我们难以忘怀的是课题组分别在2013年和2015年召开了"鲁迅与20世纪中国研究"国际学术研讨会和"从南京走向世界——鲁迅与20世纪中国研究青年学术论坛",这两次会议得到国内外鲁迅研究专家的热情支持,在鲁迅学界产生了热烈的反响。项目于2017年上半年顺利结项,作为项目的首席专家,我要特别感谢朱晓进、杨洪承、郑家建、汪卫东、何言宏、刘克敌、林敏洁、李玮等子课题的负责人,感谢参与此项目研究的各位作者,是你们的通力合作和智慧付出,才保证了此项目的圆满完成,也保证了本丛书的顺利出版。在2017年11月绍兴召开的中国鲁迅研究会年会上,新任会长孙郁在感言中说,研究鲁迅是自己一生的坚持。这句话,朴实而掷地有声,可以说代表了我们每个鲁迅爱好者的心声。能够坚持一生,不仅因为我们热爱鲁迅的作品,而且也是因为鲁迅研究是一个高水准的学术共同体。在这个共同体中,我们不仅能够始终仰望着一个伟岸的、给我们以指引和慰安的身影,而且能够经常性地与一些这个时代的优秀的、高境界的心灵进行对话。在这个共同体中,经常能够爆发出给人以思想震撼力的研究成果,这也是鲁迅研究一代代学人值得骄傲的事情。当然,这套丛书肯定存在许多缺点,我们不敢期待它能有多么杰出的成就,但如果能够为鲁迅研究这一学术共同体提供一点新的具有参考价值的观点与材料,为鲁迅这一民族精神象征重新回到民族现实生存中去起到一点促进的作用,于愿已足。

最后,要诚挚感谢国家出版基金对这套丛书的慷慨资助,感谢百花洲文艺出版社毛军英等领导和编辑们对此丛书出版给予的大力支持和付出的辛勤劳动。

目录

引　言

　　现代传媒是影响中国现代文学发生与发展的关键因素。在20世纪现代传媒的发展中，鲁迅的意义非常独特：一方面，作为中国新文化运动的主将和旗帜，鲁迅的编辑、出版活动和撰述实践始终与期刊、报纸、出版社、书店、书局等现代出版机构密切关联。编辑出版实践已经成为鲁迅文化实践的非常重要的方面。鲁迅在留学日本的青年时代就开始从事编辑出版工作，一直到他去世之前，还在为出版工作操劳。鲁迅先后创办过未名社、三闲书屋、诸夏怀霜社等七家出版机构，参加过十多种报刊的编辑工作，担任过《莽原》《语丝》《奔流》和《北新》等刊物的主编，担任过《新青年》和《文学》等刊物的编委，指导过《未名》《译文》和不少"左联"刊物的编辑工作，也曾热情支持过《越铎日报》《晨报副刊》等报刊的编辑出版，和为数众多的编辑工作者如赵家璧、邵飘萍、邹韬奋、斯诺和史沫特莱等人物有过接触与交往，是一位名副其实的编辑家和出版家。鲁迅为很多出版物撰写过序言、发刊词、编后记、出版说明和广告词等，亲自设计过不少书刊的封面。从一个相当独特的角度，在以其鲜明独特的"鲁迅精神"对现代传媒的深刻参与中，鲁迅深深地介入了20世纪中国现代性的历史进程，对20世纪中国现代传媒，特别是其起始阶段的发展，产生了功不可没的影响。另一方面，在鲁迅先生去世后，他的身影也从未离开现代媒体，其著作不断被发表、出版以及再版，根据其生平、作品改编或创作的舞台剧、影视剧、版画等也不断涌现，鲁迅精神远远超出了文学与文化本身而成为民族精神的伟大象征，成为现代中华民族的具有无与伦比的影响力的文化符号。这些精神象征与文化符号的建构与体现,很大程度上,是通过去世后的鲁迅(即"鲁迅")与20世纪中国现代传媒的深刻联系来完成的。

深入探究鲁迅与20世纪中国传媒的关系已经成为一个值得重视的新的学术趋向。这方面的研究也有不少,首先,在鲁迅的传媒实践和媒介思想方面就存在两个方面的研究:一是回忆性资料的收集、整理与研究,突出的如赵家璧《编辑生涯忆鲁迅》和《编辑忆旧》等等,这些关于鲁迅编辑出版工作的点滴往事,有的注重其编辑思想,有的注重其编辑方法,具有重要的史料价值;二是从专业角度研究鲁迅报刊编辑实践,这方面的代表作有:①《鲁迅主编及参与或指导编辑的杂志》(山东师范学院中文系现代文学教研组,1976年),全面整理了鲁迅参与过的主要刊物,显示出鲁迅所参与编辑的杂志的基本特征;②《鲁迅出版系年(1906—1936)》(秦川编)系统辑录了鲁迅从1906年在日本弃医从文筹办《新生》杂志到1936年逝世前的编辑出版活动及其思想的史料长编,是探究鲁迅编辑出版实践的重要资料;③《鲁迅与编辑》(张永江著)将鲁迅从旅日到"五四"期间的编辑实践和思想,从培养新作家、编辑新文学刊物以及编辑思想等角度进行了详细的论述,是一部论述鲁迅编辑工作的专著;④《鲁迅与中国报刊》(王吉鹏主编)全面系统地梳理了鲁迅与多种报刊的复杂关系,不仅揭示了鲁迅对媒体的介入对于中国报刊的意义,还揭示了现代报刊之于鲁迅的重要意义,提供了研究鲁迅的新的视野。另外,相关的单篇论文也有不少,如谢清风的《鲁迅与编辑道德》《鲁迅对现代书籍插图的贡献》、吴泽顺的《鲁迅的编辑思想及其当代意义》、管益农的《鲁迅是怎样办期刊的》、崔晓旭的《严谨 精细 全面——谈鲁迅的编辑作风》、郭志东的《鲁迅在出版活动中的市场意识探析》、范军的《鲁迅先生的书刊广告艺术》、林荣松的《服务意识与鲁迅的编辑出版实践》和林立华的《试论鲁迅的编辑出版思想》等等,仅从题名上,我们就能看出这些论文大多都只有编辑出版学的意义,亟待走向进一步的深入。

在对鲁迅传媒实践和传媒思想的研究中,有三项成果值得注意:一是杨晶和戈双剑合著的《鲁迅:生存与表意的策略》(广东教育出版社2012年版),已经开始突破上述局限,在开阔的历史视野和复杂的社会文化语境中来研究鲁迅的媒介思想与媒介实践，对于西方理论如法国社会学家布迪厄的"场域理论"等的恰当应用，不仅非常有效地打开了我们的学术视野，也使他们的研究具有了很强的学术深度；二是杨里昂和彭国梁主编的《鲁迅出版文选》（岳麓书社2010年版），是鲁迅编辑出版方面相关研究的第一本专书，还附有较为详尽的《鲁迅编辑出版简谱》，为我们的有关研究提供了很好的基础工作；三是张红军的博士毕业论文《鲁迅文学经典与现代传媒的关系》，是研究鲁迅文学创作与现代传媒关系的第一篇博士论文。该论文分别探讨"现代传媒与鲁迅语言、文体选择""现代传媒对鲁迅创作过程的影响""现代传媒对鲁迅的文艺思想的影响"等问题，力图完整地揭示现代传媒对鲁迅文学创作与文艺思想的深层次影响，然而由于作者对鲁迅作品不熟悉，在具体论证过程中常常限定在《阿Q正传》等少数几个实例上，论证有点吃力，分析也不够深入。另外该论著主要是探讨现代报刊媒介对鲁迅写作风格的影响，视角也较为单一，还未能揭示20世纪中国传媒与鲁迅之间的丰富关联。

20世纪的中国传媒对作为一种精神象征与文化符号的鲁迅资源的发掘与利用的研究，主要受到西方形象学理论与文化研究方法的启发。近些年来，相关研究主要集中在四个方面：第一，对鲁迅的意识形态形象的归纳总结，如罗岗《鲁迅形象的当代塑造》（《杭州师范学院学报》2005年第1期）、王锋《延安时期毛泽东对鲁迅形象的建构》（《江苏大学学报》2008年第1期）、杨海燕《脸谱化改写："十七年"鲁迅接受的话语策略》（《齐鲁学刊》2011年第2期）、林宁《论"文革"对鲁迅的研究》（《江苏社会科学》2011年第2期）等等；第二，对鲁迅传记形象和文学史形象的整体把握，如陈艳烽《不同时代传记对鲁迅形象的架构与改写》（《绍兴文理学院学报》2008年第2期）、李丹《精神传记的视角与境界》（《理论与创作》2004年第3期）、陈力君《知识谱系的架构与改造——现代文学史中的鲁迅形象》（《鲁迅研究月刊》2007年第1期）、杨曾宪《质疑"国民性神话"理论——兼评刘禾对鲁迅形象的扭曲》（《吉首大学学报》2002年第1期）等等；第三，对网络形象整理和描述，其代表作有葛涛《网络鲁迅》（人民文学出版社2001年版）、郑欣淼等《多维视野中的鲁迅研究》（河南文艺出版社2007年版）等等；第四，鲁迅作品的影视戏剧和美术作品的改编，如《被意识形态话语"改编"的鲁迅——追溯新中国鲁迅作品影视戏剧改编六十年》（《鲁迅研究月刊》2010年第11期）、余纪《论鲁迅小说的电影改编》（《电影艺术》2000年第6期）、饭冢容的《中国现当代话剧舞台上的鲁迅作品》（《文化艺术研究》2009年第5期）等等。上述论文、著作提出了不少具有创新性的见解。其中尤以葛涛的《鲁迅文化史》（东方出版社2007年版）和《网络鲁迅》（人民文学出版社2001年版）最为全面和最系统，既为我们提供了很多丰富的资料，也将鲁迅的形象史作为一种文化史作了系统的描述，可惜其学术性尚待深化。

由上可知，学术界关于鲁迅与中国现代传媒关系的研究成果已有不少，不过整体来看仍不够系统，大多是零星出现的论文，且很多是经验性地就事论事，或者停留在一般的编辑学和出版学的层面，或者只是提供一些研究资料，进行一些现象性的描述，其系统性和深度还有所欠缺，亟需进行学术视野的进一步扩展与学术价值的进一步提升，这也意味着本著所研究的选题具有相当大的学术空间与学术前景。本研究在前人研究的基础上，拟从以下几个方面切入鲁迅与20世纪中国传媒发展关系的研究：首先，从鲁迅"其人""其文""出版活动"三个维度来揭示鲁迅生前对中国现代传媒发展的影响与贡献，系统地整理出20世纪中国媒介发展中的鲁迅因素，丰富、加深我们对20世纪中国现代性进程的认识；其次，深入考察现代媒体在塑造鲁迅形象中的作用。这包括鲁迅生前媒体对其形象的建构，如30年代"圈子"批评中的鲁迅影像，也包括鲁迅去世以后，媒体对鲁迅形象建构与利用。鲁迅去世后的"鲁迅"形象塑造是官方意识、知识精英与民间商业运作之间复杂的合作与相互迁就的过程。梳理不同时代、不同传媒方式中的鲁迅形象；考察鲁迅与我们这个民族精神在不同时代的重要联系；分析我们民族不同时代的精神症候，以及不同时代、不同传媒方式的不同特点与存在问题；分析传统传媒对鲁迅形象资源的利用，以及这种利用对传统媒体的自身发展的作用等等。最后，考察网络新媒体在发展过程中对鲁迅形象资源的塑造与利用。对网络上"鲁迅的思想文学家形象""鲁迅的世俗形象""鲁迅的激进主义愤青形象"分别进行梳理总结。对比网络鲁迅形象与学界鲁迅形象的不同之处；整理、分析、探讨和批判这些新媒体形式对鲁迅符号与象征的亵渎与解构，对"网络鲁迅"背后的大众文化哲学意蕴进行探究。与学术界其他相关研究相比，本书的思考有与众不同之处：一是将鲁迅作为伟大的精神象征和文化符号，研究作为一个独特的生命个体（知识分子、职业作家）在现代传媒发展中影响；二是研究作为生命个体的鲁迅在去世以后，作为纯粹的精神象征与文化符号的"鲁迅"如何通过现代传媒有力地介入了中国的民族精神与民族生存。从而在上述问题的思考上，为充分"利用"和"开掘"作为一种精神象征与文化符号的"鲁迅资源"，提出一种对于我们这个民族来说更加合理的方案。

毫无疑问，深入研究鲁迅与20世纪中国现代传媒间的关系具有诸多意义。首先，作为中国现代知识分子的伟大先驱，鲁迅对现代传媒的介入有着高度的自觉性、深刻的思想理念和丰富的实践经验，对知识分子如何介入公共领域、作为公共领域的现代传媒如何自觉和有效地借助知识分子的积极介入来建构自身有着双重性的启发意义。其次，鲁迅作为我们这个民族伟大的精神象征与文化符号，是20世纪中国传媒中的一种取之不尽的媒介资源，从而形成了"媒介中的鲁迅"这一相当独特的媒介文化现象。在这样的文化现象中，既有鲁迅作品作为语文教科书的选编与再阐释，也有鲁迅作品的影视、戏剧和美术作品（如连环画等）的改编，还有包括图书、画册、影视、戏剧等各种形式在内的鲁迅传记，更有在网络时代才开始出现的网络中的鲁迅形象（即所谓的"网络鲁迅"），对此现象的系统性研究，对于更加充分、合理地发掘和利用鲁迅这一精神象征和符号资源，推动民族精神的重建和文化强国的建设有着相当重要的现实意义。

发掘与研究鲁迅对20世纪中国现代化进程的深度介入，不仅能够重新发掘并系统整理出鲁迅先生丰富的思想文化实践中的一个过去被相对忽略的重要方面，进一步丰富和加深我们对鲁迅先生的认识与理解，还能整理出20世纪中国媒介发展中的鲁迅因素，丰富和加深我们对20世纪中国现代性进程的认识，对于推进鲁迅研究也具有积极的作用。

第一章　鲁迅早期出版活动对现代中国传媒发展的贡献

　　鲁迅留日期间的出版活动主要是翻译出版。以1906年为界，其出版活动明显地分为两个阶段。前一阶段，鲁迅的翻译出版活动主要围绕着"科学"展开，先后翻译出版了《月界旅行》《地底旅行》等科学小说①；翻译或创作了《中国矿产志》《物理新诠》等自然科学书籍，产生了一定的社会反响。《中国矿产志》在1906至1912年间先后出版四次，清政府学部将其推选为"中学堂参考书"，农工商部也"通饬各省矿务议员、商务议员暨各商会酌量购阅"②。不过这一时期鲁迅的翻译出版活动尤其是科学小说的出版，仍"裹挟在晚清译介潮流中"，并未表现出鲜明的个性。无论是翻译对象的选择，还是翻译时所采用的策略都追随晚清的"大流"。直到1906年以后，鲁迅第二阶段的出版活动才逐步远离晚清的大流，表现出"走异路"的趋势：其翻译出版所选的国别由先前的欧美强国转向了俄国及波兰、波斯尼亚、芬兰等弱小国家；所选的翻译作品类别由前期的科幻小说、侦探小说等大众文学为主转向了自然主义、批判现实主义、唯美主义等具有较高思想艺术价值的外国文学作品；翻译方法由晚清占主流的"意译"逐渐转变为忠实原文的"直译"；翻译语体由起初的俗语为主或者文白参半转变为纯正的古雅文言文。总之在经过他个人的独自摸索与思考之后，鲁迅逐渐远离了晚清出版界的"大流"，走出了一条独

---

① 还有一部科学小说《北极探险记》由于译稿佚失而未出版。

② 鲁迅：《鲁迅全集》第20卷，中国文联出版社2013年版，第160页。

具风格的"异路"。

第一节　裹挟在晚清译介潮流中的鲁迅早期科学小说出版

科学小说是晚清影响力最大的四类小说之一。当时主流文学杂志《新小说》《月月小说》《小说林》《绣像小说》等等都设有科学小说专栏。包天笑、周桂笙、梁启超、徐念慈、薛绍徽、卢籍东、林纾、陈冷血、吴趼人、李伯元等晚清知名作家和译者都有过翻译或创作科学小说的经历。据统计，晚清期间翻译外国科学小说的数目超过了80种。这中间最受欢迎的无疑是凡尔纳的科学小说，陈平原先生曾做过专门统计：1896年到1916年间中国畅销小说排行第一的是柯南道尔，共32种；排名第二的是哈葛德，25种；并列第三的是凡尔纳和大仲马，皆17种（陈平原先生的统计似乎还不够精确，据日本樽本照雄1988年版的《清末民初小说目录》统计1915年前中国出版凡尔纳的著作达20种）。可见，科学小说已列入晚清最受欢迎的小说行列，而这当中，凡尔纳又是最受欢迎的作家。

科学小说出版热潮的产生与晚清的社会、政治、文化有着密切的联系。两次鸦片战争的失败，中国的自尊心受到了极大的打击，人们在屈辱的失败体验中逐渐意识到科技发展在强国中的作用，催生了以"师夷长技以制夷"为目标的洋务运动。科学小说由于既能满足国人"科技强国""科技抵辱"的愿望，又符合中国古代志怪文学追求趣味性的传统，因此一传入中国就受到热烈的欢迎，很快成为全国性的创作潮流。

鲁迅受到这股出版热潮的影响涉足于科学小说的翻译出版。周作人事后的回忆也证实了这一点："鲁迅初到日本时，首先引起他注意的外国小说家是嚣俄（即雨果），其次有影响的作家是焦尔士威奴（即凡尔纳），他的《十五小豪杰》和《海底旅行》是杂志中最叫座的作品，当时鲁迅决心翻译《月界旅行》也正是如此。"[1]事实上早在1900年，薛绍徽和陈寿彭就翻译出版了凡

---

① 周作人：《鲁迅的青年时代》，河北教育出版社2002年版，第78页。

鲁迅与20世纪中国传媒发展

尔纳的《八十日环游记》。1901年，梁启超在自己主编的《新民丛报》上又翻译发表了凡尔纳的《十五少年》。同年，还刊发了卢籍东、江溪生翻译的《海底旅行》。虽然没有确切的证据鲁迅翻译凡尔纳的作品是受到薛绍徽、梁启超的影响，但是时代的"风气"肯定对鲁迅产生了影响。事实上，当年鲁迅对凡尔纳的了解并不深入，甚至不知道《月界旅行》《地底旅行》同系凡尔纳所著，[①]因此很难说鲁迅出于对凡尔纳深入了解和偏爱而选择其小说。

鲁迅从事出版活动的目的除了获取点经济利益外，主要是想借助科学小说来宣扬科学。这一点与梁启超等人是一脉相承的。梁启超宣称，"欲新一国之民，不可不先新一国之小说"[②]。鲁迅当时深信不疑，认为"苟欲弥今日译界之缺点，导中国人群以进行，必自科学小说始"[③]。科学小说能打破传统迷信，激发国人对科技的兴趣进而改良思想，辅助文明，"导中国人群以进行"。更重要的是，与其他科普文章相比，科学小说更能吸引读者，更利于宣扬"科学"。正如《〈月界旅行〉辨言》所言："盖胪陈科学，常人厌之，阅不终篇，辄欲睡去，强人所难，势必然矣。惟假小说之能力，被优孟之衣冠，则虽析理谭玄，亦能浸淫脑筋，不生厌倦。"[④]鲁迅所说的大抵是事实，在民众普遍缺乏基本科学素养的晚清，纯粹的科学著作对普通读者的吸引力是非常有限的。这与中国科技发展的特殊过程有关。西方的科技走的是内部渐进式的发展道路，它经过了几代人的积累，夯下了坚实的民众基础。中国的近代科技则主要是从外移植（引进），它是跳跃式的、断层式的发展，缺乏民众的渐进、积累过程。除了极少数专业人士外，大多数民众缺乏接受、理解外来科技的基础，因此正式的科学杂志常常不受普通读者欢迎，倒是那种亦幻亦真的科

---

① 鲁迅出版《月界旅行》时将之记为"美国·培伦"，出版《地底旅行》又记为"英国·威伦"。

② 梁启超：《论小说与群治之关系》，《饮冰室合集》第二册，中华书局1989年版，第6—10页。

③ 鲁迅：《译文序跋集·〈月界旅行〉辨言》，《鲁迅全集》第10卷，人民文学出版社2005年版，第164页。

④ 鲁迅：《译文序跋集·〈月界旅行〉辨言》，《鲁迅全集》第10卷，人民文学出版社2005年版，第164页。

学小说满足了中国读者对科学渴望。包天笑的回忆也证实了这一点，他说晚清"中国的杂志中最发达的是文学杂志，最不发达的是科学杂志"①。科学杂志常常以小说为药引才能将科学知识推广到广大读者当中，著名的科学、政治杂志如《格致汇编》《万国公报》《中西见闻录》经常依靠发表小说、寓言、散文等文艺作品来吸引读者。鲁迅以科学小说来传播科学知识、破除迷信、开发民智的思路虽然还没有越出晚清出版界的惯法，但确实产生了一定的社会影响。

　　在翻译策略上，鲁迅的翻译出版与晚清盛行的翻译方式也保持高度一致。晚清科学小说翻译以"意译"为主，译者可以根据个人爱好与中国读者的习惯改变原作的文体、结构和人物，甚至还可以从译文中跳出来对所论问题大发感慨（即在原文添加评论或抒情段落）。这种大胆的译法与日本文坛当时的流行翻译风气有一定的联系。上世纪初，日本翻译者在翻译西方著作的过程中也不够尊重西方文学原著，例如森田思轩在翻译凡尔纳的《十五少年》时就采取"译意不译词"的做法。日本翻译家的做法成了后来中国译者为"意译"合法性辩护的依据。梁启超曾说："英译自序云：用英人体裁，译意不译词，惟自信于原文无毫厘之误。日本森田代自序亦云：易以日本格调，然丝毫不失原意。今吾看此译，有纯以中国说部体段代之，然自信不负森田。"②森田将凡尔纳的《十五少年》由三十节压缩、删节为十五回，梁启超又根据森田的本子增加了三节，并对内容做了一定调整，如删节了译本中关于法国少年与英国少年间的性格描写、心理描写的内容，并模仿《史记》的按语添加了译者个人的感想与评论。

　　为了适应中国读者的阅读习惯，晚清的科学小说翻译还常常套用传统章回小说的框架，不仅每节增设了对仗的回目，每回开头还添加了"上回""话说"等承启词，末尾附有"要知后事如何，且听下回分晓"等连接语。在翻译专用名词上，"原书人名地名，皆以和文谐西音，经译者一律改述。凡人

① 包天笑：《我与杂志界》第15卷，《杂志》1945年。

② 凡尔纳著，梁启超译：《十五小豪杰》序言，世界书局1925年版。

鲁迅与20世纪中国传媒发展

名，俾读者可省脑力，而免于记忆之苦"①。在翻译语言上，晚清译者大多采用以俗语为主或者文言参半的较为浅近的现代书面语。梁启超在翻译《十五小豪杰》时甚至打算全用白话体，只是对习惯于用古文写作的老式知识分子来说，全用白话文远比全用文言文困难，因此《十五小豪杰》前几回"纯用俗语"，后面的章回文言文逐渐多起来，最终变为文白参半的"驳杂之体"。

上述特点在鲁迅翻译的《月界旅行》和《地底旅行》中亦有体现。首先，鲁迅和梁启超等人一样，对所参照的日本译本做了大胆的删改、增添。井上勤译作《九十七时二十分间月世界旅行》有二十八章，鲁迅"截长补短，得十四回"。井上勤译本还保留的"月世界之说"和"美国人月世界的不学及信用"的章节被鲁迅完全删除，因为它们属于纯粹的自然科学知识介绍"不适于我国人者"②。鲁迅翻译的另一部科学小说《地底旅行》改动之处同样极多。凡尔纳的原作《地底旅行》有四十五章，日译本将之改为十七章，鲁迅的翻译本进一步改为十二回，调整了许多内容，例如将洛因历经艰难的旅程后与男主人公最终结为夫妻的内容完全删去，第九回加入了自己观点"胜天说"，并将自己所理解的进化论思想"镶嵌"了进去。另外，为了便于中国读者接受，鲁迅的科学小说翻译全部套用章回小说的形式。原作独立的章节被整理为"成对"的回目，每回拟定了工整的七言对句标题，每个标题下面还配有一首破题的古体诗，文末还加上了评论性的诗句。这些大胆的删改虽然强化了情节的紧凑感，却在一定程度上削弱了凡尔纳科学小说中的科普作用及其人物性格的丰富性，西方现代思想元素流失较为严重。后来鲁迅对此非常后悔，在1934年5月15致杨霁云的信中说"年青时自作聪明，不肯直译，回想起来真是悔之已晚"③。

在翻译语言上，鲁迅起初也跟梁启超一样，尝试用俗语来翻译科学小说。这种尝试同样没有成功。以《月界旅行》为例，小说前几章俗语分量比较重，体现

---

① 吴趼人译：《电术奇谈》附记，世界书局1921年版。

② 鲁迅：《译文序跋集·〈月界旅行〉辨言》，《鲁迅全集》第10卷，人民文学出版社2005年版，第164页。

③ 鲁迅：《书信·340515致杨霁云》，《鲁迅全集》第13卷，人民文学出版社2005年版，第99页。

了鲁迅以口语翻译小说的努力，然而他很快发现"纯用俗语，复嫌冗繁"①，因此后面的几章文言文成分逐渐加大，最终索性放弃了之前的白话文的追求。到1906年翻译科学小说《造人术》时，鲁迅则已全用文言文翻译了。

总而言之，鲁迅在1906年前从事的科学小说翻译出版活动仍"裹挟在晚清译介潮流中"，无论是其"以科学小说传播科学思想"的出版理念还是"以中化西"的翻译策略都与晚清的主流做法保持了较大的一致性。鲁迅这一时期的出版活动还处于学习和摸索阶段，没能给晚清的出版业带来独创性的贡献，但是他以自己的实践活动丰富、充实了晚清的出版业绩。

第二节　融合创新中的鲁迅早期科技出版活动

鲁迅早期的科技图书出版主要发生在1902年到1907年之间。这一时期他虽然在物理、天文、地理、医学等各个专业领域都有涉足，但业绩最为突出的还是地质出版。这显然与他早年的专业学习经历有关。众所周知，鲁迅于1898年进入南京陆师学堂附设的矿务学堂学习，系统地接受了现代矿业学教育。当时他们使用的教材是由传教士玛高温口述，中国公民华蘅芳笔录的《金石识别》与《地学浅释》。前者系美国地质学家代那所著，后者则为著名地质学家雷侠儿（Lyell）所著，两书于1871年由江南制造局出版的。鲁迅在矿务学堂学习非常认真，不仅手抄了《地学浅释》一书，还在《金石识别》的空白处记下大量的读书心得和听课笔记。如此认真的学习让鲁迅对自己的地质知识非常自信，他在黄埔军校讲座时曾不无自豪地说："我首先正经学习的是开矿，叫我讲掘煤，也许比讲文学要好一些。"②留学日本以后，鲁迅阅读大量的有关地理、地质方面的书，翻译或创作了《中国地质略论》《中国矿产志》《中国矿产志例言》《中国矿产全图》等论著（图）。尽管他这一时期的出版活动带有晚清

① 鲁迅：《译文序跋集·〈月界旅行〉辨言》，《鲁迅全集》第10卷，人民文学出版社2005年版，第164页。

② 鲁迅：《而已集·革命时代的文学》，《鲁迅全集》第3卷，人民文学出版社2005年版，第436页。

洋务运动的痕迹，表现出较强的科技强国的意图，但与其他同时代的相比，鲁迅的地质类出版还是显示出了颇多超越之处。下面，笔者将鲁迅在日本的地质学出版置于晚清的出版状况中考察，分析它们在晚清自然科学出版中的贡献与地位。

一、鲁迅科技出版物在晚清科技出版业中地位

两次鸦片战争的失败，清朝上下深感挫败，逐渐形成了学习西方、自强御侮、救亡图存的社会思潮，并引发"师夷长技以制夷"的洋务运动。自然科学图书的出版作为"师夷长技"的重要形式在这期间得到了长足发展。据《东西学书录》《译书经眼录》等记载，截至1907年，中国出版的现代科学图书超过了600种，而这中间地理—地质类图书有近80种，内容涵盖了地理学、地质学、矿物学、地貌学、测绘学等各个学科分支。笔者现将相关图书罗列如下：

晚清出版地学著作表（1840—1907）[①]

学科	书名	作者	译者	出版者及出版年份
地 质 学	地学浅释	［美］雷侠儿（Charles yell，1797—1875）	［美］玛高温、华蘅芳	上海：江南制造局同治十年（1871）初刻，1873年再版
	地学指略		［英］文教治（George Sydney Owea，1843—1914）、李庆轩	上海：格致书室，光绪七年（1881）出版，光绪九年（1883）再版
	地学须知		［英］傅兰雅、华蘅芳	上海：格致书室，光绪九年（1883）出版

① 此表的数据参考了以下文献资料：①雷梦水：《北京同文馆及其刊书目录》，《北京出版史志》第3期，北京出版社1994年版；②艾素珍：《清代出版的地质学译著及特点》，《中国科技史料》1998年第1期；③黄汲青：《辛亥革命前地质科学的先驱》，《中国科技史料》1982年第1期；④上海地质矿产志编撰委员会：《上海地质矿产志》，上海社会科学出版社1999年版；⑤艾素珍：《清末自然地理学著作的翻译和出版》，《中国科技史料》1995年第3期；⑥王扬宗：《江南制造局翻译书目新考》，《中国科技史料》1995年第2期；⑦冯志杰：《中国近代科技出版史研究》2007年南京农业大学，博士学位论文；等等。

	地学启蒙（西学启蒙丛书）	［英］格罗夫	［英］艾约瑟	上海总税务局署，1886
地质学	地学举要		［英］穆维廉	上海：同文书局，1888
	地学稽古论		［英］傅兰雅	上海：《格致汇编》本，1891
	地质学简易教科书（科学仪器馆丛书）	［日］横山又次郎	虞和钦，虞和寅	上海：科学仪器馆，1902
	地学概论	［日］横山又次郎	湖南留日学生	日本：湖南编译社
	地质学问答	［日］富山房	郑宪成	上海：作新社印刷局，1903；上海：新民译书局1903年发行
	地质学	［日］佐藤传藏	范迪吉等	上海：会文学社，1903，1905年再版
	地质学（最新中学教科书）	［美］赖康（Jose Je Counte）	包光镛，张逢辰	上海：商务印书馆，1904
	地质学教科书		陈文哲，陈荣镜编译	东京：并木活版所，1906，上海：昌明公司同年3月发行
	最新地质教科书	［日］横山又次郎	张相文	上海：文明书局，1909
	地质学教科书	［日］横山又次郎	叶翰	上海：蒙学报馆印刷，上海正记书局发行，光绪年间
地理学	地球说略			华花圣经书房，1856
	中等地文学	［日］矢津昌永		东京：教科书译辑社，1902年前
	地文学问答	［日］富山房	陈大棱	上海：作新社印刷局，1903；上海：新民译书局1903年发行
	中学地文教科书	［日］神谷市郎	汪郁年译，陈梯校阅	东京：教科书译辑社，1903
	地文学问答		邵义	上海：商务印书馆，1903

地理学	地文学问答	［日］富山房	范迪吉	上海：会文学社，1903
	地文学新书	［日］富山房	范迪吉	上海：会文学社，1903
	地文学简易教科书		樊炳清	江楚编译官书局，1903
	中等地文学教科书	［日］佐藤传藏，横山又次郎	沈仪熔编译	上海：昌明公司，1904
	地文学教科书	［日］横山又次郎	［日］西师意译	上海：山西大学堂译书院编发，上海商务印书馆代印，1905
	地理志略			上海：美华书馆，1906
	最新普通地文学	［日］山上万次郎		点石斋，1906
	最新地文图志	［英］世爵崎冀	叶青	上海：山西大学堂译书院编发，上海商务印书馆代印，1906
	地文学		梁致祥编译，黄培埜校阅	广东高等学校课本，1906
	地文学教科书	［日］山上万次郎	邓毓怡	东京：合资会社三印印刷所1906年印刷；河北译书社1906年发行
	地文学（最新中学教科书）	［美］忻孟	王建极译，奚若校订	上海：商务印书馆，1906
	地文学讲义			南洋官书局，1906
	最新地文学教科书	［日］山上万次郎	无锡译书公会	上海：科学书局，1907
矿物学	金石识别	［美］代那	玛高温，华蘅芳	江南制造局，1871，后多次再版
	金石表		［美］玛高温编	江南制造局（一说上海益智书会），附于《金石识别》
	开煤要法	［英］士密德	［英］傅兰雅，王德均	江南制造局，1871
	井矿工程	［英］白尔捺	［英］傅兰雅，赵元益	江南制造局，1879

矿 物 学	矿物须知	［英］傅兰雅，华蘅芳	［英］傅兰雅，华蘅芳	上海：格致书室，1882
	矿石图说	［英］傅兰雅		上海：益智书会，1884
	宝石兴焉	克罗克斯	［英］傅兰雅，徐寿	江南制造局，1884
	银矿指南	［美］亚伦	［英］傅兰雅，应祖锡	江南制造局，1891
	开矿器法图说	［美］俺特累	［英］傅兰雅，王树善	江南制造局，1899
	求矿指南	［英］安德森	［英］傅兰雅，潘松	江南制造局，1899
	矿物界教科书	［日］神保小虎	虞和钦	宁波实业会社，1902
	矿物标本图说		科学馆编译处编译	科学仪器馆，1902
	普通矿物学		亚泉学馆编译	上海，商务印书馆，1903
	相地探金石法	［英］喀格司	王汝马冉译	江南制造局，1903
	相地探金石法名目标	王汝 马冉编		附《相地探金石法》后出版
	金石略辨		［英］傅兰雅	上海：益智书会，1903
	探矿取金	［英］密拉	舒高第，汪报声	江南制造局，1903
	矿物学问答	［日］富山房	范迪吉等	上海：会文学社，1903
	中等矿物学	［日］胁水铁五部	沈纮	江楚编译局，1903
	（中学）新式矿物学	［日］胁水铁五部	钟观浩	上海：启文译社，1903
	中等矿物教科书	［日］横山又次郎	王本祥	上海：启文译社，1903
	中等矿物学教科书	［日］佐藤传藏	京师大学堂上海译书分局译	京师大学堂上海译书分局，1903

日本矿山学	［日］和田准四郎	湖南留日学生	东京：湖南编译社，1903
最新中学植物矿物教科书		杜亚泉译	上海：商务印书馆，1904
地质学		包光镛等译	上海：商务印书馆，1904
矿物教科书	［日］神保小虎	［日］西师意译	上海：商务印书馆，1904
矿物学	［日］严田繁雄	余璧升、方作舟、邹永修	山西大学译书馆，1905
（新编）矿物学教科书		作新社编译	东京：株式会社香英舍第一工场，1905
最新中学教科书矿物学		杜亚泉编译	上海：作新社，1905
矿物讲义	［日］铃木龟寿	江苏师范生编译	上海：商务印书馆，1906
矿物界教科书	［日］安东伊三次郎	鲁洞	东京：并木印刷所印刷；南京：宁属学务处、苏属学务处发行
（普通教育）矿物界教科书		陈文哲编译	东京：留学生会馆，1906
中国矿产志	顾琅，周树人		东京：同文印刷舍，1906
矿物界教科书	［日］胁水铁五郎	邓毓怡	东京：并木印刷所印刷；河北译书社发行，1907
矿学考质	［美］奥斯彭	舒高第、沈陶璋	江南制造局，1907
矿物教科书	［日］石川成章	史浩然	上海：文明书局，1907
矿物教科书	［日］石川成章	董瑞椿	上海：文明书局，1907
矿物界教科书		邢之襄等编译	河北译书社，1907
初等矿物学教科书	［日］横山又次郎	寿芝孙，杜亚泉，杜就田	上海：商务印书馆，1907

	普通矿物学		张修敏编译	出版者不详，1907
	矿物学（中等博物学教科书）		陈用光编译	东京：株式会社香英舍第一工场，1907
地貌学	地势学	［德］特屯和恩	杨锦堂译	南京：江南陆师学堂，1899
	地势学	［德］库司孟，福克斯	詹贵珊，蒋熙同	湖北武备学堂，1875
测绘学	绘地法原		［美］金楷理，王德均	江南制造局，1875
	测地绘图	［美］富罗玛	［英］傅兰雅，赵元益	江南制造局，1876

鲁迅虽然不是专门的科技出版工作者，然而在清末民初那个特定的时期，他的地质类出版实际上已经走在了时代的最前列，对当时的中国地质出版的发展做出了一定的贡献，具有表现在：

第一，鲁迅的《中国矿产志》是中国地质图书出版史上第一部由国人撰写而非纯粹的翻译、编译的地质类图书。1907前我国出版的79种现代地学—地质学图书中，其中78种都是西方著作的翻译之作。这些图书包括普通教科书（约占54%）、基本原理著作（约占33.5%）、采矿技术书籍（约占12.5%）三类，其内容通俗、浅显，大多处于基础知识的普及阶段。只有鲁迅的《中国矿产志》是在融会贯通西方地学知识的基础上创造。早年良好的近代地质教育使得他在别人亦步亦趋地学习、消化西方地质理论的时候，就能进行一定程度上独创性的写作。尽管他自己也承认《中国矿产志》并不全是原创，可能融合了他人的研究成果，但是与晚清地质出版界清一色的翻译出版相比，它显示出了中国科技人试图独立撰写地质学著作的努力，预示着一个新的时代的到来。另外，与之前的地质书籍停留在对"基本原理""基础知识"的介绍不同，鲁迅的《中国矿产志》是第一部针对中国地质情况的专门研究，具有划时代的开创意义。

第二，鲁迅的科技出版活动代表了晚清以来一支新的科技出版力量的诞生与崛起。1906年以前的中国科技出版者主要是西方来华的传教士和少数中国旧式知识分子，前者如〔英〕傅兰雅、〔美〕玛高温、〔英〕艾约瑟、〔美〕金楷理等等，后者如杜亚泉、罗振玉、华蘅芳、李善兰、王德均、徐寿等等（这些人大多通过自学了解到西方近代科学知识）。中国早期的科技出版常常就是借助于西方传教士口译、中国知识分子笔录合作完成的。出现这种现象的原因主要有两个：一是当时中国的地质学图书出版缺乏地质科学作支撑，中国还没有产生现代地质学，故只能全部依赖外国输入；二是晚清精通西语的人才非常少，而懂西语又懂地质科学的人更少，在这种情况下懂科学的外国传教士与会汉语的中国知识分子结合共同翻译西方近代科学著作便成了唯一的选择。由于科技人才的匮乏，这些翻译人员常常肩负多个专业领域的翻译的，例如华蘅芳的专业是数学，他除了协助传教士傅兰雅翻译《代数术》《微积溯源》《三角数理》等数学著作外，也涉足地质学、矿物学、航海学、气象学、天文学领域的图书的翻译出版。李善兰、王德均、徐寿等人也是如此，这种身兼多个专业的翻译出版势必影响到他们对专业领域的深入钻研。另外，以西方传教士为主导的翻译、出版队伍本身也存在一些"先天"弊病。他们在中国传播自然科学知识的目的主要不是为了发展中国的现代科技，而是为了传播自己的价值观，以便"驯化""奴役"中国百姓。广学会创始人威廉臣（传教士）曾说："凡欲影响整个帝国的人，必定要利用出版物。"[①]中国有着五千年文化传统，要想从心理上征服或者"开化"这批"顽固""愚昧""自大"的中国民众，单凭坚船利炮是做不到的，甚至依靠宗教亦不能奏效（中国传统文化对异族宗教有一种本能的抵制与排斥），只有发达的科技文明，由于其直观性和超意识形态性，让中国人能以一种相对客观的态度去感受和接受。借助于近代科技文明的炫展，西方国家很容易树立文化上优越性，并且通过一系列的宣传将科技的先进性延伸到宗教、政治领域，逐步使中国人认可其宗教、政治的先进性。因此，早期从事科技翻译与传播的西方传教士或多或少带有传播其他意识形态的

---

① 《同文书会章程、职员名单、发起书和司库报告》，《广学会年报》1887年。

目的。另外，有的西方人士为了维护宗主国的利益，甚至还会采取某些别有用心的行动。鲁迅在《中国地质略论》列举的那些借考察之名在中国探矿从事间谍活动的探险队就是属于这一类。

1903年以后，留学知识分子才逐步地参与到科技书籍的出版活动当中。鲁迅的《中国矿产志》无疑是这方面的标志性成果，代表了中国新一代翻译出版力量的崛起。虽然在1907年之前，中国派往欧美、日本的留学生总数已经超过万人，但从事科技出版的则很少，留学归来的新知识分子成为科技出版的主力军已是民国以后的事情。鲁迅、顾琅、虞和寅等人是留学生队伍中从事科技图书出版的先驱者，虽然他们人数不多，却表现出了不同于前辈的翻译、出版特质：他们接受过专门的现代科学教育，专业知识远远超过洋务派的旧式知识分子，对科学的理解更为深入；其次他们的外语能力比较好，能够独自阅读外文文献，独立从事翻译活动，并能追踪科技发展的前沿问题；再者，留学经历也让他们的思想意识更具有现代性。与晚清翻译人才常常跨越几个专业领域不同，留学知识分子的科技翻译常常限制在自己学习的专业上，相比较而言对其所翻译的书籍的理解也更为准确、深入。留学生知识分子代表着中国科技出版的发展未来。

第三，鲁迅的《中国矿产志》还为中国近代的科技出版物增添新的风格。尽管鲁迅早期的科技出版仍带有晚清的时代特征，企图通过科技图书的出版来使民族振兴、国家富强。然而在具体的实践中，鲁迅的《中国矿产志》也表现出不少新的特质。将其《中国矿产志》与当时的出版物相对照，不难发现两者的巨大差异。从出版风格来看，晚清的科技图书严守科技文体的原则，文字平实、叙述客观，少有大胆发挥、挥洒个性之处。而鲁迅早期的科技出版物则带有浓重的主观个性，其文字带有较强的文学色彩，语气铿锵、气息磅礴，言语间饱含浓烈的爱国感情与初步的启蒙意识，具有较强的煽动性。

二、鲁迅科技出版活动在中国近代科技出版业发展中的贡献

1.科技图书出版与"启蒙""救亡"的融合

鲁迅早年非常崇拜严复，严复每出一部书，鲁迅必想方设法弄来阅读，其中部分篇目几乎到了可以背诵的程度，并经常与朋友讨论其中的奥义。严复的出版理念与翻译风格对鲁迅的人生理想与出版实践产生了较大的影响。虽然鲁迅早年以科学为业，然其兴趣并不在纯粹的自然界，正如他在《藤野先生》中所言，自己说"想去学生物学"不过是"慰安"藤野先生的"谎言"罢了。他意识深处更想成为严复那样的能对中国社会产生整体影响的思想家，而非局限于某个专业领域的科学家。《天演论》将达尔文生物进化论运用到社会领域，作为"社会观"来考察、分析社会诸问题的做法给了鲁迅极大的启发，在早期出版实践中，鲁迅的自然科学研究与改造社会的理想总是融合在一起。

鲁迅的科技出版活动从一开始就没有限定在对纯粹的自然规律的揭示上，而包含了不少社会功利目的。1903年鲁迅在《中国地质略论》中说，自己写这篇文章是痛感国人之"昏昧乏识，不知其家之田宅货匦，凡得几许"[①]，且忧开矿破坏"风水宅相"，阻碍矿业发展，从而任外国列强派遣间谍、探险队"造图列说，奔走相议"，大肆窃取中国地理、矿产资源。1906年的《中国矿产志》，写作目的亦是如此：

> 世目中国矿业为儿戏，夫岂溢恶之言哉？……呜呼！中国之所谓矿业如是而已，与世所谓矿业大义盖大异。故世人曰："支那多矿产，支那无矿业。"[②]

鲁迅并不希望读者从他的著作中只获得一点点地质知识，而"惟望披阅是

① 鲁迅：《集外集拾遗补编·中国地质略论》，《鲁迅全集》第8卷，人民文学出版社2005年版，第5页。

② 鲁迅：《鲁迅全集》第20卷，中国文联出版社2013年版，第167页。

书者，念吾国宝藏之将亡"①。在书中直言"亡国灭种"之忧患在晚清的地质学出版界并不多见，这一方面是因为它不符合科技读物的规范，另一方面也因为其他图书大多是翻译之作，不便掺杂作家的忧患意识。如此看来，《中国矿产志》实际上于晚清地质图书体例之外，开辟了一个新的范式。它将梁启超、严复等社会活动家、政治家开辟的社科政论传统与晚清洋务派主导的科技出版传统进行了有机融合，并且还仿照严复的翻译文体，在正文的基础上，添加了导言、结论或序言部分。他对科学精神的宣扬，对中国前途的焦虑以及社会问题的探讨往往就集中在这些附件之中。

2.科技图书出版与"子部"传统的融合

如果说，鲁迅早期的科学小说出版活动深受梁启超的影响，那么其科技图书的翻译出版则受到严复的影响更多。"译须信雅达，文必夏殷周"是严复翻译的突出特征。它实际上蕴藏了严复独特的出版理念——要制作诸子百家那样的"道"之经典，而非洋务派那种"技"的应用之书。其师吴汝纶对严复的这个野心非常清楚，曾评价道："今学者方以时文、公牍、说部为学，而严子乃欲进以可久之词，与晚周诸子相上下之书。"②而要出版"晚周诸子相上下之书"，那么"文必夏殷周"。语言不雅致，文章不合"古文家的义法"怎么可能流传久远呢？怎么能成为经典呢？鲁迅早年也不知不觉中接受了这种观念。主要表现如下：

第一，追求突破专业限制的普遍价值。像《天演论》一样影响国人的人生观和世界观，鲁迅的《中国矿产志》《中国地质略论》《人之历史》《文化偏至论》《科学史教篇》等都试图立足于西方近代思想，以一种恢宏的气势对客观世界和人类历史予以整体地阐释。在《中国地质略论》中，鲁迅花了大量的篇幅来阐述一个不同于传统中国"盘古开天地"的宇宙生成观：

地球为宇宙间大气体中析出之一份，回旋空间，不知历几亿万劫，凝

① 鲁迅：《集外集拾遗补编·〈中国矿产志〉征求资料广告》，《鲁迅全集》第8卷，人民文学出版社2005年版，第453页。
② 苏克武：《严复的翻译：近百年来中西学者的评论》，《东南学术》1998年第4期。

为流质；尔后日就冷缩，外皮遂坚，是曰地壳。[1]

鲁迅的这种观念"从物质本身的运动和发展来说明天体的形成，把宇宙看做是在时间中运动、变化和发展的过程；从而推翻了自然界永远不变的形而上学和唯心论的观点，有力地推动了近代辩证自然观的形成"[2]。它对中国思想文化的影响就不只是在地质领域，对中国传统世界观亦有根本上的撼动。而在另一本书《中国矿产志》中，鲁迅仍延续了这一思路。该著作第三章花了大量的篇幅来解释中国"地质上之发育"。例如在描述原始时代中国地质构造时，鲁迅写道："古者喷涌出地，凝为一大陆。厥后经风雨所剥蚀，波涛所激冲，零星尽矣。逮第一变动起，熔岩上涌，地盘亦谐以俱升，而东部亚细亚之大陆骤现。惟地层运动，不一其致。故秦岭以北，断层分走于诸方，是成台地；以南则地层恒作波形，屈曲为山脉焉。此第一周期终。而中国南北两部地质上之历史遂异。"[3]这种对中国地质形成的宏观把握，既显示出了鲁迅扎实的地质学知识，也表现了他对于一种迥异于传统思想观念的新的世界观的开辟。另外，与洋务运动过于强调科学带来的物质成果不同，鲁迅在肯定科技的物质效用的同时也强调科学精神的价值。鲁迅将西方近代科技中所体现的科学精神视为"近世实益增进之母"[4]。"科学者，……有理想，有圣觉，一切无有者，而能贻业绩于后世者，未之有闻。"[5]"盖科学发见，常受超科学之力，易语以释之，亦可曰非科学的理想之感动，古今知名之士，概如是矣。"[6]这样的阐发其实已经从自然科学领域进入人类的精神领域。

第二，追求"晚周诸子相上下之书"的古雅风格。科技文献本应追求质朴、

① 鲁迅：《集外集拾遗补编·中国地质略论》，《鲁迅全集》第8卷，人民文学出版社2005年版，第8页。

② 刘为民：《地矿论·文明史·国民性——鲁迅早期思想与科技史研究之二》，《鲁迅研究月刊》1997年第3期。

③ 鲁迅：《鲁迅全集》第6卷，中国人事出版社1998年版，第4511页。

④ 鲁迅：《鲁迅全集》第1卷，同心出版社2014年版，第14页。

⑤ 鲁迅：《鲁迅全集》第1卷，同心出版社2014年版，第15页。

⑥ 鲁迅：《坟·文化偏至论》，《鲁迅全集》第1卷，人民文学出版社2005年版，第29页。

客观、平实语言风格（晚清的地质类出版物大多是这种语言风格），鲁迅却不甘如此，他采用的是一种更为久远、更能传诸后世的文采飞扬的古文。例如：

> 今也，吾将于垂朡之家产，稍有所钩稽克核矣。顾昔之宗祖，既无所诏垂；今之同人，复无所告语。目注吾广大富丽之中国，徒茫然尔。无已，则询之客，以转语我同人。夫吾所自有之家产，乃必询之客而始能转语我同人也，悲夫！[①]

上述文字典型地体现了《中国矿产志》用词古奥、风格激越、气势磅礴的特点。它大量地使用感叹词，语句呈现出强烈的抒情（甚至煽情）色彩和博大的气势；短句和对偶句的交替使用，造成了急促的语气，形成了鲁迅所说的"慷慨激昂，顿挫抑扬"的风格。这种语言风格显然逾越了科技应用文体的规范，倒与严复等人的政论文风较为接近，体现了鲁迅"用心至深，积虑至切"。

这种风格的文字在晚清科技出版物中极为少见。正如吴汝纶所评"今学者方以时文、公牍、说部为学"，大多采用的是浅白的文言文或者白话文。鲁迅的这种"祈于尔雅"[②]的文风违背了晚清的时代风尚，并一直延续到他回国之后。例如其生理教科书和讲义《人生象敩》中的"敩"字便是来自上古之文，另外将"细胞"翻译为古字"幺"（意为小的单位），"阴茎"译为"全"（"童子未知牝牡之合而峻作"《老子》），女阴翻译为古体字"也"，等等，亦是"好古"之举。他曾明言："我的文章里也有受着严又陵的影响的，例如'涅伏'就是'神经'的腊丁语的音译。"[③]事实上除了好用古字外，其"译文的去庄而谐，翻译手法的意译倾向，对读者自觉的政治性误读，译本选择的政治目的性以及译文语言的文言特质等"亦带有严复的影子。[④]1932年，

① 鲁迅：《鲁迅全集》第20卷，中国文联出版社2013年版，第167页。

② 鲁迅：《鲁迅全集》第20卷，中国文联出版社2013年版，第165页。

③ 鲁迅：《集外集·序言》，《鲁迅全集》第7卷，人民文学出版社2005年版，第4页。

④ 宋以丰：《〈论翻译〉中鲁迅对于严复的评价考辩——兼与王秉钦先生商榷》，《江南大学学报》2007年第2期。

鲁迅与赵景深论争时，曾对严复做过较为深刻的评价：

> 严又陵为要译书，曾查过汉晋六朝翻译佛经的方法，……据我所记得，译得最费力，也令人看起来最吃力的，是《穆勒名学》和《群己权界论》的一篇作者自序，其次就是这论，后来不知怎地又改为《权界》，连书名也很费解了。最好懂的自然是《天演论》，桐城气息十足，连字的平仄也留心。摇头晃脑的读起来，真是音调铿锵，使人不自觉其晕，这一点竟感动了桐城派老头子吴汝纶，不禁说是"足与周秦诸子相上下"了。①

留心平仄、"音调铿锵"、用字古奥，这些用来评价严复出版物的语词，同样也可以用来评价鲁迅自己早年的科技出版物。这也进一步印证了，严复"易洋典为汉典"重造"晚周诸子相上下之书"的理想对早年鲁迅的启发与影响。这里值得一提的是，同样在这个时期，鲁迅翻译科幻小说《月界旅行》《地底旅行》却在努力尝试用白话文或浅白的文言文，为什么《中国矿产志》《说鈤》等科技文献偏偏追求雅洁的古文之风呢？这实际上反映出了鲁迅早年翻译出版科幻小说与科学著作所背靠的不同"传统"。鲁迅的《月界旅行》《地底旅行》等科幻小说承传的主要是"说部"传统，追随的是梁启超"新小说"的路子；《中国矿产志》《说鈤》等科技出版承传的则主要是"子部"传统，跟随的是严复的"天演论"的脚步。后者的态度更为严肃，承载了更多的"经国"重任。

3.科技传播与"进化论"的阐明

进化论是鲁迅接受西学的重要基础也是他早期看待、理解世界的眼睛，而这个思想同样与严复存在一定联系。在《天演论》中，鲁迅发现了一种全新的世界观——"不论是自然界还是社会都在生存竞争中前进、发展，新生的一代胜过他的前辈，未来则胜过现在，历史不再是在圆圈中循环而是在向前方、

① 鲁迅：《二心集·关于翻译的通信》，《鲁迅全集》第4卷，人民文学出版社2005年版，第390页。

向更完美的方向发展"①。这种看待世界的方式也被鲁迅融入其早期的科技出版活动中。他的《中国矿产志》是中国第一部将进化论、种系发生说贯彻于地质学研究的著作。②鲁迅在《中国矿产志》中明确指出："地质学者，地球之进化史也；凡岩石之成因，地壳之构造，皆所深究……无非经历劫变化以来，造成此相。"刘为民认为鲁迅这种有机的、发展的唯物地质史观在晚清时期是弥足珍贵的，"当时西方地质学和地理学科研究领域中，充斥着地理环境决定论、人地关系论和人类地理学等唯心主义的观点，为帝国主义列强的侵略扩张提供理论根据"③。鲁迅的这种地质史观对于抵制这些谬误具有积极的作用，同时也体现出他较为系统的知识背景和对外国现代科技的批判、思考意识。

《中国矿产志》中的进化论主要表现在将地质层的形成与生物进化情形对应了起来：

地质层	对应的生物进化情况
原始层	按进化说，则劣者必先，优者必后。故意者尔时亦非无至劣动物
太古层	生物亦由简以趋复。厥初则有藻类、三叶虫、珊瑚之族，然皆水产而已。既而鱼而苇而鳞印诸木，渐由水产以超陆产……再降则两栖动物及爬虫现
中古层	生物则前此者渐归灭绝。继而无花果、白杨、木诸、柳之属出，其景象殆无异于现世矣。动物则前代爬虫，目臻发达。有袋类亦生，为哺乳类导
近古层	涵哺乳动物及陆生介类

可见进化论已经成为鲁迅地质观的接受框架。这般完整的种系发生学脉络在晚清的地质出版物属于首次出现。虽然今天来看，他的表述有些机械，还欠准确，但放到晚清的地质学发展的具体语境来看，鲁迅的研究观点和思路无疑

① 哈九增：《鲁迅对严复思想的继承与发展》，《上海大学学报（社会科学版）》1986年第2期。

② 这一点表明《中国矿产志》并不是完全的翻译之作，带有了鲁迅独特的理解、思考与创造。

③ 刘为民：《地矿论·文明史·国民性——鲁迅早期思想与科技史研究之二》，《鲁迅研究月刊》1997年第3期。

是中国科技史，尤其是地质史、生物史的一项大胆突破，为地质史和生物史的学科建设奠定了文献基础。这种个性化极强的出版姿态也让鲁迅的地质图书在晚清科技出版中呈现出独特的风貌。

用进化论观念去解释、描述自然和社会现象在鲁迅的其他出版物中也有体现。例如其《月界旅行》是为了"写此希望之进化"并由此"冥冥黄族，可以兴矣"。《地底旅行》第九回中，鲁迅还脱离原著强行插入"胜天说"。事实上原著的作者凡尔纳并不是"进化论"的宣扬者。鲁迅在其科学出版物中频频掺入"进化论"的做法，体现了他在融汇、消化西学基础上的独自创造，在一定程度上弥补了晚清科技出版物创造性的不足。

总而言之，受严复等人的影响与感召，鲁迅早年的科技翻译的语言策略以及出版理想与晚清其他科技出版人相比，显示出了极大的差异。鲁迅成功将严复开辟的社会政治领域的翻译传统引入了科技翻译出版中，增强了中国近代科技出版的社会价值，也提高了科技翻译文体的文学艺术价值。

第三节　远离晚清文学出版主流的"走异路"之旅

大约从1906年开始，鲁迅的出版活动便开始远离晚清的出版主流，开启了"走异路"之旅，并于1909年与其弟周作人合作出版了具有划时代意义的《域外小说集》。关于这部翻译小说集在晚清出版业上的独特贡献，学术界已多有研究，笔者在此不一一赘述。本节的重点在于考察鲁迅从《月界旅行》《地底旅行》到《域外小说集》的翻译出版的变化过程。或者说将《域外小说集》作为鲁迅留日期间出版探索之旅的目的地，分析自1903年《地底旅行》的翻译出版以来，鲁迅的出版观念、目的与策略的逐步转变的轨迹，从细处把握鲁迅留日期间的出版活动及其心路历程。

笔者在考察鲁迅1906年以后的出版实践时将周作人的相关出版活动也纳入研究的范围。这是因为周氏兄弟留日期间的出版活动常常是兄弟俩合作完成的，很难厘清他们各自在这之中起到的作用，即便是周作人个人的出版活动，也常常是受到了鲁迅的影响或指导，因而将周氏兄弟留日期间的出版活动作为整体进行考察更能全面揭示鲁迅这一时期的出版实绩及其发展变化。周氏兄弟1903年到1909年的翻译出版活动如下：

1903年：《斯巴达之魂》（小说）、《哀尘》（随笔）、《月界旅行》（科学小说）、《地底旅行》（科学小说，1903年开始翻译）、《说钿》、《中国地质略论》

1904年：《世界史》（佚失）、《北极探险记》（科学小说，佚失）、《物理新诠》（科学读物，佚失）、《侠女奴》（民间故事，选自《天方夜谭》）

1905年：《玉虫缘》（美，爱伦·坡）、《荒矶》（英，柯南·道尔）、《造人术》（科学小说）

1906年：《天鹅儿》（法，雨果）、《一文钱》（俄，斯谛勃克）、《中国矿产志》

1907年：《红星佚史》（英，哈葛德·安特路朗）、《劲草》（俄，阿·托尔斯泰）

1908年：《匈奴奇士录》小说出版物（匈牙利，育珂摩耳）、《西伯利亚纪行》（俄，克鲁泡特金）、《庄中》（俄，契诃夫）、《寂寞》（美，爱伦·坡）、《裴象飞诗论》（匈牙利，赖息）[1]

由上可知，大约在1905年、1906年，周氏兄弟的翻译、出版活动开始发生变化。从选材来看，之前周氏兄弟的翻译、出版多为科幻小说、民间故事等大众通俗小说，这类作品常常有曲折离奇的情节和大胆新奇的想象，比较契合大众的审美习惯和娱乐需求。1906年以后，周氏兄弟出版活动逐步转向具有较高思想艺术价值的自然主义、批判现实主义等文学。

从国别来看，1906年前周氏兄弟关注的国家主要是美国和英国，这与晚清

---

① 参阅高传峰的《论周氏兄弟的早期翻译》等文献。

出版界的主潮是完全一致的。晚清对外国文艺的关注与"强国富民"的目的缠绕在一起，他们希望借助翻译出版来学习发达国家的科技、文化与政治达到拯救、复兴中华的目标，因此晚清文人在其翻译出版活动中常常选择英、法、美、日等发达资本主义国家的文学作品为对象。对小语种国家（这些国家的国力常常不发达）关注较少。据笔者统计，1902年到1909年间我国出版的571本／部外国文学著作（含再版）当中，除去未标明国别的129种外，英国文学占203种，日本文学作品占73种，法国文学作品占71种，美国占53种，四国总计400种，占标明来源国的译本的90.4%。相较而言，希腊、波兰、印度、匈牙利、奥地利、瑞士等国文学的翻译和出版非常少，像印度、匈牙利、瑞士、奥地利等国家的文学作品在1909年之前仅出版1部，至于其他国家的作品甚至一部都没有。

晚清的文学翻译不仅存在国别间的失衡，也存在小说类型上的严重失衡。从英、法、美等发达国家翻译过来的小说当中，科学小说（实应译为：科幻小说）是最受欢迎的种类之一。引进科幻小说，本意是为了激发国人对科学的兴趣，然而国人对"幻"的成分的兴趣远远超过了对"科学"的兴趣。科幻小说所蕴藏的未来虚拟叙事模式成为晚清文人争相模仿的叙事模式，梁启超、李伯元等人都有尝试。而关于"未来中国"的想象又是晚清小说最为常见的内容。作家们通过描述、幻想强大中国，"畅述自己未竟之抱负，藉此医疗惨痛的民族心理创伤，挽回、激荡起失落的民族自尊心和自信心"①。有些小说如《新纪元》《月球殖民地》等甚至还迷失于"自己建构的'未来'世界"，"将现实中软弱的老大帝国"幻想成"世界首席强国"，把西方列强打得溃不成军，已经"掉入民族主义陷阱而不能自拔"。②科学小说在中国的传播虽然在一定程度上激起了国人的科学热情，但是由于极度缺乏科学常识，这种热情很快被中国固有的文化所替代，因此中国读者从中"接触到的西方科学思想实际上在

① 黄勇：《晚清启蒙之"艰"——以科学小说的"科学"表述为例》，《文艺争鸣》2007年第5期。

② 黄勇：《晚清启蒙之"艰"——以科学小说的"科学"表述为例》，《文艺争鸣》2007年第5期。

某些方面加强而不是削弱了传统思想方式的固有逻辑"①。晚清文坛所展现出的"自欺欺人"与盲目乐观的状况让一向痛恨"瞒"和"骗"的鲁迅十分反感，于是其翻译出版活动逐步远离晚清的出版主潮。

1906年，周氏兄弟翻译了俄国文学《一文钱》（俄，斯谛勃克），1907年又翻译了托尔斯泰的《劲草》，1908年翻译出版了匈牙利的《匈奴奇士录》②，同年还有匈牙利的《裴彖飞诗论》、俄罗斯的《西伯利亚纪行》和《庄中》等作品发表。这些作品当中，《一文钱》和《庄中》后来又被收录进了《域外小说集》。这些小说的翻译与发表表明《域外小说集》的出版理念早在1906年前后就已萌芽。而恰恰在这一年，鲁迅离开仙台医专，决心专注于用文艺"移性情"，也正是这一年，周作人来日留学，成为鲁迅文学翻译的得力助手。③当鲁迅将人生的理想与目标完全转移到了文学领域时，他对于文艺的思想更为深入。而晚清的文学出版业表现出自欺欺人与盲目乐观自然难以承载鲁迅"移性情"、改造社会的重任。习惯于"走异路"的周树人逐渐远离了晚清出版业的热点，专注于译介弱小国家的文学，尤其是表现反抗精神的现实主义文学的翻译出版。国别的改变实际上也包含了出版内容的改变——由先前的科幻小说逐渐转向为雨果、托尔斯泰、斯谛勃克、育珂摩耳、契诃夫、裴多菲等艺术价值较高的严肃作家的作品。

到了1909年，国别选择的非主流化更为明显。《域外小说集》第一、二册共收录译文16篇，这当中俄国7篇，波兰3篇，波斯尼亚2篇。第三册拟收录译文27篇，其中俄国11篇，波兰4篇，芬兰3篇，波斯尼亚2篇，挪威2篇，英国2篇，丹麦1篇，美国和法国各1篇。④这种逆晚清主流而行的做法包含了鲁迅对于"文学救国"的独特理解，即由先前对发达国家繁荣的物质文明和精神文明的艳慕与追随转变为对"压迫民族"的苦难的同情和抗争精神的肯定，这实际

---

① 汪晖：《汪晖自选集》，广西师范大学出版社1997年版，第5页。

② 这是中国出版史上第一部有关匈牙利文学的翻译著作。

③ 不管周作人赴日以及鲁迅弃医从文对周氏兄弟出版活动是否真有深刻的影响，鲁迅于1906年确实开启了一种新的人生模式。

④ 第三册虽然未出版，但已经在文末公布了拟出版目录。

上是由先前对于"理想"的空泛热情转为具体的反抗行动，显示出鲁迅思想的成熟，此后鲁迅的创作中再难看到《摩罗诗力说》那样虽气势磅礴又稍显浮夸、空泛的"长篇阔论"了。《域外小说集》的出版为中国近代出版业注入了"现实"的力量，预示了一个新的时代的到来。

在出版物的翻译策略上，鲁迅1906年以后逐渐抛弃了晚清盛行的"化洋典为汉典"的做法，转向了"移译亦弗失文情"的直译之路。前面已经提到鲁迅初涉出版业时，翻译意识较为混乱，一方面不够尊重原著，常常按照中国读者的审美习惯对原作进行删改；另一方面翻译语言也较为杂糅，既有白话文也有文言文，或者文白参半。直到1906年以后鲁迅对晚清盛行的意译"感到不满，想加以纠正"[①]。首先他认为过于顺从固有的习惯会大大削弱外来文学形式对国人思维与习惯的改造力度。翻译文学除了介绍原作的故事情节外，更应向中国输入新的现代文化与文学要素，"故宁拂戾时人，迻徙具足耳"，"任情删易，即为不诚"。[②]其次，在翻译语言的使用上鲁迅逐渐改变了早期文白杂糅的状况，转而使用较为纯粹、古雅的文言文。语言的变化使人不由得联想到了严复"以经子之文来译说部"的做法，不管两者是否有直接关联，但是鲁迅文学翻译语言的转变暗含了他对文艺的社会功能的严肃认识。如果说早年以白话文翻译《地底旅行》《月界旅行》等通俗小说时，鲁迅主要还是将自己的翻译出版定位在传统的"说部"的地位（传统话本小说、章回小说大多采用的是白话文），其出版活动除了有益于社会人心外，也夹杂着取悦读者、赚钱赢利的目的；那么1906年改用古雅的文言文则表明鲁迅或多或少地以经部、子部的传统来对待自己的翻译出版小说了。小说的娱乐性大大弱化，而作为经国大业的一面则日益强化，风格日趋严肃。

值得一提的是，周氏兄弟的"直译"也是在1906年前后萌芽的，最迟到了1907年，鲁迅的直译风格已较为明显了，此时的翻译出版的《红星佚史》《劲草》《匈奴奇士录》不仅在编次、章节标题、词句内容等方面很少"任意改

---

① 引自1932年1月16日鲁迅致增田涉的书信。

② 鲁迅：《城外小说集·略例》，《鲁迅全集》第10卷，人民文学出版社2005年版，第170页。

动"，而且文中的专用名词也遵照原著一律采用"音翻"。到了1909年的《域外小说集》"直译"已经成为该集子的整体特质。许寿裳曾将周氏兄弟的译作与德文原作对照，认为《域外小说集》"字字忠实，丝毫不苟，无任意增删之弊，实为译界开了一个新时代的纪念碑"①。

另外在这一时期，鲁迅的出版活动逐渐从长篇小说转变为短篇小说。这种转变预示着鲁迅的小说观已经突破了早期的"故事情节"中心论，并开始将出版活动的主战场由书籍出版扩展到期刊。鲁迅的这种发展趋势与此后"五四"新文学的走向是一致的。

《域外小说集》是鲁迅留日期间出版活动的终结而非圆满的句号。它的失败严重打击了鲁迅的出版热情，其打击力度甚至超过胎死腹中的《新生》杂志。《新生》的失败原因，鲁迅主要归结于撰稿人的散去、资金的撤走等外因。《域外小说集》则完全是按照鲁迅的设想进行的，资金全由朋友代付，鲁迅完全从经济顾虑中挣脱出来完全按照自己的文艺救国的理想来设计整个作品。这可以算是鲁迅心中理想的出版形式，然而失败了（远没有达到预期的社会反响）。这个失败已不只是一部翻译作品的失败，而是鲁迅企图依靠文艺改造社会的梦想的破灭，它让鲁迅认识到自己弃医从文道路艰难与缥缈。果然从此以后，在相当长的一段时期内鲁迅对文艺出版再也没有表现先前的热情。不过，这一次挫折也让鲁迅认识到出版活动不能只考虑出版人的出版热情和社会理想，也应注重读者的接受，只有寻找出版人与读者间的契合点，出版活动的社会作用才能得以实现。从这个意义上说，《域外小说集》的失败促使鲁迅再次反省自己的出版行为，从而为他在"五四"时期以一种新姿态重登现代传媒场做好了准备。

总之，自从1906年以后，鲁迅对于晚清文学翻译出版过于顺从中国读者习惯的做法有所反拨，开始自觉反抗中国语言文学的固有传统。这不仅体现在其翻译出版的选材与翻译策略上，也体现在他所传达的思想文化上。鲁迅留日期间出版活动的终结之作《域外小说集》以其迥异于晚清出版物的新风预示一个

---

① 许寿裳：《亡友鲁迅印象记》，上海文化出版社2006年版，第16页。

新的出版时代的到来——"异域文术新宗，自此始入华土"①，"新纪文潮，灌注中夏，此其滥觞矣"②。

---

① 鲁迅：《城外小说集·序言》，《鲁迅全集》第10卷，人民文学出版社2005年版，第168页。

② 鲁迅：《集外集拾遗补编·〈域外小说集〉第一册》，《鲁迅全集》第8卷，人民文学出版社2005年版，第455页。

第二章　鲁迅与二三十年代中国出版业的行业建设

在现代文学史上，鲁迅凭借其创作成为独一无二的文坛巨子。与此同时，"鲁迅"的形象资源及其所形成的品牌效应，使他的影响远远超出了文学的范围。他大力创办出版社、编辑刊物，编辑出版数十种图书，不断修正出版业由于商业化、政治化、娱乐化带来的不足，促进了现代出版行业的健康发展。鲁迅在出版业中的"行"与"思"浸透着文学家的良知和文化人的虔诚。因此，他的出现犹如黑暗中的一抹亮光，撼动着现代出版行业中各种约定俗成的规则，引导出版界通向一种理想的境界。下面，笔者拟从创作、出版与思想三个方面对这一问题进行探讨。

第一节　鲁迅的创作与二三十年代中国现代期刊的发展转型

在现代文学史上，鲁迅有极高的声誉，这既与他"表现深刻""格式特别"的创作有关，也在一定程度上得益于刚刚起步的中国现代出版业传播与营销。反过来，我们也应该看到鲁迅作品的刊载、流布对该行业的促进作用。

首先，鲁迅的创作不仅代表了中国二三十年代现代报刊的实绩，其独特创造与精神品格也促进了现代期刊的某种转型。鲁迅最早建立密切关系的刊物当数《新青年》。鲁迅的创作是《新青年》杂志扩大影响力的招牌之一。1915年9月15日，陈独秀创办《青年杂志》，第2卷起更名为《新青年》。1917年，编辑部迁到北京，1920年9月迁回上海，至1922年7月停刊，共出九卷。《新青年》的成立，具有划时代的意义。杨东莼指出："洪宪帝制消灭以后，行严即投身政治活动，《甲寅》因之停刊。不久，陈独秀从日本归国，在上海发行《新青年》杂志，继《甲寅》而起成为国内有时代性的惟一杂志。"①此时，《新青年》凭借标新立异的方式，激烈地攻击孔教，反对专制，已经有了一定的影响力，但尚停留在文化思想领域。1917年1月1日，胡适于《新青年》第2卷第5号发表《文学改良刍议》，稍后陈独秀也发表《文学革命论》鼓吹文学革命。《新青年》成为新文学倡导者宣传新文学理论的阵地。遗憾的是，新文学的具体实践并不像新文学理论那样来得猛烈而迅疾。直到1918年1月，胡适、刘半农、沈尹默在《新青年》第4卷第1号发表一批新诗，新文学家渴慕已久的新诗体才算诞生。同年5月15日，《新青年》第4卷第5号，刊登了鲁迅的白话小说《狂人日记》，现代样态的小说也才横空出世。1919年2月1日，傅斯年在《新潮》第1卷第2号《书报介绍》一栏向读者推荐《新青年》杂志时，首次评论了这篇文章，认为它"用写实笔法，达寄托的（Symboism）旨趣，诚然是中国近来第一篇好小说"②。傅斯年的话分明有借鲁迅的"中国近来第一篇好小说"来宣传《新青年》杂志的用意，这说明他已经意识到好的作品对于刊物的宣传功效。

为《新青年》贡献了《狂人日记》之后，鲁迅"便一发而不可收，每写些小说模样的文章，以敷衍朋友们的嘱托，积久就有了十余篇"③。《新青年》相继刊发了他的《孔乙己》《药》《风波》及《故乡》等文学作品。它们在同人圈产生了很大的影响，钱玄同称："《新青年》里的几篇较好的白话论文，新体诗，和鲁迅君的小说，这都算是同人做白话文学的成绩品。"④陈独秀敏锐地意识到鲁迅小说对于《新青年》的价值，不断催促鲁迅为《新青年》撰稿。如1920年3月11日，陈独秀甚至致信周作人说："我们很盼望豫才先生

① 杨东莼：《中国学术史讲话》，江苏教育出版社2005年版，第240页。

② 中国社会科学院文学研究所鲁迅研究室编：《1913—1983鲁迅研究学术论著资料汇编》第1卷，中国文联出版公司1985年版，第8页。

③ 鲁迅：《呐喊·自序》，《鲁迅全集》第1卷，人民文学出版社2005年版，第441页。

④ 钱玄同：《钱玄同文集》第1卷，中国人民大学出版社1999年版，第355页。

为《新青年》创作小说，请先生告诉他。"①同年7月9日，致信周作人又说：
"豫才先生有文章没有？也请你问他一声。"②鲁迅的小说《药》就是在陈独
秀反复"催促"之下创作并发表在《新青年》的。9月28日，陈独秀又给周作
人写信称："我希望你和豫才玄同二位有功夫都写点来。豫才兄做的小说实在
有集拢来重印的价值，请你问他倘若以为然，可就《新潮》、《新青年》剪下
自加订正，寄来付印。"③鲁迅自己后来也回忆："我必得记念陈独秀先生，
他是催促我做小说最着力的一个。"④陈独秀的催促固然表明他对鲁迅小说的
赞赏，同时他这殷切的期待亦很能说明作为主编的陈独秀对鲁迅日渐形成的影
响力的看重。

　　除了在《新青年》发表小说之外，鲁迅还在上面刊登新诗、随感录、论
文、通信、翻译文学等。从传播学的角度来看，鲁迅和其他同人一道，用实
际创作扩大了《新青年》期刊的影响力。有学者统计："从一九一八年五月
十五日出版的四卷五号起，到一九二一年出版的九卷四号止，近三年多时间
里，鲁迅在《新青年》上陆续发表了小说五篇，新诗六首，随感录二十三则，
思想批判论文两篇，通讯三则，翻译文学作品四篇，附记、正误等其他文字七
则，共五十篇。此外，辑录《什么话》五条。还有其他人的诗歌译作，经过鲁
迅修改或记录，有些文章引述了他的零星意见。"⑤在这些作品中，随感录的
数量最大。鲁迅曾在《〈热风〉题记》中点评说："我在《新青年》的《随感
录》中做些短评，还在这前一年，因为所评论的多是小问题，所以无可道，原
因也大都忘却了。但就现在的文字看起来，除几条泛论之外，有的是对于扶
乩，静坐，打拳而发的；有的是对于所谓'保存国粹'而发的；有的是对于那
时旧官僚的以经验自豪而发的；有的是对于上海《时报》的讽刺画而发的。记

　　① 水如编：《陈独秀书信集》，新华出版社1987年版，第251页。
　　② 钟叔河编订：《周作人散文全集》第9卷，广西师范大学出版社2009年版，第611页。
　　③ 水如编：《陈独秀书信集》，新华出版社1987年版，第271页。
　　④ 鲁迅：《南腔北调集·我怎么做起小说来》，《鲁迅全集》第4卷，人民文学出版社
2005年版，第526页。
　　⑤ 薛绥之主编：《鲁迅生平史料汇编》第3辑，天津人民出版社1983年版，第591页。

得当时的《新青年》是正在四面受敌之中，我所对付的不过一小部分；其他大事，则本志具在，无须我多言。"①如鲁迅所说，"《新青年》是正在四面受敌之中"，他自然为捍卫理想信念而进行"战斗"。换言之，鲁迅在通过"笔伐"，维护《新青年》。孙玉石在《鲁迅与〈新青年〉》一文中细致地介绍了鲁迅与刘师培、林琴南、张厚载等人的论争，并指称："这些《随感录》象锋利的匕首和投枪，喷射着猛烈的反帝反封建的火焰。"②

但鲁迅的特殊之处在于，他的创作促进了《新青年》期刊的某种转型。朱寿桐就明确指出："鲁迅对于《新青年》的主要贡献在于积极主导建立《新青年》的文学传统，从而为中国新文学奠定了厚重而富有时代特色的基础。鲁迅的登场使得《新青年》的议论出现了某种转型：由宏观的政治文化和历史批判视野部分地转向具体的社会文明和现实批判问题，并直接引起了《新青年》对人生问题的关注以及对文学创作的关注。"③晚清以来，知识分子好宏论，如梁启超的"少年中国说"等等，洋洋洒洒气势磅礴，不免有些空泛。这样的宏论动辄上万字数也不适合现代报章的篇幅。鲁迅留日期间也好作宏论，写下过《摩罗诗力说》《文化偏至论》之类纵论古今中外的长篇论文。到了"五四"时期，鲁迅对空泛的长篇阔论已经不感兴趣，转而着力于具体问题的分析与解决的小杂感，这些文章常常从某一小问题展开去，上升到社会文化的批判高度。他的小说创作也是如此，他说："我便将所谓上流社会的堕落和下层社会的不幸，陆续用短篇小说的形式发表出来了。原意其实只不过想将这示给读者，提出一些问题而已。"④《狂人日记》不仅是中国现代文学史上第一篇白话小说，还开启了用小说提出问题的先河。继《狂人日记》之后，《新青年》开辟"易卜生专号"，介绍外国戏剧，各种讨论社会问题的创作纷至沓来。

① 鲁迅：《热风·题记》，《鲁迅全集》第1卷，人民文学出版社2005年版，第307页。

② 西北大学鲁迅研究室编辑：《鲁迅研究年刊1979》，陕西人民出版社1980年版，第377页。

③ 朱寿桐：《鲁迅与〈新青年〉文学传统的创立》，《暨南学报（哲学社会科学版）》2006年第2期。

④ 鲁迅：《集外集·英译本〈短篇小说选集〉自序》，《鲁迅全集》第7卷，人民文学出版社2005年版，第411页。

鲁迅与20世纪中国研究丛书

另外，孙伏园于1924年创办的《语丝》也得到鲁迅的大力支持。鲁迅自称："同我关系较为长久的，要算《语丝》了。"①《语丝》第3期曾刊载《语丝》长期撰稿人名单，共16人，他们是周作人、钱玄同、江绍原、林语堂、鲁迅、川岛、斐君女士、王品青、章衣萍、曙天女士、孙伏园、李小峰、淦女士、顾颉刚、春台、林兰女士。鲁迅在《我和〈语丝〉的始终》一文中略微提及孙伏园曾邀请16位长期撰稿人一事，然而言语之间，流露出一些不屑，"那十六个投稿者，意见态度也各不相同，例如顾颉刚教授，投的便是'考古'稿子，不如说，和《语丝》的喜欢涉及现在社会者，倒是相反的。不过有些人们，大约开初是只在敷衍和伏园的交情的罢，所以投了两三回稿，便取'敬而远之'的态度，自然离开。连伏园自己，据我的记忆，自始至今，也只做过三回文字，末一回是宣言从此要大为《语丝》撰述，然而宣言之后，却连一个字也不见了。于是《语丝》的固定的投稿者，至多便只剩了五六人"②。而鲁迅正属于少数几个坚持投稿的人。据张梁所辑《鲁迅在〈语丝〉上发表的著译目录》，鲁迅前后发表140余篇文章，③包含散文诗、小说、杂文、译文等等，不少作品脍炙人口，如《论雷峰塔的倒掉》《再论雷峰塔的倒掉》《看镜有感》《论辩的魂灵》《论"他妈的！"》《无花的蔷薇》《记念刘和珍君》等等。因此有些学者就指出："鲁迅在《语丝》上发表的作品，对《语丝》的政治倾向产生了决定性的作用。"④曹聚仁则从文体的角度对鲁迅、周作人的影响进行了概括："《语丝》周刊在中国新文学进程上，的确是一方纪程碑；《语丝》所无意中形成的文体，也给新文学以清新的风格。周氏兄弟，的确是《语丝》的支柱。"⑤30年代《申报·自由谈》，以及《中华日报》

---

① 鲁迅：《三闲集·我和〈语丝〉的始终》，《鲁迅全集》第4卷，人民文学出版社2005年版，第168页。

② 鲁迅：《三闲集·我和〈语丝〉的始终》，《鲁迅全集》第4卷，人民文学出版社2005年版，第170页。

③ 张梁编选：《〈语丝〉作品选》，人民文学出版社2011年版，第323—331页。

④ 刘丽华、郑智：《寻找伟人的足迹——鲁迅在北京》，北京工业大学出版社1996年版，第190页。

⑤ 曹聚仁：《鲁迅评传》，东方出版中心1999年版，第80页。

《大晚报》副刊等商业味、新闻味十足的报刊也是鲁迅发表言论的平台。据统计，"从1933年1月30日至1934年8月23日，鲁迅在《自由谈》上用48个笔名发表了143篇文章。平均每隔三四天就有1篇，最多的一个月发表了15篇"[①]。在《中华日报》副刊《动向》上鲁迅不停更换了"13个笔名"，发表了"几十篇文章"。[②]毋庸置疑，鲁迅已经成为这些刊物的重要支持者。

在上述实践活动中，鲁迅以其卓越的创造力和深刻的洞察力，探索了一种契合于这些现代报刊传媒发展的新的杂文体。当然这种关系是相互的，杂文写作也"使鲁迅最终找到了最适于他自己的写作方式，创造了属于他的文体——杂文（鲁迅的杂文正是在这最后十年成熟的），而且在一定意义上，甚至成为他的生命存在形式"[③]。

晚清以来，报刊、出版业的出现及蓬勃发展为知识分子介入社会提供了一种新的可能。现代传媒提供的阵地、载体和物质利益保障让中国知识分子于科举考试之外找到新的干预社会兼以谋生的职业道路。当然传播方式、接受对方的变化也改变了知识分子的写作方式，传统文人那种孤芳自赏式的写作方式日渐难以符合现代传媒的需求，而那种具备强烈参与意识的社会批判写作随着现代传媒的发展日益发达起来。到了20世纪二三十年代，中国现代报刊上出现了以鲁迅为代表的批判性杂文、以林语堂为代表的幽默小品文、以周作人为代表的闲适随笔文三类报章文体。这三种报刊文体当中于社会介入最深、在读者中影响最大且最具现代精神的当数鲁迅开辟的匕首式杂文文体。鲁迅的杂文的成型与现代传媒存在着直接的关系。以启蒙大众为己任的《新青年》杂志最早开辟《随感录》栏目，专刊思想启蒙性小文。为了适应《新青年》的需求，鲁迅的杂文大多是体制短小的时事点评或文化批判，这些杂文常常从自己的生命感受与现实体验生发开去，从小及大，层层推进，最后上升到思想文化的批判高度。《太白》创刊以后，这个杂志对稿约"掂斤簸两"[④]，鲁迅在这个刊物上

---

① 马光仁主编：《上海新闻史（1850—1949）》，复旦大学出版社2014年版，第671页。

② 马光仁主编：《上海新闻史（1850—1949）》，复旦大学出版社2014年版，第673页。

③ 钱理群：《鲁迅作品十五讲》，北京大学出版社2003年版，第233页。

④ 臧文静：《现代传媒与鲁迅杂文》，《党政干部学刊》2013年第5期。

鲁迅与20世纪中国研究丛书

发表的杂文也相应地变成"有的放矢、指名驳诘的精短杂感"①。20世纪30年代鲁迅寓居上海后，其身份由特约撰稿人变成职业撰稿人，他与商业性传媒的关系日益密切，仅在《申报·自由谈》上鲁迅就发表杂文一百四十余篇。受商业性现代传媒的影响，"鲁迅的杂文创作呈现出新的特质，一是适应报纸副刊'短、平、快'的常规要求，尽量照顾《自由谈》有关稿件篇幅的具体规定，兼顾'文禁'的钳制，将杂文字数限定在三五百字左右，多不过千字，几为短评。……二是取材于报刊贴近现实。……三是形式上出新出奇，体现出一种带有游戏色彩的趣味性"②。值得注意的是，鲁迅后期的杂文写作还与报刊的新闻报道结合起来，常常以报刊的时事报道为依托展开论述，使得鲁迅的杂文与新闻报道之间发生了微妙的互动关系。《"光明所到……"》《保留》《天上地下》《随感录·三十三》《"立此存照"》等文章剪裁、引用了大量的新闻报道，这些新闻材料经过鲁迅的补充、生发和延伸产生了特别的意义。例如《天上地下》摘引了报刊上四则新闻，这些新闻本来没有任何联系被鲁迅一编排便"表达鲁迅对中国人生命日渐缩小、国家即将沦丧于日本人铁蹄之下的担忧和愤怒"③。对时事新闻材料的剪裁引用使鲁迅杂文"话题鲜活吸引更多读者，引导他们进入媒体世界"④扩大了这些报刊的影响力，带动了当时的创作风气，同样也为这些刊物赢得了时誉。

尽管鲁迅杂文在不同时期不同类型的刊物会有所变化，然而在批判社会黑暗面，拷问"现实人生、传统文化和国民精神"方面却始终没有改变。⑤鲁迅的杂文"对于有害的事物，立刻给以反响或抗争，是感应的神经，是攻守的手足"。借助于"杂文创作言说自我、指涉他人，抒发内心涌动的情感，宣泄胸中不平的愤怒"，鲁迅"使杂文写作成为对话语权的争夺和享有，他以杂文书

① 臧文静：《现代传媒与鲁迅杂文》，《党政干部学刊》2013年第5期。

② 靳新来：《鲁迅：在现代传媒中开辟言说空间》，《天津师范大学学报（社会科学版）》2013年第4期。

③ 臧文静：《现代传媒与鲁迅杂文》，《党政干部学刊》2013年第5期。

④ 靳新来：《鲁迅：在现代传媒中开辟言说空间》，《天津师范大学学报（社会科学版）》2013年第4期。

⑤ 臧文静：《现代传媒与鲁迅杂文》，《党政干部学刊》2013年第5期。

写使舆论空间与被排斥的沉默的大多数之间产生了联系"。①

现代传媒借助杂文文体介入到现代生活的各个方面，针对当时社会诸相做出政治的、社会历史的、伦理道德的、审美的评价与判断，发挥了知识分子干预生活的作用。鲁迅杂文成为现代知识分子借助媒体发声的重要形式，无论是学习鲁迅的还是批判鲁迅的，他们发声的文体常常都是鲁迅所创立的杂文体。从这个意义上说，鲁迅为中国知识分子借助现代传媒发声提供了经典的范式。

其次，鲁迅作品的"巨大名气"也是现代出版传媒经常借用的资源。20年代中后期，鲁迅已成为市场上具有强大号召力的畅销书作家。1927年3月15日，他在给李霁野的信中说："我所做的东西，买者甚多，前几天涨到照定价加五成，近已卖断。而无书，遂有真笔板之《呐喊》出现，千本以一星期卖完。《坟》如出版，可寄百本来。"②连鲁迅的批判者也不得不承认鲁迅的巨大名气，如凌生在《从崇拜英雄说到鲁迅先生的作品》中写道："我不知鲁迅先生为什么要写许多大学教授也看不懂的文章？为什么鲁迅先生的文章有些连大学教授也看不懂，而连小学学生也晓得叫好？"③这个夸张的描述意在嘲讽读者的盲目崇拜，但这也充分说明鲁迅作品在当时的风靡。在这种背景下，"鲁迅"俨然成为一个品牌，其作品的结集出版既为出版社赢得了口碑，亦带来可观的经济效益。

北新书局的创设和发展就很好地利用了"鲁迅"这块名人招牌。1925年3月，李小峰和孙伏园等人在鲁迅的支持下创办北新书局。鲁迅为了帮助这批青年学生，不仅将自己的作品交给他们出版，还承担一些丛书编辑的任务。1933年1月2日，鲁迅致信北新书局老板李小峰，直言："现在不妨明白的说几句。我以为我与北新，并非'势利之交'，现在虽然版税关系颇大，但在当初，我非因北新门面大而送稿去，北新也不是因我的书销场好而来要稿的。所以至

---

① 臧文静：《现代传媒与鲁迅杂文》，《党政干部学刊》2013年第5期。

② 鲁迅：《鲁迅书信集》上册，人民文学出版社1976年版，第132页。

③ 中国社会科学院文学研究所鲁迅研究室编：《1913—1983鲁迅研究学术论著资料汇编》第1卷，中国文联出版公司1985年版，第533页。

去年止，除未名社是旧学生，情不可却外，我决不将创作给与别人。"①鲁迅的这番话虚实参半，北新书局成立之初"门面"并不大，鲁迅送稿非因"势利"，而是出于支持青年学生的公义，是为了促进新文学的发展。然而，"北新也不是因我的书销场好而来要稿的"这句话看似在"否认"，实际上是在明言他的书"销场好"，这自然是北新书局"要稿"的原因。早在1925年8月30日，鲁迅就曾指出北新书局图书的出版具有选择性，尤为看重销路。据李霁野《鲁迅与未名二三事》一文所云，鲁迅提到"现在的书局如北新，不肯印行青年的译作，尤其不愿印诗和剧本，因为没有销路"，他想"同青年们合办一个小出版社，自己可以筹四百五十元印费，先印自己的一本书，收回成本，自己先不支版税，用来印青年人的译作。我们表示赞成"。②

据《鲁迅全集》中所附"鲁迅译著书目"，1925至1931年间，鲁迅的著作基本上由北新书局包揽。③有研究者专门进行统计，指出："北新书局出版或经销的鲁迅译编和著作达三十九种之多，其中创作七种、杂感十一种、翻译九种、论著九种、艺术三种。"④这些著作包括《中国小说史略》《热风》《彷徨》《华盖集》《华盖集续编》《朝花夕拾》《野草》《而已集》等等。它们的出版使北新书局在出版界名噪一时。

许广平曾这样描述鲁迅对北新书局的"偏私"：

　　对于某某书店，先生和它的历史关系最为深厚。先生为它尽力，为它打定了良好基础，总不想使它受到损害。创办者原也是个青年，赖几位朋友之助，才打出这天下来。其时做新文化事业的真可说凤毛麟角，而出版的书，又很受读者欢迎，象这样有历史基础的书店，先生不愿意随便给它

---

① 鲁迅：《鲁迅书信集》上册，人民文学出版社1976年版，第344页。

② 李霁野：《鲁迅与未名二三事》，转引自王大川、陈嘉祥主编，天津市文史研究馆编：《津沽旧事》，上海书店出版社1994年版，第122—123页。

③ 鲁迅：《三闲集·鲁迅译著书目》，《鲁迅全集》第4卷，人民文学出版社2005年版，第181—184页。

④ 肖建军：《中国旧书局》，金城出版社2014年版，第152页。

打击。在别人看来，先生对它仿佛有点偏私。记得在厦门、广州时，曾有另一书店托人和先生磋商，许以优待条件，要先生把在某某书店发行的全部著作移出，交给那家书店出版，先生也未为所动。①

这里的"某某书店"指的正是北新书局，许广平的话至少交代出三个重要意思：一是，鲁迅和书店关系深厚，为其贡献颇多；二是，鲁迅能够给它"打击"，却"不愿意随便给它打击"；三是，鲁迅支持其发展，并未因经济利益的"诱惑"而移出"全部著作"，享有"新文艺书店的老大哥"②美名的北新书局的成功与鲁迅有很大关系。

综上可知，鲁迅通过其著作对杂志、出版社的支持是有选择、有原则、有目标的，这使得颇具新思想的杂志、出版社脱颖而出，为新文学的发展创造了条件。

第二节　鲁迅的出版活动与二三十年代中国出版业的发展走向

鲁迅以创作对杂志、出版社给予支持的同时，热情地投身到编辑和出版的实践中来。臧克家说："他在许多方面所创造的业绩，都是我们仰望的高峰，单就作为编辑出版工作者的鲁迅来看，他也是一个杰出的模范人物。"③总体来看，鲁迅对编辑出版业的贡献体现在以下几个方面：

第一，鲁迅根据自己对于现代出版业的规划与考虑，创办出版社、出版丛书，其数量多，影响范围广，受到业界瞩目，促进了当时出版业的繁荣。这些出版社和刊物亦成为时人针砭时弊、传播新思想、探索新出路的传媒阵地。

鲁迅先后创办了未名社、朝花社、奴隶社、三闲书屋、野草书屋、铁木艺

①　许广平：《欣慰的纪念》，人民文学出版社1981年版，第56页。
②　吴永贵：《民国出版史》，福建人民出版社2011年版，第154页。
③　臧克家：《臧克家文集》第6卷，山东人民出版社1994年版，第183页。

鲁迅与20世纪中国研究丛书

术社、版画丛刊会以及诸夏怀霜社8个出版社，是"创办出版社最多的现代作家"①。这些出版社的创办往往有鲜明的目的性，跟普通出版社相比，这种目的性与其文学文化长远发展相关而与经济利益无涉。比如未名社的创立。鲁迅曾在《忆韦素园君》中有扼要的描述：

> 出版者和读者的不喜欢翻译书，那时和现在也并不两样，所以《未名丛刊》是特别冷落的。恰巧，素园他们愿意绍介外国文学到中国来，便和李小峰商量，要将《未名丛刊》移出，由几个同人自办。小峰一口答应了，于是这一种丛书便和北新书局脱离。稿子是我们自己的，另筹了一笔印费，就算开始。因这丛书的名目，连社名也就叫了'未名'——但并非'没有名目'的意思，是'还没有名目'的意思，恰如孩子的'还未成丁'似的。未名社的同人，实在并没有什么雄心和大志，但是，愿意切切实实的，点点滴滴的做下去的意志，却是大家一致的。②

外国文学的翻译尤其是外国文学理论的翻译销路不好，出版商常常不愿意出版这类"亏本"的书籍，然而这类书籍对中国现代文学与文化的发展十分有益，因为只有"采用外国的良规，加以发挥"才能"使我们的作品更加丰满"。在写给萧军的信中，鲁迅再次谈及翻译对当下文坛的积极作用："中国作家的新作，实在稀薄得很，多看并没有好处，……可见翻译之不可缓。"③鲁迅对于翻译的倡导目的是补救中国新文学创作的不足与弊病，因此当他得知韦素园等人"愿意绍介外国文学到中国来"的时候，毅然把《未名丛刊》交给韦素园等人，期望大家"愿意切切实实的，点点滴滴的做下去"。韦素园等人没有辜负鲁迅的期望，《未名丛刊》贯彻了鲁迅的想法与主张，先后出版了《出了象牙之塔》（鲁迅译，日本厨川白村著）、《往星中》（李霁野译，俄

① 万安伦：《现代出版视野中的鲁迅》，《鲁迅研究月刊》2012年第10期。

② 鲁迅：《且介亭杂文·忆韦素园君》，《鲁迅全集》第6卷，人民文学出版社2005年版，第65—66页。

③ 鲁迅：《鲁迅书信集》下册，人民文学出版社1976年版，第898页。

国安特列夫著）、《穷人》（韦丛芜译，俄国陀思妥耶夫斯基著）、《外套》（韦素园译，俄国果戈理著）、《小约翰》（鲁迅译，荷兰蔼覃著），《文学与革命》（韦素园、李霁野译，苏联托洛茨基著）等。鲁迅说："自素园经营以来，绍介了果戈理（N. Gogol），陀思妥也夫斯基（F. Dostoevsky），安特列夫（L. Andreev），绍介了望·蔼覃（F. van Eeden），绍介了爱伦堡（I. Ehrenburg）的《烟袋》和拉夫列涅夫（B. Lavrenev）的《四十一》。……曾几何年，他们就都已烟消火灭，然而未名社的译作，在文苑里却至今没有枯死的。"①未名社借助于鲁迅的文学资源与商业资源得以生存与发展，鲁迅则借助于未名社将苏联、东欧等进步作家的作品、理论"推送"到国内读者面前，这些现实主义表现手法以及民众的大胆反抗精神给中国现代文学的发展提供了榜样。

除了未名社外，朝花社、奴隶社、三闲书屋、野草书屋、铁木艺术社同样寄寓了鲁迅对中国现代文学出版业的期望。这些社或推崇外国文学翻译，或提携未出名的青年进步作家，一步一步地"扶植一点刚健质朴的文艺"②。朝花社出版的《朝花小集》《近代世界短篇小说集》两套丛书都偏重于外国文学的翻译。三闲书屋出版的六种图书全是介绍外国文学与艺术的，《毁灭》（苏联作家法捷耶夫）、《铁流》（苏联作家亚历山大·绥拉菲摩维奇）、《凯绥·珂勒惠支版画选集》（德国版画家凯绥·珂勒惠支）等等。此外，野草书屋出版了《萧伯纳在上海》（瞿秋白编译、鲁迅作序）、《不走正路的安得伦》（曹靖华译）等外国文学作品。鲁迅在这些出版社编辑了数十种图书。数量之大，质量之高，促进新文学的发展同时，形成了图书出版业的盛世局面。其中有名的丛书有"未名丛刊""乌合丛书""科学的艺术论丛书""近代世界短篇小说集""现代文艺丛书""文艺连丛""图版丛刊""奴隶丛书"等等。鲁迅对这些丛书的编纂往往独具慧眼，能弥补一时代的不足，得到了后人极高的评价。例如倪墨炎认为《未名丛刊》"是20年代在我国现代文坛中有影响的一套丛书。它所出版的23种图书，15种是俄国和苏联的，2种多人集中也有俄国作品。这样集中的介绍俄国和苏联的作品，在其他丛书中是没有的"[①]。钱理群也认为《未名丛刊》是"鲁迅对中国文艺发展的一个战略性的选择"，"翻译视野是相当开阔的"。[②]在"奴隶丛书"中，鲁迅收录了叶紫的小说集《丰收》、萧红的《生死场》、萧军的《八月的乡村》，这几部集子的作者当时还未成名，鲜有出版社愿意出版他们的书稿，鲁迅名之"奴隶丛书"，为之宣传，三人随之名声鹊起。后来王季深总结道："这三部小说都写得很好，且各有其特点，鲁迅先生'慧眼识珍珠'把它们编为《奴隶丛书》，分别写了序言，向广大读者推荐，这三个无名作家，就此出了名，登上了文坛。"[③]为了扶植文坛的刚健之风，鲁迅直到生命的最后阶段还以诸夏怀霜社名义，出资印行瞿秋白的遗著《海上述林》。这些出版行文有一种"执着"和"发现"的精神，都蕴含着大写的"公义"二字。总之，鲁迅着眼于中国现代文化的长远发展，通过亲自或者资助他人出版来修正当时出版业的不足（如商业化、政治化、媚俗化等等），促使中国现代传媒发展与中国文化现代性转型的良性互动。

除了自费译介外国文学作品与理论外，鲁迅对中国美术出版的发展也做出了极大的贡献，这是一般现代文学作家无法相比的。中国版画在鲁迅的倡导下实现了由复制性版画向创作性版画转型。所谓创作性版画是指由艺术家创作并经过制版、印刷等程序印刷出来的美术作品，它们是或用刀或用化学药品在木板、石头、金属、麻胶材料上雕刻或蚀刻后印刷而成的作品。版画是所有画种当中与出版业联系最为紧密的艺术，它能依托于出版业迅速传播，发挥"战斗"的作用。因此鲁迅说："当革命时，版画之用最广，虽极匆忙，顷刻能

---

① 倪墨炎：《现代文坛内外》，汉语大词典出版社1998年版，第170页。

② 钱理群主编：《中国现代文学编年史：以文学广告为中心（1915—1927）》，北京大学出版社2013年版，第502—503页。

③ 叶雪芸编：《叶紫研究资料》，湖南人民出版社1985年版，第351页。

办。"①然而这种艺术形式在当时并未受到文化艺术界的重视，传统的旧式插画和西方的现代插画都鲜见有人介绍，"青年艺术家知道的极少"，书店里亦无相关书籍供卖，因此要想倡导版画艺术，第一步应将中外优秀的版画资源介绍给读者。

尽管鲁迅是一个激进的新文化运动者，曾经告诫青年最好不要读中国书，然而在对待传统美术资源方面，他的态度却十分开明，他说，"新的艺术没有一种是无根无蒂，突然发生的，总承受着先前的遗产"，"择取中国的遗产，融合新机，使将来的作品别开生面也是一条路"。②然而在中国文化艺术的急遽现代化的时代，随着旧式文人的减少，中国古代插画、版画艺术也在衰亡。为了"留一点东西给好事者及后人"，鲁迅于1933年致信郑振铎约他搜集《北平笺谱》的笺样。此后数月，郑振铎寄给鲁迅500余份古代笺样，鲁迅从中选取了332幅笺纸并亲自挑选付印纸张，编订目次，设计封面版式，于是年10月出版。该集子"分订线装六大册，由北平荣宝斋印刷装订，被当时的出版界视为一大盛事，对传承中国古代木刻版画有不可估量的影响"③。鲁迅本人对这个集子的价值亦充满自信，在写给郑振铎的信中说"此番成绩，颇在预想之上"④，后来跟姚克又说该集子是"旧法木刻的结账"，能为现代青年艺术家学习古代版画艺术提供借镜。⑤

《北平笺谱》获得成功之后，鲁迅又约郑振铎自费翻印《十竹斋笺谱》。《十竹斋笺谱》系明代印刷最高水平的代表，鲁迅自费翻印此书有着多方面的考虑，他在写给增田涉的信中说："旧式文人逐渐减少，笺画遂趋衰亡，……雕工、印工现在也只剩三四人，大都陷于可怜的境遇中，这班人一死，这套技

① 鲁迅：《集外集拾遗·〈新俄画选〉小引》，《鲁迅全集》第7卷，人民文学出版社2005年版，第363页。

② 鲁迅：《且介亭杂文·〈木刻纪程〉小引》，《鲁迅全集》第6卷，人民文学出版社2005年版，第50页。

③ 卢军：《济文字之穷——鲁迅的美术出版历程及思想探究》，《社会科学辑刊》2016年第2期。

④ 鲁迅：《鲁迅书信集》上册，人民文学出版社1976年版，第494页。

⑤ 鲁迅：《鲁迅书信集》上册，人民文学出版社1976年版，第489页。

术也就完了。"①《十竹斋笺谱》的出版不仅要保存古代优秀的出版物，给现代青年艺术家创作以借镜，另一方面也想借助印书来给印工、雕工等非物质文化的继承者一点经济援助。中国思想文化现代化转型以后，掌握传统雕刻工艺的匠人群体渐渐失去了用武之地，生存空间日益缩小，鲁迅担忧"将来未必再有此刻工和印手"②，因而想借助于出版古代笺谱来支援他们，为现代中国出版业保留点优秀的人才。鲁迅为《十竹斋笺谱》的出版用力颇多，对用色、用纸、装帧设计等具体问题都做了深入的思考与设计，尤其在版权页设计方面思量甚多。过去，古籍出版的版权页"仿自日本，实为彼国维新前呈报于诸侯爪牙之余痕"，鲁迅有所不满。因此在印《十竹斋笺谱》时鲁迅"另出新样"，"于书之最前面加一页，大写书名，更用小字写明借书人及刻工等事。如所谓'牌子'之状，亦殊别致也"。③鲁迅所创造的这个版权页既融合现代版权意识，表现了对收藏者和工匠人的尊重，又融合了传统木刻艺术，让版权页的造型更有艺术感，因而该项创造"广受出版界重视并沿用至今"④。

此外，为了给青年美术家提供学习的榜样，纠正当时画坛的不正之风，鲁迅还引进了大量的西方现代版画作品，出版了诸如《近代木刻选集》《引玉集》《新俄画选》《士敏士之图》《死魂灵百图》等集子。这些画册（集）大多数是鲁迅自费印刷的。它们在中国美术出版史上占据着特殊的意义，例如《引玉集》是中国出版的第一部苏联版画集。鲁迅出版外国美术作品源于他对当时画坛的不满。在鲁迅看来虽然很多革命画家推崇西方现代版画，然而真正理解西方现代版画的艺术家并不多。他说现代中国画家"喜欢介绍欧洲十九世纪末之怪画，一怪，即便于胡为，于是畸形怪相，遂弥漫于画苑。而另一派，则以为凡革命艺术，都应大刀阔斧，乱砍乱劈，凶眼睛，大拳头，不然，

① 鲁迅：《鲁迅书信集》下册，人民文学出版社1976年版，第1171页。

② 鲁迅：《鲁迅书信集》下册，人民文学出版社1976年版，第796页。

③ 鲁迅：《鲁迅书信集》上册，人民文学出版社1976年版，第633页。

④ 卢军：《济文字之穷——鲁迅的美术出版历程及思想探究》，《社会科学辑刊》2016年第2期。

即是贵族"①。中国青年画家常常将工农的拳头画得比头还大且满脸凶神恶煞之相，以为如此便是革命画。鲁迅对画坛的看法与其对中国文坛的看法很相似，1928年太阳社、创造社高谈阔论"革命文学"，鲁迅认为他们对于什么是革命文学的问题并没弄清楚，因此被挤着硬译几本革命文学的理论著作过来，让读者明白革命文学究竟为何物。在面对中国美术界时，鲁迅采取了同样的方式——介绍西方进步画家的作品与理论。为此，鲁迅先生选取了《一个人的受难》《引玉集》《凯绥·珂勒惠支版画选集》等作品介绍到国内，让青年艺术直观地感受欧洲进步画家塑造劳苦大众的方式，并通过对苏联、德国等进步画家作品的引进，形成一种以现实主义手法表现劳工大众反抗精神的进步画风，为现代中国美术出版业的健康发展指明了道路。

　　除了出版中外画集外，资助青年版画家出版优秀作品也是鲁迅对现代中国美术出版业的贡献之一。中国现代版画的第一部集子《木刻纪程》就是由鲁迅策划、出资出版的。鲁迅最初想法是将《木刻纪程》出版为定期的刊物，按照《木刻纪程（一）》《木刻纪程（二）》《木刻纪程（三）》的顺序连续出版下去，使之成为青年版画家战斗的平台。然而由于印刷技术的低下，这个想法并未实现。只有在1934年以"铁木艺术社"的名义征集了八名进步青年艺术家的24幅木刻作品印行了《木刻纪程（一）》。该画集只出版了一部但记录了中国版画的成长足迹，鼓励了青年艺术家的创作热情，调动他们的积极性，正如鲁迅在《木刻纪程》的引文中所说："仗着作者历来的努力和作品日见其优良，现在不但已得中国读者的同情，并且也渐渐的到了跨出世界上去的第一步。虽然还未坚实，但总之，是要跨出去了。……本集即愿做一个木刻的路程碑，将自去年以来，认为应该流布的作品，陆续辑印，以为读者的综观，作者的借镜之助。"②另外在对作品选择与评价的过程中也间接地影响了青年画家的创作方向，引导他们往现实主义道路发展。

　　与鲁迅的其他出版活动一样，鲁迅的美术出版也具有超越时代的前瞻性，

---

　①　鲁迅：《鲁迅书信集》上册，人民文学出版社1976年版，第565页。

　②　鲁迅：《且介亭杂文·〈木刻纪程〉小引》，《鲁迅全集》第6卷，人民文学出版社2005年版，第49—50页。

"他从不拘泥于眼前利益，甘愿做新文艺运动的铺路石"①。鲁迅介绍西方现代版画新作，翻刻古代中国插画，目的是为了培育中国美术界和出版界的健康向上之风，探寻中国新兴的现代版画的健康发展道路，正如他自己总结的那样："采用外国的良规，加以发挥，使我们的作品更加丰满是一条路；择取中国的遗产，融合新机，使将来的作品别开生面也是一条路。"②鲁迅对中国美术业发展有着超越一般人的长远的规划，并且他以自己的出版实践来引导中国现代版画朝着自己计划的方向发展，不过由于种种原因，鲁迅的美术出版计划大多数没能实现。例如，陈老莲的《博古页子》虽已付梓并登了广告最后仍流产未果，而《凌烟功臣图》、《耕织图》、《汉画像考》、《十竹斋》后三册、《铁流之图》、《城与年》、《拈花集》、《英国插画选集》、《法国插画选集》、《俄国插画选集》、《近代木刻集》、《罗丹雕刻选集》、《希腊瓶画选集》等作品都已着手编选，但最终没能印成。不过透过鲁迅这些未完成的计划，我们仍不难感受到鲁迅对中国美术出版业雄心与用心。

　　第二，鲁迅的刊物编辑活动亦对中国现代出版业的发展贡献了巨大的力量。鲁迅总共编辑、主编了18种杂志。据万安伦《现代出版视野中的鲁迅》一文统计，他先后编辑或参与编辑的刊物有《新青年》、《语丝》、《莽原》、《国民新报副刊》乙刊、《未名》、《奔流》、《朝华》、《艺苑朝华》、《萌芽月刊》、《新地》、《文艺研究》、《巴尔底山》、《世界文化》、《前哨》、《十字街头》、《海燕》、《译文》、《太白》等。鲁迅作为极富声望的作家，编辑或主编这些刊物本身，就是它们最好的"广告"。这些刊物有的发行时间比较长，如《新青年》《语丝》；有的"寿命"较短，比如《萌芽月刊》《新地》，其中《新地》甚至仅出版1期就被当局查封。因此，各个期刊的社会影响、发挥的作用并不相同，加之鲁迅参与编辑期刊的投入程度不同，产生的实际效果也不同。

---

① 卢军：《济文字之穷——鲁迅的美术出版历程及思想探究》，《社会科学辑刊》2016年第2期。

② 鲁迅：《且介亭杂文·〈木刻纪程〉小引》，《鲁迅全集》第6卷，人民文学出版社2005年版，第50页。

《莽原》由鲁迅亲手创办。它最能够体现鲁迅的办刊宗旨、编辑态度和努力方向。1925年3月31日，鲁迅在写给许广平的信中说："北京的印刷品现在虽然比先前多，但好的却少。《猛进》很勇，而论一时的政象的文字太多。《现代评论》的作者固然多是名人，看去却很显得灰色，《语丝》虽总有想反抗的精神，而时时有疲劳的颜色，大约因为看得中国的内情太清楚，所以不免有些失望之故罢。"[①]因不满当时刊物，鲁迅决心创办《莽原》。1925年4月24日，《莽原》创刊，为周刊，同年11月27日，至32期停刊，其间杂志由鲁迅主编。1926年1月10日，《莽原》改为半月刊，重新出版。同年8月，鲁迅赴厦门，刊物改由韦素园编辑。1927年12月25日，《莽原》出版第2卷第23—24期后停刊，两卷共刊行48期。

《莽原》周刊有一个细节颇值得注意："报头是找一个八岁的孩子胡兴元写的。鲁迅十分喜欢那种幼稚而天真的笔迹。"[②]"报头"反映的是一个刊物的旨趣。一般情况，书写报头的往往是大家或名家，正规而又庄严。但"莽原"居然出自孩童之手，书法幼稚，难入一般人法眼，但鲁迅却很喜欢，究其原因，当在孩童之笔迹乃出自"本真"，毫不矫揉造作，契合了鲁迅的办刊宗旨。在文章的选择上，他十分重视"真"。鲁迅在致许广平的信中曾自述办刊目标："中国现今文坛（？）的状态，实在不佳，但究竟做诗及小说者尚有人。最缺少的是'文明批评'和'社会批评'，我之以《莽原》起哄，大半也就为得想引出些新的这样的批评者来，虽在割去敝舌之后，也还有人说话，继续撕去旧社会的假面。"[③]鲁迅想带领身边的"莽原"同人，多做些"文明批判"与"社会批判"，"继续撕去旧社会的假面"。基于这样的宗旨，鲁迅在《莽原》上发表了一系列言辞犀利的杂文，比如《春末闲谈》《灯下漫笔》《杂忆》《论"费厄泼赖"应该缓行》《一点比喻》等，这些文章比他之前的

---

① 鲁迅：《两地书·北京》，《鲁迅全集》第11卷，人民文学出版社2005年版，第33页。

② 薛绥之主编：《鲁迅生平史料汇编》第3辑，天津人民出版社1983年版，第639页。

③ 鲁迅：《书信·250428致许广平》，《鲁迅全集》第11卷，人民文学出版社2005年版，第486页。

杂文"更为激烈，战斗力更强"①。有研究者指出："他的这些饱含着关于现实与历史的真知灼见，使他的杂文犹如闪亮的珍珠，极大地丰富了《莽原》的杂文园地，扩大了《莽原》的影响。"②

除了上述出版、编辑活动外，鲁迅在版式设计、装帧、校对、广告、经营管理、书评等方面也有很多创造。赵玉秋在《一个出版家必须首先是一个革命者》中指出："鲁迅对编辑出版工作精益求精，他所出版的每一本书，都十分讲究，追求从内容到形式的完美统一，尽力使其成为一个完美的艺术品。从插图、封面、版式，到纸张、印刷、装订，甚至一个标点的位置，边的切与不切，皆按照他的严格要求进行。"③比如在排版细节方面，北新书局的李小峰就受到鲁迅的颇多教诲，开拓了书籍形式的新风尚。鲁迅在排版《苦闷的象征》的时候说："校着《苦闷的象征》的排印样本时，想到一些琐事——我于书的形式上有一种偏见，就是在书的开头和每个题目前后，总喜欢留些空白，所以付印的时候，一定明白地注明。但待排出寄来，却大抵一篇一篇挤得很紧，并不依所注的办。查看别的书，也一样，多是行行挤得极紧的。较好的中国书和西洋书，每本前后总有一两张空白的副页，上下的天地头也很宽。而近来中国的排印的新书则大抵没有副页，天地头又都很短，想要写上一点意见或别的什么，也无地可容，翻开书来，满本是密密层层的黑字；加以油臭扑鼻，使人发生一种压迫和窘促之感，不特很少'读书之乐'，且觉得仿佛人生已没有'余裕'，'不留余地'了。"④李小峰在书籍印刷时采纳了鲁迅的意见："我们决定遵照鲁迅先生所提示的意见，每本书在里封之前，版权页之后，各留一二张空白副页，天地头放宽，每篇的题目前后留下几行空行，每篇另页

---

① 钱理群主编：《中国现代文学编年史：以文学广告为中心（1915—1927）》，北京大学出版社2013年版，第413页。

② 陈安湖主编：《中国现代文学社团流派史》，华中师范大学出版社1997年版，第134页。

③ 中国出版科研所科研办公室编：《近现代中国出版优良传统研究》，中国书籍出版社1994年版，第119页。

④ 鲁迅：《华盖集·忽然想到》，《鲁迅全集》第3卷，人民文学出版社2005年版，第15页。

起，至少另面，行与行之间保持相当距离；这样，版式就显得疏朗悦目，且有余地写上一点读后的意见。"[①]

在装帧方面，鲁迅非常讲究与用心。他请陶元庆为自己译的《苦闷的象征》和李霁野译的《黑假面人》作书面，还请陶为董秋芳译的《争自由的波浪》做点"装饰"。为传统出版业带来了新的艺术气息。其实早在《呐喊》出版时，鲁迅就亲自设计了封面，他说："过去所出的书，书面上或者找名人题字，或者采用铅字排印，这些都是老套，我想把它改一改，所以自己来设计了。"[②]《呐喊》初版时，整个封面用深红做底色，在中上部横置黑色方块，里面反阴隶体写着"呐喊"和"鲁迅"，这是鲁迅在革新传统装帧形态的一次有益尝试。后来渐渐请别人设计，其中鲁迅尤为赞赏的就是陶元庆，被鲁迅称为"以新的形，尤其是新的色来写出他自己的世界，而其中仍有中国向来的魂灵——要字面免得流于玄虚，则就是：民族性"[③]。

鲁迅的编辑态度亦堪称业界楷模。鲁迅日记1929年3月5日载："通夜校《奔流》稿。"[④]鲁迅身边的友人大都曾亲睹他的谨严、审慎和勤奋。李霁野描述说："鲁迅先生对印书十分仔细认真，铅字稍旧而笔画不清楚的，一定要换掉。一行头上有无所属的标点，一定要改排好。译作的日期必与本文空一行，下边空四字格；虽都注明，往往错误，一定一再改正，到不错为止。先生离京前，译作除由我们校二次外，还亲校二次，所以错字绝少。纸张、墨色、装订、书面的颜色等等，先生都一一注意，一丝不苟。"[⑤]即使是在鲁迅生命的最后几年里，他仍然努力做好校定工作。萧红回忆说："瞿秋白的《海上述林》校样，一九三五年冬和一九三六年的春天，鲁迅先生不断的校着，几十万

---

① 陈离：《在"我"与"世界"之间：语丝社研究》，东方出版中心2006年版，第136—137页。

② 钱君匋：《我对鲁迅的回忆》，转引自人民美术出版社编辑：《"鲁迅与美术"研究资料·回忆鲁迅的美术活动》，人民美术出版社1981年版，第177页。

③ 鲁迅：《而已集·当陶元庆君的绘画展览时》，《鲁迅全集》第3卷，人民文学出版社2005年版，第573页。

④ 鲁迅：《鲁迅日记》下册，人民文学出版社1976年版，第636页。

⑤ 李霁野：《李霁野文集》第2卷，百花文艺出版社2004年版，第104页。

字的校样，要看三遍，而印刷所送校样来总是十页八页的，并不是通通一道送来，所以鲁迅先生不断的被这校样催索着。"[1]

总之，作为作家的鲁迅亲自"操刀"进入出版业，或以"资助人"的角色介于中国现代报刊出版业，是对于中国现代传媒发展方向的直接"干预"。这蕴含着鲁迅对于中国现代社会与文化发展的美好愿景。他通过自己的出版活动来修正商业化、政治化与世俗化给出版业带来的种种不良现象，将现代出版业重新拉向建设健康的中国现代文化的道路。鲁迅这些带有"理想性"的出版实践既是文学创作向传播领域的自然延伸，亦是有良知的现代知识分子在这个时代的一种责任担当。

第三节　公众领域与独语空间的博弈

作为中国现代知识分子的伟大先驱，鲁迅对现代传媒的深度介入有着高度的自觉性、深刻的思想理念和丰富的实践经验，对知识分子如何介入公共领域做了多方面的探索。在这些探索当中，鲁迅对于现代报刊"独语"空间的开辟无疑最具开创意义。独语，有时鲁迅也称"自言自语"，是其生命体验和个人感情中升华出来的从内质疑、批判的言说方式，带有极强的内省特点。"独语"是鲁迅在现代报刊传媒上重要的言说形式，从《新青年》上的《狂人日记》到《国民公报》上总题为"自言自语"的七篇散文诗，再到《语丝》上二十三篇散文诗[2]，最后到《作家》上的《半夏小集》，这种"有意味的形式"贯穿了鲁迅一生的创作。"独语"不仅展现了鲁迅丰富而深邃的内在感受，也将他与世界之间异常紧张的关系揭示了出来。正如《狂人日记》中的"我"被置于社会的对立面成为整个社会的"公敌"一样，独语者（独异个体）与庸众之间的尖锐化对立，常常不可避免地引发"公仇"。在《三闲集》

---

[1]　萧红著，章海宁主编：《萧红全集·散文卷》，北京燕山出版社2013年版，第330—331页。

[2]　这二十三篇散文诗后结集为《野草》。

《南腔北调集》《伪自由书》《准风月谈》《花边文学》等集子中，鲁迅"公仇"式在世生存得到完美展现。

向内无声的"独语"与向外有声论战的"公仇"，二者如影随形，互相扭结，形成贯穿鲁迅一生最突出的生存与生命景观，展示出鲁迅特质性的精神性存在。"独语"凸显出鲁迅体验、透视社会、历史与人生的深度与锐度。当这种他人难以企及的思想深度、锐度与高度通过现代报刊进行传播的时候，中国现代报刊也因此获得了持久的精神穿透力与辐射力，同时为中国当代传媒彰显生命力以促动"人的现代化"的历史进程提供了诸多启示。

一、"独语"与"众语"的博弈

鲁迅的"独语"能够从潜言说转变为公开的言说，现代报刊传媒是其重要的条件。众所周知，鲁迅回国后沉寂了十年，其生存状态正如《呐喊·自序》中所描述那样，"如置身毫无边际的荒原"，寂寞"缠住了我的灵魂"，生命在"暗暗的消失"。①直到中国现代报刊——《新青年》的约稿才将这种寂寞生存状态打破。鲁迅积蓄了十年的"自言自语"因《新青年》撕开了口子"立即爆发起来了"②，开篇便是"狂人"的"自言自语"，接着又是"野草"。在借助《新青年》《语丝》等平台释放的"独语"里，鲁迅深邃的个体生命体验与时代的宏大主题结合在一起，显示出极强的开放性的力量，引起了广泛的关注。

然而，并不是鲁迅的每次"独语"都能顺利地转化为报刊传媒上的"众语"，因为"独语"与大众传媒之间也存在尖锐的矛盾。现代报刊的目标旨在构建启蒙性的公共话语，这要求现代报刊发出的是争夺公共话语权和话语空间的"众语"，而不是向内的、个体化的"独语"。另外现代传媒追求利润的本性也使得它们倾向于刊载与读者的生活、利益相关且能为读者理解的众语而非个体的艰涩难解的"独语"。在这种情形下鲁迅的创作并不是随心所欲的，

① 鲁迅：《呐喊·自序》，《鲁迅全集》第1卷，人民文学出版社2005年版，第439页。

② 周作人：《鲁迅的故家》，上海出版公司1953年版，第81页。

"得给各个编辑设身处地地想一想的"，"于是文章也就不能划一不二"。①
离开了自由创作，那种排斥一切外在干扰、封闭于内的"独语"自然难以产
生。尤其是其打油诗《我的失恋》被《晨报副刊》总编刘勉己撤下后，鲁迅更
加感到这些刊物对其自由创造的限制，从而意识到"自办刊物，拥有自由言
说空间的必要性和紧迫性"②。《语丝》便是这种背景下产生的，其目的正如
《〈语丝〉发刊辞》所言为了营造一个"自由发表的地方"。与其他刊物不
同，《语丝》严格限制了编辑的权力，规定"凡社员的稿件，编辑者并无取舍
之权，来则必用"③。

有了《语丝》这个可以"任意说话"④的自由空间，鲁迅"逐渐建立起了
直觉的杂感写作意识，由此跨越了《新青年》'随感录'时期单纯说理、直白
议论的方式，开始运用隐喻、反语、曲笔等表现手法使说理论辩更富有特色和
魅力"⑤。更为重要的，在《语丝》这个平台上鲁迅还展示了他最具独创性的
作品——《野草》系列。《野草》是鲁迅"独语"之集大成之作，是沉默中的
产物，正如《题辞》所说："当我沉默着的时候，我觉得充实；我将开口，同
时感到空虚。"⑥鲁迅就是在封闭、内省中开启了自我生命的审视，穿透了常
人难以承受的虚无、焦虑与孤独生命体验，将时代与生命最真切、最深刻的底
层呈现了出来。这种具有极度内省性、深刻性、创新性的言说方式与隶属于大
众文化的现代报刊传媒的要求并不相符——它高浓度的哲思内蕴不适于报章式
的快速阅读，其生命体验的个体性似乎也引不起公众的兴趣，其形式上彻底的
"陌生化"也大大超出一般读者的期待视野。从这个意义上说，《野草》能够

① 鲁迅：《南腔北调集·题记》，《鲁迅全集》第4卷，人民文学出版社2005年版，第427页。

② 靳新来：《鲁迅：在现代传媒中开辟言说空间》，《天津师范大学学报（社会科学
版）》2013年第4期。

③ 鲁迅：《三闲集·我和〈语丝〉的始终》，《鲁迅全集》第4卷，人民文学出版社2005
年版，第173页。

④ 鲁迅：《南腔北调集·题记》，《鲁迅全集》第4卷，人民文学出版社2005年版，第427页。

⑤ 靳新来：《鲁迅：在现代传媒中开辟言说空间》，《天津师范大学学报（社会科学版）》
2013年第4期。

⑥ 鲁迅：《野草·题辞》，《鲁迅全集》第2卷，人民文学出版社2005年版，第163页。

从潜在的"自言自语"变成现代报刊上的作品与读者见面应归功于《语丝》这个"来稿必用"的平台。稳定、自由的发稿平台让鲁迅可以置编辑们的好恶于不顾，专注于自己的内心世界与个性化的表达。"独语"从而能原汁原味地展现出来。从这个意义上说，"独语"空间的开创也是对现代报刊传媒"商业化""世俗化"的抗拒与修正。

然而光有自由言说的平台只能保证"独语"的顺利刊登，但不一定能成为影响宽广的"众语"，"独语"还要与时代主题之间有相通之处。鲁迅的"独语"虽然与主体最痛切的生命体验紧紧相联，但是它并不是个人的自怨自艾，而是对民族生存乃至整个人类终极关怀意味的深度"内省"，他的"独语"言说显示出了强大精神辐射力，具体表现为：一是对传统生存的彻底质疑。鲁迅的"独语"中蕴藏着一种彻底反观自身的质疑精神，鲜明指向的是对一切价值的重估，即：要对"从来如此"的一切东西都进行彻底的检视。正是这种检视，"狂人"才在"每叶上都写着'仁义道德'"的历史字缝里看"吃人"二字。而这与中国现代报刊的彻底的质疑精神是一致的。二是对"真的人"的热切呼唤。当"狂人"以彻底的质疑与批判眼光透视出有着四千年吃人履历的民族"难见真的人"之后，他关于"救救孩子"的呼声实质是对没掺和吃人历史的"真的人"的强烈呼唤。这也是中国现代报刊的历史使命。因此，鲁迅的"独语"绝不是一般意义上的个体感受，而是在经历了"自啮其身"的生命沉痛、精神焦虑与灵魂挣扎之后沉潜在生命与时代底层的言说，在极度排他、闭关式的内省之中通向历史的本质、生命的本真乃至人类的本源。中国现代报刊追求的也是这种区别于传统惯性生存的现代性生存。这个目标的实现需要个体精神结构的重造，鲁迅的"独语"则无疑契合了中国现代报刊的需要。

更重要的是，"独语"有着"众语"无法企及的深度，它可以从具体的事实中超越出来，直抵历史、人生的本质。因此，"狂人"无须列举历史实例，无须烦琐的分析，便直指"仁义道德"面具之下的"吃人"本质。"这样的战士"也无需辩说，直接以"无物之阵"的体验便可揭穿"敌人"的鬼祟与虚伪。"独语"与"五四"时期的"众语"的追求目标是相通的。虽然它是鲁迅个体在极度沉痛与彻底内省中的产物，但是指向的是具普遍意义的历史真实。

这个真实不是从外部的知识中获得的，而是立足于自身深切的生命感受之中。这便是《狂人日记》《野草》等作品在刊登之后获得读者广泛关注的重要原因。鲁迅的"独语"构筑了中国现代报刊最坚实的部位，为它注入了深邃而恒久的精神力，或者说，现代传媒的生命深度。

二、"独语"与"公仇"的融合

"独语"与"公仇"实则是作为"精神界之战士"的鲁迅于历史转折处试图开启民族现代生存的必然遭遇与生存反应。对社会历史与现实人生如此深切的体验使满怀"立人"使命的他不能不发出洞彻视听的"独语"，然而这种从内质疑、批判的言说方式对于传统生存惯性的瓦解又使他不可避免地成为社会群体的"公仇"。置身于"公仇"的他四面受敌，不得不出击。于此，鲁迅又在现代报刊传媒上展示了不同于向内"独语"的外向论战。向内质疑越深，向外论战就越烈，这种"匕首"式的向外的论战为中国现代报刊构筑了最锐利的精神力。

鲁迅的一生是论战的一生。这些论战从表面上看"大抵和个人斗争"，但"实为公仇"。① 它不是简单地套用某种社会流行的观念加以演绎，而是立足对社会、历史与现实深刻洞悉的真理辩明，对"真的人"的去蔽。因此，"公仇"亦是源自"独语"。"独语"与"公仇"互渗互融的是鲁迅艺术最为独特的特质。内省本身同时释放出狂人极度痛苦与愤怒的"公仇"，而这种情绪又把狂人带入将周围群体彻底排拒的"独语"世界，二者互为诱因。所以，在《狂人日记》中我们看到的景象是："狂人"时时刻刻感到自己都处在"公仇"的氛围之中，从赵家狗的眼色到赵贵翁的眼色再到所有人的眼色乃至陈老五送进的蒸鱼的眼色，他都感到发出的是要吃人的冷光、凶光，与这种感受并行的是他一刻不停的"独语"。《复仇（其一）》《复仇（其二）》《死后》《希望》诸篇亦是如此。"独语"与"公仇"并行、互渗、扭结的精神气质与言说方式贯穿着鲁迅一生。不管是"独语"还是"公仇"，二者同归于"人生

---

① 鲁迅：《书信·340522致杨霁云》，《鲁迅全集》第13卷，人民文学出版社2005年版，第113页。

之诚理", 为中国现代报刊注入最具穿透性的精神力。总之, 鲁迅作为一个公众人物在媒体这种公共空间中的"公仇"观念, 他作为一个文学家对于个人情感表述的独语形式这二者的博弈与融合, 为20世纪中国作家树立了一个典范。

三、鲁迅独语空间的历史意义与启示

鲁迅具有"独语"精神气质的文学创作之所以为中国现代报刊注入了最具穿透性的精神力在于他以"极深的内省"通向生命里层的隧道。在意识边际与灵魂深处体验到难以言传的生命意识乃至人生哲理。这种排除一切外在干扰、逼视灵魂的个人化艺术洞开了具有普遍意义的生命观照, 由此开拓出超越时空的"众语"空间, 释放出持久的精神穿透力与辐射力。"独语"以极致的方式凸显的是鲁迅借助现代报刊传播的生命深度、人性温度、思想锐度与精神高度。

鲁迅向外有声论战的"公仇"之所以也为中国现代报刊注入了这种精神力, 就在于他以最直接迅猛的方式打破了"瞒和骗的大泽", 让蒙蔽民众的"麒麟皮下的马脚"无处遁形, 由此澄明杂糅于芜秽之中的真理, 揭去遮蔽在"真的人"的生命本体之上的重重黑幕。而"公仇"以当头棒喝的方式凸显的鲁迅借助现代报刊传播为真理去蔽的质疑精神与批判精神很大部分来源于"独语"。

鲁迅在中国现代报刊上"独语"与"公仇"的言说, 以及以《新青年》《语丝》为代表的中国现代报刊的历程, 二者足以表明: 精神的穿透力与辐射力才是传播生命力之魂。二者也同时表明这种传播生命力之魂的两个基点: 生命关怀与真理去蔽。事实上, 这也与《新青年》所高张的"民主"与"科学"的精神相应: 民主的终极目标是对生命的守护, 科学的终极目标是对真理的揭示。当代中国传媒史表明, 一旦缺失真理的质疑精神与批判精神, 媒体就会成为"假大空"与"瞒和骗"的传播工具, 也就相应缺失生命的关怀。"大跃进"时期的报刊话语便是极端的例证。当时的报刊"成了狂言、呓语的载体", "看谁说假话的胆量大一些, 看谁越出新闻工作者的良心远一些", [1]

---

[1] 田中阳:《蜕变的尴尬——对百年中国现代化与报刊话语嬗演关系的研究》, 湖南教育出版社2006年版, 第422页。

以至于满是饿殍却视而不见，听而不闻。一旦缺失真诚的生命关爱与观照，媒体就会充斥着虐杀的暴力与血腥、愚昧与扭曲，当然也就全然不见真理的澄明。"文革"时期的报刊话语便是极端的例证。

当下中国传媒缺乏的恰恰是鲁迅"独语"式的生命深度、人性温度、思想锐度与精神高度，以及"公仇"式的质疑精神与批判精神。立足真理的质疑与批判是传播生命力之所在。因此鲁迅对于"独语"空间的创造对当代知识分子如何介入公共领域和作为公共领域的现代传媒如何自觉和有效地借助知识分子的积极介入来建构自身都有着双重性的启发意义。

小结：鲁迅凭借文学创作，享有崇高的声望，并全面投身到文学和文化传播的事业中。鲁迅的形象资源及所形成的品牌效应，鲁迅创作所赋予现代传媒的思想深度，鲁迅编辑出版实践对于中国现代传媒的丰富等等，使其影响远远超出了一般作家的范围，也让现代出版行业受益无穷。在这个行业里，鲁迅的"行"与"思"浸透着文学家的良知和文化人的虔诚。因此，他的出现犹如黑暗中的一抹亮光，撼动着现代出版行业中各种约定俗成的潜规则，亦引导出版界通向一种理想的境界。

第三章　鲁迅影像与二三十年代的"圈子"批评

在过去的近百年岁月中，鲁迅逐渐被赋予"革命家""文学家""思想家""战士""导师"种种头衔，有人曾认为"鲁迅是意识形态的产物，是中国共产党树立的道德形象"。事实上，这是一种误解，早在20年代鲁迅"已经成为英雄般的人物"，[①]这些形象的塑造除了因为鲁迅创作本身的成就外，也与现代传媒存在着隐秘而顽固的联系。抛开今天附加在鲁迅身上的政治隐喻，我们有必要重新审视二三十年代"圈子"批评中的鲁迅影像，这对我们更透彻地理解鲁迅的独特价值具有重要意义，同时也有助于理解现代媒体对鲁迅形象资源的利用，以及这种利用反过来对现代传媒自身发展所起到的作用。

第一节　从《新青年》的"健者"到
"新文学的第一个开拓者"

何为"圈子批评"？批评家基于某种理念和立场结成不同的阵营，并在此基础上通过文艺批评，阐明自己的观点。没有"圈子"的批评是不存在的，鲁迅本人对此有着清醒的认识："我们曾经在文艺批评史上见过没有一定圈子的批评家吗？都有的，或者是美的圈，或者是真实的圈，或者是前进的圈。没有

---

① 孙郁：《鲁迅的思维特征》，见蒋述卓主编：《闻道》，上海人民出版社2013年版，第149页。

一定的圈子的批评家，那才是怪汉子呢。"①

　　鲁迅初登文坛时，在倡导新文学的"同人圈"中还只是"一位健者"。1919年5月，傅斯年在《新潮》第一卷第五号上发表《随感录》，其中称："《新青年》里有一位鲁迅先生和一位唐俟先生是能做内涵的文章的。我固不能说他们的文章就是逼真托尔斯泰、尼采的调头，北欧中欧式的文学，然而实在是《新青年》里一位健者。"②"唐俟"是鲁迅的另一笔名。这里的"健者"是指善于践行新文学宗旨的作家。这种评价与鲁迅在《新青年》登载的几篇小说有关。

　　1918年《新青年》第四卷第五号，登载了鲁迅的白话文小说《狂人日记》。1919年2月1日《新潮》第一卷第二号傅斯年在《书报介绍》一栏向读者推荐《新青年》杂志时，首次评论了鲁迅的这篇文章，认为它"用写实笔法，达寄托的（Symboism）旨趣，诚然是中国近来第一篇好小说"③。在同期的《对于〈新潮〉一部分的意见》一栏中还刊出了鲁迅与傅斯年之间关于《狂人日记》的通信，其中傅斯年说："《狂人日记》是真好的。先生自己过谦了。我们同社某君看见先生这篇文章，和安得涯夫的《红笑》，也做了一篇《新婚前后七日记》。据我看来，太松散了。"④这里的模仿者也只是限于"同社"中人。1919年11月11日《新青年》第六卷第六号登载了吴虞的《吃人与礼教》一文，虽不是对《狂人日记》的直接评价，却由此篇文章荡开去，抨击了封建旧文化与旧礼教，算得上"同人圈"对鲁迅这篇小说的一种正面回应与间接宣传。接着鲁迅在《新青年》中又发表了《孔乙己》《药》《风波》和《故乡》。陈独秀对他的创作大为赞赏，不过这种赞赏并没有通过公开发表评论性的文章诉诸公众视野，只是在与周作人私下通信中提及。比如他在1920年8月

　　① 鲁迅：《花边文学·批评家的批评家》，《鲁迅全集》第5卷，人民文学出版社2005年版，第449页。

　　② 傅斯年：《现实政治》，陕西人民出版社2012年版，第51页。

　　③ 中国社会科学院文学研究所鲁迅研究室编：《1913—1983鲁迅研究学术论著资料汇编》第1卷，中国文联出版公司1985年版，第8页。

　　④ 傅斯年：《傅斯年集》，花城出版社2010年版，第87页。

20日给周作人的信中说："鲁迅兄做的小说，我实在五体投地的佩服。"①鲁迅后来自己也回忆："我必得记念陈独秀先生，他是催促我做小说最着力的一个。"②

鲁迅为《新青年》贡献了《狂人日记》之后"便一发而不可收，每写些小说模样的文章，以敷衍朋友们的嘱托，积久就有了十余篇"③。此时作为"《新青年》同人圈"中的一员，鲁迅的创作带有"听将令"的成分，鲁迅本人和他独具一格的作品一并淹没在"无句不狂，有字皆怪"④的"《新青年》同人圈"及其创作中。正如新文学的急先锋自导自演双簧戏的"寂寞"一样，当时除了"同人圈"外，鲁迅的文章和他本人在一段时间内并没有引起太多的关注。茅盾就曾指出："《狂人日记》……曾未能邀国粹家之一斥。前无古人的文艺作品《狂人日记》于是遂悄悄地闪了过去，不曾在'文坛'上掀起了显著的风波。"⑤鲁迅并不像有些研究者所言一登场就是新文学的领袖、新青年的导师，其文学创作"自从问世以来，便得到广泛好评，因此无须论证"⑥。"好评"是不容置喙的，但"广泛"一说就当时情境看来稍显过早，值得商榷。

1920年9月，《新青年》编辑部南移，鲁迅的来稿明显减少。此后，他的作品不再像《新青年》时期那样集中在某个刊物发表，而是更广泛地刊载于《新潮》《晨报副刊》《时事新报·学灯》《东方杂志》《小说月报》《妇女杂志》等报刊。这些报刊媒体也对鲁迅做出了一定的评价，其中以《小说月报》为阵地的文学研究会文人圈给鲁迅的评价最高。1921年8月10日，《小说月报》发表署名朗损（茅盾）的《评四五六月的创作》，称赞鲁迅的《风波》

① 鲁振祥等主编：《红书简》，山西人民出版社2001年版，第450页。

② 鲁迅：《南腔北调集·我怎么做起小说来》，《鲁迅全集》第4卷，人民文学出版社2005年版，第526页。

③ 鲁迅：《呐喊·自序》，《鲁迅全集》第1卷，人民文学出版社2005年版，第441页。

④ 茅盾：《读〈呐喊〉》，《茅盾全集》第18卷，人民文学出版社1989年版，第394页。

⑤ 茅盾：《读〈呐喊〉》，《茅盾全集》第18卷，人民文学出版社1989年版，第394页。

⑥ 徐改平：《从文学革命到革命文学：以文学观念和核心领袖的关系变迁为中心》，中国社会科学出版社2013年版，第123页。

是"把农民生活的全部做创作背景，把他们的思想强烈地表现出来"，这样的小说"在这三个月里是寻不出了"，又说"过去的三个月中的创作我最佩服的是鲁迅的《故乡》"。①同年12月，鲁迅的小说《阿Q正传》开始在《晨报副刊》连载，1922年当小说刊登到第四章时，突然有读者谭国棠起来攻击《阿Q正传》，认为这部小说"太锋芒了，稍伤真实。讽刺过分，易流入矫揉造作，令人起不真实之感"。茅盾立即挺身而出，为鲁迅辩护："以我看来，实是一部杰作。你先生以为是一部讽刺小说，实未为至论"，"我读这篇小说的时候，总觉得阿Q这人很是面熟，是呵，他是中国人品性的结晶呀！"。②茅盾此时已经将鲁迅塑造成文学研究会"为人生"创作的楷模。

鲁迅真正成为"小说大家"的标志是1923年8月小说集《呐喊》的出版。当时"共产党的外围进步刊物"③上海《民国日报》副刊《觉悟》发表了署名"记者"的《小说集〈呐喊〉》一文，称《呐喊》是"在中国底小说史上为了它就得'划分时代'的小说集"④。10月8日，茅盾在《时事新报》副刊《文学》第91期发表《读〈呐喊〉》，他在文中指出鲁迅在小说文体变革中的先锋意义，"在中国新文坛上，鲁迅君常常是创造'新形式'的先锋，《呐喊》里的十多篇小说几乎一篇有一篇新形式，而这些新形式又莫不给青年作者以极大的影响。必然有多数人跟上去试验"。这种分析和评价非常恰切。此外，通过茅盾的文章我们还可以看到当时《呐喊》的受欢迎程度："现在差不多没有一个爱好文艺的青年口里不曾说过'阿Q'这两个字。"⑤10月10日，《小说月报》第14卷第10号在《国内文坛消息》一栏中隆重推荐了鲁迅的《呐喊》。10

---

① 茅盾：《评四五六月的创作》，《茅盾全集》第18卷，人民文学出版社1989年版，第134—135页。

② 茅盾：《对〈沉沦〉和〈阿Q正传〉的讨论——复谭国棠》，《茅盾全集》第18卷，人民文学出版社1989年版，第160页。

③ 李景田主编：《中国共产党历史大辞典·新民主主义革命时期》，中共中央党校出版社2011年版，第103页。

④ 中国社会科学院文学研究所鲁迅研究室编：《1913—1983鲁迅研究学术论著资料汇编》第1卷，中国文联出版公司1985年版，第33页。

⑤ 茅盾：《读〈呐喊〉》，《茅盾全集》第18卷，人民文学出版社1989年版，第398页。

月16日，《时事新报》副刊《学灯》发表了Y生的《读〈呐喊〉》，认为《呐喊》是"今日文艺界一部成功的绝好的作品"，并慷慨激昂地表示："我现在所要代表说的，是我们青年文艺界中，正还需要这同样作品出现。漫漫长夜的寂寞场所，青黄不接的饥渴时代，正还包围，逼压的我们。同样的花与果，实在希望他再放出一朵，结成一颗。所以我们仍立等着，静听着鲁迅君第二次的呐喊声。"①

鲁迅在文坛名声大噪最早是由其小说创作带来的，不过媒体对于小说的好评也很容易延展到对其人的评价。1925年初，张定璜发表《鲁迅先生》一文，称鲁迅为"新文学的第一个开拓者"②。至此，鲁迅在文坛的地位已经确立。

值得注意的是，鲁迅获得一些圈子赞誉的同时，也招致了另一些圈子的严重不满。如创造社将鲁迅视为"自然主义者"的代表加以批判。1924年2月28日，成仿吾在《〈呐喊〉的评论》中用"浅薄""庸俗""失败""拙劣"来形容鲁迅的这些小说，并从文学是"表现"还是"再现"的理论角度否定了鲁迅创作的艺术价值——"文艺的标语到底是'表现'而不是'描写'，描写终不过是文学家的末技。而且我以为作者只顾发挥描写的手腕，正是他失败的地方"③同年3月7日，上海《商报》刊载了署名仲回的《鲁迅的〈呐喊〉与成仿吾〈呐喊的评论〉》认为成仿吾的批评"很公正""很严正"。文中有一段话值得注意，他说成仿吾"对于文学研究会里的人，似乎很看不上眼，而每每指斥他们的过失"④。从传播学的角度来看，成仿吾似乎有意借《呐喊》的"东风"，以鲁迅为"靶子"，把矛头指向已在公众视野中日益壮大的文学研究会，进而制造舆论话题，宣传创造社的文学理念，以此扩大创造社的影响。

由此可见，鲁迅在初登文坛之时，就已经开始被各个文学"圈子"挖掘、

① 李宗英、张梦阳编：《六十年来鲁迅研究论文选》（上），中国社会科学出版社1982年版，第20页。

② 中国社会科学院文学研究所鲁迅研究室编：《1913—1983鲁迅研究学术论著资料汇编》第1卷，中国文联出版公司1985年版，第87页。

③ 成仿吾：《成仿吾文集》，山东大学出版社1985年版，第149—150页。

④ 中国社会科学院文学研究所鲁迅研究室编：《1913—1983鲁迅研究学术论著资料汇编》第1卷，中国文联出版公司1985年版，第48页。

鲁迅与20世纪中国研究丛书

塑造和利用，他的形象就在各个"圈子"内部与外部不断讨论、阐释、建构的过程中日益清晰。

第二节 "导师"之誉与"学匪"之谤

《呐喊》出版后，鲁迅对青年学生的影响力日益增强，逐渐形成了多个以鲁迅为圆心的、相互交叠的"青年学生圈"，他们把鲁迅推上了文坛及思想界领袖的位置。其中，功劳最大的当数孙伏园。

孙伏园是鲁迅的学生，他利用编辑之职，借助各种传播手段，在所编刊物上为鲁迅"擂鼓助威"。他编辑《晨报副刊》期间，鼓励读者积极阐释、判断和评价鲁迅的作品。一部作品如果能引得文坛众人竞相发声，这无疑会大大增加它的知名度；期刊同时也能借助作品讨论扩大影响，实现双赢。1924年1月12日，他托名曾秋士在《晨报副刊》发表《关于鲁迅先生》，文中反复并急切地询问读者喜欢《呐喊》中的哪一篇，期望读者自由发表看法，"我虽然不想批评，总还想抬起头来问一问与我一般的读者，《呐喊》当中你最欢喜的是那一篇"，"只要各人说出所以喜欢那一篇之故，也是极有意义的事。对于这些地方，著者的意见有时候可以与读者的完全不同"。[①]在文章后半部分，他提到鲁迅因为听说有教师提倡用《呐喊》做中小学课本，非常反感，认为"没有再版的必要，简直有让他绝版的必要"。鲁迅认为《呐喊》有深广的"忧愤"和哲学之思，不适合中小学生阅读，这是作者从读者接受和作品实现的角度来思考的结果。但孙伏园作为编辑，出发点与鲁迅不同，他在文章结尾感慨道："《呐喊》的再版闻已付印，三版大概是绝无希望的了。"《呐喊》正值热销之际，这个消息无疑是一种类似"饥饿营销"的手段。此外，文中还提到鲁迅建议中国人多读外国作品的主张，便顺势宣传了"作家"鲁迅的翻译作品："他的译作《工人绥惠略夫》，他的译作《桃色的云》，他的译作《一个青年

---

① 曾秋士（孙伏园）：《关于鲁迅先生》，《晨报副刊》1924年1月12日。

的梦》，都是极好的作品，但听说可怜都只销了数百部。"①孙伏园这套"链条"式的商业"营销"策略，将"鲁迅"从作品的背后推到读者面前。

随着作品影响力的增强，读者也渴求进一步了解鲁迅其人。1924年6月14日，《时事新报》副刊《学灯》刊载了武昌高等师范学校学生杨邨人的《读鲁迅的〈呐喊〉》，他认为"文学的作品，固然是时代精神的写照，但更是作者的人格之表现。所以我们倘要欣赏，了解文学的作品，应该先要研究作者的自身"，但他周围的朋友曾将"鲁迅"误认为是周作人，后来又误认为是周建人，最后终于"有一个朋友告诉我，他在北京师大国文学会丛刊里面，发现：鲁迅是周树人的别号，浙江绍兴人。我立刻向我们的国文学会图书室搜查那本书，费了许多工夫，才在书柜里找得了。在该册的末头的'会员录'里面，就发现这样的印着：周树人，鲁迅，浙江绍兴，本校教授。好了！许久的一个疑问，现在解决了"。②10月18日，刚从东南大学毕业并留校任教的胡梦华，在《时事新报》副刊《学灯》中发表《鲁迅的〈呐喊〉》，文中也提到："近来文学界的趋势，以为研究一个作家，能知道他的生平，对于他的作品可以格外了解清楚些。……驰誉于中国文坛的《呐喊》作者鲁迅，到于今自己还不肯把真姓名露出来，要到中国文艺界里做一个莫里哀或福禄特尔。凡可以遮掩的事实无不用力去遮掩，甚至于在他的《自序》里不惜引用林琴南《蠡叟丛谈》里的金心异来代替他同乡友人中一位反对汉字的激烈派。"③

在这样的"呼声"下，孙伏园对"鲁迅"多方位地描述、介绍。1924年12月5日，孙伏园应邵飘萍之邀，出任《京报副刊》编辑。同年1月8日，《京报副刊》便刊载了署名曙天女士的《访鲁迅先生——断片回忆》，文中描写了一个具体可感的鲁迅形象，"我开始知道鲁迅先生是爱说笑话的了"，"鲁迅先

---

① 孙伏园、孙福熙：《孙氏兄弟谈鲁迅》，新星出版社2006年版，第145—147页。

② 中国社会科学院文学研究所鲁迅研究室编：《1913—1983鲁迅研究学术论著资料汇编》第1卷，中国文联出版公司1985年版，第62页。

③ 中国社会科学院文学研究所鲁迅研究室编：《1913—1983鲁迅研究学术论著资料汇编》第1卷，中国文联出版公司1985年版，第72页。

生的话很多令人发笑的。然而鲁迅先生并不笑"。^①这是较早描写鲁迅真实生活的文章，孙伏园选刊这篇文章，真可谓用心良苦。

此外，孙伏园还注意选刊国外读者甚至名人对鲁迅的评价，以此提高鲁迅的地位。这难免不带有点现代传媒常用的"包装""运作"的手法。1925年6月16日，《京报副刊》登载了俄国人王希礼给曹靖华的信，标题是《一个俄国的中国文学研究者对于〈呐喊〉的观察》。学界一般认为这封信是"国内报刊披露的第一件国外鲁迅研究文献"^②，信中盛赞鲁迅是"世界的作家"^③。当时王希礼任国民革命军第二军俄国顾问团顾问，对中国文学颇感兴趣，在曹靖华的介绍下读了鲁迅的小说《阿Q正传》后，想将它译成俄文。为了翻译的准确，"他同曹靖华一起举出疑难之处，函请鲁迅解答并作序"^④。查鲁迅日记，他是1925年5月8日收到的曹靖华来信，9日复信，并"附致王希礼笺"，当晚"伏园来"。^⑤由此看来，这封信应该是王希礼私下寄给鲁迅，经鲁迅之手在孙伏园所编《京报副刊》上发表。这样一种发表过程，展示出"鲁迅团队"的宣传策略。

1926年3月2日，孙伏园又托名柏生在《京报副刊》发表《罗曼·罗兰评鲁迅》，这是国内报刊所载的第二份国外鲁迅研究文献，它产生了很大的反响，并长久地被后来的研究者津津乐道。这篇文章其实是孙伏园对鲁迅的一次"事

---

① 吴曙天：《断片的回忆》，北新书局1927年版，第11—13页。

② 中国社会科学院文学研究所鲁迅研究室编：《1913—1983鲁迅研究学术论著资料汇编》第1卷，中国文联出版公司1985年版，第7页。

③ 中国社会科学院文学研究所鲁迅研究室编：《1913—1983鲁迅研究学术论著资料汇编》第1卷，中国文联出版公司1985年版，第95页。

④ 事件营销（Event Marketing）是指营销者在真实和不损害公众利益的前提下，有计划地策划、组织、举行和利用具有新闻价值的活动，通过制造"热点新闻效应"的事件吸引媒体和社会公众的兴趣和注意，以达到提高社会知名度、塑造企业良好形象和最终促进产品或服务销售目的的手段和方式。事件营销的着眼点在于制造或者放大某一具有新闻效应的事件，以期让传媒竞相报道进而吸引公众的注意。（梁东、刘建堤等编著：《市场营销新视点》，经济管理出版社2007年版，第182页。）

⑤ 鲁迅：《日记十四·一九二五年》，《鲁迅全集》第15卷，人民文学出版社2005年版，第564页。

件营销"①。新文化运动否定旧文学，提倡新文学，一直以西方文学及理论为榜样，而今中国作家能得到世界一流作家的认可，无疑是鲁迅的成功，也是新文学的成功，意义非同小可。在这篇文章中孙伏园借《阿Q正传》法文译者敬隐渔的同学全飞之口，间接表述了罗曼·罗兰的赞语："这是一种充满讽刺的写实艺术。……阿Q的苦脸永远的留在记忆中。"②孙伏园的这篇文章不仅高度赞美鲁迅，同时也在文中贬低创造社圈子的郭沫若的价值，这种做法很快引起了"创造社圈子"的回击，同年11月《洪水》半月刊第2卷第5期刊发了敬隐渔《读〈罗曼·罗兰评鲁迅〉以后》。在这篇文章中，敬隐渔表示自己并没有叫全飞的同学，纯属孙伏园造假："全飞君自称他是我的同学。但是我自有生以来并没有尊荣认识你这一位同学；我在法国同学的只有四五个人，其中并没有一位叫全飞！或者你的消息是由我的朋友处得来的？但是我所认识的朋友一一问遍了，没有一个知道有全飞其人者！原来你非人非鬼，你是乌有，你是全非！"接着敬隐渔还否认孙伏园文章中提到的罗曼·罗兰对郭沫若评价不高的说法："你要用烘云托月的法子，把别人降低，才把鲁迅抬得高？"③敬隐渔的话应该是可信的，孙伏园杜撰"全飞"的可能性很大。但据考证罗曼·罗兰称赞鲁迅是真实存在的。④1926年1月24日敬隐渔从法国里昂给鲁迅写了一封信，信中说：

> 我不揣冒昧，把尊著《阿Q正传》译成法文寄与罗曼罗兰先生了。他很称赞。他说："……阿Q传是高超的艺术底作品，其证据是在读第二次比第一次更觉得好。这可怜的阿Q底惨象遂留在记忆里了……"（原文寄与创造社了）⑤

① 薛绥之主编：《鲁迅生平史料汇编》第3辑，天津人民出版社1983年版，第664页。

② 彭小苓、韩蔼丽编选：《阿Q 70年》，北京十月文艺出版社1993年版，第443页。

③ 中国社会科学院文学研究所鲁迅研究室编：《1913—1983鲁迅研究学术论著资料汇编》第1卷，中国文联出版公司1985年版，第193页。

④ 王家平著《鲁迅域外百年传播史：1909—2008》（北京大学出版社2009年版）一书第一编第三章"鲁迅在欧洲和北美国家的传播"中有详细论述，这里不再赘述。

⑤ 周海婴编：《鲁迅、许广平所藏书信选》，湖南文艺出版社1987年版，第80页。

孙伏园的文章应该是由这封信生发演绎而来的。一是文中的赞语与这封信中敬隐渔自己转述的赞语比较接近；二是从时间来看，鲁迅日记1926年2月20日载："得李小峰信，附敬隐渔自里昂来函。"[①]孙伏园的文章3月2日刊出，前后相继，间隔半月。而且这期间，3月1日鲁迅写信给孙伏园，3月5日孙伏园拜访了鲁迅，他们之间有交流此信的机会。至于鲁迅是否支持孙伏园虚拟"全飞"发文，我们不得而知。孙伏园作为编辑，发表此文显然想利用"名人效应"塑造鲁迅的良好形象，并扩大其影响力。

在学生圈中，作为职业报人的孙伏园在塑造鲁迅形象过程中有筚路蓝缕之功，并取得了预期效果。此外，围绕在鲁迅身边的其他青年学生还塑造了其"导师"的形象。

1920年8月鲁迅受蔡元培之邀，开始在北大任教。随后又在北京师范大学、北京女子师范大学、世界语专门学校、黎明中学、大中公学、中国大学等学校先后兼任课事。[②]鲁迅因《中国小说史略》这门课受到学生的喜爱，加之创作的大胆和反叛，他在青年学生群体中的影响日盛。不断有学生来信向他请教。1925年3月11日，鲁迅收到一封女师大学生关于驱逐校长杨荫榆的求教信，信中诉说学生们的苦闷，希望鲁迅"不以时地为限"，"给我一个真切的明白的指引"。[③]这个学生就是许广平。而鲁迅在回信中说："假使我真有指导青年的本领——无论指导的错不错——我决不藏匿起来，但可惜我连自己也没有指南针，到现在还是乱闯。"可是在信的最后，鲁迅还是给这位苦闷的学生提供了两条参考意见。事实上，每有学生求教，虽然鲁迅要说自己不配当导师，但总会给出意见。鲁迅在给狂飙社的吕蕴儒、向培良的信中也提到："倘使我有这力量，我自然极愿意有所贡献于河南的青年。但不幸我竟力不从心，因为我自己也正站在歧路上"，接着仍指出"一要生存，二要温饱，三要发

<hr>

① 鲁迅：《日记十五·一九二六年》，《鲁迅全集》第15卷，人民文学出版社2005年版，第610页。

② 孙玉石：《〈野草〉研究》，北京大学出版社2010年版，第14页。

③ 鲁迅：《两地书·北京》，《鲁迅全集》第11卷，人民文学出版社2005年版，第12页。

展。有敢来阻碍这三事者，无论是谁，我们都反抗他，扑灭他！"。①后来鲁迅在《莽原》发表《导师》一文，反对青年寻找"挂着金字招牌的导师"②，自己也拒绝这一头衔，然而从实际行动来看，鲁迅确实承担了"导师"的责任。1925年9月4日《莽原》第20期，在《通信》一栏中，刊载了霉江致鲁迅的信，称鲁迅是"青年叛徒"的领导者。③在青年人的心目中，鲁迅的"导师"逐渐成形。

　　或出于对鲁迅的敬仰和爱戴，或出于宣传刊物的目的，"青年学生圈"在塑造鲁迅形象时，多溢美之词。这一方面提高了鲁迅在文坛的地位和影响力，另一方面也给了反对鲁迅者批评的把柄。陈西滢就曾多次用"思想界权威"嘲讽鲁迅。其实这个称谓起初并不专指鲁迅，而是指包括鲁迅在内的五个人。事起因于1925年8月的《京报副刊》，该期登载一则关于《民报》的广告《〈民报〉十二大特色》，称："本报自八月五日起增加副刊一张，专登载学术思想及文艺等，并特约中国思想界之权威者鲁迅、钱玄同、周作人、徐旭生、李玄伯诸先生随时为副刊撰著，实学术界大好消息也。"④这本是《民报》编辑韦素园借鲁迅、钱玄同等人为新增设的报纸副刊造势，但后来经陈西滢的发挥，这个称谓逐渐定格在鲁迅一人身上。如1925年11月21日，《现代评论》发表署名西滢的《闲话》，文中提到："要举个例子吗？还是不说吧，我实在不敢再开罪'思想界的权威'。"⑤1926年1月30日，《晨报副刊》登载陈西滢《闲话的闲话之闲话引出来的几封信》，第九封写给徐志摩，信中讽刺鲁迅道："他是中国'思想界的权威者'，轻易得罪不得的"，"不是有一次有一个报馆访员称我们为'文士'吗？鲁迅先生为了那名字几乎笑掉牙。可是后来某报天天鼓吹他是'思想界的权威者'，他倒又不笑了"。⑥

①　鲁迅：《华盖集·北京通信》，《鲁迅全集》第3卷，人民文学出版社2005年版，第54页。
②　鲁迅：《华盖集·导师》，《鲁迅全集》第3卷，人民文学出版社2005年版，第59页。
③　鲁迅：《集外集·霉江来信》，《鲁迅全集》第7卷，人民文学出版社2005年版，第99页。
④　陈漱渝：《鲁迅与狂飙社》，《新文学史料》1981年第3期。
⑤　陈西滢：《闲话》，《现代评论》1925年第2卷第50期。
⑥　陈西滢：《闲话的闲话之闲话引出来的几封信》，《晨报副刊》1926年第52期。

陈西滢作为"现代评论"圈的代表，除了嘲讽鲁迅"思想界的权威"的称谓外，还称其为"刑名师爷""刀笔吏""土匪"，说鲁迅脾气大气量小，"他常常的无故骂人，要是那人生气，他就说人家没有'幽默'。可是要是有人侵犯了他一言半语，他就跳到半天空，骂得你体无完肤——还不肯罢休"①。

从1925年5月陈西滢发表《粉刷毛厕》开始，他与鲁迅的笔战持续了近一年。这在文坛上引起了不小的反响。有不少人站出来为鲁迅鸣不平。1926年1月21日，《京报副刊》登载赵瑞生的《一堆闲话》，竭力维护鲁迅的形象。对"绅士学者"称呼鲁迅"土匪"，他说："遇着不合己意的'异类'惯用那下流手段，毁对手为'匪'，迷惑受传统思想束缚者，不省自己正是'弱种'。"；对鲁迅的"刻薄"，他说："鲁迅先生态度并不刻薄，言论也甚平易，只是从根本上改革，割得未免痛些。国中这等不痛不痒的、内瘫外健的人这样多，老是不痛不痒的医，医，医，如何得了。我盼望比鲁迅先生更辣的医者出现，不然，大艺术家，大思想家，大科学家就永不会出现了。"②1926年2月2日，冯文炳发表《给陈通伯先生的一封信》，试图用"个性的表现"和"生活之实感"③纠正陈西滢对鲁迅杂文的偏颇评价。1926年2月9日，敬仔发表《教授骂街的旁听》用反讽的笔调描绘了徐志摩表面以"超然中立的公正人自居"，实则偏袒陈西滢的"不公正"行为，"这就不能不叫人看了恶心"。④1926年2月11日，胡曾三在《致鲁迅》中说："鲁迅先生：你和陈源的事，可以止住了。说来说去，老是那一套，有什么意思呢？……至于鲁先生您的事还多着呢：象《明天》、《阿Q正传》这一类的创作，《桃色的云》这一类的翻译，我们正渴待着哩。我们要先生的这类又酸又辣的东西才能过瘾，

① 陈西滢：《闲话的闲话之闲话引出来的几封信》，《晨报副刊》1926年第52期。

② 中国社会科学院文学研究所鲁迅研究室编：《1913—1983鲁迅研究学术论著资料汇编》第1卷，中国文联出版公司1985年版，第126—129页。

③ 冯文炳：《给陈通伯先生的一封信》，《京报副刊》1926年第403期。

④ 敬仔：《教授骂街的旁听》，《京报副刊》1926年第410期。

至于甜蜜的花同月一类的东西，却是总不耐饥！"①

　　鲁迅以其出色的创作和不屈的战斗精神在中国文学界、思想界获得盛名之后，他的"形象资源"也成了各种圈子借用的对象。在"鲁迅"的影响与帮助下，一大批新生的报刊得到创立和壮大。同时鲁迅也通过对这些圈子的刊物施加影响，将自己的文艺理想由个人喜好转变为这些圈子的共同目标，逐步营造出影响时代的出版"气候"。

　　首先，"青年学生圈"中人积极利用"鲁迅"创办、宣传刊物，成立书局。如孙伏园从《晨报副刊》辞职后，提出创办《语丝》，这得到鲁迅的支持。鲁迅不仅出资赞助②，还积极撰稿。紧接着，孙伏园和李小峰又创办享誉出版界的北新书局，鲁迅热情供稿，同时还承担了多种丛书的编辑任务。"鲁迅"这块招牌使这些新人创办的书局在创办之初就站在了很高的起点上。又如莽原社和未名社更得到了鲁迅的大力帮助。1925年4月，《莽原》创刊。这是鲁迅自觉地以自己为中心，组织"生力军"与"破坏者"所创立的刊物。鲁迅清楚地意识到少数人，变革社会的力量是弱小的。"中国即无希望，但正在准备毁坏者，目下也仿佛有人，只可惜数目太少"③，因此他有"抱团取暖"的意识，想将"光"与"热"最大程度地辐射出去。鲁迅为《莽原》贡献了许多"更为激烈，战斗力更强"④的杂文，如《春末闲谈》《杂忆》《灯下漫笔》《论"费厄泼赖"应该缓行》《一点比喻》等。未名社的组建与壮大也跟鲁迅密切相关。他在以己之力帮助文学青年实现理想的同时，实现了自己对于现代报刊传媒发展走向的某些战略性安排。例如1925年8月30日鲁迅日记载："夜李霁野、韦素园、丛芜、台静农、赵赤坪来。"⑤据李霁野回忆，在当晚的谈

　　① 胡曾三：《致鲁迅》，《京报副刊》1926年第412期。

　　② 鲁迅日记1924年11月16日载："夜矛尘、伏园来，以泉拾元交付之，为《语丝》刊资之助而。"

　　③ 鲁迅：《两地书·北京》，《鲁迅全集》第11卷，人民文学出版社2005年版，第26页。

　　④ 钱理群主编：《中国现代文学编年史：以文学广告为中心（1915—1927）》，北京大学出版社2013年版，第413页。

　　⑤ 鲁迅：《日记十四·一九二五年》，《鲁迅全集》第15卷，人民文学出版社2005年版，第578页。

话中，鲁迅提到"现在的书局如北新，不肯印行青年的译作，尤其不愿印诗和剧本，因为没有销路"，因此"他说想同青年们合办一个小出版社，自己可以筹四百五十元印费，先印自己的一本书，收回成本，自己先不支版税，用来印青年人的译作。我们表示赞成"①。早在1924年9月李霁野就将译作《往星中》经张目寒送与鲁迅，谈话中"不肯印行青年的译作"或许就有这本。鲁迅在"倡明新知"的过程中，一直都很重视翻译的作用，就像他在《未名丛刊》的广告中所说："创作，谁都知道可尊，但还有人只能翻译，或者偏爱翻译，而且深信有些翻译竟胜于有些创作，所以仍是悍然翻译，而印在这《未名丛刊》中。"②但当时出版者和读者都不喜欢翻译书，于是他与李小峰商量将自己为北新书局正在编印的《未名丛书》独立出来，"小峰一口答应了"③。这爽快之中或许还有几分高兴。鲁迅将这套丛书交予这几个青年人，"因这丛书的名目，连社名也就叫了'未名'——但并非'没有名目'的意思，是'还没有名目'的意思，恰如孩子的'还未成丁'似的"④。于是，一个"并没有什么雄心和大志，但是，愿意切切实实的，点点滴滴的做下去"的"未名社"成立了。⑤钱理群认为鲁迅与未名社逆尊崇创作的时代潮流而上是"鲁迅对中国文艺发展的一个战略性的选择"，在"收纳新潮，脱离旧套"的原则下，"翻译视野是相当开阔的"。⑥

　　鲁迅的"朋友圈""学生圈"受到了鲁迅的帮助，鲁迅的反对者们也在

---

　　① 李霁野：《鲁迅与未名二三事》，转引自王大川、陈嘉祥主编，天津市文史研究馆编：《津沽旧事》，上海书店出版社1994年版，第122—123页。

　　② 鲁迅：《集外集拾遗补编·〈未名丛刊〉是什么，要怎样（二）》，《鲁迅全集》第8卷，人民文学出版社2005年版，第481页。

　　③ 鲁迅：《且介亭杂文·忆韦素园君》，《鲁迅全集》第6卷，人民文学出版社2005年版，第66页。

　　④ 鲁迅：《集外集拾遗补编·〈未名丛刊〉是什么，要怎样（二）》，《鲁迅全集》第6卷，人民文学出版社2005年版，第66页。

　　⑤ 鲁迅：《集外集拾遗补编·〈未名丛刊〉是什么，要怎样（二）》，《鲁迅全集》第6卷，人民文学出版社2005年版，第66页。

　　⑥ 钱理群：《未名社：文苑的"泥土"》，引自钱理群主编：《中国现代文学编年史：以文学广告为中心（1915—1927）》，北京大学出版社2013年版，第502—503页。

借"鲁迅"进行市场营销。这里不得不提到陈西滢的《西滢闲话》。这本书在1926年6月由新月书店印行初版。1928年3月，由上海新月书店再版。再版之前，新月书店登了一则广告：

> 徐丹甫先生在《学灯》里说："北京究是新文学的策源地，根深蒂固，隐隐然执全国文艺界的牛耳。"究竟什么是北京文艺界？质言之，前一两年的北京文艺界，便是现代派和语丝派交战的场所。鲁迅先生（语丝派首领）所仗的大义，他的战略，读过《华盖集》的人，想必已经认识了。但是现代派的义旗，和它的主将——西滢先生的战略，我们还没有明了。现在我们特地和西滢先生商量，把《闲话》选集起来，印成专书，留心文艺界掌故的人，想必都以先睹为快。①

这里显然是借"鲁迅"之名来扩大作品的销路与影响。鲁迅看到这则广告后，十分恼火，在与章廷谦的信中愤愤地说："新月书店的目录，你看过了没有？每种广告都飘飘然，是诗哲手笔。春台列名其间，我觉得太犯不上也。最可恶者《闲话》广告将我升为'语丝派首领'，而云曾与'现代派主将'陈西滢交战，故凡看《华盖集》者，也当看《闲话》云云。我已作杂感寄《语丝》以骂之，此后又做了四五篇。"②这里所说四五篇是指后来发表的《辞"大义"》《革"首领"》《"公理"之所在》《"意表之外"》等文。鲁迅在《辞"大义"》中指出："'现代派'该也未必忘了曾有人称我为'学匪'，'学棍'，'刀笔吏'的，而今忽假'鲁迅先生'以'大义'者，但为广告起见而已。呜呼，鲁迅鲁迅，多少广告，假汝之名以行！"③鲁迅对这种"前倨后恭"的赤裸裸的利用非常不齿，但这种利用却足见鲁迅在传媒界影响力之

① 鲁迅：《而已集·革"首领"》，《鲁迅全集》第3卷，人民文学出版社2005年版，第492页。

② 鲁迅：《书信·270623致章廷谦》，《鲁迅全集》第12卷，人民文学出版社2005年版，第70页。

③ 鲁迅：《而已集·辞"大义"》，《鲁迅全集》第3卷，人民文学出版社2005年版，第482页。

鲁迅与20世纪中国研究丛书

大。

所谓"誉满天下，谤亦随之"，鲁迅在20年代中期众声喧哗的文坛声名鹊起，赢得赞誉的同时也遭遇了诽谤与批评。鲁迅被不同的圈子塑造成不同形象，这既展示出圈子批评的矛盾和复杂，也充分说明鲁迅已成为一个可供议论、批判和广泛利用的形象资源和舆论话题。无论鲁迅本人情愿与否，他亦不可能置身事外。

第三节　"落伍者"的形象与"战士"的背影

随着阶级矛盾的凸显、民族危机的日益严重，革命文学迅速在文坛兴起。1928年初《文化批判》创刊，大力宣传马克思主义理论，"形成了新锐的马克思主义的启蒙运动"[①]，引发了革命文学的论争。

冯乃超在1928年1月15日《文化批判》创刊号上发表《艺术与社会生活》一文，批判了叶圣陶、郁达夫、鲁迅和张资平等作家。他对鲁迅的评价是："鲁迅这位老生——若许我用文学的表现——是常从幽暗的酒家的楼头，醉眼陶然地眺望窗外的人生。世人称许他的好处，只是圆熟的手法一点，然而，他不常追怀过去的昔日，追悼没落的封建情绪，结局他反映的只是社会变革期中的落伍者的悲哀，无聊赖地跟他弟弟说几句人道主义的美丽的说话。隐遁主义！"[②]这是革命文学倡导者对鲁迅发难的先声。接着彭康《除掉鲁迅的"除掉"！》、冯乃超《人道主义者怎样地防卫着自己》、李初梨《请看我们中国的Don Quixote的乱舞——答鲁迅〈"醉眼"中的朦胧〉》、龙秀《鲁迅的闲趣》、潘汉年《想到写起》、石厚生《毕竟是"醉眼陶然"罢了》、杜荃《文艺战线上的封建余孽——批评鲁迅的〈我的态度气量和年纪〉》、钱杏邨《死去了的阿Q时代》《死去了的鲁迅》、黑木《鲁迅骂人的策略》、叶灵凤《鲁迅先生》等文章在《文化批判》《创造月刊》《太阳月刊》《流沙》《战线》

① 旷新年：《1928革命文学》，山东教育出版社1998年版，第10页。
② 冯乃超：《艺术与社会生活》，《文化批判》1928年第1期。

《戈壁》《洪荒》等期刊上火力全开，"围攻"鲁迅，它们将鲁迅塑造成为"小资产阶级""革命的旁观者""老先生""Don 鲁迅""对于布鲁乔亚泛是一个最良的代言人""对于普罗列塔利亚是一个最恶的煽动家""落伍者""开倒车者""反动分子""封建余孽""过渡时代的游移分子""二重的反革命""不得志的Fascist（法西斯谛）""阴阳脸的老人"等等。这些形象除去人身攻击的称谓，剩下的可以用一个词来概括——"落伍者"。就像刘半农感慨的那样："这十五年中国内文艺界已经有了显著的变动和相当的进步，就把我们这班当初努力于文艺革新的人，一挤挤成了三代以上的古人。"①为什么他们会把鲁迅塑造成"落伍者"呢？

首先，"落伍者"是他们为了迫使青年学生舍弃鲁迅而专门塑造的。从新文化运动以来，"新"与"旧"似乎被同义替换成了另外两个词："进步"与"落后"。从"文学革命"到"革命文学"，后者的新理论与新思想，理所应当是进步的。那么作为他们对立面的其他思想，比如被时人称道的"自然主义""人道主义"就是落后的了。如果让时代青年在"进步"与"落后"之间选择，答案是显而易见的。

其次，革命文学倡导者将矛头对准鲁迅，显然有其深意。他们想利用鲁迅在文坛"高大"的形象，提升自我存在感，引发轰动效应。照刘半农的说法，"三代以上的古人"队伍中，何止鲁迅一人。而且当时的文坛，就像徐志摩说的："这思想的市场上也是摆满了摊子，开满了店铺，挂满了招牌，扯满了旗号，贴满了广告。"②但革命文学倡导者看中鲁迅在文坛中已有的威望和地位，这是他们抬高身价，迅速"走红"的"砝码"。上文提到成仿吾在1924年就曾这样做过，这次是"集体"故技重演。时人柳静文在1930年《北新》第4卷第16期发表《关于鲁迅先生》一文，对鲁迅被围攻的原因分析，颇具"时代感"，也很中肯：

---

① 刘半农：《初期白话诗稿序目》，转引自刘半农：《半农杂文二集》，上海良友图书印刷公司1935年版，第353页。

② 徐志摩著，梁实秋、蒋复璁编：《徐志摩全集》第6卷，中央编译出版社2014年版，第140页。

　　　　鲁迅先生曾创造过中国仅有的几篇艺术的作品，因为他曾以百折不回的勇气攻击了旧社会的恶劣，这样在纯洁的青年们的心中博得了相当的声誉与信仰。一个有声誉的人，是容易招得多数名誉热者们的不快与嫉妒的，但以同样的努力来竞争，既不容易而且费气力，人们是不肯的。最便捷的方法，便是以为打倒了现今的权威者，站在他的头上，而自己的身价好像也就更高了起来。[①]

　　革命文学的倡导者们攻击鲁迅、塑造各种反面形象的目的是利用其扩大自身影响力。胡秋原认为："钱杏邨君以鲁迅之批评，出现于批评界混沌幼稚的中国文坛，打着'Marxism'批评的旗帜，几乎成了中国唯一马克思主义批评家。"[②]沈起予也认为："现在在客观上看来，首先反对底'大师'、'领袖''……'底鲁迅，已经发出了'根本不懂唯物史观'底悲鸣，其余跟着吼和底门徒小丑，除了冷嘲热骂而外，亦找不出有一个整个的反对理论来。"[③]在这些新出茅庐的"革命青年"看来只有推倒了"鲁迅"这面大旗，才能从传媒场中抢到自己的读者，才能在文坛上扎根。同样地，他们后来停止这场攻击也是出于自己的发展。"中共江苏省委由李富春出面，代表党组织找了创造社和太阳社中十来个党员谈话，传达了中央指示，要求解散社团，认为他们与鲁迅冲突是不对的，要与鲁迅合作，以酝酿成立一个新的文学团体。"[④]1930年2月鲁迅作为发起人之一参加了中国自由运动大同盟，3月参加中国左翼作家联盟，俨然成为"左联"盟主。"他积极参与了'左联'的各种政治和文艺斗争，在对'新月派'、'民族主义文学'、'第三种人'以及'论语派'等的斗争中大显身手。他提出文学应该是'无产阶级解放斗争的一翼'，取消了

---

①　柳静文：《关于鲁迅先生》，《北新》1930年第4卷第16期。

②　胡秋原：《钱杏邨理论之清算与民族文学理论之批评》，《读书杂志》1932年第2卷第1期。

③　沈起予：《艺术运动底根本概念》，转引自旷新年：《1928革命文学》，山东教育出版社1998年版，第130页。

④　房向东：《"横站"：鲁迅与左翼文人》，上海三联书店2014年版，第59页。

'同路人'的概念，认为'第三种人'根本不可能存在。"①可以说，革命文学倡导者的攻击促成了鲁迅后期思想的转变。

当然左翼文人当中也有相当一部分进步人士（如瞿秋白、冯雪峰等）充分肯定了鲁迅转变后的思想、创作成就。瞿秋白的《〈鲁迅杂感选集〉序言》称鲁迅是"莱谟斯，是野兽的奶汁所喂养大的，是封建宗法社会的逆子，是绅士阶级的贰臣，而同时也是一些浪漫谛克的革命家的诤友！"②。文中梳理了鲁迅世界观转变的过程，概括了他的"战斗精神"。曹聚仁的《谈鲁迅》呼应了瞿秋白对鲁迅"莱谟斯"形象的塑造，并从创作角度称鲁迅为世界级的战斗作家。1934年徐碧晖在《论语》半月刊中发表《鲁迅的小说与幽默艺术》一文，称鲁迅是"中国的契诃夫"③。同年，铁新在《东方快报》发表《〈南腔北调集〉——这非读不可的杂感集！》称鲁迅是"中国文坛上有名的老作家""中国的高尔基"。④

鲁迅俨然被塑造成了"左联"盟主，但实际上这种形象很大程度上仍是广告式的利用。"左联"内部很多重大问题"是撇开鲁迅的"，他在"左联"就是被"利用和借重的工具"。⑤或者说在争取青年读者扩大影响力时，"左联"高举"鲁迅"的大旗，而在"左联"大政方针的制定与内部事务的管理上，鲁迅常常又被边缘化。"鲁迅客观上成了革命文学家手上挥舞过来挥舞过去的一面旗帜，就像当年孔夫子成了敲门砖一样。"⑥这在后期鲁迅与左翼文人在"两个口号"之争中更加明显，当时就有人指责他"有领袖欲与好名心"，"他没有统系的文章，与有结构的大小说，更不能实际领导青年"。⑦

① 旷新年：《1928革命文学》，山东教育出版社1998年版，第178页。

② 瞿秋白著，胡博综绘：《多余的话》，中国青年出版社2012年版，第138页。

③ 徐碧晖：《鲁迅的小说与幽默艺术》，《论语》1934年第46期。

④ 中国社会科学院文学研究所鲁迅研究室编：《1913—1983鲁迅研究学术论著资料汇编》第1卷，中国文联出版公司1985年版，第998页。

⑤ 房向东：《"横站"：鲁迅与左翼文人》，上海三联书店2014年版，第204页。

⑥ 房向东：《"横站"：鲁迅与左翼文人》，上海三联书店2014年版，第59页。

⑦ 中国社会科学院文学研究所鲁迅研究室编：《1913—1983鲁迅研究学术论著资料汇编》第1卷，中国文联出版公司1985年版，第1418页。

值得一提的是，在鲁迅转变后"原来从极右角度维护鲁迅、攻击创、太二社的右翼文人，又开始辱骂鲁迅的前进和与创、太二社的联合"①。特别是1930年5月1日《洛浦》创刊号所载署名阿Q的《从列宁到鲁迅》一文，几近辱骂。此后这类声音不绝于文坛：1933年8月15日红僧在《新垒》发表《武断乡曲的鲁迅》，称："鲁迅先生做了共产党文艺的政治宣传队的俘虏而后，一变而为勇敢的降将军。"②1933年9月1日《新时代》发表邵冠华《鲁迅的狂吠》称鲁迅是文坛上的"'斗口'健将"③。1933年9月3日文仲在《社会新闻》发表《共党普罗文学运动述略》，嘲讽鲁迅与共产党文化运动的分歧不是因为意见相左，而是为了"头把交椅"。1933年11月16日鸣春在《中央日报》发表《文坛与擂台》："上海的文坛变成了擂台。鲁迅先生是这擂台上的霸王。"④1934年4月6日少离在《社会新闻》发表《鲁迅与托派》："人都以为今天的鲁迅，是个共产党。是个赤匪第一流的应声虫，这些话，都是对的。"⑤

30年代"救亡"之声渐强，久负盛名的鲁迅不可能置身事外。此时各种批评圈对鲁迅的形象"利用"多于"塑造"。当时有反对鲁迅者称："鲁迅的大名，为了时髦的文学理论和垄断文坛的威严，早已刺激了盲目青年的眼皮；因之《自由谈》便清妙的把鲁迅作了广告，于是《申报》便大发其财。"⑥鲁迅在"风沙扑面""虎狼成群"的30年代，以《申报·自由谈》为主要阵地，创作了大量时效性强的、针砭时弊的杂文，带动了时代创作风气，充分发挥了杂

① 中国社会科学院文学研究所鲁迅研究室编：《1913—1983鲁迅研究学术论著资料汇编》第1卷，中国文联出版公司1985年版，第17页。

② 中国社会科学院文学研究所鲁迅研究室编：《1913—1983鲁迅研究学术论著资料汇编》第1卷，中国文联出版公司1985年版，第838页。

③ 中国社会科学院文学研究所鲁迅研究室编：《1913—1983鲁迅研究学术论著资料汇编》第1卷，中国文联出版公司1985年版，第848页。

④ 中国社会科学院文学研究所鲁迅研究室编：《1913—1983鲁迅研究学术论著资料汇编》第1卷，中国文联出版公司1985年版，第889页。

⑤ 中国社会科学院文学研究所鲁迅研究室编：《1913—1983鲁迅研究学术论著资料汇编》第1卷，中国文联出版公司1985年版，第942页。

⑥ 罗曼：《关于鲁迅的〈伪自由书〉》，《新垒》1933年第1卷第7期。

文"投枪"和"匕首"的作用，"同读者一同杀出一条生存的血路"①。他却被人讥为《申报》赚钱的广告，后来又被讽刺为"杂感家"："一九三三真要变成一个小文章年头了。目下中国杂感家之多，远胜于昔，大概此亦鲁迅先生一人之功也。中国杂感家老牌，自然推鲁迅。……我们村上有个老女人，丑而多怪。一天到晚专门爱说人家的短处，到了东村头摇了一下头，跑到了西村头叹了一口气。好象一切总不合她的胃。但是，你真的问她到底要怎样呢，她又说不出。我觉得她倒有些象鲁迅先生，一天到晚只是讽刺，只是冷嘲，只是不负责任的发一点杂感。当真你要问他究竟的主张，他又从来不给我们一个鲜明的回答。"②瞿秋白为鲁迅正名："鲁迅在最近十五年来，断断续续的写过许多论文和杂感，尤其是杂感来得多。于是有人给他起了一个绰号，叫做'杂感专家'。'专'在'杂'里者，显然含有鄙视的意思。可是，正因为一些蚊子苍蝇讨厌他的杂感，这种文体就证明了自己的战斗的意义。"③

不管是否定鲁迅的好斗之心还是赞扬他的批判精神，"战斗性"是鲁迅形象中不变的质素。因此在30年代就不断有人强化鲁迅"战士"的形象。1933年4月1日《出版消息》第9期，贾英在《谈鲁迅、茅盾及田汉》一文中指出："鲁迅在现代的文坛上，终不失为一个'战士'。"④1935年李长之出版《鲁迅批判》，这是较为全面的规模较大的鲁迅研究论著。他指出："鲁迅在思想上，不够一个思想家，他在思想上，只是一个战士，对旧制度旧文明施以猛烈的攻击的战士。"⑤就连当时与鲁迅并不属同一阵营的沈从文在《鲁迅的战斗》一文中也指出：

① 鲁迅：《南腔北调集·小品文的危机》，《鲁迅全集》第4卷，人民文学出版社2005年版，第593页。

② 洲：《杂感》，转引自中国社会科学院文学研究所鲁迅研究室编：《1913—1983鲁迅研究学术论著资料汇编》第1卷，中国文联出版公司1985年版，第889页。

③ 鲁迅著，何凝选：《鲁迅杂感选集·序言》，青光书局1933年7月版。

④ 贾英：《谈鲁迅、茅盾及田汉》，转引自中国社会科学院文学研究所鲁迅研究室编：《1913—1983鲁迅研究学术论著资料汇编》第1卷，中国文联出版公司1985年版，第786页。

⑤ 李长之：《鲁迅批判》，生活·读书·新知三联书店2014年版，第56—57页。

在批评上，把鲁迅称为"战士"，这样名称虽仿佛来源出自一二"自家人"，从年青人同情方面得到了附和，而又从敌对方面得到了近于揶揄的承认；然而这个人，有些地方是不愧把这称呼双手接受的。对统治者的不妥协态度，对绅士的泼辣态度，以及对社会的冷而无情的讥嘲态度，处处莫不显示这个人的大胆无畏精神。[1]

尽管沈从文在解读这种"大无畏精神"时，将原因归结于"'名士'一流的任性，病的颓废的任性"[2]。但却不可否认鲁迅身上的这种"率真""诚实"的无畏的战士精神。

今天看来"战士"的形象是鲁迅留给我们最后的背影。1936年10月19日鲁迅逝世，社会各界举行了规模盛大的纪念活动。"鲁迅的逝世，成了民族凝聚并显示自己力量的节日，此后年年都有'纪念'，从未停止过；而鲁迅也就成为某种群体（民族，民众……）的力量、精神的'代表'，这大概是鲁迅的宿命。"[3]

小结：鲁迅凭借"表现深刻""形式特别"的小说，在文坛上获得声誉。以孙伏园为代表的"青年学生圈"的宣传使他的"文坛领袖"形象得到更多认可，并成为青年学生心中的"导师"。然而，反对者的声音从未间断过，从早期创造社的成仿吾、"现代评论派"的陈西滢到太阳社、后期创造社以及后来的右翼文人圈，他们皆曾向鲁迅开火。鲁迅的形象在大众的视野中日益由单纯的作家，衍生出多种面孔和多重影像，他成为制造舆论话题的形象资源。

其实不管是赞美他的伟大还是谩骂他的刻毒，鲁迅形象中都不曾缺少过"坚韧"与"不屈"。这些片影构成了当时那个丰富可感、被人爱也被人恨的鲁迅。正如孙郁所言："虽然说1917年到1937年有很多政治活动，国民党残酷镇压了共产党人和先进知识分子，但当时中国的话语还是有很多空间的。在这

---

① 沈从文：《沈从文全集》第16卷，北岳文艺出版社2009年版，第165页。

② 沈从文：《沈从文全集》第16卷，北岳文艺出版社2009年版，第165页。

③ 钱理群：《独自远行——鲁迅接受史的一种描述（1936—1949）》，转引自陈平原主编：《现代中国》第二辑，湖北教育出版社2002年版，第64页。

个空间里，关于鲁迅的描述是非常有趣的。"①鲁迅在不同时期不同圈子批评中的影像深刻地反映出文坛批评对作家形象、创作和发展的支持与否定、促进与阻碍，亦反映出鲁迅本人的自我认知、抗争与改造。时至今日，鲁迅种种头衔的获得和文坛领袖地位的体认皆非偶然，这些复杂历史语境中流变的"鲁迅影像"对于反思鲁迅形象的经典化具有重要价值。

---

① 孙郁：《鲁迅的思维特征》，见蒋述卓主编：《闻道》，上海人民出版社2013年版，第150页。

第四章　"鲁迅后"鲁迅形象资源建设与期刊发展

　　鲁迅在他一生的文学活动中，不仅奠定和推动了中国现代文学的基础和发展，对中国现代出版事业也做出了突出贡献。鲁迅的文学感染力、思想感召力，成为中国现代文学、文化的标杆，在他生前产生巨大影响力，在他去世后，这种影响力更是与日俱增。从鲁迅逝世直到今天，大量的回忆和研究，建构出种种鲁迅形象。在此过程中，中国现代编辑出版事业围绕他也得到巨大发展，形成极具特色的中国现代文化发展面貌。

　　相较书籍、报纸，期刊①因是定期连续出版物，反映现实及时、深刻，还能适应读者多层次的需求，有"快""深""杂""广"的传播特点，在引导读者、培养作者方面颇有优势。鲁迅充分认识到期刊在现代社会的传播功能和优势，好的期刊能在国民思想中产生积极影响，因而他投入了极大的精力与物力到创办期刊之中。据后人统计②，鲁迅先后编过9种期刊③，与鲁迅有联系的期刊则更多，光是上海期间，鲁迅就与50多种期刊保持着联系。④鲁迅在长期的编辑活动中，形成自己的办刊理念，视办理期刊为启蒙国民精神，培养文艺

---

　　①　本书采用的期刊概念即：期刊也叫杂志，定期或不定期的连续出版物，往往成册出版，每期版式基本相同，有固定名称，并标明卷期号或按年月顺序编号出版。

　　②　倪墨炎：《鲁迅的编辑出版工作·20世纪中国著名编辑出版家研究资料汇辑（2）》，河南大学出版社2005年版，第60—69页。

　　③　《莽原》《语丝》《奔流》《朝花周刊》《萌芽月刊》《文艺研究》《前哨》《十字街头》《译文》。

　　④　许广平：《为革命文化事业而奋斗》，鲁迅博物馆鲁迅研究室《鲁迅研究月刊》选编：《鲁迅回忆录·专著》下册，北京出版社2000年版，第1208页。

新人，推动中国现代文艺、文化发展的最佳途径之一。

鲁迅去世以后，回忆和研究鲁迅的文章、书籍更是不断涌现，建构起各种鲁迅形象，鲜明地反映了中国现代文化样态。这些形象大部分通过期刊得以形成和传播，不少期刊也因建构鲁迅形象而得到发展或受到限制。因此，"鲁迅去世后"的鲁迅形象建构与期刊发展具有密切的关系。

总之，鲁迅在去世以后，作为一种纯粹的精神象征与文化符号的"鲁迅"通过现代传媒非常有力地介入了中国的民族精神与民族生存，而这些传媒也在利用鲁迅形象资源来促进自身的发展。"鲁迅"与媒介之间存在着一种复杂的关系。本章正是着重探讨"鲁迅去世后"中国现代传媒对于鲁迅形象产生、鲁迅符号建构的作用，同时分析鲁迅资源对现代传媒发展的促进。

第一节　民主化与多元化：鲁迅去世至新中国成立期间的鲁迅形象资源建设与期刊发展

从鲁迅去世到新中国成立时期，鲁迅形象建构呈现多元化的特点。有政治化的方向，也有独立的学术、文学化的方向，既有肯定的评价，也有否定的批判。这些形象的建构显示着当时政治势力的角力，也显示着不同文化间"话语空间"的争夺，期刊在这种角力和争夺中寻找自己的生存和发展的空间，并形成一些独特的风格。

鲁迅逝世后，在很短的时间内，几乎所有的国内报纸期刊都刊登了纪念鲁迅逝世的新闻、照片和悼文，是当时震惊国内的文化事件。对于鲁迅逝世和对鲁迅形象的建构，中国共产党反应很快。鲁迅逝世后，中共连发三封唁电：《为追悼鲁迅先生告全国同胞和全世界人士书》《致许广平女士的唁电》《为追悼与纪念鲁迅先生致中国国民党中央委员会与南京国民党政府电》，唁电对鲁迅高度评价，称之为"最伟大的文学家，热忱追求光明的导师，献身于抗日救国的非凡的领袖，共产主义苏维埃运动之亲爱的战友""在无论如何艰苦的环境中，永远与人民大众一起与人民的敌人作战，他永远站在前进的一边，永

鲁迅与20世纪中国研究丛书

远站在革命的一边。他唤起了无数的人们走上革命的大道，他扶助着青年们使他们成为像他一样的革命战士，他在中国革命运动中，立下了超人一等的功绩"。①这显示当时共产党人对鲁迅的现代文化价值有敏锐把握，并迅速把鲁迅纳入自己阵营之中，而国民党当局则对鲁迅逝世保持沉默。可以说，在对鲁迅这一现代精神文化资源的利用和争夺中，中国共产党是高明而更胜一筹的。当然，由于中共当时的处境和地位，这些唁电并不能公开发表，但在私下流传，颇得文化界好感。

1937年国共合作后，共产党取得合法地位，马上积极利用报纸、期刊建构符合自己需要的鲁迅形象。1938年，延安重新刊发了上边提到的3封唁电。②从1937年到1942年，毛泽东先后7次以演讲的方式公开评价鲁迅，且都再刊在报纸或期刊上以扩大影响。其中，毛泽东1937年在"陕北公学"鲁迅纪念大会上的演讲，以《论鲁迅》为题于1938年在《七月》半月刊发表，后又在《文献》月刊刊出，文章称："鲁迅在中国的价值，据我看要算是中国的第一等圣人。孔夫子是封建社会的圣人，鲁迅则是现代中国的圣人。"③1940年1月9日，陕甘宁边区文化协会第一次代表大会召开。毛泽东作了以《新民主主义的政治和新民主主义的文化》为题的演讲，讲稿于2月15日在《中国文化》创刊号发表，2月20日又在《解放》周刊第98、99期合刊登载，题目改为《新民主主义论》。在该演讲中，毛泽东完成了对鲁迅"三家五最"的官方定位："鲁迅是中国文化革命的主将，他不但是伟大的文学家，而且是伟大的思想家和伟大的革命家。……鲁迅是在文化战线上，代表全民族的大多数，向着敌人冲锋陷阵的最正确！最勇敢！最坚决！最忠实！最热忱的空前的民族英雄。鲁迅的方向，就是中华民族新文化的方向。"④《七月》是重庆国统区抗战期刊，《文献》是上海"孤岛"刊物，《解放》周刊是中共中央机关刊物，《中国文化》也是延安期刊。由此可见，共产党在文化宣传上，能充分利用期刊优势，

① 张梦阳：《中国鲁迅学通史（宏观反思卷）》，广东教育出版社2001年版，第231—234页。

② 三封唁电于1938年10月29日发表于《解放》周刊第55期。

③ 毛泽东：《论鲁迅》，《七月》1938年第3期。

④ 毛泽东：《新民主主义论》，《解放》周刊1940年第98、99期。

以鲁迅为旗帜和媒介，既在党内开展教育，同时也向外拓展影响，拉近与文化界的距离，在文化界宣传自己主张。

在延安文化界，鲁迅形象塑造基本循着毛泽东的思路进行。1938年，成仿吾的《纪念鲁迅》[①]、周扬的《一个伟大的民主主义现实主义者的路——纪念鲁迅逝世二周年》[②]；1940年，茅盾的《关于〈呐喊〉和〈彷徨〉》[③]；1941年，周立波的《谈阿Q》[④]；这些期刊文章都强化着鲁迅的革命者形象。延安对鲁迅这一文化资源极为重视，以鲁迅命名了一些文化教育机构，如鲁迅艺术文学院、鲁迅图书馆等；举行了5次纪念鲁迅的大会，每次纪念会都刊发大量纪念或研究鲁迅的文章；《解放》《大众文艺》《中国青年》这些延安期刊时常刊登关于鲁迅的文章，繁荣了边区文化，促进了报刊出版事业在延安的发展。特别值得一提的是，在萧军的主持下成立了延安鲁迅研究会，并创办了《鲁迅研究丛刊》这样的专门期刊，1941年10月出版了第一辑，其中除去前记和附录共有九篇鲁迅研究的论文，从"思想""创作""行传""学术"几个方面进行。[⑤]1941年12月，《鲁迅研究丛刊》第二辑刊出，有毛泽东的《论鲁迅》、瞿秋白的《论鲁迅的杂感》、萧红的《回忆鲁迅先生》、萧军的《铸剑》和《采薇》。这些文章具有一定的学术性，但一些文章政治意图也很明显，毛、瞿文自不用说，艾思奇也已把鲁迅塑造成一位马克思主义者。不过，这个期刊未能持续办下去。[⑥]

---

① 成仿吾：《纪念鲁迅》，《解放》1938年第55期。

② 周扬：《一个伟大的民主主义现实主义者的路——纪念鲁迅逝世二周年》，《解放》1938年第56期。

③ 茅盾：《关于〈呐喊〉和〈彷徨〉》，《大众文艺》1940年第2卷第1期。

④ 周立波：《谈阿Q》，《中国文艺》1941年第1卷第1期。

⑤ 这些论文是艾思奇的《鲁迅先生早期对于哲学的贡献》、何干之的《中国和中国人的镜子》、魏东明的《鲁迅创作的道路》、须旅的《辛亥的儿女——一九二五年的〈离婚〉》和《一出悲壮剧——一九二五年的〈伤逝〉》、萧军的《时代——鲁迅——时代》、金灿然的《鲁迅与国故》、正义的《鲁迅语言理论的初步研究——杭育杭育派的语言理论》、胡蛮的《鲁迅的美术活动》。

⑥ 1946年11月，重返哈尔滨的萧军创设鲁迅文化出版社，继续出版《鲁迅研究丛刊》，不过只出了一辑。

当然，延安对鲁迅的塑造也不是铁板一块，一些知识分子继承鲁迅的批判精神，塑造着鲁迅作为启蒙批判者的形象，以鲁迅式杂文对边区不良现象进行讽刺和批判。在这方面，丁玲和萧军影响着这一倾向，他们以《解放日报·文艺副刊》《谷雨》等刊物为阵地，刊出一些批判延安社会的杂文，主要有：丁玲的《三八节有感》、萧军的《论同志的"爱"与"耐"》和《杂文还废不得说》①、艾青的《了解作家、尊重作家》、王实味的《政治家，艺术家》②和《野百合花》等。讽刺漫画也以鲁迅为旗帜，如华君武等人的漫画，还有为这些漫画作理论铺垫的文章，华君武、张谔、蔡若虹的《讽刺画展的"作者自白"》，力群的《我们需要讽刺画》等。在他们看来，倡扬鲁迅的批判启蒙精神，就是沿着鲁迅道路前进。不过，经过整风运动，丁玲、萧军、王实味等人受到打击，与他们相关的期刊也遭整顿或停办，萧军主持的《鲁迅研究丛刊》最后也没能逃出这个命运。这些报刊传媒因"鲁迅"而兴起，同样也因为追随鲁迅精神而终止。

在国统区、孤岛"上海"、沦陷区、海外这些非延安地区，文化界在纪念和研究鲁迅的过程中，也在积极建构鲁迅形象，同样充分利用期刊这一传媒资源。郁达夫的《怀鲁迅》③和《鲁迅的伟大》④两文分别发表在上海的《文学》和日本的《改造》两期刊上，他把鲁迅等同于中华民族精神，鲁迅虽死，精神却与中华民族永存，鲁迅就是民族魂。郁达夫塑造的鲁迅形象影响是巨大的，在抗战和国共内战中，鲁迅长久地被冠以"民族魂"和"民主之魂"，成为一种精神榜样，是人们前进的动力。邢桐华在《质文》月刊的《悼鲁迅先生》⑤和欧阳凡海在《文学》的《关于鲁迅先生的几点基本认识的商榷》⑥则强调鲁迅的反奴性思想，推崇其独立人格，同样视之为民族精神的榜样。

---

① 萧军：《杂文还废不得说》，《谷雨》1942年第1卷第5期。

② 王实味：《政治家，艺术家》，《谷雨》1942年第1卷第4期。

③ 郁达夫：《怀鲁迅》，《文学》1936年第7卷第5期。

④ 郁达夫：《鲁迅的伟大》，《改造》1937年第19卷第3期。

⑤ 邢桐华：《悼鲁迅先生》，《质文》1936年第2卷第2期。

⑥ 欧阳凡海：《关于鲁迅先生的几点基本认识的商榷》，《文学》1936年第7卷第6期。

在这一时期，非延安地区期刊上发表的纪念、回忆、研究鲁迅的文章大致统计如此：发表文章总共361篇，涉及刊物143种。①从数量来看，鲁迅去世当年和次年最多，而且很受战局或国民党文化政策影响，如1938年战局恶化，政府公布《战时图书杂志原稿审查办法》，1944年公布《杂志送审须知》，这两年便锐减；国共内战最紧张的1948年、1949年也很少。从文章分布来看，更多集中于左翼刊物，如《中流》《文艺阵地》《光明》等，显示了左翼把鲁迅作为旗帜的文化意图。从期刊所处地域来看，起初多集中于上海、北平等文化中心，后来扩展至全国范围内，包括了长沙、昆明、成都、香港，甚至赣州、沅陵等小地方，在海外，新加坡、日本也有所波及，这由战局所造成，但在客观上也扩大了鲁迅的影响力。由此可见，期刊具有极大的灵活性和渗透力，鲁迅精神无疑是一面很好的旗帜，在凝聚民族、传播思想方面作用巨大。另外"鲁迅"也是报刊传媒吸引读者、扩大自身影响力的重要途径。鲁迅形象的塑造，促进着期刊的发展，期刊则承载鲁迅精神，作用于民族文化建设。

随着鲁迅研究的拓展和深入，此时期还出现了一些鲁迅研究专刊，或以鲁迅精神为导向的期刊。1936年10月，天津出版了鲁迅《追悼大会特刊》；1936年11月，广州刊行了《追悼鲁迅先生特刊》；1937年，上海印行了《鲁迅先生纪念集》；1940年，天津创刊《鲁迅文艺月刊》，由天津鲁迅文艺社办理，一共出版一卷三期；1942年，重庆作家书屋出版发行《鲁迅史料丛刊》；1939年创办《鲁迅风》、1941年创办《野草》这样以鲁迅或其作品命名的杂文刊物。这般的大规模的出版活动在抗战颠沛流离的环境中极为少见。它们的出现预示着鲁迅研究的期刊走向专业化并有了独特风格，为后来鲁迅研究的专门期刊和鲁迅风格期刊奠定了基础。

在非延安地区鲁迅形象塑造和期刊的发展，胡风是值得特别注意的。胡风是鲁迅精神的传承人，他努力维护鲁迅的独立、启蒙形象，以刊发文章、创办

① 数据见《中国鲁迅学通史（索引卷）》中的统计，张梦阳编：《中国鲁迅学通史（索引卷）》，广东教育出版社2002年版。（1936年130篇，1937年35篇，1938年13篇，1939年28篇，1940年30篇，1941年22篇，1942年15篇，1943年12篇，1944年2篇，1945年10篇，1946年28篇，1947年13篇，1948年14篇，1949年9篇。）

期刊为手段继承这一精神。鲁迅逝世的第十天，胡风写成《悲痛的告别》[①]，捍卫鲁迅战斗性和独立性的精神，坚持启蒙，把挽救民族危亡与改造国民精神并举。1939年10月，胡风在自己所办的《七月》期刊上发表《断章》一文，他认为，纪念鲁迅不能"商标主义"式地纪念，如果"不能够背起先生所背的黑暗的历史担子，不能够有'革命之爱在大众'的圣者情怀，不能够拿着投枪走入'无物之阵'，你就不能从那哀悼底洪潮里面汲取什么东西"。[②]1940年，胡风写成《文学上的五四》[③]一文，在肯定鲁迅在新文化运动中的贡献时，尤其强调鲁迅"人的觉醒"问题。可以说，胡风是继承了鲁迅的启蒙立场，坚持鲁迅的现实战斗精神的实践道路，对大众中的"精神奴役"进行批判，树立起鲁迅作为启蒙思想者的这一形象。

同时，胡风和鲁迅一样，注重通过期刊培养和团结志同道合的青年人才。在这一时期，胡风先后编辑了《七月》《希望》两种刊物和一些丛书（《七月诗丛》和《七月文丛》），发现、影响、培养了路翎、丘东平、彭柏山等一批作家，对现代文学史上"七月派"的形成和发展起了重要作用。胡风编辑期刊继承发扬了"五四"以来启蒙主义的传统，对文学、文化发展与社会历史进步的深切关怀，是对鲁迅精神的传承。而且，《七月》周刊于1937年9月11日在上海创刊时，"七月"两字用鲁迅的手迹；《七月》半月刊于1937年10月16日在武汉创刊时，第1期即为"鲁迅先生逝世周年纪念特辑"[④]。可以说借助于"鲁迅"，胡风既树立了其独具风格的办刊精神，也凝聚了一大批作者和读者力量。

由于鲁迅杂文的巨大影响力，在文坛逐渐形成"鲁迅风"杂文流派，在这一时期，极具批判精神的杂文涌现。一些杂文期刊也由此创办并得到发展。

---

① 胡风：《悲痛的告别》，《中流》1936年第1卷第5期。

② 胡风：《断章》，《七月》1939年第4卷第3期。

③ 中国现代文学馆编：《胡风代表作：吹芦笛的诗人》，华夏出版社1999年版，第108页。

④ 文章有聂绀弩的《人与鲁迅》、彭柏山的《"活的依旧在斗争"》、萧军的《周年祭》、萧红的《在东京》、端木蕻良的《哀鲁迅先生一年》、胡风的《即使尸骨被炸成了灰烬》等。

围绕"鲁迅风",文坛在1938年进行了一场争论,文学史称为"鲁迅风杂文论争"。阿英认为:迂回曲折的鲁迅风杂文已经过时,抗战杂文要明快、直接,继承鲁迅风是守成,不求发展,只知模仿,忘却创造。[①]巴人奋起反击,后又有许多人卷入,论争的战场主要在《译报》《文汇报》等报纸上,论争的结果是促使人们进一步认识到学习鲁迅及其杂文的重要性。"鲁迅"成为杂文文体在抗战时期继续发展下去的重要依据。1939年1月11日,《鲁迅风》创刊,这是一本专门刊登杂文的期刊,继承了鲁迅杂文的现实性和战斗性,也承续了鲁迅杂文的语言风格和美学品质。创刊的第一年,就连续发表包括发刊词在内的5篇关于鲁迅的文章。《鲁迅风》在上海"孤岛文学"中,是最有影响的杂文刊物,它带动了此时期的杂文运动,之后《世纪风》《大家谈》《晨钟》《早茶》《镀金城》等副刊也专门发表杂文,使杂文进入丰收期。《鲁迅风》因受1941年皖南事变影响遭停刊。随后,一种以丛刊形式出版的杂文刊物——《杂文丛刊》于1941年4月创办,承继的仍然是鲁迅杂文风格,共出9期。在桂林,以鲁迅《野草》为名的期刊《野草》于1940年创刊,《野草》是抗战期间出版期数最多、发行量最大的文学月刊,以之为中心,形成现代文学史上杂文流派的"野草派",他们的杂文继承鲁迅战斗风格,为抗战服务,也进行国民性批判、文化批判,复活了作为启蒙者的鲁迅形象。"野草派"作家杂文活动一直持续到全国解放。"鲁迅"成为期刊的斗争精神的象征,是激励媒体人不断前进的精神领袖。

当然,这一时期的鲁迅形象建构中,对鲁迅的看法并不都是肯定的,也有不少对鲁迅持批判态度,甚至持全盘否定态度的人士,他们同样依托期刊进行这一工作。

1936年11月12日,在对鲁迅"普遍的哀悼和歌颂的声浪"之下,苏雪林写信给蔡元培,信中否定鲁迅,表达对蔡元培主持鲁迅葬礼的不满,但得不到回应。11月13日,苏雪林又写了书评《〈理水〉和〈出关〉》,表达对隆重悼念鲁迅的不满,以文学研究讽刺和否定鲁迅。11月18日,苏雪林又写信给胡适,

① 阿英:《守成与发展》,《译报·大家谈》1938年10月19日。

请胡适树起"取缔鲁迅宗教宣传""剥去偶像外面的金装"大旗，信中对鲁迅的人格和性情进行攻击，给鲁迅以"刻毒残酷的刀笔吏，阴险无比！人格卑污又无耻的小人"的形象，并把她先前写给蔡元培的信也附上。结果，胡适并不认同她的观点和行为，还回信劝阻。在这种情况下，苏雪林便把这些去信拿出来，以《与蔡子民先生论鲁迅书》①和《与胡适先生论当前文化动态书》②为题发表在《奔涛》上。差不多同时，她把《〈理水〉和〈出关〉》③发表在《文艺月刊》，《论鲁迅的杂感文》④发表在《文艺》月刊上。对鲁迅极力否定的还有郑学稼，在他出版《鲁迅正传》（1943）一书之前，他就把一系列研究鲁迅的文章通过《中央周刊》《现实评论》期刊发表，其中有《论我国文学家及其作品》⑤、《评鲁迅的〈呐喊〉》⑥、《鲁迅与阿Q》⑦、《鲁迅与民族主义文学》⑧等，以发出否定鲁迅的先声，认定鲁迅是"政治势力的工具""披着红色外套的'赵七爷'"。还有对鲁迅不完全否定，却也颇有异议的林语堂、梁实秋，他们也是利用期刊发声，他们的文章力求阐释一个被政治剥夺了自由的孤独者鲁迅，并以此表明"自由"对于个体生命的至高无上性。⑨

可见，不同势力、不同人士所塑造的鲁迅形象各不相同，但各自在塑造过程都充分注意运用期刊的传播优势，体现着对"公共空间"话语权的争夺。在这一过程中，中国现代期刊的优势得到充分发展，许多期刊都沾染了鲁迅色彩，一些期刊本身就是鲁迅精神的化身，这成为中国现代文化发展的一道独特风景。

---

① 苏雪林：《与蔡子民先生论鲁迅书》，《奔涛》1937年第1卷第2期。

② 苏雪林、胡适：《关于当前文化动态的讨论（通信）》，《奔涛》1937年第1卷第1期。

③ 苏雪林：《〈理水〉和〈出关〉》，《文艺月刊》1941年第10卷第3期。

④ 苏雪林：《论鲁迅的杂感文》，《文艺》1937年第4卷第3期。

⑤ 郑学稼：《论我国文学家及其作品》，《中央周刊》1941年第4期。

⑥ 郑学稼：《评鲁迅的〈呐喊〉》，《现实评论》1941年第1、2、3、4期。

⑦ 郑学稼：《鲁迅与阿Q》，《中央周刊》1942年第31期。

⑧ 郑学稼：《鲁迅与民族主义文学》，《中央周刊》1942年第2期。

⑨ 林语堂：《悼鲁迅》，《宇宙风》1937年第32期；梁实秋：《鲁迅与我》，《中央周刊》1941年第42期。

第二节　一体化与真理化：新中国成立至"文革"时期的鲁迅形象资源建设与期刊发展

新中国成立至"文革"时期，鲁迅形象的建构总体上依着毛泽东"三家五最"说的评价延伸，国家意识形态明显，遵循为政治服务的宏旨。新中国的期刊在此时也处在被整顿、调整、改进，逐渐被纳入高度"一体化"的过程之中。这两者是紧密相连，甚至在人为的操作下相互配合。

这时期鲁迅研究，注重对鲁迅战士品格、革命精神和马克思主义思想因素的挖掘，由个性主义到集体主义、由国民性到阶级论、由资产阶级启蒙主义到马克思主义的鲁迅思想历程的论证，成为学界正统的理解模式。鲁迅因此逐渐被固化为一个概念化、符号化的共产主义战士形象，甚至还成为毛泽东思想的"小兵"。在这一时期，出版的三本鲁迅传①和陈白尘等人创作的电影文学剧本《鲁迅传》最能体现这一模式。但形成这一模式，经历了不少波折和惊心动魄，甚至显得残酷惨烈的斗争。

新中国成立初年，鲁迅形象的重构是新中国话语秩序建设的重要部分，鲁迅的弟子及朋友积极参与了这一工作。但在具体的建构中，他们内部有着巨大分歧，于是在1952年到1954年间展开了激烈争辩。一边是胡风、耿庸等为代表的启蒙型弟子，另一边是以冯雪峰、唐弢等为代表的务实型弟子，这两个阵营对于鲁迅的认识彼此冲突、悖离，它们利用各自手中掌握的报纸、期刊，进行论辩，最终却演变为血雨腥风的政治斗争。

在研究和回忆鲁迅方面，冯雪峰无疑是一个重要人物。1951—1952年间，冯雪峰发表《论〈阿Q正传〉》（1951）、《怎样读鲁迅的杂文》（1951）、《鲁迅生平及他思想发展的梗概》（1951）、《中国文学中从古典现实主义到社会主义现实主义的发展的一个轮廓》（1952）等与鲁迅相关的论文，并刊行了《党给鲁迅以力量》（1951）、《回忆鲁迅》（1952）。在冯雪峰研究和回忆鲁迅的所有文字中，《党给鲁迅以力量》和《回忆鲁迅》两文，奠定了毛

---

①　林维仁的《鲁迅》、朱正的《鲁迅传略》和石一歌的《鲁迅传》。

鲁迅与20世纪中国研究丛书

泽东时代系统化追忆鲁迅的基础，许广平等人对鲁迅的回忆就是在这种模式下展开；《鲁迅生平及他思想发展的梗概》则奠定了新中国成立后塑造"鲁迅形象"的原则：（一）鲁迅是对中国现代革命史的"旁证"；（二）鲁迅与共产党的关系密切；（三）鲁迅思想有分期，由进化论走向阶级论，逐渐接受马克思主义。《回忆鲁迅》连载在《新观察》上，《鲁迅生平及他思想发展的梗概》和《中国文学中从古典现实主义到社会主义的现实主义发展的一个轮廓》则于《文艺报》连载。《新观察》创刊于1950年，是知识界重要的综合性期刊，《文艺报》创刊于1949年9月25日，是"文艺思想战线的司令部"，以指导文艺思想为主要任务，是当时文艺界权威中的权威。[①]

　　然而，胡风对于这样的鲁迅形象建构是不满的。胡风一直坚持自己的文艺理论，并认为自己是真正坚持"五四"精神，继承鲁迅精神的，他坚守启蒙立场，保持对现实的批判性和独立性。1952年底，胡风在信中讽刺冯雪峰说："还有更坏的，抓到了权就想在文字上歪曲真理，'留名后代'，三花（按：指冯雪峰）是暂时成功了的一个。"[②]在此之前，胡风还发表了《不死的青春》《从源头到洪流》《鲁迅还在活着》等杂文[③]，对冯雪峰等人把鲁迅"正典化"的倾向予以评判和纠正。需要注意的是，此时的胡风很难在报纸、期刊上及时发表文章，在争取话语空间处于劣势，只能以集结文章的方式进行论辩，这种方式显然比起在报纸、期刊上刊发有针对性的时文效果差得多。不过，胡风马上采取另一种方法进行抗辩，支持他人进行与自己观点相近的鲁迅

　　① 《文艺报》时而是周刊，时而为半月刊、月刊，因而本文认为它是期刊，而非报纸。《文艺报》刊登了大量关于鲁迅的研究和回忆文章。仅在1956年，在鲁迅逝世二十周年，《文艺报》就发表纪念文章30来篇。第19期是鲁迅纪念专号，20期有半数以上的篇幅，为"鲁迅逝世二十周年纪念特辑"，还有《鲁迅先生逝世二十周年纪念会上的报告和讲话》。从内容上来看，既有研究性的论文，如巴人的《鲁迅小说的艺术特点》（第19期）、王瑶的《论鲁迅作品与中国古典文学的历史联系》（第19、20期连载）；又有回忆性的记述，如许钦文的《鲁迅先生在砖塔胡同》（第17期）；亦有新发现史料的披露，如司徒乔的《鲁迅先生买去的画》（第19期），还有有关鲁迅纪念活动的一些新闻介绍，如《全国各地积极筹备纪念活动》（第19期），林林总总，蔚为大观。

　　② 《胡风致梅志》（1952年11月1日），晓风编：《胡风家书》，复旦大学出版社2007年版，第335页。

　　③ 该文曾发表在《人民文学》1949年10月25日创刊号第1卷第1期。

研究，于是有了耿庸的"鲁迅论"。耿庸的《〈阿Q正传〉研究》是胡、耿二人观念和心血的结晶，直接反对的就是冯雪峰等人的鲁迅研究。这本书代表着胡风等坚守"五四"传统，坚守启蒙、独立精神的鲁迅精神的观点：鲁迅一生都坚持清醒的现实主义，洋溢着热情有力的主观战斗精神；鲁迅的思想随着革命的发展而发展，鲁迅的思想和创作有其一贯性，是一个内在的统一的整体；鲁迅的一生都致力于旧文化的破坏和新文化的建立，致力于改造"国民劣根性"。①显然，鲁迅的启蒙型弟子认为，鲁迅在对现实与历史的深刻洞察与感受达到社会主义现实主义，并不是冯雪峰等人所认为的那样，鲁迅经过马克思主义世界观的深刻改造才达到其思想的最高点。胡风等人这种启蒙、独立精神的坚守，与国家当时要对知识分子进行思想改造的政治趋势是相悖的。

鲁迅弟子们关于"鲁迅形象"分歧演变为公开的矛盾。1953年10月19日，冯雪峰借纪念鲁迅之日，借助自己有权威报纸、期刊支持的优势，在《人民日报》发文再次强调马克思主义对鲁迅思想转变的重大意义——"鲁迅从革命民主主义发展到马克思主义，在鲁迅自己是一个伟大的跃进，在当时是震动中国思想界的一个大事情"②。这个文章显然是针对胡风等人的观点而发的，不过还没有上升到针锋相对的对撞。

在另一边，唐弢、夏衍等人由于与胡风有过节，而且他们对鲁迅的塑造与胡风等人相左，因而利用自己掌握着期刊的优势，也开始了对胡风等人的批判和围剿。当时，唐弢任上海《文艺月报》③副主编，在他有意安排下，陈安湖的《从一篇〈真理报〉的专论谈到〈阿Q正传研究〉》④和沈仁康的《驳〈阿Q正传研究〉的一些错误观点》⑤发表。这两篇文章直接针对胡风授意下的耿

① 吕东亮：《"胡风派"的鲁迅研究及其与主流派的歧异》，《中国现代文学研究丛刊》2007年第2期。

② 冯雪峰：《伟大的奠基者和导师——纪念鲁迅逝世十七周年》，《人民日报》1953年10月19日。

③ 是文艺期刊，而非报纸。

④ 陈安湖：《从一篇〈真理报〉的专论谈到〈阿Q正传研究〉》，《文艺月报》1953年第7期。

⑤ 沈仁康：《驳〈阿Q正传研究〉的一些错误观点》，《文艺月报》1953年第7期。

庸鲁迅论。随后，夏衍、唐弢跟胡风走得近的彭柏山、刘雪苇又进行人事斗争，最终把胡风派人士排挤出去，刘雪苇失去《文艺月报》编委职务。唐弢与《文艺月报》也对胡风派人士猛烈开火，让其四面受敌。

此时，胡风他们发表文章已不太可能。为了继续论辩，胡风采取演讲的方式进行。1953年，胡风在文学研究所作过三个关于"鲁迅"的报告：《鲁迅精神和鲁迅杂文》《关于鲁迅的杂文（二）》《论现实主义的路·写在后面》，在当时政治局势下，影响甚微。之后，胡风等人被打成反革命集团，消失于文坛。1955年7月，《文艺月报》刊发魏金枝的《胡风反革命集团在上海的活动概况》①一文。同年，唐弢的总结式长文《不许胡风歪曲鲁迅》在《文艺月报》第3期、《新华月报》第5期刊发，后又收入他的《学习与战斗》一书中，宣告冯雪峰、唐弢等人取得胜利，胡风等塑造启蒙型鲁迅形象失败。

可见，当时政治化的鲁迅形象建构得以树立与操控权威期刊是相互配合的。此时的期刊不再是多元、相互竞争的，而是有权威和非权威之分。政治正确者得势，可以垄断霸占权威期刊，反复发文；被认定为政治不正确的则失势，文章发表空间狭小，甚至无处发表，失去话语权，迎来的只是厄运。

在"文革"期间，鲁迅形象的政治化程度达到极致，迅速变为毛泽东的红卫兵。既然40、50年代的"鲁迅"可以转向马克思主义接受党的领导，可以成为毛泽东领导的中国革命的一分子，"文革"期间的"鲁迅"自然也可以是热爱和忠于毛泽东的红卫兵。实现这一形象塑造也是通过控制和操作报纸、期刊所实现的。

"文革"期间，出版事业受到巨大冲击，期刊也迅速缩减。据《中国出版年鉴》统计，1965年，全国出版期刊790种，1966年仅191种，1967年只剩27种，1968年到1970年，全国每年出版期刊只有20种左右。"文革"期间，《红旗》《解放军文艺》《朝霞》《学习与批判》这些期刊仍然存在，刊登有关鲁迅的文章，与《人民日报》《解放军报》一起对"红卫兵鲁迅"形象进行塑造。"文革"伊始，《红旗》杂志社论《纪念我们的文化革命先驱鲁迅》，豪

---

① 魏金枝：《胡风反革命集团在上海的活动概况》，《文艺月报》1955年第7期。

迈地写道："鲁迅最值得我们学习的，在于他对伟大领袖毛主席无比崇敬和热爱。他在早年曾有过'彷徨'，但是，当他找到了马克思主义，特别是找到了以毛主席为代表的中国共产党，找到了以毛主席为代表的革命路线之后，他就下定决心，俯首听命，甘愿做无产阶级革命的'马前卒'和'小兵'。"①在同期《红旗》上，许广平也发表《毛泽东思想的阳光照耀着鲁迅》，以亲人的身份证明鲁迅"听取'将领'的行动"其实就"是革命人民的命令，是无产阶级的命令，是党和毛主席的命令"。②许广平之前还写有《不许周扬攻击和诬蔑鲁迅》③也发表在《红旗》上，鲁迅就这样被拉入了保卫领袖的红卫兵队伍之中。郭沫若在《红旗》上还为鲁迅精神附会一个最具时代性的口号："造反精神"④。之后，《红旗》杂志还刊有：东方红战斗队的《我们鲁迅兵团向何处去？》⑤，周建人的《学习鲁迅　深入批修——批判周扬一伙歪曲、诬蔑鲁迅的反动谬论》⑥《学习鲁迅　培养青年》⑦，雷军的《为什么要提倡读一些鲁迅的杂文》⑧。这些文章都在不同层面上重复上面的定调。

　　"文革"后期，"四人帮"控制的《朝霞》《学习与批判》等杂志刊发了大量的研究鲁迅的文章："建工局工人评论组桑耀"的《美术革命的新成果——评组画鲁迅——伟大的革命家！》⑨在《朝霞》上刊登，"文革"时期出版的《鲁迅故事》和《鲁迅传》（上）在《学习与批判》上连载过，《学习与批判》还刊登有吴耕畔的《由赵七爷的辫子想到阿Q小D的小辫子兼论党

---

① 　《红旗》社论《纪念我们的文化革命先驱鲁迅》，《红旗》1966年第14期。

② 　许广平：《毛泽东思想的阳光照耀着鲁迅》，《红旗》1966年第14期。

③ 　许广平：《不许周扬攻击和诬蔑鲁迅》，《红旗》1966年第12期。

④ 　郭沫若：《纪念鲁迅的造反精神》，《红旗》1966年第14期。

⑤ 　东方红战斗队：《我们鲁迅兵团向何处去？》，《红旗》1967年第4期。

⑥ 　周建人：《学习鲁迅　深入批修——批判周扬一伙歪曲、诬蔑鲁迅的反动谬论》，《红旗》1971年第3期。

⑦ 　周建人：《学习鲁迅　培养青年》，《红旗》1973年第5期。

⑧ 　雷军：《为什么要提倡读一些鲁迅的杂文》，《红旗》1972年第3期。

⑨ 　建工局工人评论组桑耀：《美术革命的新成果——评组画鲁迅——伟大的革命家》，《朝霞》1974年第9期。

内不肯改悔的走资派的大辫子》①，《鲁迅传》是由"文革"时期的写作小组"石一歌"集体撰写，这一写作小组很注重鲁迅研究，在《朝霞》上发表了不少关于鲁迅研究的文章：《论鲁迅世界观的转变》②《"中庸之道""合"哪个阶级的"理"——从鲁迅批判林语堂谈起》③《俯首甘为孺子牛——学习鲁迅关于少年儿童文艺的论述》④《时代风云，笔底波澜——论鲁迅散文的特色》⑤。当然，这些文章都是"四人帮"御用写作班子颠倒黑白的"帮八股"，把鲁迅拉到"文革"队伍。而且，在"文革"中，并不允许其他鲁迅形象塑造的文字出现。

在这一时期，鲁迅研究不能正常开展，鲁迅形象的塑造只是政治化的图解，期刊也被政治全面控制，自由讨论和多元化丧失，在这一过程中，鲁迅形象政治化且单一化，期刊也未能得到正常、充分发展。

第三节　人间化与娱乐化：新时期以来鲁迅
形象资源建设与期刊发展

"文革"结束后，起初一段时间鲁迅研究仍然延续"文革"风气，如借鲁迅批判清算"四人帮"，但已显示出新的动向。进入80年代，由于政治环境的改观和思想解放的逐渐深入，鲁迅研究进入新的阶段，打破了原有的政治图解模式，力求复原鲁迅的多维形象。因为"文革"的惨痛经历，80年代初，鲁迅研究有意识地对接"五四"人道主义传统，鲁迅启蒙形象得到恢复。1981年，是鲁迅百年诞辰纪念年。在这一年，先前总是力图把鲁迅往国家意识形态轨道

鲁迅与20世纪中国传媒发展

---

①　吴耕畔：《由赵七爷的辫子想到阿Q小D的小辫子兼论党内不肯改悔的走资派的大辫子》，《学习与批判》1976年第3期。

②　石一歌：《论鲁迅世界观的转变》，《学习与批判》1973年第1期。

③　石一歌：《"中庸之道""合"哪个阶级的"理"——从鲁迅批判林语堂谈起》，《朝霞》1974年第2期。

④　石一歌：《俯首甘为孺子牛——学习鲁迅关于少年儿童文艺的论述》，《朝霞》1974年第11期。

⑤　石一歌：《时代风云，笔底波澜——论鲁迅散文的特色》，《朝霞》1975年第12期。

拉的周扬，在经历一系列不幸后，知识分子的良知、责任被唤醒。鲁迅纪念会上，周扬作了《坚持鲁迅的文化方向，发扬鲁迅的战斗传统》①的报告，重申人道主义，并表达对"启蒙者"鲁迅的敬意。80年代初期，鲁迅形象建构是知识分子有意识地对先前神化的鲁迅形象的解构。80年代中后期，王富仁以"思想革命"取代"政治革命"来解读鲁迅，表现出了对现代性的向往；王得后则强调鲁迅的"立人"思想，寄寓了对知识分子个体独立性的精神追求；林非重视对鲁迅文化选择的分析；钱理群、汪晖重在对鲁迅"独特精神个体"和"中间物"精神悖论进行揭示。1989年，林贤治三卷本《人间鲁迅》出版，该书彰显80年代启蒙知识分子精神，从而把鲁迅重新定位于启蒙思想家，凸现鲁迅作为"精神界战士"的独立人格。直到90年代，林贤治等人在《读书》上发表《人间鲁迅》②也仍然坚持这一思路。可以说，80年代鲁迅形象的建构走在人文意识形态道路之上，鲁迅与"五四"思想启蒙的联系重新得到强调。也正因为此，与鲁迅形象建构相关的期刊得到蓬勃发展，又成为知识分子讨论的"公共空间"，而且呈现极强的学术性和专业化的倾向。

正是因为鲁迅启蒙形象得到恢复，80年代鲁迅式杂文重新受到认可和重视。1982年1月18日和11月22日，《新观察》期刊两度召开座谈会，讨论发展和繁荣杂文的问题。与会人员大多认为先前"不是鲁迅的时代，不用鲁迅的笔法"的观点应该重新认识，认同继承鲁迅杂文传统是必要的。之后，与会的夏衍在《新观察》就发表《杂文复兴首先要学鲁迅》一文，指出杂文的必要性，并认为鲁迅式杂文并非过时，是时代所需，"杂文复兴，我认为首先是要学鲁迅"③。这些重新登上文坛的老作家，在经历世事沧桑后，愈发感到鲁迅精神传统的宝贵。"鲁迅风"已经沉淀于中国现代知识分子介于现实的精神传统，拨乱反正需要的就是回归真正的鲁迅传统，重新树立起知识分子独立性与批判性的大旗。一大批杂志或栏目因此而诞生或发展。《杂文界》

---

① 周扬：《坚持鲁迅的文化方向，发扬鲁迅的战斗传统》，《人民日报》1981年9月28日。

② 林贤治等：《人间鲁迅》，《读书》1998年第9期。

③ 夏衍：《杂文复兴首先要学鲁迅》，《新观察》1982年第24期。

（创刊于1985年）、《杂文家》（1988年，后改名为《杂文选刊》）、《杂文月刊》（1985）、《读书》（1979）、《新观察》（1980年复刊）、《随笔》（1979）等新老期刊都开辟杂文园地，它们都旗帜鲜明地指出自己继承的是鲁迅传统。

当然，在这一时期，也有人反对"鲁迅风"杂文的新崛起，刘甲就是代表之一。刘甲在《新观察》组织的第一次座谈会就认为当代杂文应区别于鲁迅式杂文。[①]之后，刘甲于80年代中后期连续出版《新时期杂文漫谈》（1984）、《新基调杂文创作谈》（1985）和《新基调杂文浅探》（1987）三本小册子提倡"新基调"杂文，书中强调要警惕和克服鲁迅杂文的"积习"和"消极影响"，要注意保持"官民一致"，在此基础上创造一种适应时代需求的"新基调"杂文。不过，刘甲的观点并未得到广泛认同，朱正就在《鲁迅研究动态》上发表《关于杂文基调的"对话"》[②]，戏拟鲁迅与刘甲等人对话，以此批驳"新基调"观点。李一萍[③]、谢云[④]等人都在报刊发表文章对刘甲的观点进行了批驳。因此，之后"鲁迅风"杂文仍然兴盛起来，杂文期刊得到前所未有的发展机遇。

90年代，随市场经济发展的深入，文学迅速边缘化，包括文学、学术期刊在内的期刊发展举步维艰，鲁迅研究变得常态化，对鲁迅形象的建构不再是社会关注的焦点，但也显得比先前更复杂、多元。在这一时期，政治意识形态对鲁迅的利用已不感兴趣，鲁迅回归到人文思想、学院研究和大众通俗媒体手中，成为他们阐释的对象。张承志的《致先生书》（1991）、《再致先生》（1992）和张炜的《荒漠之爱——夜读鲁迅》（1995）等文章消解了鲁迅身上的崇高因素，鲁迅民间化、世俗化，于是鲁迅成为独战于"无物之阵"的孤独战士。90年代以来，有一个有趣的现象：引起社会关注的关于鲁迅的话题，跟问题本身的深度关系不大，却与传播的方式有关，如果越有新闻性、颠覆性，

① 刘甲：《我们时代杂文的特征》，《新观察》1982年第4期。
② 朱正：《关于杂文基调的"对话"》，《鲁迅研究动态》1988年第10期。
③ 李一萍：《当代杂文走向辩——驳杂文要有新基调》，《杂文报》1988年3月24日。
④ 谢云：《谈所谓杂文的"官民一致"原则》，《瞭望》1988年第44期。

越具有八卦的色彩，就越能产生大的影响力。因而媒体有意引导这一倾向，一些期刊也参与其中，把标新立异和炒作作为期刊发展的一种手段，1999年，《芙蓉》刊发葛红兵的《为20世纪中国文学写一份悼词》①引起的轩然大波便是如此。

进入21世纪后，多元化的鲁迅研究持续发展，各种各样的鲁迅形象已变得司空见惯。正如在2002年由山东教育出版社出版的《多维视野中的鲁迅》一书，显示了多元文化氛围中研究鲁迅、塑造多元鲁迅形象正是新世纪鲁迅研究的根本特点。不过，由于市场经济的进一步冲击，文学更加边缘化，新世纪传媒业也处在由传统媒体向新媒体的转型阶段，因此传统纸质期刊受冲击很大，不少期刊在市场中被淘汰、停刊。在当下，"关注度流向哪里，钱就流向哪里"，期刊为生存和发展，越来越倾向于与市场结合，因而为吸引关注，有意引起争论制造"文化事件"，鲁迅研究当然也常汇入其中，"质疑鲁迅"往往成为一个很好的噱头。2000年，中国主流文学期刊《收获》在第2期开辟《走近鲁迅》专栏，有意刊登林语堂《悼鲁迅》、冯骥才《鲁迅的功与"过"》、王朔《我看鲁迅》三篇这种极易引起争论的质疑鲁迅的文章。果然，这一动作很快引起一场全国范围内的鲁迅大争论。绍兴作家协会主席兼政协委员朱振国致中国作协一封公开信②，进行质问和批驳。随着争论的持续，《收获》副主编程永发出来表态，认为"谈论中国现代文学史，鲁迅是一个绕不开的话题。考虑到近年来社会上对鲁迅的议论很多，为了使人们更全面地了解鲁迅，我们就开设了这么一个散文栏目"。"这个专栏是开放型的，接受各种声音，从各种角度观察、感受鲁迅。"③更有意思的是，中国作协并没有对朱振国的公开信做出答复，却顺势于6月10日在《文艺报》"作家论坛周刊"上开了专栏讨论鲁迅，有意把注意力吸引过去，并发布了将在北京举行"鲁迅研究热点问

---

① 葛红兵：《为20世纪中国文学写一份悼词》，《芙蓉》1999年第6期。

② 朱振国：《贬损鲁迅，意欲何为——致中国作家协会一封公开信》，《绍兴日报》2000年5月25日。

③ 程永发：《走近鲁迅，用心良苦——〈收获〉杂志有关负责人答记者的访问》，《绍兴晚报》2000年6月7日。

题"讨论会的消息，为这一讨论会的召开借势。

其实，在《收获》这一风波之外，一些期刊也在制造质疑、颠覆鲁迅形象的噱头，吸引关注，如《芙蓉》刊发尹丽川的《爱国、性压抑……与文学——致葛红兵先生的公开信》①，网络杂志《橄榄树》刊发张闳的《走不近的鲁迅》②，《莽原》刊发崔卫平的《阁楼上的疯男人》③，《书屋》刊发朱大可的《殖民地鲁迅和仇恨政治学的崛起》④和路文彬的《论鲁迅启蒙思想的历史局限》⑤，《今日文摘》刊发的余杰《鲁迅与萧红：另一种情怀》⑥，或是对以往鲁迅形象的解构，或是把鲁迅生活"莫须有"的事情八卦化。由此可以看到，新世纪鲁迅形象塑造的政治味淡了，更为多元、立体化，正反皆有，论争时有发生，期刊在此中起到巨大作用，这些刊物也由此在市场得以生存和发展。从中我们也可以看到，期刊和相关文化机构对市场的把握力，对关注度的吸引手段，越发高明、自然。

2001年，鲁迅120周年诞辰，从9月开始，纪念活动即开始，此次纪念活动不同先前100周年和110周年纪念会，主办方由原来的国家机构转变为中国作协、现代文学馆、鲁迅博物馆等文化机构；活动地点不再是人民大会堂、中南海怀仁堂，而是现代文学馆；国家领导人也不再发言，因而具有更多的民间性、文化性。纪念方式也变得多样，除作协领导、鲁迅研究专家发言外，还有演员濮存昕、苏民的朗诵，钢琴家刘诗昆的演奏等，形式丰富多样。此次纪念活动还有出版、旅游、戏曲等与市场高度结合的部门参与，他们极力把鲁迅市场商业化，注入消费主义元素，出版界依托纪念会出售与鲁迅相关的书；绍兴旅游部门举办"水乡社戏"、书画展、品酒赛等系列活动，以亲身体验鲁迅作品中的风俗人情来吸引游客，促进旅游业发展。对于这一倾向，陈国恩的《寂

① 尹丽川：《爱国、性压抑……与文学——致葛红兵先生的公开信》，《芙蓉》2000年第1期。

② 张闳：《走不近的鲁迅》，《橄榄树》2000年第4期。

③ 崔卫平：《阁楼上的疯男人》，《莽原》2000年第4期。

④ 朱大可：《殖民地鲁迅和仇恨政治学的崛起》，《书屋》2001年第5期。

⑤ 路文彬：《论鲁迅启蒙思想的历史局限》，《书屋》2003年第1期。

⑥ 余杰：《鲁迅与萧红：另一种情怀》，《今日文摘》2002年第5期。

寞中的守望——消费时代的鲁迅和鲁迅研究》①对这种现象进行了跟进研究。

　　"文革"过后的新时期以来，社会的急剧变化，促使鲁迅研究走向多元化，期刊发展在这一过程呈现市场化倾向，实质上鲁迅研究也逐渐被边缘化。然而，另一方面，由于国家经济实力的增强，国家加大对社会科学研究的投资，使学术期刊得以生存发展，鲁迅研究在学术期刊上得到广阔的发展空间，并促使鲁迅研究的专门期刊诞生和发展。《中国社会科学》等中央级学术期刊和《社会科学战线》《江海学刊》等地方性学术期刊，及各高校学报每年都会刊登大量关于鲁迅研究的文章，这些文章在学术界传播，往往成为知识创新的贡献点。更重要的是，鲁迅研究的专门期刊在此期间得到巨大发展。其实在此之前也有鲁迅研究专刊，但数量少，而且往往由于政治或经济的原因未能持续。在新时期，专门的鲁迅研究刊物不断涌现。《鲁迅研究》由鲁迅研究学会编，至1989年已出14辑；《鲁迅研究资料》由鲁迅博物馆鲁迅研究室编，至1991年已出24辑；《鲁迅研究文丛》由湖南人民出版社编辑、出版，至1983年已出4辑；《鲁迅研究集刊》由上海文艺出版社编辑、出版；《鲁迅研究年刊》由西北大学鲁迅研究室编，从1976年开始持续20年，共出版10期8本；《鲁迅学刊》由辽宁鲁迅研究学会主办，至1984年已出5辑；《鲁迅世界》由广东鲁迅研究学会、广东鲁迅研究小组主办；另还有《鲁迅研究形态》。以上刊物虽未都能持续到现在，但下面这些刊物则得到持续，甚至发展为学术界举足轻重的学术刊物。《上海鲁迅研究》，由上海鲁迅纪念馆编辑，创刊于1979年，初名为《纪念与研究》，一年一辑，内部出版，主要以资料汇集为重点。1988年，更名为《上海鲁迅研究》公开出版，面向国内外鲁迅研究者，以"新发现、新观点、新方法"的编辑方针，侧重刊载以资料整理、梳理和考证为主的学术论文，兼顾理论研究型论文。2005年开始改为季刊。通过知网搜索，从1995年至今，收录发表鲁迅相关研究文章3830篇。在学术界影响更大的鲁迅研究期刊是《鲁迅研究月刊》，1980年创刊，由北京鲁迅博物馆主办，最初刊名

　　① 陈国恩：《寂寞中的守望——消费时代的鲁迅和鲁迅研究》，《武汉大学学报（人文科学版）》2011年第5期。

为"鲁迅研究动态",1990年改为现名。每年刊登鲁迅相关论文200篇左右,在鲁迅研究界具有举足轻重的地位,为中国社会科学类权威核心期刊。绍兴鲁迅纪念馆从2006年开始,每年出一期《绍兴鲁迅研究》集刊,每集50篇文章。另外《绍兴文理学院学报》长期设有《三味论坛》的鲁迅专栏,《东岳论丛》也开辟有《鲁迅研究》栏目。每当鲁迅逝世或诞辰逢五或十周年,国内大量学术期刊会在当年开辟鲁迅研究专栏。可见,在新时代,"说不尽的鲁迅"、多元鲁迅形象,促进了学术期刊的发展,繁荣了学术。

小结:鲁迅去世已经80多年,从他去世以来,中国社会各界对鲁迅的关注、回忆和研究从未间断过,因而建构起多元化的鲁迅形象,有被政治化的鲁迅形象(毛泽东等),也有启蒙型的鲁迅形象(胡风等),还有污名化的鲁迅形象(苏雪林等),更有人生哲学化的鲁迅形象(李长之、汪晖等),甚至有颠覆矮化的鲁迅形象(葛红兵、王朔等),等等,不一而足。鲁迅形象的建构与中国现代文化的发展紧密相连,建构什么样的鲁迅形象,与中国现代政治、文化各势力的角力和争夺的需求和策略呼应。期刊作为一种重要的现代传媒载体,其文化传播功能使之具有"公共话语"空间的性质,因而期刊成为各派势力争夺舆论认可和话语权的"战场"。于是,鲁迅成为"食材",期刊成为"炒锅",各路"厨师"争相利用期刊这一炒锅,把鲁迅制造成多种自以为的"佳肴",有佳品,也有次货,有常态,也有病态。然而,正是这些构成了中国文化发展的独特风景,也显示了鲁迅的伟大和不朽。通过梳理"鲁迅去世后"鲁迅形象的建构与期刊发展的关系,我们也可以看出,自由、开放的环境,独立、多元的研究才能更近地走向鲁迅,鲁迅研究和期刊才可以得到充分发展,中国文化才能得到正常发展;而一旦落入某一势力的掌控,受一元化的霸权笼罩,一切都将归于死寂。

第五章 鲁迅的"传记形象""文学史形象"
及"教材形象"

　　自王哲甫《中国新文学运动史》（1933）和增田涉的《鲁迅传》（1932）出版至今，学界对鲁迅形象的建构已有了80余年的历史。鲁迅虽以其生命的结束而停止了说话，却在不同时代的文学史著和鲁迅传中一次次"复活"。这两大载体共同构筑了鲁迅形象的"演变史"。

　　通观80多年来的现代文学史与鲁迅传的书写，有几个问题尤为值得注意。首先，在很长一段时间内，文学史和鲁迅传记同时承载着意识形态的教育使命。这使得两者在内容构架、评价体系、风格体式等方面都趋于一致。其次，一些鲁迅研究专家既是文学史中鲁迅研究的撰写者，又是鲁迅传的作者，这使得两种载体的鲁迅形象之间发生了直接的联系。再者，随着时代语境和创作观念的更新，文学史和鲁迅传的作者常常对自己的作品进行修改或重写。因此，很多鲁迅形象书写者的作品序列本身，就是一部鲁迅形象的"演变史"。

　　文学史和传记对鲁迅形象的书写，不仅在其所用资源和所采取的思路上有重叠之处，且随着时代发展而同步更新，代表了一个时期鲁迅研究的整体水平。反而观之，文学史和传记这两种"体裁"的自我更新，又在某种程度上取决于其对鲁迅资源的利用状况，并通过书写鲁迅形象来呈现。应该说，文学史与传记在建构鲁迅形象的同时，也在借助鲁迅资源完成自我建构与自我演变。从这两层意义来看，结合文学史与鲁迅传来梳理鲁迅形象的时代演变，不仅有利于更全面通透地认识不同阶段鲁迅研究的倾向与得失，还有利于考察鲁迅资源的使用本身对于文学史和传记文学发展所产生的助力。

与常被作为高校教材的文学史著作一样，中小学教材这一特殊传媒也参与到了鲁迅形象的建构与传播之中。它们借助于对鲁迅作品的选择、鲁迅故事的编撰、教学参考书的编订、课后练习与考试的设计等等，建立起关于鲁迅及其作品的接受与阐释的完整体系，构建起所谓的"教材中的鲁迅形象"，深刻地影响着一代甚至几代人对于鲁迅的认知。由于鲁迅及其作品大规模进入中小学教材是在新中国成立之后，且主要集中在中学语文教科书中，因此本著作的研究视野主要限定在新中国成立后的中学教材之中。[①]

新中国成立至今，我国共进行了八次中学语文课程改革，相应的人教版的中学语文教材也进行多次修订、重编。虽然在这些教材中，与鲁迅相关的课文始终占据了重要的地位，但是由于时代政治、社会心理、教育理念的变化，每个时期对鲁迅作品选编的数量，对鲁迅作品阐释的方式都不一样，因此中学语文教材对鲁迅作品的选编与解读是一个不断变化的过程。通过对鲁迅作品的选编、单元导语的设置及文章的位置调整，教材的编者影响到了学生对鲁迅形象的感知。对比过去若干教材中的鲁迅形象，尝试分析弊端和优点，趋利避害，剖析时代政治意识形态和社会主流意识的变迁，探寻不同政治意识形态和文化倾向下最适合给予学生的教学内容和方法，对于推进鲁迅作品的研究和学习也是大有裨益的。

第一节　文学家鲁迅的印象素描

20年代，胡适在《五十年来中国之文学》中认为"从四年前的《狂人日记》到最近的《阿Q正传》，虽然不多，差不多没有不好的"，鲁迅是《小说月报》上"成绩最大"的一位作家。[②]这是文学史中出现最早的对鲁迅的评

① 新中国成立前虽然也有教科书收录鲁迅作品，但数量稀少，还不足以构建起完整的"鲁迅"形象。

② 胡适：《五十年来中国之文学》，新民国书局1929年版，第108页。

价。30年代，钱基博在《现代中国文学史》中将鲁迅定义为"欧化的国语文学者"，认为翻译工作对鲁迅的创作产生了很大影响："效颦者乃至造述抒志，亦竞欧化。"钱基博将鲁迅看作文学研究会的一员，并以鲁迅的创作为"证据"来质疑"平民文学"："此小资产阶级文学也，非真正民众也。树人颓废，不适合奋斗……树人所著，只有回忆过去，而不知建设将来……"[①]由此推导出鲁迅文学之右倾的结论。尽管钱基博对鲁迅的评价与胡适所持的情感色彩不一样，但他对鲁迅的定位和鲁迅小说艺术特色的看法还是切中要害的。时隔80年，严家炎在《二十世纪中国文学史》中阐释了鲁迅小说在艺术方法上与西方表现主义、象征主义的关联。这与钱的观点是有共通之处的。30年代关于鲁迅的传记，有增田涉的《鲁迅传》和美国记者埃德加·斯诺的《鲁迅——白话大师》。增田涉是鲁迅的私淑弟子。他的《鲁迅传》写的是自己在与鲁迅交往过程中，对这位文学家身份的师长的印象，以及鲁迅对自己作品的一些讲解；斯诺的这篇人物报道，从题名亦可看出对鲁迅形象的定位。

应该说，鲁迅逝世前，文学史与传记对鲁迅的建构主要属于印象式的短幅书写。作者大都从其小说创作的成绩出发，肯定了"文学家（者）鲁迅"在白话小说创作上的代表性。部分文学史作者和传记作者注意到并高度肯定了鲁迅的《中国小说史略》等学术研究方面的成果。从情感色彩上来说，对鲁迅其人其作品的评价褒贬不一，也并未将鲁迅抬至高于其他同时代作家的位置。这也意味着，在这一时期里，成长中的中国现代文学还未获得同以往历代文学相平等的地位，现代作家也并未真正进入中国本土传记作者的视野范围。

第二节　"三个身份"的分离与对抗

鲁迅后期的文学创作，在译著、通讯、《故事新编》之外，主要集中在杂文上。在各种论争中的积极"应战"，客观上让鲁迅的社会关注度较之20年代提升了很多，也让他作为小说家、文学家的"印象"发生了一些变化。1936

---

① 钱基博：《现代中国文学史》，北京联合出版公司2015年版，第524页。

年7月，冯雪峰在《关于鲁迅在文学史上的地位》中说："作为一个思想家及社会批评家的地位，在中国，在鲁迅自己，都比艺术家的地位伟大得多。"① 李煜昆认为，冯雪峰以无产阶级评论家身份肯定了鲁迅小说的思想意义和历史地位，且第一次在鲁迅的创作方法前冠以"革命"二字，其分量是空前的。② 应该说，冯雪峰的这篇讲演并不是鲁迅形象发生变化的充分条件，但却使研究界找到了针对鲁迅后期杂文创作的一种"跨界"评价体系。而颇耐人寻味的是，当作为文学家的鲁迅被文学研究者审视时，长篇小说的缺失成为一个"瑕疵"。但"杂文"而非"长篇小说"的成果，反而成为鲁迅是"思想家、社会批评家"的"最佳证明"，甚至成为"革命家""思想家"鲁迅战胜"文学家"鲁迅的有力武器。

基于鲁迅杂文创作的影响，与冯雪峰为代表的文艺评论家对鲁迅的定性，加之鲁迅逝世与"恶劣时局"之间的微妙作用，让系统地、宏观地评价鲁迅成为文艺界的重要工作。这个重要工作具体来说，就包括了在现代文学史中确定鲁迅的地位和为鲁迅写传。整个民国时期的大陆，对鲁迅的评价都存在褒贬不一。但是超出文学领域去阐释或"神化"鲁迅的现象，确切地说，出现在1936年之后。在1936年之前，谭正璧、陈子展、王哲甫等编撰的文学史著者对鲁迅的评价，均指其在文学领域（尤其是小说创作方面）的成就。谭正璧在其1930年出版的《中国文学史大纲》中，认为鲁迅的创作最著名，他的研究"为从前一般文人所不曾梦见"③。但到了1936年，谭在《新编中国文学史》中，对鲁迅则有"国内外知识阶级无人不知"④的评语，郭箴一则评价鲁迅为"永远的青年导师""文学革命者的先锋"⑤。传记方面，直至40年代初才有了国人写

① 李煜昆编著：《鲁迅小说研究述评》，西南交通大学出版社1989年版，第42页。

② 李煜昆编著：《鲁迅小说研究述评》，西南交通大学出版社1989年版，第43页。

③ 王泽龙、杨葵：《民国时期文学史中的鲁迅书写》，《北京师范大学学报（社会科学版）》2015年第6期。

④ 王泽龙、杨葵：《民国时期文学史中的鲁迅书写》，《北京师范大学学报（社会科学版）》2015年第6期。

⑤ 王泽龙、杨葵：《民国时期文学史中的鲁迅书写》，《北京师范大学学报（社会科学版）》2015年第6期。

的鲁迅传。欧阳凡海在《鲁迅的书》中，聚焦于鲁迅作品所体现的思想，并借由"鲁迅思想的真谛——奴隶观"①来结构全书。稍后出现的王士菁的《鲁迅传》，也同样从反帝反封建的文化视角出发去阐释鲁迅的思想。应该说，自1936年起，无论是文学史还是鲁迅传的作者，都开始强化鲁迅作品中的思想内涵，致使鲁迅"思想家"的身份意义逐渐重于"文学家"。

30年代到40年代间，毛泽东、周扬等共产党领导人的一系列发文和演讲对鲁迅作了理论化的官方定位。为纪念鲁迅逝世两周年，周扬于1939年4月在《时事丛刊》第一辑发表了《一个伟大的民主主义现实主义者的路》的文章。1940年1月，在陕甘宁边区文化协会第一次代表大会上，毛泽东发表了《新民主主义的政治与新民主主义的文化》的讲演，即同年2月发表在《中国文化》创刊号上的《新民主主义论》，认为"在'五四'以后，中国产生了完全崭新的文化生力军，这就是中国共产党人所领导的共产主义的文化思想……而鲁迅，就是这个文化新军的最伟大与最英勇的旗手。鲁迅是中国文化革命的主将，他不但是伟大的文学家，而且是伟大的思想家与伟大的革命家。……鲁迅的方向，就是中华民族新文化的方向"②。至此，一个在理论层面的新民主主义革命家"鲁迅"诞生了。鲁迅形象完成了从"右"（钱基博语）到"左"的一百八十度转身。毛泽东的观点和思路对此后的鲁迅研究及形象构建产生了深远的影响。在相当长的一段时期内，传媒界都是在毛泽东的新民主主义论的理论框架下来书写鲁迅的，典型如蓝海的《中国抗战文艺史》，该文认为："鲁迅和他所领导的文艺新军，一方面写出了这半封建半殖民地的黑暗现实，人吃人的社会，一方面却也有了'更进一步的光辉的内容，那就是一连串的劳动的愚夫愚妇们，尤其是农村无产者阿Q的登场'。"③可以看到，与冯雪峰将鲁迅定义为思想家和社会批评家不同的是，40年代初的鲁迅开始成为政治权威与符号。

同样的在40年代，文学史与传记传媒对鲁迅形象的"贬讽"也越过了文学范畴。由于国内时局动荡，各种战争还未尘埃落定，共产党的政治权威也还没

① 张梦阳：《鲁迅传记写作的历史回顾（一）》，《鲁迅研究月刊》2000年第3期。
② 毛泽东：《毛泽东选集》第2卷，东北书店1948年版，第263—264页。
③ 蓝海：《中国抗战文艺史》，现代出版社1947年版，第18页。

有最终确立，所以，不乏有人借鲁迅来言说自己的政治主张。其中最有代表性的是郑学稼。他于1942年出版了《鲁迅正传》，第二年又出版了《从革命文学到文学革命》。在《鲁迅正传》的前言中，他这样说："鲁迅先生除了他的文学外，别的什么也没有。如果说他是'革命者'，他却躲在战阵的后面；如果说他是'思想家'，他的脑子却没有思想的筋纹。……这革命家的历史，并不表示他的'前进'，只浮现曲线的活动。"他还认为"两个口号"之争，不过是"为争取'奴隶总管'的身份"。很明显，郑学稼贬讽鲁迅，是对当时鲁迅所"象征"的"共产主义文化思想"的攻击。[①]又如40年代出版的小田岳夫的鲁迅传，尽管将鲁迅视为一个文学家，但却以鲁迅的苦难为论据，为正在发生的侵华战争辩护。

从1936年至40年代末，鲁迅形象完成了从"文学家"到"思想家"再到"革命家"的身份转换。随着国内时局的不断明朗，对后两者的强化就愈加明显。正如"五四"文学自其诞生伊始就承载着启蒙和救亡的使命，文学史对鲁迅地位的抬升自冯雪峰开始就强调着以启蒙为内核的思想性标准。鉴于此，现代文学史的起步便有了特定的基调，即以启蒙功能和思想深度作为甄选作家作品、确定作家文学史地位的标准。在这样的基调和标准影响下，一方面，文学史书写不断强化与固化对鲁迅形象和鲁迅作品的思想阐释；另一方面，与被建构起来的鲁迅典范相冲突和相背反的作家作品便难于获得肯定性的评价，甚至无法进入文学史的视野。还应看到的是，对于作为文艺批评家、社会批评家的鲁迅的观点言论的运用与推崇，更深层次地渗透着现代文学史的评价体系。典型的例子是现代文学史对"通俗文学"的评价问题。毋庸置疑，"五四"文学革命以《新青年》为阵地，发轫之初便与李涵秋、张恨水等作家的创作形成了对峙状态。但作为一个时空概念存在的"现代文学"，将真实存在且自身具备着由"传统"向"现代"迈进的印痕的作家作品长时间地排斥在外，却是后来撰史者的"有失公允"。即使将"通俗文学"纳入到了现代文学史之中，在相应的章节里，也基本使用"鲁迅的标尺"去进行定性和阐释。又如一个老生常

---

①　郑学稼：《鲁迅正传》，胜利出版社1943年版，第3—5页。

谈的话题——文学史对辛亥革命的评价问题。以鲁迅的《阿Q正传》作为单一论据来评价辛亥革命的成败，是超过了半个世纪的文学史书写现象。也就是说，对鲁迅形象进行"全面肯定"的信号，既意味着学界开始对鲁迅资源进行全面地使用，也意味着现代文学史开始确立自己以鲁迅资源为标尺的评价体系和主体特征。

如果将鲁迅传的数量与其他现代作家的传记相比较，不难发现对鲁迅的推崇同样显现在传记创作领域。40年代得以立传并且出现了三种传记的现代作家，便只有鲁迅一人。至少从量来看，"鲁迅"确实促进了40年代传记文学的发展。细观鲁迅传的作者，便能加深对这一问题的认识。王士菁、欧阳凡海有着相似的身份背景。他们都是民国时期直接参与革命工作的共产党员，在党内担任着重要的职务，还是当时著名高校的文学教授与有影响力的报刊编辑。郑学稼早期参加过共产党，后脱党，40年代官至民国国防部外事局上校专员，也历任几大高校的教授。从这些鲁迅传的作者身份来看，不难理解其对鲁迅的"推崇"与"贬讽"的缘由。笔者认为，王、欧阳、郑三人的鲁迅传书写并不单纯显示了政治立场对传记书写的影响，而是提示着中国本土"鲁迅传"从诞生开始就携带了极强的政治元素。传记文学媒介借助于"鲁迅"实现了自身的政治功用，而政治也因此加大了对它们的投入与支持。另外，还应看到的是，鲁迅传作者的学者身份，也是区别于以往名人传记的一大特色。尤以王士菁为例，他不仅是多部鲁迅传记的作者，也是鲁迅研究的专家，后任鲁迅博物馆的馆长和研究员。应该说，从王士菁身上，还能清楚地看到对鲁迅资源的学术化的利用与探索。多样化的鲁迅传记显示出当时传记文学发展的生机与高度。

第三节　"神之鲁迅"的传奇与孤独

一、"十七年"与"文革"时期鲁迅的文学史与传记形象

新中国成立后，现代文学史和鲁迅传的撰写都进入了一个新的阶段。鲁

迅形象的建构呈现出了全面褒扬和极致神化的面貌。50年代，丁易的《中国现代文学史略》，是以新民主主义论为指导来推崇鲁迅的巅峰之作。全书用了四分之一的篇幅来阐述鲁迅对文艺活动的领导作用。章节标题的措辞，如"鲁迅对于这一时期的文学革命运动的领导……""以鲁迅为首的中国左翼作家联盟……"等均强调鲁迅对新文学的整体领导。在时间史之外，丁本文学史还单独开辟了两个鲁迅专章——"中华民族新文化的旗手共产主义者——鲁迅"（上）与（下）①。这两章里，鲁迅的生平、小说、杂文都作了阶级化的阐释。文学史著里，作家的排序、所占的篇幅等都体现了编撰者对该作家在文学史中地位与价值的理解。毋庸置疑，丁本文学史对鲁迅的推崇，在30年代以来的现代文学史著序列里是空前的。

　　同样地，这种对新民主主义论的迎合，也较为全面地体现在50年代的传记书写中。王士菁的《鲁迅传》重写本，便是用阶级论来建构鲁迅形象的代表性书写。作为写给青少年看的励志读本，这本《鲁迅传》以"少年时代""青年爱国者""革命民主主义者""伟大的共产主义战士"作为四章的标题。在内容提要中，编者这样总结全书："鲁迅跟政治战线和思想战线上的各种反动势力进行英勇的斗争，为捍卫人民的利益和争取祖国的解放，贡献出光辉的一生。"②传记中出现的人物和事件也特意做出了清楚的阶级定性。如41节中谈及梁实秋和鲁迅的论争，就有这样的总结陈词："'新月派'的买办资产阶级批评家梁实秋，在表面上提倡'全人类''超阶级'的文艺理论，但他所执行的任务，却是在于维护国民党政权对于人民的反动统治……成为马克思主义者之后的鲁迅……他在文艺战线上的斗争方向，是完全符合毛主席的无产阶级革命文艺路线的。"③张梦阳认为，该书不啻是适合青少年阅读的通俗书籍，对鲁迅思想与作品的分析过于浅显。④这种"浅显"亦显示了在政治文化的负重下，接近鲁迅客体的艰难。更为重要的是，此时的鲁迅传已经承担着媒体向青

---

①　丁易：《中国现代文学史略》，作家出版社1955年版，第1—6页。

②　王士菁：《鲁迅传》，中国青年出版社1959年版，第1页。

③　王士菁：《鲁迅传》，中国青年出版社1959年版，第208页。

④　张梦阳：《鲁迅传记写作的历史回顾（二）》，《鲁迅研究月刊》2000年第4期。

少年灌输"阶级论"的使命。

在50年代整体神化鲁迅的文化氛围中，也有些鲁迅研究者有着内心的坚持。陈力君认为，王瑶的文学史稿"试图把新民主主义理论和毛泽东文艺思想等政治话语糅合在'五四'以后的文学史中，以文学现象作为意识形态的表征确证革命文艺历史演进的规律"，并由此"扩张了鲁迅形象的符号化和象征功能"。①在阅读王本史稿时，这种感受是明显的。如第六章以"鲁迅领导的方向"为标题，其下小节乃是"左联成立以前""左联的成立"以及"左联"的思想斗争和创作方法等等。这显然是对毛泽东《新民主主义论》的直接响应。但笔者认为，王瑶也试图在意识形态负重之下，寻找政治言说与鲁迅本体之间的内在联系。他大量地引用鲁迅的原话，试图以鲁迅本体作为评价和建构鲁迅形象的有力支撑。尽管这样难免有硬凑之感。如从鲁迅说"我又看了许多血和许多泪，然而我只有杂感而已"，就得出鲁迅因对现实的悲愤而"和中国的革命主流密切地结合了起来"的结论。②王本还将更多的新文学作家纳入文学史，并且与鲁迅"平起平坐"，如在第三章"成长中的小说"里，鲁迅就只占了第一节。在新中国成立之初，且处在延续了十余年的"新民主主义文化"的惯性之中，这种尝试的积极意义是不容抹杀的。正如陈国恩、禹权恒所说："王瑶并没有完全接受来自各种政治因素的规训，而是坚持个人的独立见解，对各种文学现象进行了实事求是的评述。"③传记方面，与王瑶的这种对文学本位和客体鲁迅回归的形象书写相类似的是朱正和曹聚仁的鲁迅传记书写。朱正在《鲁迅传略》中强调了"求实"的写传态度："我所叙述的每一件事，每一句话，都是有根据的，真实可信的，决无一字虚妄。"④曹聚仁的《鲁迅评传》同样持此主张。他说自己的思路就是把鲁迅"写成一个'人'"，而不是

① 陈力君：《知识谱系的架构与改造》，《鲁迅研究月刊》2007年第1期。

② 王瑶：《中国新文学史稿》（上），新文艺出版社1954年版，第122页。

③ 陈国恩、禹权恒：《政治认同与文学建构——1950年代文学史著中的鲁迅形象》，《湖南师范大学社会科学学报》2013年第4期。

④ 朱正：《鲁迅传略》，作家出版社1956年版，第189页。

"写成一个'神'"。①在50年代，这似是"异样的""孤独的"声音，却成了一颗有着顽强生命力的种子，后来在80年代中后期长成了枝叶繁茂的大树。

"文革"时期，鲁迅传俨然已作为面向全体青少年进行政治宣传的工具和符号了。石一歌集体创作的《鲁迅的故事》是"文革"十年极左路线"造神"的产物。这个创作团体，还出版了《鲁迅艰苦奋斗生活片段》、《鲁迅传》（上），以及《鲁迅的故事》系列连环画。一些捏造的故事成了"传奇"桥段，将"鲁迅和党中央紧密的联系在一起"了。整体而言，从40年代至"文革"结束，虽有个别学者，如朱正、曹聚仁唱出了朴实的"人之鲁迅"的短暂曲调，但对"神之鲁迅"的塑造呈现出了不断攀升直至极点的曲线。正如汪晖所说，"鲁迅形象是被中国革命领袖作为这个革命的意识形态或文化的权威而建立起来的"②。在"神之鲁迅"的生成之路上，鲁迅形象的"文学家""思想家"身份已经完全让位于"革命家"的身份，并全面为其服务。如果说40年代现代文学史和鲁迅传的自我主体性建构与对鲁迅形象的建构是相辅相成、难分你我的话，那么新中国成立后至"文革"时期，文学史和鲁迅传的主体性则是不断被压抑直至完全消融在对政治文化的迎合之中。

二、"十七年"与"文革"时期鲁迅的"教材形象"

（一）"十七年"中学语文教材对鲁迅资源的使用以及对鲁迅形象的塑造

从新中国成立到"文化大革命"爆发前的十七年是中国现代语文教育的雏形期，是中学语文教材逐渐走向统编教材的发展阶段。在此期间，人民教育出版社共计出版了五个版本、十五套中学语文教材（含因"文化大革命"爆发而未完整出版的"新编十二年制"教材）。

"十七年"期间，中学语文教材中选编的鲁迅作品达30余篇（见下表）。由于"十七年"时期国家政治意识形态和社会文化倾向的变化频繁，这一时期中学语文教育的指导思想处于变动之中，并波及中学语文教材的课文设置。以

① 曹聚仁：《鲁迅评传》，香港世界出版社1956年版，第1页。

② 汪晖：《无地彷徨——五四及其回声》，浙江文艺出版社1994年版，第251页。

鲁迅的作品为例，入选最多时有14篇（1956年版的中学语文教材），最少时只有3篇，两者相差4倍多（当然，1963年版的中学语文教材只选择了3篇鲁迅作品是因为这套教材只出版了4册，不过即使按照12册的量来推算，也只有9篇，低于前面的版本）。另外，从选文的连续性来看，这一时期五个版本的教材中没有一篇作品是自始至终都入选，入选次数最多的是《一件小事》和《为了忘却的记念》，先后出现在了4个版本之中；其次是《故乡》《"友邦惊诧"论》和《从百草园到三味书屋》等作品，出现在3个版本中。另外，这一时期对鲁迅作品类型的选择比较均衡，既有战斗性强、政治性强的"大叙事"（如《"友邦惊诧"论》《对于左翼作家联盟的意见》等），也有展现鲁迅个人回忆与情感的"小叙事"（如《社戏》《藤野先生》等）。

"十七年" 中学语文教材中选编鲁迅作品情况一览表

教材版次	教材名称	教材选文总数	与鲁迅相关的课文的数量	与鲁迅相关的课文的名称
1952年版	初级中学、高中语文课本	239	10	我的伯父鲁迅先生、一件小事、故乡、我们不再受骗了、记念刘和珍君、藤野先生、药、"友邦惊诧"论、为了忘却的记念、祝福
1956年版	初级中学、高级中学课本·文学	325	16	社戏、一件小事、从百草园到三味书屋、孔乙己、故乡、论雷峰塔的倒掉、我们不再受骗了、作家介绍：鲁迅、风波、聪明人和傻子和奴才、为了忘却的纪念、祝福、藤野先生、药、对左翼作家联盟的意见、鲁迅的精神
1958年版	初级中学、高级中学课本·语文	175	11	一面、一件小事、故乡、祝福、"友邦惊诧"论、记念刘和珍君、好的故事、药、为了忘却的记念、论"费厄泼赖"应该缓行、答北斗杂志社问

鲁迅与20世纪中国研究丛书

1961 年版	十年制初级 中学、高级 中学课本·语 文	315	13	从百草园到三味书屋、中国人失掉自信力了吗、"友邦惊诧"论、我们不再受骗了、论雷峰塔的倒掉、孔乙己、祥林嫂、好的故事、文学和出汗、记念刘和珍君、为了忘却的记念、对于左翼作家联盟的意见
1963 年版	初级中学课 本·语文（新 编十二年 制）	129	3	从百草园到三味书屋、一件小事、社戏

　　时代政治在这一时期鲁迅作品的选编上投上了深深的印痕。新中国成立后政治变动频繁，即使是像"十七年"这一个较为集中的时间段，由于政治格局的调整、变化，鲁迅形象在前后期仍有所不同。1950年代初期是中苏关系的蜜月期。在那个年代，新中国从社会制度建设到公民的现实生活都以苏联"老大哥"为榜样。教育界亦是如此，人民教育出版社的编辑教材的指导思想上赫然写着："学习苏联，编写适合中国的教材。"①爱苏与爱党、爱国几乎成了同义词。为展现中苏友谊，教科书编委特地突出了鲁迅亲苏的一面。1952年版初中语文教材选取了鲁迅杂文《我们不再受骗了》，这篇本来是反对旧道德、提倡新道德的文章，中学教科书却将之解读成鲁迅先生控诉帝国主义，赞颂中苏友好的作品。教科书的阅读材料中的《鸭的喜剧》也被解读为中苏两国友好交往的记录，文后的思考题引导学生"比较中苏的兄弟情谊和北京的黑暗军阀统治"。鲁迅"亲苏"的一面被空前彰显出来，成了中苏友好的先行者。

　　另外为了维护新生的政权，激发学生爱新中国的热情，鲁迅作品中批判反动政权的作品受到了青睐，并被附上了政治化的解读。例如《记念刘和珍君》一文本来是控诉军阀统治的黑暗与残暴，启发（劝告）年轻人改变斗争策略。教材却将刘和珍等人解读为为新中国、为社会主义英勇献身的烈士。《药》作为鲁迅先生的小说名作，旨在记录封建统治的黑暗，揭示老百姓麻木愚蒙，它虽然在一定程度上歌颂了为革命事业英雄献身的烈士，但更多的是在质疑革命

――――――――――
　　① 人民教育出版社：《本社新编课本简述》，《人民教育》1952年第8期。

党人脱离人民群众基础进行革命的错误策略。教材故意忽视鲁迅对于革命者的质疑与对底层百姓身上劣根性的批判的一面，将之解读为鲁迅怀着真挚的阶级感情来为这几位为新中国、为社会主义奋斗而牺牲的战友写的悼词。于此，一位致力于思想启蒙的作家转变成了中苏友好的使者和预言家，变成了热爱新中国、为建设社会主义而奋斗的社会主义者。

在中学语文教材史上，1956年版（仅使用两年）的教材是个特例，与这之前和之后的教材相比，这一时期的语文教材更重视课文的文学性，是中学语文教材的一次历史性的改革，成了后来新时期中学文学教材"拨乱反正"的先驱者。这一时期教育部颁发的教学大纲强调尊重作家的生活情况和创作环境，反对公式主义和模式化解读。教材的选编和解读更多的从文学的角度来把握入选的作品。1956年版教材凸显出鲁迅的同情劳动人民、赞美劳动人民、反抗封建礼教的一面。当然，同情劳动人民、清除封建思想对劳动人民的毒害本是鲁迅思想的重要组成部分，《社戏》彰显了鲁迅喜欢农村生活、热爱劳动人民的一面；《从百草园到三味书屋》突出了鲁迅批判封建教育、尊重儿童天性、热爱自然的一面；《孔乙己》被解读为鲁迅控诉封建教育对知识分子的毒害；《故乡》被解读为鲁迅对闰土不幸的同情，对封建主义的辛辣批判。这种解读没有违背鲁迅的思想取向，但是鲁迅对劳动人民和封建思想的认识显然更为辩证、复杂，中学教材为了追求思想政治教育的直接性与明确性，对鲁迅思想的另一面常常关注得不够，例如《故乡》虽然表现出了作者对普通百姓的同情，但也夹杂了对某些底层人物的批判（如杨二嫂的狡黠和市侩、闰土的麻木）和对启蒙理想的悲观。后面这些"负面"因素常常被教材有意忽视了。此时教材对鲁迅形象的解读和塑造与当时学术界对鲁迅的认识是基本吻合的。例如官方指定的教学参考书在解读鲁迅时就采用了冯雪峰《鲁迅生平及其思想发展梗概》一文，认为鲁迅在其人生的晚期勇敢拿起马克思列宁主义的思想武器，为中国革命扫清障碍。今天看来这种解读显然有些失实，但在当时的社会环境下已颇不容易。对学术界最新成果的吸收使得1956年版的教材具有了与时俱进的品性。

1956年版教材是"十七年"中学语文教材中最为成功的一部。时至今日，我们仍不得不佩服当时教材编写者的慧眼，他们从有别于前一阶段教材的选文

鲁迅与20世纪中国研究丛书

角度，把适合入选中学语文教材的作品甄选出来，并形成了相对合理的选编及解读体系，对以后中学语文教材的编写和对鲁迅形象的解读产生深远影响。

1958年，在"大跃进"的国内形势下，中学教育界也认为"教育大革命"的时代已经来临，于是人民教育出版社仅用了一年不到的时间便"高效"完成了新版本教材的编写。1958年版的教材在新中国的语文教材发展史上是编写时间最短的。这一时期的语文教材放弃了前一阶段将中学语文分为文学和汉语的做法，将两者融合为一，统一命名为"初级中学课本·语文"和"高级中学课本·语文"。这一时期，政治形势空前高涨，学生政治思想觉悟的淬炼成了语文课程最主要的目标。而所谓的思想教育也被片面地解读为政治教育，导致语文教材与政治教材界限模糊。与前一阶段的教材相比，这一时期的教材文学色彩被大大淡化，斗争性、政治性则大大增强。

《为了忘却的记念》本是关于军阀政府的批判，此时被解读为对国民党的种种暴行的记录，并要求"学生记住国民党的种种暴行，领会鲁迅先生痛恨国民党的个人情感以及不屈的斗争精神"。《文学和出汗》被解读为批判资产阶级的宣言书；《"丧家的""资本家的乏走狗"》被用来证明任何人都只有阶级的属性；《铸剑》是为了表现出劳动人民不甘于现状、敢于向阶级敌人复仇的真实写照。首次选编入教材的《论"费厄泼赖"应该缓行》，其课后练习题中呼吁：同学们应该学习鲁迅先生的精神，"痛打、消灭资产阶级右派分子"①；在《对于左翼作家联盟的意见》的课后习题中，要求学生设身处地理解作家到基层去参加社会斗争的意义。甚至那些战斗性不强的文章也被解读为战斗檄文。如《从百草园到三味书屋》要求学生珍惜现实生活，与封建教育做坚决的斗争。总之，在阶级斗争愈演愈烈、"文革"的脚步越来越近的处境下，鲁迅作品在中学语文教材中的数量不仅有所增加，而且其作品的战斗性也大大地增强了。

另外，国际政治格局的变化的阴影也投射到了鲁迅形象的塑造之中。1963

---

① 杨海燕：《脸谱化改写："十七年"鲁迅接受的话语策略》，《齐鲁学刊》2011年第2期。

年中学语文教材首次将鲁迅的《我们不再受骗了》删除，这篇文章在新中国成立后的语文教材中一直沿用，1963年版突然将之删除，原因在于此时中苏关系已经开始恶化，这篇曾用来赞颂中苏友好的作品已经不再具备正面的价值。鲁迅"亲苏"的一面此时成了刻意回避和掩盖的对象。"十七年"政治意识形态变化导致社会主流文化意识倾向的不稳定使得对鲁迅作品的选编与解读前后也大不一致。

"十七年"里，中学语文教材中的鲁迅作品，不但在选编内容上因政治变动的影响而删减频繁，而且教学参考书对传统篇目的解读也存在脱离作品的倾向。鲁迅的优秀作品被打上深深的时代烙印。为了使作品符合时代的政治文化语境，教材编写者在解读作品时一味地将作品往时代政治任务上靠，忽略了文本本身的真实意义。综观这一时期教材中的"鲁迅"，不难看出它的变化轨迹：从新中国成立初期的中苏友好者、爱国者逐渐转变为批判封建主义教育、倡导暴力革命、宣传马克思主义的革命先驱，最后变为彻底支持阶级斗争、痛恨国民党的斗士。另外由于"十七年"后期，个人崇拜盛行，在革命领袖毛泽东的推崇下，鲁迅逐渐走上神坛，鲁迅作品逐步演化为神圣真理。正如著名学者朱健国所言："鲁迅著作中，好像什么都预料到了，就是没有想到。"[①]

（二）"文化大革命"期间中学语文教材对鲁迅资源的使用以及对鲁迅形象的塑造

1966年，"文化大革命"爆发。学校停课，全国的教育系统近乎瘫痪。到1968年学校教育才逐渐恢复，我们现在可考的语文教材也是从1968年才开始编写的。由于此时负责编写全国中学统一教材的人民教育出版社被迫解散，各中学所使用的教材由全国统一变成了各地自行制定、编写。这为编写地方化的中学语文教材提供了可能，事实上这种可能并未实现。由于政治高压，"文革"期间中学语文教材课文的选用"以毛主席著作为基本教材，选读'文化大革命'的好文章和革命作品"[②]。1972年版的《北京市中学课本·语文》（第一

① 朱健国：《不与水合作——现代化与伪现代化的文化冲突》，文化艺术出版社1999年版，第190页。

② 顾黄初等：《语文教学论》，江西教育出版社2001年版，第234页。

册）的扉页上赫然印上了毛主席语录——"以学为主，兼学别样，即不但学文，也要学工、学农、学军，也要批判资产阶级。学制要缩短，教育要革命，资产阶级知识分子统治我们学校的现象，再也不能继续下去了"[①]。其他地区的中学语文教材亦是如此。"毛泽东思想"和"阶级斗争"成了这一时期中学语文课文选编的最高标准，是否拥护"毛泽东思想"和"阶级斗争"的最高指示是评判语文教材是否优秀的唯一标准。语文教育严重丧失了学科属性，沦为政治思想教育的工具。

选用鲁迅作品、鲁迅故事是"文化大革命"期间中学语文教材贯彻"毛主席思想"的重要途径。由于这一时期没有真正意义上的全国通用教材，笔者只好选取了北京、上海和天津地区的教材为代表，通过对它们的研究来窥探鲁迅作品在这一阶段的选编与阐释状况（见下表）。

北京、天津、上海等地"文革"期间出版教材的年份和版本数量虽然有很大不同，但是都呈现出共同的趋势，即随着"文革"的推进，鲁迅作品在教材中所占的份额越来越大。"文革"初期，鲁迅作品在中学语文教材中所占比重在5%以下。1969年以后，中学语文课本中的"文"的范围稍有扩大，鲁迅作品的入选范围也跟着有所扩大（但也只限于政治针对性极强的杂文）；[②]1970年，教育界对文学作品的解禁范围进一步扩大；1972年以后，选文的范围突然缩小，其他作家、作品几乎全遭禁止，只有鲁迅的作品不在被禁之列。[③]故在1972年之后的各版教材中，鲁迅作品数量剧增，所占的比例都超过了10%，成为语文教材中绝对的主流。

---

① 北京市教育局中小学教材编写组：《北京市中学试用课本·语文》（第一册），1972年版，插页。

② 参阅薄景昕：《中学鲁迅作品的接受历程》，东北师范大学2007年博士学位论文。

③ 薄景昕：《中学鲁迅作品的接受历程》，东北师范大学2007年博士学位论文，第76页。

"文革"时期北京、上海、天津等地中学语文教材中有关鲁迅的课文一览表

出版地	教材版次	教材名称	教材选文总数	与鲁迅相关的课文数量	与鲁迅相关的课文的名称
北京	1968年版	北京市中学试用课本·语文	120	5	答北斗杂志社问——创作要怎样才会好、"友邦惊诧"论、自嘲、无题（万家墨面没蒿莱）、答托洛斯基派的信
	1970年版	北京市中学试用课本·语文	118	5	论"打落水狗"、文学和出汗、自嘲、无题（万家墨面没蒿莱）、"友邦惊诧"论
	1972年版	北京市中学课本·语文	187	16	从百草园到三味书屋、一件小事、孔乙己、"友邦惊诧"论、革命文学（《而已集》）、藤野先生、自嘲、无题（万家墨面没蒿莱）、文学和出汗、记念刘和珍君、答托洛斯基派的信、为了忘却的记念、祝福、论"费厄泼赖"应该缓行、对于左翼作家联盟的意见、捣鬼心传（《南腔北调集》）
	1975年版	北京市中学课本·语文（修订版）	113	8	从百草园到三味书屋、孔乙己、"友邦惊诧"论、风波、答托洛斯基派的信、在现代中国的孔夫子、祝福、论"费厄泼赖"应该缓行
	1976年版	北京市中学课本·语文（修订版）	162	18	从百草园到三味书屋、一件小事、无题（杀人有将）、赠画诗（风生白下千林暗）、自嘲（运交华盖欲何求）、无题（万家墨面没蒿莱）、孔乙己、"友邦惊诧"论、流产与断种、对于左翼作家联盟的意见、三月的租界、答托洛斯基派的信、药、为了忘却的记念、论"费厄泼赖"应该缓行、捣鬼心传、答北斗杂志社问——创作要怎样才会好、祝福

鲁迅与20世纪中国研究丛书

上海	1969年版	上海市中学课本·语文	107	2	论"打落水狗"、"友邦惊诧"论、
	1970年版	上海市中学课本·语文	104	5	中国无产阶级革命文学和前驱者的血、文学和出汗、"友邦惊诧"论、答托洛斯基派的信、人生识字胡涂始
	1972年版	上海市中学课本·语文（修订版）	106	6	中国无产阶级革命文学和前驱者的血、文学和出汗、"友邦惊诧"论、论答托洛斯基派的信、"丧家的""资本家的乏走狗"、对于左翼作家联盟的意见
	1973年版	上海市中学课本·语文（修订版）	140	16	自题小像、无题（万家墨面没蒿莱）、从百草园到三味书屋、横眉冷对千夫指、崇实、文学和出汗、藤野先生、孔乙己、论雷峰塔的倒掉、"友邦惊诧"论、在鲁迅墓前、故乡、答托洛斯基派的信、拿来主义、风波、"丧家的""资本家的乏走狗"
	1974年版	上海市中学课本·语文	189	20	自题小像、无题（万家墨面没蒿莱）、从百草园到三味书屋、崇实、中国无产阶级革命文学和前驱者的血、孔乙己、论雷峰塔的倒掉、藤野先生、"友邦惊诧"论、在鲁迅墓前、故乡、拿来主义、答托洛斯基派的信、"丧家的""资本家的乏走狗"、关于中国的王道、风波、在现代中国的孔夫子、为了忘却的记念、论"费厄泼赖"应该缓行、记念刘和珍君

	1977年版	上海市中学课本·语文	151	18	战士和苍蝇、从百草园到三味书屋、风筝、致颜黎民的信、论"费厄泼赖"应该缓行、孔乙己、社戏、论雷峰塔的倒掉、故乡、无题（血沃中华肥劲草）、自题小像、无题（万家墨面没蒿莱）、答托洛斯基派的信、"丧家的""资本家的乏走狗"、祝福、拿来主义、记念刘和珍君、不准革命
天津	1972年版	天津市中学试用课本·语文	128	10	鲁迅——中华文化革命的先驱、一件小事、中国无产阶级革命文学和前驱的血、答托洛斯基派的信、"友邦惊诧"论、对于左翼作家联盟的意见、记念刘和珍君、祝福、在现代中国的孔夫子、论"费厄泼赖"应该缓行
	1975年版	天津市中学试用课本·语文	101	16	从百草园到三味书屋、自嘲、关于中国的王道、野兽训练法、不知肉味不知水味、在鲁迅墓前、孔乙己、十四年的"读经"、孔丘是历代反动人物的楷模、祝福、对于左翼作家联盟的意见、风波、鲁迅论《水浒》、在现代中国的孔夫子、论"费厄泼赖"应该缓行、庆祝沪宁克复的那一边

　　"文化大革命"的十年，是新中国成立以来最为动荡的一段时期。在那个人心惶惶的年代，中学语文教育的政治化更加显著。由于毛主席对鲁迅的高度赞扬，此时鲁迅几乎成了毛泽东思想的代言人。鲁迅故事和鲁迅作品成为语文课本传达时代政治意识、完成思想教育任务的重要资源。这种工具性态度使得"鲁迅"蒙上深重的政治功利色彩。同时，"文革"时期也是政治意识形态不断波动、社会极不安定的历史时期，虽然"阶级性"和"战斗性"是这一时期教材的一贯的标准，但在不同的阶段仍表现出不同的侧重点。

鲁迅与20世纪中国研究丛书

首先，鲁迅与毛泽东在思想观念与政治主张上的一致性被一再凸显了出来。1970年版北京市的语文教材在选编《论"打落水狗"》时，毛主席对鲁迅的评价作为"最高指示"印刷在文章的上方。①不仅如此，这一套教材中的每一篇鲁迅作品之前都引用了毛主席语录，以印证鲁迅与毛泽东思想高度统一性。天津市在"文革"期间出版的教材是全国最少的省市之一，只有两版。数量虽少，但它对鲁迅文章的解读和利用上非常典型。1972年版《天津市中学试用课本·语文》（第四册）选编了鲁迅《答托洛斯基的信》一文，在文章后设置的练习题很能说明编写的目的：第一题，鲁迅在这封信中怎样热情地歌颂了伟大领袖毛主席？第二题，在这封信中……坚决捍卫了毛主席的无产阶级革命路线？第三题，分析文中……的战斗作用。②这三个题目毫不隐讳地指明鲁迅与毛泽东思想的一致性，鲁迅对毛主席的热爱以及对其无产阶级革命路线的捍卫。1977年版的《上海市中学课本·语文》（一年级第一学期）的"编写说明"中更是直截了当地说："遵照伟大领袖和导师毛主席关于教材要彻底改革的教导……把无产阶级教育革命进行到底。"③而鲁迅作品的选编与阐释无疑纳入无产阶级教育革命之中。

其次，通过有意误读、过度阐释以及编织故事的方式，"制造"出鲁迅的"文化大革命"与"阶级斗争"思想。1970年版《上海市中学课本·语文》（一年级第一学期）的封面将之前版本封面上的太阳变成了三面红旗，寓意为阶级斗争。④这为整个教材的编写目的定了个基调。这个版本的教材还特地选取了《鲁迅——中华文化革命的先驱》一文，将鲁迅塑造成"文化大革命"的先行者。不可否认，文化批判与变革确实是鲁迅思想行为的重要组成部分，但是鲁迅所从事的思想"革命"主要是"五四"前后以"个人主义""人道主义"思想反对封建礼教的新文化运动，这与"文革"期间所说的"文化革命"

①　上海市中小学教材编写组：《上海市中学课本·语文》（二上），1969年版，第57页。

②　天津市中小学教材编写组：《天津市中学试用课本·语文》（第四册），1972年版，第6页。

③　上海市中小学教材编写组：《上海市中学课本·语文》（一上），1977年版，插页。

④　上海市中小学教材编写组：《上海市中学课本·语文》（一上），1970年版，封面。

并不相同。编者有意模糊两者的历史背景和本质差异，混为一谈，别有用心地将鲁迅包装为"文革"的先行者与拥护者。天津的中学语文教材将《祝福》解读为通过描写祥林嫂的惨剧来证明"文化大革命"的重要性和必要性，将鲁迅的诗作《无题·杀人有将》的"将"解释为"国民党反动派将领及其头子蒋介石"，把主题引向了对大地主、官僚资本主义的阶段斗争。[①]不可否认，鲁迅思想和作品中确实也包含了某些"阶级论"的因子，然而"文革"期间的中学教材将之片面放大与强调，有意忽视了鲁迅思想与"文革"时期"阶段斗争"观念的巨大差异，实乃是对鲁迅思想的有意误读。

上述问题固然与时代有关，"在统一的阶级斗争的意识形态的笼罩下"，人们只能"用统一的观念体系去解释一切对象"，[②]鲁迅思想与创作的其他方面被有意忽视；另一方面也与鲁迅思想和创作的复杂性有关。鲁迅思想的丰富性与多元性使得每个时代的政治话语都能在他的作品找到相契合的点，从而成为时代政治及其媒体利用来宣扬某种政治观念的范本。

例如在鲁迅的思想体系中，对儒家为代表的传统思想的批判是其思想家族的重要组成部分。鲁迅对孔子及其思想的认识非常辩证，并不是单纯的"否定"或"赞成"所能概括。"文革"之前的各种语文教材中，鲁迅的"批孔"思想（行为）并没有得以展现。1974年版的《上海市中学课本·语文》破天荒地收录了鲁迅的《在现代中国的孔夫子》一文。接着，1975年版的《北京市中学课本·语文》（修订版）和《天津市中学试用课本·语文》也出现了此文。客观地说，《在现代中国的孔夫子》并不是鲁迅的代表作，加之又是用日文撰写、发表在外的作品，影响力非常有限。1974年前后突然在各省的语文教材中一齐出现，颇让人惊讶。事实上，《在现代中国的孔夫子》"迫不及待"地出现在各地教材中与当时"批林批孔"的政治需求直接相关。林彪叛逃失事之后，国内进行了声势浩大的"批林"运动，起初的"批林"运动并没有直接点林彪的名字，只用"刘少奇一类的政治骗子"来指代。1973年7月，毛泽东

---

① 北京市教育局教材编写组：《北京市中学课本·语文》（一下），1976年版，第116页。

② 汪晖：《鲁迅研究的历史批判》，陈漱渝主编：《谁挑战鲁迅——新时期关于鲁迅的论争》，四川文艺出版社2002年版，第264页。

才将对林彪的批判延伸到了文化领域，指出林彪是"尊孔反法"的代表，"批林"应与"批孔"联系在一起。"四人帮"接过毛泽东提出的口号，别有用心地发动了全国性的"批林批孔"运动。1974年1月18日在毛泽东的批示下，党中央转发江青、王洪文等人策划选编的《林彪与孔孟之道》，由此"批林批孔"迅速延伸到社会各个领域。

为了完成这个突如其来的"批孔"任务，教材的编者又从思想界的权威鲁迅那里寻找可用的资源。他们一方面从鲁迅诸多的作品中搜出了《在现代中国的孔夫子》这样明确带有"贬孔"之意的文章，另一方面将鲁迅对封建思想的批判包装为"批孔"之作，如《关于中国的王道》《十四年的"读经"》等等。①1975年版《天津市中学试用课本·语文》（第一册）关于《从百草园到三味书屋》的导读更能说明当时政治运动对鲁迅作品解读的导向。这篇文章后面的选编说明将《从百草园到三味书屋》解读为鲁迅在厦门期间写的反孔文章之一，并引用毛主席语录，引导学生"结合你在开门办学中的体会和感想，批判刘少奇鼓吹的'两耳不闻窗外事，一心只读圣贤书'的反动谬论"②。更为出格的是，某些编者甚至还将歪曲鲁迅思想的报章文章选入了教材，如1975年版《天津市中学试用课本·语文》收录的《孔丘是历代反动人物的楷模》，光从标题上就可以看出时代政治对于鲁迅思想的歪曲与利用。

总之，"文革"十年间的教材对于与鲁迅相关的课文的解读近乎千篇一律。片面强调阶级斗争、片面突出鲁迅与毛泽东思想的一致性，实际上是政治因素导致的结果。在特殊的历史环境下，即使像鲁迅这样的优秀作家也没法跳出政治意识形态的怪圈，"左"倾的教条主义将鲁迅作品束缚在政治斗争中。诚然，任何时期的教材选文及解读必须符合当时的文化语境，鲁迅作品选编与阐释方式的变化实质上是塑造一个更加顺应时代发展的鲁迅形象，但是"文革"时期这种对"鲁迅"的极度功利化利用对语文教育和思想教育都是极为有害的，致使青年学生一代对鲁迅的理解停留在片面与极端之中，并导致下一阶

① 这两篇文章也属首次入选中学教材。

② 天津市中小学教材编写组：《天津市中学试用课本·语文》（第一册），1975年版，第22页。

段中学语文教材在选用和解读鲁迅时面临着一个极坏的历史传统。

第四节 在"神"与"人"之间挣扎

一、"文革"结束后至80年代中期鲁迅的"文学史形象"与"传记形象"

"文革"结束后的几年里，对50年代出版的文学史著和鲁迅传重印成为潮流。如林志浩主编的两卷本《中国现代文学史》的重印，王士菁的《鲁迅传》重印，唐弢主编的《中国现代文学史》和他的《鲁迅——文化新军的旗手》的刊印。这种重印是对"文革"歪曲鲁迅和"造神"运动的拨乱反正，也是中国现代传媒精神追根溯源式的回归。然而，刚刚在思想上有所松绑的文学研究者，在有意识地清除着"四人帮"的污染之外，却并未意识到神化与政治化鲁迅其实自从40年代以来就已经在不断强化。正如丁帆所说："直至1979年，中国实际上仍旧处在一个'没有毛泽东的毛泽东时代'的文化氛围之中。"①王士菁受陈漱渝邀请为陈的新书《民族魂》写序时，坦陈了这样的观点："在《新民主主义论》和《在延安文艺座谈会上的讲话》等光辉著作中，更全面地对于鲁迅在中国文学史、思想史和革命史上的地位作出了科学的论述。……这本书，将有助于把鲁迅的革命精神普及到群众中去——特别是青年中去，这也是完全可以肯定的。"②从1959年出版《鲁迅传》，到1976年再版《鲁迅传》，再到1983年为陈漱渝写序，王士菁对于鲁迅形象塑造的核心价值观没有转变。正因"传统"所带来的惯性思维，让鲁迅形象在"文革"结束后的几年中，于"人"与"神"之间进行着艰难的选择。

林志浩是文学史著和鲁迅传的双料作者。在他主编的《中国现代文学史》中，鲁迅的前后期分占两章，与之相同分量的作家只有郭沫若和茅盾。林本为

① 丁帆主编：《中国现当代文学讲稿》，南京大学出版社2013年版，第94页。
② 陈漱渝：《民族魂》，浙江文艺出版社1983年版，第2—3页。

鲁迅加上了"文化革命的伟人"的头衔，为茅盾添了"杰出的革命作家"的定语。林本文学史采用了历史时间语境和"无产阶级文化"语境的双层叙事，令人感到累赘与混乱。林志浩的《鲁迅传》也存在这个问题。该书反复强调鲁迅是一个"真正的革命者"，认为鲁迅在"马克思列宁主义的哺育和中国共产党的指引下"，终于"扬弃进化论等思想，从革命民主主义者，转变成伟大的共产主义者"。①这一判断与林本文学史是一致的。张梦阳认为，林著最大的缺憾在于"全传缺乏一种制高点和整合力"②。确切地说，林志浩是有意识地站在了一个制高点来整合鲁迅一生的文学创作与生活历程的。这个制高点就是"马列主义者、文化革命伟人的成长史"。林志浩试图将鲁迅的一生容纳进国际共产主义的发展进程中进行考察，在两者中找到必然性或者说刻意去建构必然性，从而一步步催生出一个成熟的共产主义者鲁迅的形象。从这一个角度来看，林志浩与王士菁的立场是一致的。

唐弢这一时期的鲁迅书写则细腻地表现了"人之鲁迅"与"神之鲁迅"的博弈。唐本文学史的编撰工作在60年代就开始了，"文革"期间被迫停滞。"文革"结束后，该书得以重新整理问世。与林本文学史一样，鲁迅在唐本文学史中占据了两章。这两章名为"鲁迅（上）、鲁迅（下）"，内容为鲁迅的生平与思想，前期的小说、杂感和散文，后期的杂文集、《故事新编》，鲁迅杂文的贡献等。在"五四"时期和"左联"时期里，鲁迅与郭沫若、茅盾各占一章，地位平等。而1979年出版的《鲁迅——文化新军的旗手》的副标题是"论鲁迅在五四时期和左联时期的文学活动"。全书八节内容，就是从唐本文学史中抽出来的鲁迅部分。唐弢回到文学原点去阐释鲁迅的努力是显而易见的。在《鲁迅——文化新军的旗手》的跋中，他说："这些文字写于一九六四年，从时间上说，我庆幸在它身上没有林彪'四人帮'的空气污染，不过惟其如此，我又不免深深叹息：即使和读者见面了，也仍然补不了我生命的十年的空白。"③这种庆幸自然是挣脱"文革"意识形态之后的一种心情。但值得注

---

① 林志浩：《鲁迅传》，北京出版社1981年版，第497页。

② 张梦阳：《鲁迅传记写作的历史回顾（三）》，《鲁迅研究月刊》2000年第5期。

③ 唐弢：《鲁迅——文化新军的旗手》，湖南人民出版社1979年版，第136页。

意的是，这本写于1964年的史稿也没有完全摆脱政治意识形态的干扰（或许因为"鲁迅"的政治化倾向早在1940年代就已开始）。他在书中这样总结鲁迅的一生："从革命民主主义进到共产主义，他在半殖民地半封建社会的中国，走了知识分子唯一能走和应走的正确的道路。……他公开宣告自己忠于共产主义的事业。"①"进到""唯一能走""应走的""正确的"，这些词不仅显示了鲁迅形象在当时仍没有挣脱开政治象征的意味，也显示了唐弢本人对于"唯一能走""应走""正确"的道路某种程度的服从。

次年，《鲁迅的故事》出版，唐弢希望"从鲁迅先生生平事迹的真实性出发，不能为求故事完整性生拼硬揉，作一些不符事实的虚构"②。然而，"改写"在"唯一"的逻辑里也成为必然。如在"胡羊尾巴"一章，先是隐去了鲁迅祖父的著名"科场案"，又将鲁迅的去新式学堂，早早铺垫为"他的父亲却不怎样以科名为重……对时局感到忧虑，说自己有四个儿子，将来准备送一个到西洋去，送一个到东洋去，学点真本事回来，免得总是受人家的气，挨人家的打"③。这样的表述很难称得上是"从鲁迅先生生平事迹的真实性出发"的。不过唐弢毕竟曲折地将鲁迅从政治伟人的神坛上拉下来了："鲁迅不是中国共产党党员，可是在所有共产党员的心目中，他永远是一个忠实的、能以生命相托付的最可信任的同志！"④鲁迅不是共产党员是一个客观的事实，然而在那个时代能够将这个事实标注出来却是一件需要极大勇气的事情。

1981年是鲁迅一百周年诞辰。在这一年前后，"鲁迅"又成为媒体的焦点，鲁迅传记的写作出现了又一高潮。除了前面提及的唐弢和林志浩的作品外，还有陈漱渝、林非和刘再复、彭安定、朱正等人撰写的鲁迅传问世。这一批传记作品尽管整体上还在新民主主义论的理论框架内展开，但也出现了一些突破。首先他们都希望通过考证去接近鲁迅本体。林非认为"要在活生生的中国近代历史背景上，写出一个真实的鲁迅……写出他的血肉之躯与丰满

---

① 唐弢：《中国现代文学史》（一），人民文学出版社1979年版，第95页。

② 唐弢：《鲁迅的故事》，中国少年儿童出版社1980年版，第170页。

③ 唐弢：《鲁迅的故事》，中国少年儿童出版社1980年版，第1页。

④ 唐弢：《鲁迅的故事》，中国少年儿童出版社1980年版，第160页。

性格"①这种追求，既与对"真理标准"大讨论的消化有关，也是对50年代朱正、曹聚仁的传记创作理念的一种回归。

其中有典型意义的是朱正对自己写于50年代的《鲁迅传略》的修订。他的这次修订坚持了"无一字无来历"的考证式写作方法，对鲁迅生活细节、文艺活动的记叙都用鲁迅自己或者同时代人的原话作根据。也因此，朱正确实做到了"不妄言"。这种"不妄言"就在很大程度上将鲁迅拉回了"人间"。如在叙述"两个口号"之争时，朱正从鲁迅的《答徐懋庸并关于抗日统一战线问题》万言书出发，得出"鲁迅旗帜鲜明地表示他完全拥护中国共产党的抗日统一战线政策"的结论。②在论及鲁迅和梁实秋的论战时，有这样的评价："能够'操马克思主义批评的枪法'来'狙击'自己的论敌，表明他已经是一个成熟的马克思主义者。这篇文章……是我国马克思主义文艺理论方面的一个重要收获。"③本文前部分提到在1959年，王士菁对这一论争双方的评价是："买办资产阶级批评家梁实秋"，和"完全符合毛主席的无产阶级革命文艺路线"的"马克思主义者鲁迅"。④两相比较便不难发现，尽管"鲁迅是成熟的马克思主义者"这一结论是对40年代以来固有评价的继承，但朱正在80年代初"去阶级化"的努力是十分明显和可贵的。

此外，这一批鲁迅传记也显示出对"传记"文体回归的努力。以陈漱渝的《民族魂》为例，从内容看，该书的理论主线继承自70年代末王士菁的《鲁迅传》，即将鲁迅放置在共产主义文化的框架内进行成长过程的塑造，将我党与鲁迅的交往作为全书的线索。而在艺术风格上，陈漱渝对鲁迅形象做了一种"传奇化"的风格调整。该书章节的标题如"兽乳养大的英雄""'戎马书生'""弥天大夜战旗红""一份珍贵的情报"等都可以看出将鲁迅形象传奇化的思路。这种思路也许与约稿的对象是《中国青年报》有关，也与其最初连载时提供给北京广播电台进行广播有关，但无形间让鲁迅传作为"文学作品"

---

① 林非：《鲁迅和中国文化》，学苑出版社1990年版，第330页。

② 朱正：《鲁迅传略》，人民文学出版社1982年版，第362页。

③ 朱正：《鲁迅传略》，人民文学出版社1982年版，第262页。

④ 王士菁：《鲁迅传》，中国青年出版社1959年版，第208页。

的性质得到了一定程度的彰显。

总体而言，自"文革"结束至80年代中期，现代文学史著和鲁迅传记的写作，或从"由神到人"的真实性层面产生了松动，或从"革命家"到"文学家"的身份层面实现了一定程度的突破，但是鲜有将两个层面结合起来的鲁迅形象书写，整体仍旧没有卸掉新民主主义理论框架对鲁迅形象的制约。但从唐本《中国现代文学史》和朱正的《鲁迅传略》等，已然可以看出接下来鲁迅形象塑造的新方向。同样，随着鲁迅形象"真实性"的缓缓苏醒，文学史与传记也开始借由书写鲁迅，重新寻找自己的主体性。

二、自"文革"结束至80年代中期鲁迅的"教材形象"

"文化大革命的结束和新时期的开始，意味着一种以极左为表征的社会文化实践的破产和一种全新的现代性社会文化设计的启动。"[1]新时期中学语文教材对鲁迅作品的选编逐渐摆脱前一时期"政治压倒一切"的束缚，体现出一定的人文关怀。与"文革"期间各省市的教材相比，新时期的语文教材的显著特点就是逐步删减了一些斗争性强并被"文化大革命"严重扭曲的杂文，作品选编的体裁日趋多样化（见下表），作品的解读也由浅入深，并给予学生自主解读的空间，课后习题安排也日益符合语文教育的特点。

进入新时期以后，鲁迅研究进入了一个新时期。以钱理群、汪晖为代表的新一代鲁迅研究者逐步摆脱了政治干扰，转向从历史文化和社会思想的高度审视鲁迅，取得了一系列突破性的成果。人们逐渐意识到一直以来被人们所熟知、理解的鲁迅并非是一个真正的鲁迅。这些新的研究成果给中学语文教材的编写带来了生机，并通过"单元提示""课前预习提示"以及"课后练习题的设计"等环节"渗透"到对"鲁迅"的教学当中。

① 朱晓进等：《非文学的世纪——20世纪中国文学与政治文化关系史论》，南京师范大学出版社2004年版，第358页。

教材版次	教材名称	教材选文总数	与鲁迅相关的课文的数量	与鲁迅相关的课文的名称
1978年版	全日制十年制初中课本·语文、全日制十年制高中课本·语文	295	18	从百草园到三味书屋、社戏、一件小事、故乡、论雷峰塔的倒掉、藤野先生、孔乙己、"友邦惊诧"论、雪、记念刘和珍君、药、拿来主义、祝福、为了忘却的记念、"丧家的""资本家的乏走狗"、阿Q正传、《呐喊》自序、狂人日记
1982年版	初级中学课本·语文、高级中学课本·语文	421	22	从百草园到三味书屋、社戏、一件小事、故乡、论雷峰塔的倒掉、藤野先生、孔乙己、"友邦惊诧"论、记念刘和珍君、药、拿来主义、祝福、"丧家的""资本家的乏走狗"、为了忘却的记念、阿Q正传、狂人日记、《呐喊》自序、范爱农、文学和出汗、中国人失掉自信力了吗、人生识字胡涂始、答北斗杂志社问
1987年和1990年版	初级中学课本·语文、高级中学课本·语文（1990年出版）	439	21	从百草园到三味书屋、一面、同志的信任、鲁迅自传、社戏、一件小事、故乡、论雷峰塔的倒掉、藤野先生、孔乙己、"友邦惊诧"论、记念刘和珍君、拿来主义、《呐喊》自序、为了忘却的记念、祝福、药、论"费厄泼赖"应该缓行、阿Q正传、文学和出汗、中国人失掉自信力了吗

　　随着政治环境的宽松和教育科学的发展，教育界逐渐意识到语文教育的主要目的是为了增强学生的人文素养，促进学生的全面、健康发展。中学语文教材对鲁迅作品解读也逐步从政治阐释回归到文本自身。如1982年版的中学语文课本将《从百草园到三味书屋》的主题解读为通过在百草园中玩耍和在三味书屋读书的对比表达了对封建教育制度束缚儿童身心发展的不满；《祝福》被解读为通过叙写祥林嫂的悲惨遭遇，揭示封建礼教吃人的罪行；《阿Q正传》被解读为"作者采用多种描写手段来书写种种事件，以此来塑造一个没有革命觉悟却又想进行革命的阿Q，借以批判带有浓厚妥协性和不彻底性的资产阶级

领导的旧民主主义革命"①。虽然这些解读仍然带有阶级分析的痕迹，但是与"文革"期间相比，政治色彩已大大淡化。

与之同时，为了肃清"文革"遗留的思想问题，社会各界展开了各种各样的"拨乱反正"的思想斗争。"鲁迅"作为重要的思想资源也参与到了党的"拨乱反正"的任务当中。中学语文教材不再着力于打造阶级战争斗士的鲁迅，反而开始发掘鲁迅心灵深处痛苦而孤独的一面，甚至塑造出不惜与广大庸众相对抗的"孤独者"的形象。例如在《药》的解读中，中学教材展示出鲁迅对革命意义的质疑以及对普通民众的麻木的愤慨，并含蓄地展现出了鲁迅对当时革命的悲观态度。在《故乡》《祝福》等文章中，鲁迅与普通百姓间的隔膜以及知识分子自我反省也在课文中得到了一定程度的体现。这些解读肯定了鲁迅思想的独特性，彰显了鲁迅人格的独立精神，无疑是对"文革"流毒的清算。当然，值得注意的是80年代的语文教材中仍然保留一些的阶级性色彩较浓的选文，如《"丧家的""资本家的乏走狗"》《论"费厄泼赖"应该缓行》等等。这些课文是"文化大革命"用来宣扬阶级斗争的战斗檄文，80年代仍保留着，且仍带有从阶级的角度解读的痕迹。另外在选编《阿Q正传》时，教材仅节选其"革命"与"不准革命"两章，并纳入斗争哲学中解读。到了80年代末期，由于出现1989政治风波等政治事件，教育界（包括学术界）对鲁迅的态度更为谨慎、保守。可见，肃清中学语文教育中的"文革"毒害并不是件轻而易举的事情。

第五节 "人间鲁迅"的纯粹与丰富

一、80年代后期至上世纪末鲁迅的"文学史形象"与"传记形象"

丁帆认为：在经历了80年代中期"清除精神污染"之后，文学发生了"向内转"的变化。而"刘再复'主体性'的提出，实际上是围绕着五四新文学人的主

---

① 刘国正等：《高级中学教师教学用书·语文》，人民教育出版社1990年版，第74页。

鲁迅与20世纪中国研究丛书

体地位重新确立而提出的命题，应该说它具有深刻的反思和反拨的意味"①。

80年代中后期，现代文学史著和鲁迅传记都产生了标志性的转向。其代表作是钱理群等著的《中国现代文学三十年》（1987年版）和林贤治的《人间鲁迅》。钱本文学史中，鲁迅一共占据了三章内容。钱理群对鲁迅的评价是"中国现代文学的伟大奠基者""20世纪中国伟大的思想家与文学家""20世纪世界文化巨人之一""现代中国的民族魂"。鲁迅对现代文学的奠基作用表现为："几乎所有的中国现代作家都是在鲁迅开创的基础上，发展了不同方面的文学风格体式，这构成了中国现代文学的一个独特现象。"②时隔十余年，钱理群又出版了《中国现代文学三十年》的修订本（1998年版）。修订本对鲁迅部分做了一定的修改：将章节标题中"中国现代文学的伟大奠基者""改造'民族灵魂'和中国社会的艺术巨匠"等修饰语去掉了；将"《阿Q正传》——中国现代小说的经典作品"一节的名字改为"说不尽的阿Q"；第三章加入了一节新的内容"《野草》和《朝花夕拾》"；将"鲁迅杂文的历史地位"一节改成"鲁迅杂文的重大意义"；将《故事新编》的定语从"杂文化的小说"改为"鲁迅最后的创新之作"；将"鲁迅派杂文的高涨"一节改为"继承鲁迅传统的杂文"，位置移到"报告文学"后面。③上述改动，再一次压缩了鲁迅在文学史中的篇幅，并弱化了鲁迅杂文的地位，让鲁迅只以"自己的姓名"立于文学史河流之中。笔者认为，直至钱理群等著的修订本出版，文学史对"鲁迅"形象建构的"向内转"才得以完成，鲁迅身上的"政治重负"也才得以卸除。之后的现代文学教材也都沿着"作为凡人的文学家鲁迅"这一方向推演开去。

严家炎的《二十世纪中国文学史》在钱本文学史的基础上，既将视野置于宏观的20世纪文学，又在对具体作家的阐释中融入了更新的研究思路和成果。严本文学史将鲁迅定位为"新文学的开路人"。鲁迅只占该书的一章，章内五节均是对鲁迅作品的阐释。这是自上世纪50年代以来最简短的评价。严本对钱本有明显的继承关系，如内容编排上，将小说集、散文集、《故事新编》、

①　丁帆主编：《中国现当代文学讲稿》，南京大学出版社2013年版，第94页。

②　钱理群等：《中国现代文学三十年》，上海文艺出版社1987年版，第57页。

③　钱理群等：《中国现代文学三十年》（修订本），北京大学出版社1998年版，第1—6页。

杂文均单作一节，作品篇目仅将《阿Q正传》作为一节。又如在谈及鲁迅对现代文学史的贡献时都认为鲁迅对文体的开拓奠定了现代文学发展的基础，以及后起作家对鲁迅风格体式上的继承与发展构成了"中国现代文学的一种独特的现象"①。但严本与钱本又有明显的区别。鲁迅曾如此评价自己的小说创作："因那时的认为'表现的深切和格式的特别'，颇激动了一部分青年读者的心。然而这激动，却是向来怠慢了绍介欧洲大陆文学的缘故。"②钱理群对鲁迅小说的解读基于前一句话中"表现的深切和格式的特别"。严家炎对鲁迅小说的解读则偏向于后面一句话，即从艺术层面去解读鲁迅的创作养料与资源问题。同为普通高等教育"十五"国家级规划教材，朱栋霖、朱晓进、吴义勤主编的《中国现代文学史（1917—2012）》，将鲁迅的小说创作放置到第二章"20年代小说（二）"下，而将鲁迅的杂文仅作为30年代散文中的一节。③将作家名放置于年代之下，显示了文学史对于"史"的回归。如果说严本文学史完成了将鲁迅身上的"标签"去掉的任务，那么朱本文学史则完成了从"人领导（或者说高于）史"到"历史中的人"的转变。这两种转变对于中国现代文学史的书写和对鲁迅形象塑造的影响很大。

在传记方面，一些作者对自己的作品进行了第二度、第三度的修订与再创作。如林志浩出了《鲁迅传》的增订本，唐弢在1992年《鲁迅研究月刊》的第5至10期上发表了自己第三度创作的《鲁迅传》，还有彭安定的《走向鲁迅世界》和陈漱渝的《鲁迅》同样是二度创作。此外，还有很多新输入的血液，如1990年出版的曾智中的《三人行——鲁迅与许广平、朱安》，1992年的王晓明的《无法直面的人生——鲁迅传》和吴俊的《鲁迅评传》。这些鲁迅传虽各有侧重，但从不同层面反映了鲁迅研究"向内转"的风潮。

这首先体现为对"真实性"的追求。林贤治的《人间鲁迅》三部曲是有标

---

① 严家炎主编：《二十世纪中国文学史》（上），高等教育出版社2010年版，第175页。

② 鲁迅：《且介亭杂文·〈中国新文学大系〉小说二集序》，《鲁迅全集》第6卷，人民文学出版社2005年版，第246页。

③ 朱栋霖、朱晓进、吴义勤主编：《中国现代文学史（1917—2012）》，北京大学出版社2014年版，第1—3页。

志意义的。第一部《探索者》出版于1986年，离钱本《中国现代文学三十年》出版仅几个月。林贤治将鲁迅作为一个普通人，而非超人去叩问其内心。如在"困顿的少年时代"一章提出了一个疑问："假如不是太多的屈辱和痛苦构成了坚实的底座，那么，我们很难想象，凭什么可以支承一具伟大而沉郁的天才？"[①]鲁迅的一生是过得不平静的，所承受的压力与痛苦也绝非三言两语可以说清。真正贴近他的日常人生，理解他的苦难与战斗，应该用一种"'俯视'的态度"[②]。持一种以往书写鲁迅时所极难看到的人道主义情怀，是林贤治的开拓之举。

林志浩、唐弢、彭安定、陈漱渝等人的二度（或三度）创作，更能说明这种转向。林志浩对《鲁迅传》的修订，明显稀释了"十月革命"与鲁迅"呐喊"之间的"因果联系"。在第七章"伟大的'呐喊'"中，原来开篇三段关于十月革命的背景介绍被删掉了，取而代之的是篇幅为25行的陈独秀等人以《新青年》为阵地的文学活动，而接下来对十月革命的介绍只有3行多。1981年版中"十月革命点燃了鲁迅心中希望的火花"的逻辑链条不复存在。对鲁迅为《新青年》写稿的原因，林志浩就直接援引了《呐喊·自序》的内容。林志浩的1991年的《鲁迅传》显然有意抹除十年前常用的"共产主义者鲁迅""文化革命的伟人鲁迅"等痕迹。对于"增订"的原因，林志浩解释道：1981年本"还有很多缺点……不仅限于个人的能力，而且还有整个时代的原因。……这不能不制约着我的思想观念，制约着我对许多问题的认识"[③]。林志浩的反思是诚恳的。

值得注意的是，上世纪50年代至80年代初，文学史中的鲁迅部分和鲁迅传的趋同现象（鲁迅传直接或间接沿袭文学史鲁迅部分的观点、思路和框架）在80年代中后期得以扭转：文学史与传记开始回归各自的文体本位。这是鲁迅形象书写"向内转"的第二个表征。林贤治的《人间鲁迅》可视为传记书写开始与文学史书写脱离，寻求自己作为文学之一种的"独立性"。这具体表现为对

鲁迅与20世纪中国传媒发展

---

① 林贤治：《人间鲁迅：探索者》，花城出版社1986年版，第1页。

② 朱正：《鲁迅传》，三联书店（香港）有限公司2008年版，第iii页。

③ 林志浩：《鲁迅传》（增订本），北京十月文艺出版社1991年版，第684—686页。

故事的可读性、人物的复杂性和语言的审美性等多方面的追求。林志浩的"三部曲"着力于将鲁迅传写成一个可读性很强的故事，将鲁迅生活中的矛盾与挣扎生动且"复杂"地表述出来。当"唯一且正确"的理论框架解体后，属于生活本身的逻辑就潮涌而来。客体鲁迅的思想与生活便有了"活起来"的动力。该书这样叙述鲁迅为《新青年》撰稿的原因："无非是受了同情心的蛊惑而已。目睹改革者肩负了各种压力而挣扎前行……自己离战士固然很远，但实实在在是不能当看客的……"①鲁迅形象便从这复杂的内心活动中树立起来。林著无论在语言上、环境烘托上还是意境的营造上，都体现出较高的文学性。可以说，林贤治的这部《人间鲁迅》不仅从内容上将鲁迅从"神"拉回了"人"的阵营，更从传记文学的审美性上提升为鲁迅传的创作标准。

在文学史日渐回归"文学的历史"的本位，日趋聚焦于鲁迅的文学创作，变得"窄而深"的同时，90年代的鲁迅传进入了多元化的写作，变得"宽而广"起来。吴俊的《鲁迅评传》以鲁迅的学术生涯为书写对象，将"国学大师"鲁迅的形象建立起来。彭安定的《走向鲁迅世界》从多个维度展开了"鲁迅"的广阔人生，谱写了立体交响曲式的鲁迅世界。王晓明《无法直面的人生——鲁迅传》，从鲁迅生活与精神的苦难出发，讲述这种人生的"无法直面"。甚至还出现了以鲁迅情感生活为线索的曾智中的《三人行》，以及体式特别的朱文华的《鲁迅、胡适、郭沫若连环比较评传》。传记与传记之间的鲁迅形象也开始变得不同，90年代以后，甚至还产生了以长篇小说为体裁的鲁迅传记，如陈平的长篇小说《鲁迅》和张梦阳"苦魂三部曲"之一的《会稽耻》。文学史与鲁迅传的书写不仅回归到了各自文体的本位，也凸显出了作者的主体性。媒体借助多种手段塑造出了丰富多样的"鲁迅"，迎合了不同读者的需求。

鲁迅自己讲过这样一个事情："徐诗人"在泰戈尔讲演前，将泰戈尔说得像"活神仙"一样，"于是我们的地上的青年们失望，离开了。……如果我们的诗人诸公不将他制成一个活神仙，青年们对于他是不至于如此隔膜的"②。增

---

① 林贤治：《人间鲁迅：爱与复仇》，花城出版社1990年版，第7页。

② 鲁迅：《花边文学·骂杀与捧杀》，《鲁迅全集》第5卷，人民文学出版社2005年版，第616页。

田涉曾说"鲁迅也是谦让的和蔼可亲的人"①。谦和可亲的凡人，又怎么让人认为他是"活神仙"呢？竹内好也曾对"作为思想家的鲁迅"提出质疑，他认为"鲁迅是个文学家，而且是根本意义上的文学家"②。坂井洋史将竹内好在《鲁迅》中的辩证性思维归纳为："'启蒙者与文学家'或'政治与文学'的二律背反，各自把自己投入相背反的对立面，经过'破却'作为影子的他者而'洗出'自我的所谓'挣扎'，自觉'无用之用'而实现真正的'自立'。"③

这种"破却"正是中国鲁迅研究者80年代以来一直在做的事情。以钱本《中国现代文学三十年》修订版、严本《二十世纪中国文学史》、林贤治的《人间鲁迅》、朱正的《鲁迅传》等为代表的鲁迅书写，不得不说是回到了增田涉那个"最初的印象"中去了，并且由"作为凡人的文学家鲁迅"为基点，开始重新推进鲁迅研究的发展和鲁迅形象的再塑造。如果说作为高等院校中文系教材的现代文学史著，以文学史研究的专业性评价和阐释着"鲁迅的文学"，那么，作为文学读本的鲁迅传则在真实性与文学性的平衡中，从多维立体的角度建构着"文学的鲁迅"。

二、80年代后期至上世纪末（本世纪初）鲁迅的"教材形象"

80年代后期以后，随着市场经济体制的逐步确立，社会政治意识形态开始真正开放，文化多元化和开放化，文学作品的解读逐渐回归文学本身。在此之前对鲁迅作品阶级性的方法论逐渐被质疑和打破，鲁迅作品的解读回归正轨。特别是教育部此时要求教育要注重吸收教育学、教育心理学等学科的前沿科研成果，教育要适应社会主义现代化和语文学科自身发展的需要。中学语文教材对鲁迅作品的解读逐步与学生的身心发展需要越来越紧密。这一时期教材选编鲁迅作品的数量有所减少，尽管这些作品有些转入了新课标的泛读读物当中，但实际上仍是退出教科书舞台的缓冲处理而已。从体裁来，这时期收录鲁

---

① ［日］增田涉：《鲁迅的印象》，钟敬文译，湖南人民出版社1980年版，第1页。

② ［日］竹内好：《鲁迅》，李心峰译，浙江文艺出版社1986年版，第157页。

③ ［日］坂井洋史：《忏悔与越界：中国现代文学史研究》，复旦大学出版社2011年版，第135页。

迅的文学散文与小说的比重有所增加（见下表），在教学上强调对学生人文素养的培养和文化底蕴的熏陶，意在唤醒人的独立精神的存在。

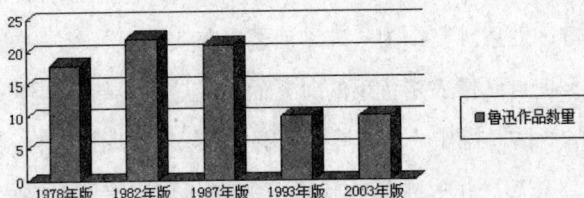

新时期以来中学语文教材中鲁迅作品数量示意图

90年代至上世纪末（本世纪初）鲁迅作品在中学语文教材中的选编情况

教材版次	教材名称	教材选文总数	与鲁迅相关的课文的数量	与鲁迅相关的课文的名称
1993年版	九年义务教育三年制初级中学教科书·语文（试用本）	226	10	从百草园到三味书屋、一面、同志的信任、社戏、故乡、有的人、论雷峰塔的倒掉、"友邦惊诧"论、孔乙己、藤野先生
2003年版	义务教育课程标准实验教科书·语文（七—九年级）、普高课程标准实验教科书·语文（必修）	381	10	风筝、从百草园到三味书屋、社戏、阿长与山海经、藤野先生、故乡、孔乙己、记念刘和珍君、祝福、拿来主义

这种变化趋势在它与中学语文课文总数的对比中表现得更为明显，如下图：

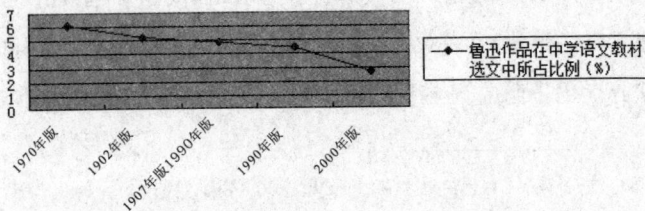

新时期以来与鲁迅相关的课文所占比例变化图

由上图可知，自从1978年以来鲁迅作品在中学语文教材中所占的比重逐步减少：从1978年版的6%减少到2003年版的2.6%。世纪之交，社会上关于"金庸代替鲁迅""把鲁迅赶出中学语文"的声音不绝于耳。鲁迅作品在中学语文教材的选编中面临着重大的调整。不过即便如此，这一时期中学语文课程对于鲁迅作品的选编仍表现出较强的历史继承性。过去六十多年的中学语文教材发展中，鲁迅入选的作品虽然每个历史时期都有新的变化，但仍然有相当多作品贯穿了各个历史时期。例如《一件小事》《藤野先生》《祝福》《从百草园到三味书屋》《社戏》《论雷峰塔的倒掉》《孔乙己》《"友邦惊诧"论》《记念刘和珍君》《孔乙己》等等，它们既出现在"十七年""文革"期间的教材中，也出现在了新时期以来的中学语文课本中，体现了"鲁迅"在中学语文教材中的历史延续性，同时也展现出了鲁迅作品解读的宽广空间，即不同时期的意识形态都能从鲁迅作品的阐释中找到可用的"资源"。另外，新时期入选的文章日具经典性。以往的中学语文教材常常是从政治的标准来筛选鲁迅的作品，它所选的作品并不都是鲁迅思想与艺术的经典之作，如《在现代中国的孔夫子》《野兽训练法》《不知肉味不知水味》等等。新时期以来，随着政治环境的宽松，选文的标准从唯政治是从渐渐变为思想性与艺术性相统一的标准，那些曾因政治因素退出中学语文的优秀之作重新回到教材之中，因此这一时期的中学语文教材所选的鲁迅作品更具有代表性，更能体现鲁迅艺术与思想的高度。此外，新时期的教材选文更突出人文性。"文革"及以前，中学语文教材所选择的鲁迅作品多为杂文作品，强调鲁迅的战斗性与政治性；80年代以后，入选的杂文数量逐步减少，小说与散文的数量逐渐增加。与之相应，描写革命、抨击社会黑暗面的作品在逐步减少，而那些体现着鲁迅人格魅力与个人情感的作品则稳步增加。

　　90年代以后，社会文化已进入了和谐发展阶段，"以人为本"成为时代的主题。新的语文教学大纲明确规定了中学教育的主旨在于"立人"，培养全面发展的人才。教育部开始广泛推行其新发布的新的义务教育阶段的语文课程标准。中学教材从"一纲一本"到"一纲多本"的发展，传统的中学教育已经习惯了统一的教材和参考书，这个新的标准所带来的一系列反应对中学教育界来说无疑是一个巨大的变化。各版本的不断发展与完善，活跃了语文教材的编写，极大丰富了语文资源。语文教材对鲁迅作品的解读从以前的政治阐释转变为多元化阐释方式，强调学生的主体性与独立创造性。例如1990年版的中学语文教材对《祝福》的解读与之前的存在着巨大的差别。在主题解读中，注重社会环境的分析，将祥林嫂置放于一个动态的发展历程中去分析她的种种不幸，大纲不再整齐划一对课文做出政治化解读，而是尊重学生的主体性，引导学生从个人的体验去理解鲁迅及其作品，允许学生对鲁迅有各种各样的理解。鲁迅的形象的多元化色彩也越来越浓。客观而多样化的解读，对于中学生形成接受解读差异是极为重要的。和谐社会的主题之一就是和而不同，接受多样化的解读实际就是在潜移默化中塑造学生追求和谐的个性，这不仅是政治意识形态对学生的要求，更是社会主流文化倾向对中学语文的要求。

上世纪末，越来越多的学者认识到，鲁迅的教学史实际上是一部对于鲁迅的误读史，从而呼吁让中学语文中的鲁迅回到鲁迅本身，回到学生本身。面对这一教育发展趋势，语文课本进一步删减了鲁迅那些战斗性激烈的杂文。那些与我们生活的时代背景比较相近、内涵较为丰富的并且能够被学生理解与接受的作品开始进入语文教材中（如《阿长与〈山海经〉》《风筝》等等）。这一阶段中学语文教材中所选文章大部分都较为适合中学生的学习接受能力与他们的心理年龄，体现着一个由浅入深的学习过程，这有助于激发学生的自主学习的热情，从而帮助学生进一步自主学习鲁迅作品。同时，教材在课前预习提示与课后习题上做了较大改动，例如《阿Q正传》的主旨被解读为"作者旨在暴露国民的劣根性与揭露国民自身的弱点"，这就同鲁迅在说到该作品的写作意图时说文章"大约是想暴露国民的弱点"[①]相吻合。再如语文教材中说《药》表现了"国民的迂腐、无知与迷信"和"革命者脱离群众的悲哀"。同时，那些曾作为鲁迅"敌对者"的作家，如胡适、徐志摩、林语堂、梁实秋等也开始大量进入新教材。"鲁迅"独霸中学语文"现代文学"板块已一去不返，开始

---

① 鲁迅：《伪自由书·再谈保留》，《鲁迅全集》第5卷，人民文学出版社2005年版，第154页。

由"神"回到"人"的地位。

20世纪末，新课标人教版的中学语文教材更凸显鲁迅人间性的一面，即使是鲁迅带有尖锐斗争的作品也带上一层感情的外衣。比如关于《风筝》的解读上就凸显了鲁迅"人间性"的一面：第一，《风筝》被放置在该课本的"亲情单元"，编者为这个单元的课文加了总的"单元导语"——"浓浓亲情，动人心弦。真切的言辞表现出的亲情是最容易引起读者的共鸣。本单元收录的几篇课文，都是作者在用真切的情感，引起我们对亲情的共鸣"。在这样的一个语境中，《风筝》自然而然唤起了学生们对真情的感悟。第二，教材在《风筝》的课前预习提示中进一步强调了其中的亲情因素——"亲情一直都在，不论是在温馨的家还是在充满误解和冲突的家里，重要的是用心去发现它"。这篇课文的教学重点是引导学生去理解"我"与"小兄弟"之间的矛盾冲突，以及从中体现出的"亲情"。第三，课本还特意将《风筝》置于《羚羊木雕》《散步》《金色花》和《纸船》等展现亲情、友情、童年生活的课文中，共同营造出了家庭、亲情、友情的温馨童年的氛围，《风筝》所体现出的阴冷、沉重的风格很大程度被这些课文所弱化，从而更符合这一年龄段学生的接受心理。

再如中学语文教材给《社戏》所在单元设置的"单元导语"为："本单元的所选文章都是文化艺术类的文章，通过文章，我们可以看到在作家心中艺术是什么样的？我们心中的艺术又是怎么样的？经常思考人生，可以陶冶我们的情操。"显然，该单元的侧重点一是艺术，二是成长的感悟。《社戏》的主题由以前的阶级主题回归到了成长的主题。同时，课文的课前预习又指出："你是否感受到其中表现出的情趣？是否回想起你的童年生活的点点滴滴？"两处导语引导学生从《社戏》的"看戏"经历感悟出童年生活的情趣。"鲁迅"一下子从高高在上的"伟人"变成了与学生一样的可爱孩童，引发了强烈的情感共鸣。这样的引导与"文革"期间一味强调鲁迅阶级情感的做法大相径庭，构建起了一个位充满了生活情趣与美感的人间鲁迅。

纵观新时期以来各个阶段中学语文教材对鲁迅形象的塑造历程，那些描写革命、抨击黑暗社会的作品逐步减少，而体现鲁迅个人人格魅力、态度较为温和的作品更受教材编写人员的青睐。到了20世纪末，中学语文教材更注重鲁迅作品的艺术独特性和精神内涵，深入挖掘作品深刻的思想内涵，并开始放弃以往教材的死板观点，逐步与时代接近，与学术界对鲁迅的研究动态相接轨，呈现出一个更加多面化、更加生活化的真实的鲁迅形象。

中学语文教材中鲁迅作品选编及解读的变动，是教育界对中学语文学科性质认识的变化过程。同时，教材和教学参考书的变化也表现出政治意识形态和主流文化倾向的变迁。这一时期中学语文教材展现了一个多元、开放、人性化的鲁迅形象，这正是当下的社会政治文化对语文教材提出的新要求，体现出国家政治意识形态和主流文化倾向向以下方向转变：随着世界殖民体系的瓦解和冷战的结束，中国在世界舞台上发挥着越来越重要的作用，社会主流文化倾向更加开放化和多元化；国际上先进的教育理念不断影响着中国的教育思维和方式；科学技术的不断发展使得我国的教育向素质教育逐步转变，教学方式更加多元化。语文教材的选文被典型化，学生的实际能力不断提高，社会文化更加多元化，学生有更多自己的思想，面对同一篇作品，教材启发学生用自己方式去理解、解读，实际上体现的是社会政治和文化的日渐开放。

小结："媒介是人的延伸。"①媒介对于人们的感知有巨大的影响。鲁迅的"文学史形象""传记形象"借助于这些媒体影响了每个时代的读者，同时文学史、传记等媒介对于鲁迅形象的不断修正与再创造也反映出中国现代传媒的发展流变与阶段性特征。不管怎么样，"鲁迅"已经深深地介入到20世纪中国现代文学史、作家传记的书写当中，通过它我们不仅看到了中国政治文化、社会心理的变迁，也能触摸到一代代学人的心灵发展历程。正如朱正在他第五本《鲁迅传》前言中所说："我二十五岁出了第一本《鲁迅传略》，过了二十五年出了个修订本，又过了二十五年出了这一本。显然我不会再有一个二十五年了。那么这大约是我的最后修订本吧。……作为一本人物传记，大约只能这样写吧。"②朱正先生是个严谨的人，他将《鲁迅传略》的"略"字去掉，花了五十年时间。一遍遍地"重读鲁迅"，又一遍遍地"勘正修订"，这

①　[加拿大]马歇尔·麦克卢汉：《理解媒介：论人的延伸》，译林出版社2011年版，序言第1页。

②　朱正：《鲁迅传》，三联书店（香港）有限公司2008年版，第vii页。

鲁迅与20世纪中国研究丛书

何尝不是唐弢、林志浩、钱理群、张梦阳等鲁迅研究者一生的写照。今天，反观这一部部文学史著和鲁迅传，不难于脑海中浮现出这样的画面：他们在不同的时代里凝视着那个平凡而又伟大的背影，希冀通过谨小慎微的考证和与鲁迅心灵的对话，拨开历史的迷雾，一点点地接近最为"真实"的鲁迅。在风云变幻的20世纪，在政治信仰与内心真理的夹缝之中，这种对客体鲁迅的接近，和对文学史与传记书写的探索，哪怕只是一小步的距离，也是可喜的吧！

作为中学语文教材中的必备选文之一，鲁迅作品的重要性和优秀无须赘述。每一个经历过中学的人都会在脑海中记住自己心中的鲁迅。那些鲁迅作品中的经典人物，比如祥林嫂、阿Q、孔乙己等形象已深入几代人的心底。这些人物形象的传播，语文教材功不可没。新中国成立几十年来，中学语文教材中的鲁迅作品在提升民族素质、完成政治意识形态和主流文化对中学教育的影响的任务上起着无可替代的作用。但是，鲁迅作品自身的特殊性也决定了其作品在不同时期容易被曲解和误读。从宣扬中苏友好到知识分子思想改造、反"右派"斗争扩大化再到"大跃进""文化大革命"等一系列政治意识形态走向极端的情况下，鲁迅作品还能一次又一次充当不同时期政治和文化倾向的代言人，被时代政治所利用。考察鲁迅作品在这些时期中学教材中选编情况以及"鲁迅形象"的变化过程有助于全面认识鲁迅对20世纪中国的影响，也有助于从细处把握20世纪后半期中国时代主题发展脉络。

第六章 当代中国传媒对鲁迅符号的 "另类"建构与利用

鲁
迅
与
20
世
纪
中
国
研
究
丛
书

首先需要阐明这样一个事实，鲁迅研究史与接受史是20世纪至今对鲁迅符号建构与利用的过程，这一过程本身就是20世纪至今中国精神文化重构的重要组成部分，而且与时代精神文化思潮紧紧地联系在一起。也就是说，不仅鲁迅符号本身是20世纪至今中国精神文化重构的重要内容，而且对鲁迅符号的建构与利用也同是这一重构的重要内容。基于这样的事实，审视对鲁迅符号的建构与利用就不仅仅是鲁迅学术史的范畴，而且也是观照中国精神文化现代重构的重要视角。在中国精神文化现代重构中，传媒是最敏锐的触角，灵敏地感应着时代脉搏，凭借其传播优势，迅捷而广泛地扩散着时代情绪，与此同时，又对时代文化进行着重构，反映并影响着时代的精神面貌。1949年新中国成立以来，沿着毛泽东《鲁迅论》《新民主主义论》所确立的"鲁迅的方向就是中华民族新文化的方向"这一导向，对鲁迅符号的建构与利用最终上升为一种"王官之学"，并最终推上"神坛"。此时对鲁迅符号的建构与利用同政治上的精神文化控制紧紧联系在一起，直至使鲁迅符号成为不容置疑的教条与律令。伴随着鲁迅符号的"王官之学"化乃至神化，我们也同时看到此期对鲁迅符号的另一种建构与利用，即在空前的"文化大革命"之中，"鲁迅的著作也成为中国知识分子借以延续文化脉络的惟一寄托，鲁迅又一次拯救了中国文化"[1]。

---

① 张梦阳：《中国鲁迅学通史》（上卷二），广东教育出版社2002年版，第515页。

但这并非说对鲁迅符号的建构与利用官方与知识界水火不容，事实上的情形是："所谓专家也就是被说成'吃鲁迅饭的'一批人。这些人以鲁迅研究为职业，这些人由于容易形成的一种职业习惯，或者积淀已久的政治情结，或者他本人并非存心热心政治而不得不表示热心政治的态度来回应官方权力话语。这就使学者的研究带来了钦定味道。如果是这样一种情况，那么专家话语层面就有可能与权力政治话语层面形成一种重合或者类重合现象。我们的鲁迅研究长期以来正是在这样的气候之下进行的。"①新时期之初对鲁迅符号的建构与利用依然延续着这种情形。但是，新时期以来以大众文化为导向的传媒的迅速崛起，打破了这种官学垄断与知识界更多限于圈内"自给自足"小生产的"官方—精英"格局。相对于官方的神圣化与知识界的精英化，大众传媒的通俗性、世俗性、消费性对鲁迅符号的建构与利用显得有些"另类"。

本章着重探讨改革开放以来不同的新生媒体形式在发展过程中对鲁迅形象资源的利用，对鲁迅象征形象和文化符号的构成所发挥的效用，其中包括依托于各地电视台的大众传媒对于鲁迅形象的异类解读，以及以这些传媒为主导的对鲁迅这一符号与象征所赋予的大众娱乐化倾向。同时还希望揭示网络以公众狂欢化方式对鲁迅符号与象征的祛魅与解构的背后所隐藏的大众文化心理和流向。下面分节进行论述。

第一节　新时期大众文化对鲁迅形象的另类解读

鲁迅符号与时代精神文化思潮的紧密相连，或者说，时代精神文化总是以重构与利用鲁迅符号的企图彰显着自身的面影，这已经形成了中国精神文化现代前行的一种重要现象。新时期以来，中国精神文化最大的变局莫过于对"官方—精英"文化格局的打破以及与之相伴生的大众文化的崛起。大众文化的快速发展当然与改革开放、市场经济的社会环境密切相关，但是中国的大众文化所释放的时代情绪则明显表达着与长期以来文化一体化的强烈逆动。这里所

---

① 刘玉凯：《解读鲁迅的三重话语层面》，《鲁迅研究月刊》2000年第7期，第36页。

说的"文化一体化"是指新中国成立以后直至"文革"时期政治意识形态强力主导的文化。它对于鲁迅符号的建构与利用当然是为了将其重构为有力的政治工具，鲁迅也因之被树立为绝对权威，一种国家意识形态化的文化符号。这种重构的鲁迅圣人形象折射出官方文化对文学塑造新人的严苛律令，其总的趋势是：个体的人让位于集体的人，小写的人让位于大写的人，凡俗的世间男女让位于革命英雄，小情小调的人让位于大公无私的人。然而事物一旦被上升为权力意识形态话语，它的现实存在就会逐渐偏离甚至完全背离它的初衷。原本是解构一切之于人的威压、指向人之现代生存的鲁迅符号，此时却显示出一种古典主义的威权，甚至潜含着一种禁欲主义的威压。然而，越是有压力，人们反而越想宣泄。随着政治环境、文化环境的松动，经济生活的日益丰富，精神生活的更多需求为这种宣泄提供了现实可能。于是，大众文化视野中的"人"相对于官方文化有了鲜明的转向：从集体的人到个体的人，从大写的人到小写的人，从英雄的人到凡俗的人。这种大众文化的时代情绪集中于鲁迅符号便是相对于官方文化神化的鲁迅形象的"另类"解读，或者说，面对官方视野中的文化权威与精英视野中的精神启蒙导师，大众文化的"另类"解读一方面是指向这一鲁迅形象的解构，另一方面却是指向日常生活意识形态的个体、小写、凡俗之人的重构。

1985年的"《杂文报》事件"与"《青海湖》事件"放在今天也许根本引发不了什么反响，但在当时却引发了不小的波澜，鲁迅研究界乃至上层意识形态甚至有如临大敌之感。前者是一位署名李不识的作者在河北《杂文报》上发表的《何必言必称鲁迅》（1985年第45期），后者是邢孔荣在《青海湖》上发表的《论鲁迅的创作生涯》（1985年第8期）。两位作者是事实上的小人物。那位署名李不识的作者正是一位"小孩"，"李不识"也许是"你不识"的谐音，暗示自己是不为人知的小人物。这是一个年龄不满22岁的经济学专科二年级的学生，没有任何特殊政治背景，写这篇文章也不过是一位年轻的文学爱好者在图书馆查阅资料时发现所有的写作指导书言必称鲁迅而心生反感，进而诉诸笔墨对这一现象进行质疑。这篇不足千字的小文章还是他的处女作，不过是宣泄一种不满的主观情绪，并无什么高深的道理。这样的小文章，按照常理，对鲁迅界与官方而言是不值一哂的。但是反常的是，它却引来一连串的严厉质问，不少鲁迅研究专家还郑重其事地摆开阵势进行猛烈的驳斥，直至引起国家意识形态高层的关注。驳斥这样稚嫩的小文章当然毫无困难。笔者无意于再来评论这篇小文章，而想指出的是当时媒体所潜含的为人所忽略的时代情绪。这位署名为李不识的作者反感言必称鲁迅，其实并不是反对鲁迅，因为他也不了解鲁迅，正如他后来所说，如果稍微多读点鲁迅的书，也不至于写出如此浅薄的文章。他逆反的真正对象是长期以来只能言必称鲁迅的文化生态，即"本本书都讲鲁迅，章章都讲鲁迅，节节都讲鲁迅"[①]的现象。这种言必称鲁迅的现象折射出长期以来"鲁迅"与政治上的精神文化控制的紧密联系。或者说，言必称鲁迅并不全是鲁迅精神辐射通达的表现，而是文化自由的凋敝，以及政治意识形态高压之下文化空气的紧张。年轻的李不识对于这种文化状态的无意识逆反恰恰表明普通民众对于另一种文化状态的强烈心理需求，一种更为凡俗小人物所亲近的区别于"官方—精英"主导的大众文化。因此，从深层看，李不识的《何必言必称鲁迅》率先立身于大众文化的立场发出了"另类"解读鲁迅的信号，一种解构国家意识形态话语中的"大鲁迅"形象又同时建构日常意识形态话语中的"小鲁迅"形象的信号，当然这种信号的发出首先是通过报刊传媒来实现的。

　　相对于李不识的无意，邢孔荣则开始了有意的另类解读。邢孔荣在《论鲁迅的创作生涯》中套用丹纳的"艺术哲学"理论将鲁迅的创作划分为准备期、创造期和衰退期。他所谓的鲁迅创作的准备期为1906—1918年，原因是这一时期鲁迅还在使用文言文这一将死的书面语言写作。所谓的鲁迅创作的创造期为1918—1925年，但对于此期的创作他又分出三六九等，认为《彷徨》不如《呐喊》，《野草》只能是二流作品。这样，创作的成熟期也同时伴随着衰退。所谓的鲁迅创作的衰退期为1925—1936年，为了证明鲁迅此期进入了创作衰退，他认为《故事新编》只不过是三流作品，而《朝花夕拾》则算不上什么文学创作。这篇论文全篇充斥着套用理论、主观臆想、逻辑混乱、断章取义的低级错

[①]　赵平：《论权势权威型读者对中国文学的影响》，复旦大学2007年博士学位论文。

鲁迅与20世纪中国传媒发展

误。对于鲁迅学界而言，反驳这篇论文如同驳斥李不识的那篇《何必言必称鲁迅》一样简单。笔者当然也没有必要再进行这种时过境迁的批判工作，而是思考：为什么这样一篇稚嫩且错漏百出的小文章会引起如此大的反应？不独遭到全方位的批判，同时还引来赞和。有的批判者甚至认为它是"十年来难得的好文章"，并认为《青海湖》能发表这样的文章"有利于争鸣"。[①]结果这么一篇小文章最终引出《光明日报》《人民日报》等国家主流媒体以及官方批评家乃至主管国家意识形态高层出来定调子，新华社还专门为此播发了不得恣意贬损鲁迅的电文。权力部门对这种"另类"解读的批判和压制再次表明，鲁迅符号作为国家意识形态符号的状况仍没有完全改变。

新时期鲁迅"另类"解读的出现，哪怕这种"另类"是有错漏的解读，也显示出民众对于大众文化的时代需求，以及对"官方—精英"文化格局的反感与抵触，预示着新时期个体意识的复苏，个人在国家机器的运行轨道里开始复苏了人的自由意志，彰显出反霸权话语的自由精神。

这种"另类"解读表面上解构的是鲁迅符号，但是此鲁迅符号又绝非是鲁迅及其思想本身。正如儒家在经过独尊儒术、罢黜百家之后变成了统治之"术"而不复是原始儒家的面目一样，鲁迅符号在进入国家意识形态之后也发生了类似的演变。上述两个小人物引发的事件正表明，鲁迅符号经过国家意识形态的转化之后已经变成了一种权力话语，而失去了鲁迅本有的对于一切专制的抗拒与对个体自由意志的诉求。由于鲁迅与国家意识形态"捆绑销售"（或者说鲁迅符号国家意识形态化）的时间太长，鲁迅本有的思想面目反而被遮蔽了，言必称鲁迅实质是国家意识形态强力运作的一种方式。因此，鲁迅符号在"官方—精英"文化格局中进入了与鲁迅思想本身的悖反，这种文化生态中的鲁迅形象当然也不再是原有的鲁迅形象，即那个立意于"每个个人自由"的鲁迅。新时期大众文化对鲁迅形象的"另类"解读正是在这一层面发生的。

学术界对于上述小人物的驳斥或许忽略了这一动因，当驳斥的焦点对准小人物学理上的错漏时，看似对"鲁迅"的维护，但在当时的历史语境之中这种

① 王得后：《〈论鲁迅的创作生涯〉读后》，《青海湖》1986年第1期。

批判也同时维护了附着于鲁迅其身的言必称鲁迅背后的权力话语，而这恰恰失去了鲁迅思想更为深层的真意。这两个小人物的行为虽然带有种种漏误，却无意中暗合了鲁迅对个体自由意志的高扬的追求。遗憾的是，这种通向鲁迅思想的方式却是特殊历史情势之下的畸形（不是直接出于对鲁迅及其创作的真正理解，而是对附加于鲁迅其身的权力话语的心理逆反）。

当我们澄清上述解读鲁迅形象的畸形情状之后，新时期特殊情势之下的文化格局也就通过鲁迅符号清晰地显露出来：一方面，鲁迅符号背后的文化一体化权力话语（国家意识形态话语）依然强势运行；另一方面，"另类"解读鲁迅形象的大众文化开始显示出脱离前者的离心力。吊诡的是，前者重构鲁迅符号却解构了鲁迅思想抗拒专制话语的特质，后者解构鲁迅符号反而无意中通向了鲁迅思想的本源（鲁迅对于个体自由意志的天然亲和）。

我们只有清晰切割、辨析这种吊诡情形的隐曲，才能真正明了建构与利用鲁迅符号的真正用意。当权力话语建构出一种言必称鲁迅的文化生态时，很容易让人误以为鲁迅的伟大是被权力话语捧出的。其实，鲁迅的伟大本源于鲁迅的文学创作，是其创作所具有的巨大精神辐射力带来的，而权力话语之所以建构与利用鲁迅符号也正是因为鲁迅本来具有的精神辐射力，只是将这种精神辐射力重构成了符合国家意识形态意图的文化符号。经历了"文革"十年言必称鲁迅的文化生态，新时期鲁迅示人的正是这种心理效应。而这种心理效应并不是鲁迅本身带来的，而是上文所说的附加于鲁迅其身而遮蔽了鲁迅本来形象的权力话语带来的。显然，上述两位小人物的为文动因并非出于对于鲁迅的学理研究，而是出于对附加于鲁迅其身的权力话语的心理逆反。李不识的文章标题就表明了这种逆反心理，既然我们长期以来只能言必称鲁迅，那么现在我们应该敢于说"何必言必称鲁迅"。邢孔荣的文章表面看是对鲁迅创作的学术研究，但是深层的心理动因较之于李不识则更为明确，那就是鲁迅这个权威是可以挑战的，比如鲁迅的创作也和一般作家一样有准备，有高峰，也有衰退。这些行为既不见容于鲁迅学界，也不见容于官方意识形态。前者是因为这是明显的鲁迅谬论（学理上），后者是因为这是对体制的挑战（意识形态上）。但不管怎么样，这种对于威权的挑战已经开始了。

在关注这两个小人物"另类"解读鲁迅的潜在话语的同时，还有一种潜在的时代话语也应该引起注意，那就是《杂文报》《青海湖》等现代传媒为什么要促成这种"另类"解读的传播。笔者认为这种"另类"传播的潜在动因正与新时期文化生态的转变密切相连。新时期，国家的工作重心已开始从长期以来的阶级斗争转向以经济发展为中心，而经济发展则开始从计划经济向市场经济转变。相应地，此时的传媒在传播时经济因素开始上升到极其重要的位置。这种"另类"传播一个潜隐的动机说得直白一点就是为了增加销量，就是为了通过吸引眼球来增加销量，获得可观的经济收益。只是在1985年时，这些传媒选择的"另类"解读对象——鲁迅还没有得到国家权力的获准。但是，大众传媒对于时代脉搏的感应则是极为敏锐的，它们预感着这种"另类"解读会蓄积为具有轰动效应的新闻热点，以此获取可观的名与利。正是在这一层面，这种"另类"解读与传播也同时兼具着炒作的意味与功能。

果然，1990年代大众传媒上的"鲁迅"走得更为"另类"。在很大程度上，向名人、权威挑战（甚至是诋毁）成为制造"热点"的策略。1998年，一批新生代作家面向全体作家搞了一次问卷调查，不少年轻作家对鲁迅表现出不屑的态度，却对大众文化的世俗性、消费性、市场化、娱乐化表现出极大的认同和兴趣。1999年湖南《芙蓉》第6期发表了上海大学副教授葛红兵的《为20世纪中国文学写一份悼词》，对包括鲁迅在内的一大批现代文学大师采取了颇为不恭的态度，[①]将这种"另类"解读推向了高峰。虽然这种"另类"解读遭到激烈批评，甚至受到来自国家权力部门的压力，但是当事人也因此获得了当时社会追慕的"轰动效应"。而这正是另类解读者的敏锐与真实意图，在这条路上，随着网络等大众传媒的迅猛发展乃至日常生活化而愈演愈烈，一个个"网红""达人"层出不穷。

进入新世纪，民众与大众传媒将20世纪之末那股借助鲁迅符号大肆炒作的策略演绎得更为赤裸和夸张。网络红人"凤姐"便是其中极具代表性的例子。这位二十出头的毛丫头极言自己文学素养高深，宣称鲁迅的散文没有她写

---

① 张梦阳：《中国鲁迅学通史》（上卷），广东教育出版社2002年版，第729页。

得好。而她所举的例子竟是鲁迅的《药》，而且她还将这篇小说的名字改称为《血馒头》。在当代大众传媒中，懂不懂鲁迅不重要，有没有文学素养哪怕是基本的文学常识也不重要，关键是你敢不敢暴力式地撒野、没有心理底线地撒泼。"凤姐"大胆言行果然获得了广大网友的关注，电视台纷纷邀约她制作综艺节目，而且还签约车模甚至如愿到美国。其实，对着镜头，"凤姐"反复称说的鲁迅作品也就是中小学课本里的三篇课文，除了上述改称为《血馒头》的那篇小说《药》之外，还有《故乡》与《从百草园到三味书屋》。而这种撒泼式的炒作目的非常赤裸，就是为了成为"红人""达人"，以此出名，进而获利。"鲁迅"已经被抽空成为吸引人眼球的木偶。

回视上述"另类"解读鲁迅的历史轨迹，内在时代情绪与时代心理其实逐渐发生了很大的变异。如果说新时期对于鲁迅的"另类"解读很大程度上是出自对言必称鲁迅的政治文化一体化的心理逆反，显示出个体自由意志的复苏，这时候的"鲁迅"从神坛回归"人间"，那么随着市场经济的深入，1990年代以后的这种"另类"解读已经转向了大众文化追逐名利的炒作，当"鲁迅"成为谁都可以亵玩的对象时，鲁迅则已从80年代的"人间"跌落进"玩偶"之中。

任何历史图景都不是骤然而至，总是由蓄积而至裂变。从新时期到20世纪末再至新世纪，"另类"解读鲁迅实质是鲁迅的民间化、大众化，这中间既有反霸权话语的自由精神，也包含着庸俗的欲望（情色、暴力、名利等）。而这多重心理与诉求在世纪之交王朔对鲁迅的解读里集中展露，显示出"另类"解读鲁迅的多重话语。沿着王朔解读鲁迅的维度，我们即可回溯到新时期对于霸权话语的反叛，还可以看到走向炒作与恶搞的变异。

2000年，《收获》第2期开辟的《走近鲁迅》专栏中刊发了王朔的《我看鲁迅》等三篇文章，引起了较大反响。不同于以往的"官方话语层面"与"精英话语层面"的鲁迅论，①王朔对鲁迅的解读是从"通俗话语层面"进行的。它与80年代初的情形已经很不一样：其一，1980年代李不识对于附加于鲁迅身

---

① 刘玉凯：《解读鲁迅的三重话语层面》，《鲁迅研究月刊》2000年第7期。

上的国家意识形态权力话语的无意识逆反，在王朔那里已成为有意识的解构行为，正如他直白表述的那样："在鲁迅周围始终有一种迷信气氛和蛮横的力量，压迫着我们不能正视他"，"什么时候能随便批评他了，或者大家都把他淡忘了，我们就进步了"。①王朔表述的正是上述"另类"解读鲁迅所遭遇的吊诡情形。其二，1980年代邢孔荣那种试图将鲁迅拉回一般作家式的解读，在王朔那里进行得更为深入，正如他直白表述的那样："鲁迅的小说写得确实不错，但不是都好，没有一个作家的全部作品都好，那是扯淡。而且，说鲁迅的小说代表中国小说的最高水平，那也不是事实。"②他直接指出鲁迅《一件小事》等小说的艺术缺陷，确有新见，这比邢孔荣的解读更有可取之处。这也为"通俗话语层面"的鲁迅论注入了新意（要比官方—精英话语对鲁迅思想的一味张扬而遮蔽了其小说艺术存在的缺陷更为坦率）。其三，王朔的"另类"解读也同时表露出大众话语解读鲁迅一直存在的学理贫乏的缺陷。这在他对《阿Q正传》的解读中表现得最为明显。他认为："《祝福》、《孔乙己》、《在酒楼上》和吃血馒头那个《药》是鲁迅小说中最好的"，而《阿Q正传》却写得非常概念化，"没走人物，走的是观念，总觉得是在宣传什么否定什么昭示什么"，"这个阿Q是概念的产物，不用和别人比，和他自己的祥林嫂比就立见高下"。③王朔的研究就是这种个人化的主观臆断，缺乏客观的证据或者深度的理论分析。王朔解读鲁迅内在显示的是大众文化世俗性、消费性的眼光与趣味，他认为《阿Q正传》是概念化之作主要是因为这篇小说不能直接改编为影视艺术形式，即鲁迅本人所说的"实无改编剧本及电影的要素"④。从这个意义上说，王朔对于鲁迅的判断是从鲁迅符号的消费的角度进行的。不过，随着鲁迅符号消费性成分的增长，新时期那种"另类"解读鲁迅所蕴含的对于个体自由意志与对权威的挑战精神的诉求也在很大程度上被消解，这预示着一个

① 王朔：《我看鲁迅》，《收获》2000年第2期。

② 王朔：《我看鲁迅》，《收获》2000年第2期。

③ 王朔：《我看鲁迅》，《收获》2000年第2期。

④ 鲁迅：《书信·301013致王乔南》，《鲁迅全集》第12卷，人民文学出版社2005年版，第245页。

狂欢时代的来临。

第二节　网络狂欢与鲁迅符号的解体和重构

大众文化的快速崛起是新时期以来极为突出的中国文化景观，而大众文化在话语方式与思维方式上又显示较强的后现代主义色彩，这一点网络文化中表现到了极致，也可称之为网络狂欢。在这巨大的狂欢旋涡里，鲁迅正经受着新的解构与重构：在诸如"我爱鲁大哥""嫁给鲁迅"之类的网络"萌语"中，可以感受到民众那种击穿权力意识形态话语的僵硬外壳、在心灵上与鲁迅这位大哲对视的亲切与温婉接受，一种"萌萌哒"、全民撒娇式的鲁迅重构；在诸如"小肚鸡肠的绍兴没落小地主"之类世俗人情和庸俗化的解读中，可以感受到世俗世界正以世俗化与庸俗社会学的视角重新打量着鲁迅，启蒙的位置因此置换，不是鲁迅启蒙着民众而是世俗界以穿越的方式对鲁迅的为人处世进行着点拨，世俗的眼光颠覆着鲁迅的高大与崇高，显示出庸俗社会学视野中的鲁迅解构与重构；在诸如"打倒鲁迅"之类的网络撒野中，可以感受到民众对于一切严肃话语的本能心理逆反，一种非理性造反的情绪向鲁迅宣泄着内心的狂躁；在诸如"全军将士坚决捍卫您的思想"之类的点赞里，可以感受到一种针对现实的强烈逆动与渴念不可遏止的诉求……这种全民性、大众性、自发性的网络狂欢之于鲁迅符号的解体与重构与巴赫金的狂欢理论是极为契合的。

"巴赫金的狂欢理论其前提是两种世界的划分。第一世界（第一生活）是官方的、严肃的、等级森严的秩序世界，第二世界（第二生活）则是狂欢广场式生活，即平民大众的世界，这里打破了阶级、财产、门第、职位、等级、年龄、身份、性别的区分与界限，不拘形式的狂欢语言是制造狂欢气氛和狂欢感受的关键，人们平等而亲昵地交往、对话与游戏，尽情狂欢，对一切神圣物和日常生活的正常逻辑予以颠倒、亵渎、嘲弄、戏耍、贬低、歪曲与戏仿。第二世界生活表现出强烈的反体制、反权力、反规范的自由的朝气蓬勃，因而只有放弃权力、身份、地位，才能够为第二世界所容纳。"①几千年来，官方文化（正统文化）一直在压抑、消解着大众的诙谐文化，而诙谐文化也始终在抗争、解构着严肃文化的一统天下。"狂欢"实际上是平民为了建立自由的世界而演绎出的文化策略。②

中国社会对于鲁迅符号的建构第一世界是长期处于主导地位的，附着于鲁迅符号其上的正是官方的、严肃的、等级森严的权力话语。这样的鲁迅符号使人们对其充满了屈从、崇敬与恐惧，与鲁迅精神实际上是对立的。随着改革开放、市场经济发展的逐渐深入，大众文化迅速崛起。王朔2000年于《收获》上发表《我看鲁迅》标志着一个狂欢时代的来临，即：第二世界的平民话语已经在一定程度上具有了在官方世界的彼岸建立起完全"颠倒的世界"的能力。王朔的《我看鲁迅》刊发之后，网上对于鲁迅的争论文章数量开始超过报刊，并且开始了争夺互联网的鲁迅话语权。③王朔在一定程度上激发出了第二世界对于鲁迅符号的网络狂欢。这种导向性效应也表明这种狂欢本身所具有的大众文化取向与特性。

网络狂欢所具有的这种狂欢广场式生活（第二生活）特性突出表现在对于鲁迅符号解构与重构的取向上。相对于长期以来第一生活中与政治意识形态相伴生的鲁迅符号的神圣化，网络狂欢将1980年代邢孔荣《论鲁迅的创作生涯》与新世纪之交王朔《我看鲁迅》中的去神圣化的心理推向极致。这种网络狂欢的去神圣化表现出明显的颠覆意识。2006年，一个网名为"脂砚斋"的网友在网站上发表《鲁迅并非大师级作家的四点理由》等多篇文章。他认为，鲁迅并非大师级的作家，既不能与中国古代的一流文学家相并论，也不能与同时代的世界文学大师相比肩，认为鲁迅的创作与思想并不是国人所需要的，他本身就是需要启蒙的对象。这种颠覆性的小文章博得了上百万网友的互动（民间影响力超过了当时任何一本鲁迅研究著作）。2007年，网络红人顾小军多次发文，宣称鲁迅不能代表中国精神，称鲁迅不过是一个旧式文人、精神贵族，甚

①　［苏联］巴赫金：《巴赫金全集》，河北教育出版社1998年版，第174页。

②　［苏联］巴赫金：《巴赫金全集》，河北教育出版社1998年版，第174页。

③　葛涛编选：《网络鲁迅》，人民文学出版社2001年版，第180页。

至认为他的思想就是反社会。2008年，网友"东南二组"发帖宣称鲁迅不如辜鸿铭、陈寅恪、胡适、梁实秋、周作人等人，鲁迅只不过是"听将令"而已。2010年，一个网名叫"中国杨神经"的网友发帖《我为什么主张扼住鲁迅的喉咙不让他呐喊》，认为鲁迅就是一个愤青，他的国民性批判丑化了国人。一时之间，解构鲁迅定格在人们心中伟大形象的发帖纷纷而来，诸多网民认为鲁迅不是伟大的文学家，因为鲁迅终其一生就没有创作出一部长篇小说，等等。类似这样的前所未有的"网络群殴"不胜枚举，形形色色，但是颠覆的意图则是相一致的，那就是颠覆长期以来鲁迅作为伟大文学家、思想家、精神启蒙导师的形象。此时回望1980年代新华社批判的李不识、邢孔荣等的关于鲁迅的文章，已是小巫见大巫了。

　　网络狂欢对于鲁迅符号解构的同时也重构着新的"鲁迅"，这种重构显示出大众文化指向日常琐事、人生百态的世俗性，即：将鲁迅重构为一个普通的饮食男女。网络狂欢作为第二生活的狂欢广场热衷的当然是世俗人生。于此，网络狂欢集中在以下几个世俗兴奋点。一是指向鲁迅的婚姻与爱情。这种狂欢意在解构鲁迅的道德楷模形象，对鲁迅进行道德的审判。比如，网友汹汹一时地发帖指向鲁迅薄情的狂欢。这些网友认为朱安可怜，鲁迅薄情，原因是结婚之初，没有坚决反对这门自己不愿意的婚姻，致使朱安身陷绝境；而结婚之后，又不愿与她生儿育女，致使她孤独寂寞终老一生；死前又没有妥善安排她的生活，致使她孤苦无依。更有网友假托朱安的身份以孤苦无怨的爱情悲剧形象倾诉内心的悲情与伤感。还有网友认为鲁迅虽与许广平两情相悦，却始终不给她一个正当的妻妾名分。二是指向鲁迅与其论敌之间的纠纷。他们重构出一个不谙人事、为人尖刻乃至极左的鲁迅形象，宣称鲁迅"一个都不宽恕"，对人没有宽容心，甚至认为鲁迅是一个极权主义者。2007年11月21日名为"两棵枣树"的网友在天涯论坛上发帖《自由主义的胡适和极权主义的鲁迅》，将鲁迅与胡适进行比较，认为鲁迅之所以亲近苏俄就是因为他具有极权主义思想，认同苏俄的专政，而具有极权思想的人是缺少宽容的，故而鲁迅临死也"一个都不宽恕"，相反，具有自由主义的胡适则更具宽容心。三是指向鲁迅的政治与民族立场。比如，有网友认为鲁迅是亲日派文人，甚至认为鲁迅是汉奸，原因是鲁迅的创作中没有抗日的言论，淞沪会战时他躲在内山书店整理《三闲集》《二心集》。四是指向鲁迅与周作人兄弟决裂的隐秘。比如，有网友炒作二人的决裂是因为鲁迅偷看周作人的妻子羽太信子洗澡，将鲁迅作为一个噱头。这些围绕鲁迅符号的网络狂欢形形色色、不一而足，但是指向却是明显的。这种世俗主义的狂欢意在重构出"七情六欲"的、"猥琐"甚至"病态"的鲁迅形象。

上述指向鲁迅符号的去神圣化、世俗化网络狂欢，特别是对于鲁迅作为伟大文学家、思想家、精神启蒙导师形象的颠覆，甚至是对鲁迅主观臆想的人身攻击与歪曲，如果从学理上来反驳是极为简单的。这些发帖的网友大多不是专门研究鲁迅的专家，甚至鲁迅的作品也没有读过多少，对鲁迅生平经历也没有做过深入了解，很多网友不过是道听途说一些关于鲁迅的话题，根据自己的主观臆想与个体喜好铺陈一片，从对鲁迅的调侃、谩骂中发泄欲望，寻找乐子。

网络狂欢的特点是众声喧哗，既然有人贬斥，当然也就有针锋相对的驳斥。事实正是这样，这种网络狂欢在指向鲁迅符号解构的同时也遭到了相应的回击。只是这种反驳又成为另一个层面的狂欢。解构与重构鲁迅符号的网络狂欢已成为一个虚拟但又实在的狂欢广场。当然，狂欢本身具有对于一切以神圣化面目出现的专制话语的解构以及对于个体自由意志朝气蓬勃的张扬。一个个体自由、多元共存的狂欢广场的出现，可以将专制话语的权威性、神圣性在日常意识形态的汪洋里稀释，从而获得一种在精神文化压制下突围的力量。

2004年之所以被称为"网络鲁迅"的标志性的一年，一个重要的原因就是"网易·鲁迅论坛"的网友发扬鲁迅精神，经过"韧"的斗争促成有关部门处理了一个问题官员，即所谓的"贫困县里的富方丈事件"，引起了媒体的关注，最终在有关部门的过问之下将这个贪腐的"方丈"革职。此时的鲁迅符号已被重构为一把倒悬在社会黑暗势力头顶上的达摩克利斯之剑。与此同时，网络上还出现了以戏仿鲁迅的形式来讽喻现实，这是这把达摩克利斯之剑的另一种运用方式。比如，2006年，有网友在"天涯社区"上发帖"鲁迅门下走狗之未庄新时代系列杂文"。"这个题为'未庄新时代'的系列的杂文包括《阿Q后传》、《爱庄水》、《当阿Q成为时尚》、《未庄形象工程》、《未庄大案》、《未庄选美大赛》、《一朝成名》、《建设未庄的曼哈顿》、《未庄的和谐》等9篇"，它们将未庄的人物和当下社会的一些饱受民众关注与诟病的现实问题结合起来，用幽默的文字借"鲁迅"来讽刺当今现实。①

围绕鲁迅符号的网络狂欢虽然是多声部的，不管是对鲁迅的去神圣化，甚至是丑化、妖化，抑或是世俗性、消费性、娱乐化，还是对此种种的驳斥，更或是激扬鲁迅精神本身所具有的刺向黑暗、讽喻现实的力量，但是大众文化立场与取向是显而易见的。这种指向鲁迅符号的网络狂欢，一方面显示出第一生活向第二生活一定程度的妥协，另一方面显示出第一生活对于作为精神启蒙导师的鲁迅渐行渐远，或者说，鲁迅已经淡出了国家意识形态的权力话语。正是在这一层面，显示出新时期以来鲁迅符号"另类"解构与重构的历程：从新时期国家意识形态权力话语对于"何必言必称鲁迅"的民间情绪的强力叫停与喝止，到1990年代大众话语以"日常生活"的视野重构鲁迅，再到新世纪对于鲁迅符号的网络狂欢，鲁迅的官学地位日趋式微，直至国家意识形态对鲁迅符号的弃守。这种情状也体现在中学语文教材对鲁迅作品的选编的论争当中，2009年8月，人民教育出版社对高中语文课本重新进行了修订，将《药》《为了忘却的记念》和《阿Q正传》删掉，仅保留了《记念刘和珍君》《祝福》和《拿来主义》这三篇鲁迅作品，一时之间众多网友纷纷在网络上发表自己的看法与意见。②一类网友坚决反对中学语文教材删减鲁迅的作品，原因是鲁迅的作品进入中学教材并不是因为他被冠之为伟大文学家、思想家、革命家的名号，而是因为他的作品本身。他们认为鲁迅作品的语言艺术精湛，对历史与现实有着深刻的洞察，同时充溢着现代的批判精神。虽然由于时间与历史境遇的原因，可能中学生对他的作品或许有些隔膜，但是依然是他们的高空之书，有助于培养中学生的强大的心。另一类网友则赞同中学语文教材删减鲁迅的作品，原因是人的接受力有一个年龄问题，如果不考虑中学生这个年龄阶段的理解能力与接受能力，而一味地强制性灌输，这种做法无异于拔苗助长。还有一类则对此

① 葛涛：《"网络鲁迅"的第二个高潮——2006年的"网络鲁迅"回顾与评析》，《北京科技大学学报（社会科学版）》2007年第4期。

② 葛涛：《网络鲁迅的新进展——2009年的网络鲁迅》，《上海鲁迅研究》2010年第3期。

事持客观态度。这类网友认为中学语文教材多几篇鲁迅作品，或是少几篇鲁迅作品，这不是关键。关键的问题是我们能否理解鲁迅及其作品所蕴含的深厚的中国文化与深远的精神价值。更为重要的是，教材的编订不能简单地迎合中学生的消费口味，要从语文教材对于民族母语与民族文化的传承出发。众多网友的不同声音从一个侧面表明鲁迅作为民族文化符号的客观存在，不管是反对中学语文教材删减鲁迅作品或是赞同，抑或是客观分析，有一点则是共同的，那就是我们需要采用一种适当的方式真正接受鲁迅本身的精神价值。正是在这一层面，我们发现网络狂欢固然使鲁迅褪去了官学的神圣与权威，甚至在日常意识形态话语中有着过度后现代主义式的消费与娱乐，但是鲁迅作为一种精神符号依然存在于大众文化之中，尽管很多民众可能没有意识到这一点。

这里，需要思考的问题是，鲁迅符号为什么会从国家意识形态话语中淡出？ 鲁迅在《野草·题辞》中说：“我希望这野草的死亡与朽腐，火速到来。”[1]问题是，鲁迅这株野草是否真的到了可以死亡与朽腐的时代，诸多学人关于“依然是鲁迅的时代”的阐述说明这一时代还没有到来。那么，答案或许包含两个层面。一是以网络狂欢为突出表征的大众日常意识形态解构了王官之学的鲁迅符号，影响了国家意识形态话语的重构，比如鲁迅符号在教材中的淡出。而这也表明第一生活对于第二生活一定程度的迎合。事实上，第一生活也的确不同程度地在吸纳与采用第二生活的狂欢话语，比如，点赞之类。二是鲁迅本身所具有的价值取向与国家意识形态话语不能和谐。原因或许是社会对于和谐与新常态稳定结构的诉求同有着巨大颠覆性的鲁迅思想不相兼容，因为时代话语对于既定社会结构稳定的诉求远远大于变革，更何况是颠覆。鲁迅符号的淡出显示出国家意识形态希望“野草的死亡与朽腐”的时代“火速到来”。问题是，“野草的死亡与朽腐”并不能由人的主观意志决定，而是要看它生长的时代环境。在此之前，鲁迅注定是网络狂欢的对象。

① 鲁迅：《野草·题辞》，《鲁迅全集》第2卷，人民文学出版社2005年版，第164页。

鲁迅与20世纪中国研究丛书

第三节　读图时代与鲁迅形象资源的建设

早在1930年代，海德格尔就已经做出了"世界图像时代"来临的预言。[①]今天恐怕没有人会怀疑我们已经置身于这样一个目不暇接的读图时代。就鲁迅形象资源的建设来说，长期以来我们主要是以文字的方式进行的，或者说，鲁迅主要存在于文字中，以文字的方式传播，但在读图时代这一大的时代背景与潮流之中，图像的把握方式无可避免地进入这一领域。那么，我们又该如何认识、处理读图时代与鲁迅形象资源建设之间的关系呢？这是鲁迅学不可回避的一个重要的现实问题。

虽然图配文的方式古已有之，而且鲁迅本人在编辑自己的作品时也曾采用封面与插图的形式，而且他还是中国现代版画、木刻画的先驱之一，但是这种图配文的方式与目下的图像化是有很大区别的。因为前者只是一种结果，而后者则不仅是一种结果，更是一种方式，旨在凸显的是一种以图像为主体的运作方式。

整体来看，目前鲁迅形象资源的图像化主要表现在两个方面：一是对于鲁迅作品的图像化把握，二是对于"鲁迅"的图像化把握。前者除了常规的鲁迅作品影视改编，还有最新的微电影呈现的方式。2012年12月12日，导演李涛以"风雨如磐"为总题，开始系列微电影拍摄，这是鲁迅作品首次以微电影的方式呈现。"《风雨如磐》第一季由十个短篇组成，分别为《孔乙己》《一件小事》《我是奴才我做主》《狗的驳诘》《风筝》《人血馒头》《风波》《故乡》《颓败线的颤抖》以及《藤野先生》。其中短的时长很短，如《一件小事》《狗的驳诘》；长的如《人血馒头》《故乡》《藤野先生》等，时长50分钟左右。全片总时长为300多分钟，相当于三部电影长片。"[②]借重的是现代拍摄技术、图像处理技术，鲁迅作品的微电影改编除了以历史还原的方式呈现

①　[德]海德格尔：《世界图像时代》，孙周兴编：《海德格尔选集》，上海三联书店1996年版。

②　《鲁迅作品〈风雨如磐〉首次改编为微电影》，见http://wekan.wehefei.com/201301/167936393.html。

鲁迅形象之外，以主观之理解与喜好，特别是以世俗眼光呈现鲁迅形象的方式诸色纷呈，甚至不乏娱乐化、狂欢化的颠覆与恶搞。读图时代确然为鲁迅资源建设带来了新的气象。

问题是，鲁迅形象资源的建设是否可以由文字转化为以图像这种感性的方式为主体运作途径呢？与此同时，鲁迅形象资源是否又反过来对读图时代媒体发展有所贡献呢？这就需要对图像化把握方式与这种方式能够在多大程度上把握鲁迅形象资源展开具体研究，唯有这样我们才能正确认识读图时代的鲁迅形象资源建设，以及这种资源对于读图时代的反哺。

对于上述问题的探索，鲁迅的代表作《阿Q正传》是一个很好的切入口。因为对于这部作品的图像化把握问题早在1930年10月13日鲁迅在致王乔南的信中就已经涉及，而且还表达得非常具体明确。鲁迅说："我的意见，以为《阿Q正传》，实无改编剧本及电影的要素。因为一上演台，将只剩了滑稽，而我之作此篇，实不以滑稽或哀怜为目的，其中情景，恐中国此刻的'明星'是无法表现的。"[1]鲁迅于此道出的正是这部作品由文字转化为图像的困难，原因是这部作品缺少图像化把握的要素，如果硬性以图像来呈现，画面带给人的便只有滑稽，而这又不是这部作品的目的。也就是说，图像化的结果是这部作品只剩下了一个滑稽的外壳，而失去了作品内在的意蕴；又或者说，这种作品内在的意蕴是无法以图像化的方式为主体来呈现的。

王朔2000年在《收获》第2期发表的《我看鲁迅》也无意识中涉及这一问题。王朔认为自己起初接触到文字版的《阿Q正传》时，阅读效果是非常好的，对其的评价也极高，认为它是"揭露中国人国民性的扛鼎之作"。但是，当他观看了著名演员严顺开主演的同名电影《阿Q正传》之后，这种最初阅读文字版《阿Q正传》的美好体验消失了。他说："严顺开按说是好演员，演别的都好，偏这阿Q怎么这么讨厌，主要是假，没走人物，走的是观念，总觉得是在宣传什么否定什么昭示什么。在严顺开身上我没看到阿Q这个人，而

① 鲁迅：《书信·301013致王乔南》，《鲁迅全集》第12卷，人民文学出版社2005年版，第245页。

鲁迅与20世纪中国研究丛书

是看到了高高踞于云端的编导们。"①他在观看图像化呈现的《阿Q正传》后觉得画面上的阿Q很让人讨厌，原因是"假"。也就是说，图像化以后的《阿Q正传》失真了，而这个"真"是存在于文字版的《阿Q正传》里的。可惜的是，王朔并没有意识到这种"假"并不是文字版造成的，而是图像版带来的，结果把这种让人讨厌的感觉归咎于鲁迅，并继而认为这部小说鲁迅是当作杂文来写的，结果全是"现成的概念"，这种看法显然是不够合理的。

鲁迅认为《阿Q正传》不宜图像化把握与王朔对于这部作品前后截然不同的印象，揭示出文字与图像在把握世界上有着不同的质的规定性。作为人类认识与表达世界的最主要的两种方式，文字与图像是各有侧重的。具体地说，"视觉对图像的把握是直观的把握，通过感官把握到的形式与在心灵中形成的形式是同一的；而视觉对文字的把握则是间接的，通过感官把握到的形式与在心灵中形成的形式是不同一的。换句话说，视觉把握到的字形并不是心灵所接受到的最后形式，视觉把握的是字形，心灵把握的则是概念，这概念通过一系列的转换，最终形成心灵所需要的形象。另一方面，视觉把握图像无须伴随其他的感官活动，而人们在用视觉把握文字时则总要联系到它的声音，暗含着听觉的活动。因此，文字与图像虽然都是经由视觉把握，但两者是不同的媒介，语言艺术很难归入视觉艺术的范围"②。就艺术作品而言，文字更能清晰地表达复杂深邃的思想，而图像则更适合表现世界的感性存在。《阿Q正传》图像化以后，王朔之所以感到"假"，不复有文字中的阿Q带给他的那种丰满鲜活的感觉，一个重要的原因就是图像化以后的阿Q这个形象流失了文字中的那个阿Q丰富的情感、精神乃至灵魂。鲁迅作品中那个阿Q"真"的形象需要依靠阅读文字时的知解力与想象力的运作获得的。也就是说，文字固然是抽象的，但是这个抽象的符号里也蕴藏着感性的形象，只是这种感性的形象不能直接通过视觉获得，需要知解力与想象力来辅助。如果将这种文字转化为图像，我们获得形象的方式也就发生了质的变化，即由知解力、想象力转变为了视觉。显

①　王朔：《我看鲁迅》，《收获》2000年第2期。

②　赵炎秋：《异质与互渗：艺术视野下的文字与图像关系研究》，《文艺研究》2012年第1期。

然，这种转化不可能是一对一的对接，特别是那种只能依靠知解力与想象力感知的复杂的情感、深邃的思想乃至微妙的心理体验是很难直接转化为图像的。原因是图像与思想之间是分离的而不是同一的，是间接的而不是直接的。思想与语言之间的关系就如同是纸的正反两面，思想的形成过程与语言建构过程是同一的，而不是人先有了思想而后才去寻找语言来表达，二者实则是同一的，同步进行的。从这个角度，我们可以说语言即思想。即便是我们想用某种图像来表达某种思想，但是看到这种形象以后，要将其转化为某种思想与意义，也只能通过语言来实现。这并不是说图像中没有思想，而是说要将此思想从图像中提取出来，这一任务常常依靠语言来完成。鲁迅之所以说《阿Q正传》"实无改编剧本及电影的要素"最根本的原因应该是通过阿Q这个形象传达的思想锋芒很难由视觉的感性直观来呈现，如果非要图像化，在鲁迅看来此时的阿Q便只剩下了滑稽的外壳，而内在的目的却流失了。即便是像严顺开这样的优秀演员也很难将阿Q这个形象所要传达的目的以图像的方式完全表现出来，这便是王朔觉得"假"的原因。

然而这并不意味着鲁迅形象资源建设就应该舍弃图像的方式，因为文字与图像除了异质性的一面，还有同构性的一面。事实上，文字与图像之间是互相支撑、互相渗透的。就以《阿Q正传》的创作来说，最初的起源当然是鲁迅在现实生活中看到了诸如阿Q这样类似的生命形态。就如Q这个名字就直观地让人看到清代中国人剃光前额脑后拖着一条辫子的形象。他在《呐喊·自序》中就曾详细叙述过这种画面带给他的刺激："其时正当日俄战争的时候，关于战事的画片自然也就比较的多了，我在这一个讲堂中，便须常常随喜我那同学们的拍手和喝彩。有一回，我竟在画片上忽然会见我久违的许多中国人了，一个绑在中间，许多站在左右，一样是强壮的体格，而显出麻木的神情。据解说，则绑着的是替俄国做了军事上的侦探，正要被日军砍下头颅来示众，而围着的便是来赏鉴这示众的盛举的人们。这一学年没有完毕，我已经到了东京了，因为从那一回以后，我便觉得医学并非一件紧要事，凡是愚弱的国民，即使体格如何健全，如何茁壮，也只能做毫无意义的示众的材料和看客，病死多少是不必以为不幸的。所以我们的第一要著，是在改变他们的精神，而善于改变精神的是，我那时以为当然要推文艺，于是想提倡文艺运动了。"①这段叙述也同时告诉了我们诸如阿Q之类人物形象是如何生成的。显然，文字版的《阿Q正传》是源自现实的图像，只是鲁迅在现实的图像之中不仅看到了类似人物的形体，更以其敏锐的洞察力观察到了类似人物的精神世界。正因为这种同构性，以图像的方式把握鲁迅形象资源才具有了学理上的可能性，问题是这种学理上的可能性该如何运用于实践，这在读图时代是尤需探究的问题。

我们先来看两个以图像的方式把握鲁迅形象资源的实例。第一例，2004年有网友制作Flash《有的人》。Flash是集动画制作与应用程序开发于一体的电脑软件，为创建数字动画、交互式Web站点、桌面应用程序以及手机应用程序开发提供了功能全面的创作和编辑环境，设计人员和开发人员可使用它来创建演示文稿、应用程序和其他允许用户交互的内容，广泛用于创建吸引人的应用程序，包含丰富的视频、声音、图形和动画。②这个Flash《有的人》在红色的背景上闪现出一个个充满沧桑、深邃、坚毅的鲁迅形象，通过一张张鲁迅不同时期的照片与漫画展开图像叙事：绍兴鲁镇的幼时岁月，远渡东洋赴日求学，幻灯片事件的刺激，对中国社会民众生存的关注，《记念刘和珍君》的手写稿，阿Q的漫画像……直至1936年积劳成疾逝世。一张张鲜活的照片与漫画配以动人的音乐，呈现出鲁迅满怀悲悯而坚毅的民族魂的形象，并富有极强的感染力。第二例，2009年有网友制作了漫画版《记念刘和珍君》，用漫画配以文字对话为呈现形式，以戏仿的形式呈现鲁迅与刘和珍的爱情悲剧，画面不乏色情与暴力。虽然直观、生动的漫画呈现出鲁迅作为勇士的形象，但着意渗透的是为爱情抗争的元素。这种图像化的方式画面的感性刺激很强，颠覆原著与史实的程度也与之成正比。这两个实例很具代表性地展示了当下以图像的方式把握鲁迅形象资源的两类情形。相对于文字，上述两例类似的图像方式显然更具有视觉的感性冲击力，传播的速度也更为迅疾。

随着技术体系现代化的高速发展，特别是电子、信息、网络技术的迅速发

① 鲁迅：《呐喊·自序》，《鲁迅全集》第1卷，人民文学出版社2005年版，第438页。

② 王春、黄海：《基于flash的交互式动画实验项目设计与应用》，《科技资讯》2013年第19期。

展与普及，读图时代发展成为一种世界性的潮流，我们不可能置身于视觉文化之外，鲁迅形象资源的建设也不例外。然而人类总是不可能放过每一个欲望满足的机会，这是人性的本有决定的。因此，"人们总是寻找最方便、最舒适、最能得到愉悦与享受的艺术消费方式。相对于文字来说，消费图像更方便、更舒适，得到的感官愉悦与直接的快感也更大。因此，在同样的条件下，人们自然更喜欢消费图像"[①]。观看电影、照片、电脑动漫等图像叙事当然比阅读文字更无心理障碍，更轻松，更有快感。正因为读图时代深层有着人性的需求，鲁迅形象资源的建设也就不可能拒斥大众的"欲望"与"需求"。类似以上两个实例把握鲁迅形象资源的方式便是这种需求的现在进行时。既然不能置身于读图时代之外，那么以图像的方式把握鲁迅形象资源的建设应该怎样看待呢？

Flash版的《有的人》虽然采用的是更为现代化的图像技术，但是从内在理念看与传统的绣像本或是插图本却有着相通的一面，即忠于史实，在充分发挥文字的知解力与想象力的基础上获得关于鲁迅形象资源的感性体验，进而以图像的方式呈现。因为有真切而深入的文字体验为基础，图像化呈现的鲁迅形象资源也相应融入、渗透了丰富的意蕴，此时的图像与文字互相支撑，相得益彰。显然，无论是文字还是图像的方式，都应指向对于鲁迅形象资源本体的尽可能接近，使鲁迅精神辐射出它本身具有的精神效应。比如，2008年CCTV10《探索·发现》栏目推出的电视纪录片《鲁迅先生》就以这样的态度从多个时期、多个角度、多个层面以图像的方式把握鲁迅形象资源，让我们更为真切地感受到他作为民族魂的鲜活存在。

漫画版《记念刘和珍君》则是读图时代对鲁迅形象资源建设的消费、娱乐。色情与暴力乃至获取快感的其他种种狂欢，相对于丰富深邃的思想，以图像的方式呈现无疑会更具诱惑力与视觉冲击力，更能达到直接的狂欢欲求。世俗性的娱乐狂欢、消费性的商业逐利欲望，总是以最具感性诱惑力的方式挑逗着人们的感官，这也是色情与暴力之类图像化的把握世界方式何以充斥网络的

---

① 赵炎秋：《异质与互渗：艺术视野下的文字与图像关系研究》，《文艺研究》2012年第1期。

重要原因。将《记念刘和珍君》以漫画的方式呈现当然是为了激发出观者的注意力，以主观臆想的方式生发出原著本没有的鲁迅与刘和珍的悲剧性爱情，并配以段祺瑞军阀政府对女师大学生的暴力血腥镇压，图像把握的指向是色情与暴力，此时的鲁迅不过是一个消费性、狂欢性的符号。事实上，大量的宫廷剧、古装剧、抗日神剧等形形色色的影视剧在图像化把握历史事件时的方式就如同此类。这种图像化把握世界的方式显然无意于鲁迅形象资源内涵的丰富、深邃与尖锐，而是在颠覆与恶搞中生产刺激力。

这样的读图时代，我们已确实在大众文化、世俗文化、消费文化领域中感受到了图像超越文字的咄咄霸权。商业领域自不待言，甚至文学也需要借助影视的成功而获得市场与读者。然而，日常话语领域如此汹涌的图像化潮流是否会最终改变长期以来鲁迅形象资源建设以文字为主的格局呢？

这一问题还需从两个层面来思考。第一个层面是外因的。我们需要思考的是读图时代文字到底处于怎样的位置，文字是否会被图像所取代。前文所述文字与图像的异质性与同构性，实际已表明这个问题的答案是否定的。图像不管如何生动、直观，不管如何具有诱惑力与吸引力，它也需要文字以使自己的意义得以阐明，影视作品离开文字，其艺术表现力就无法实现。严顺开主演的《阿Q正传》如果离开文字的参与，我们就会只看到一个拖着小辫，形体猥琐、滑稽的人在做着各种搞笑的动作，而不知道鲁迅此作到底意欲何为。人类思想与文字的同一性决定了图像不可能完全取代文字。那么，读图时代图像的霸权又该如何看待呢？仔细观察，不难发现这种霸权主要彰显于消费领域。电影、电视、录像、电脑、网络的迅速发展与普及在精神文化消费上传播着这种霸权，它主要满足的是"消费社会的快乐主义意识形态"①。显然这种快乐主义的理念并不适合于所有对象，鲁迅对于《阿Q正传》"实无改编剧本及电影的要素"的看法实际就已经表明了这一点。于是，外因又最终回到内因上，这便是上述问题思考的第二个层面，即鲁迅形象资源本身到底可以在多大程度上能够以图像的方式把握。在表现鲁迅的作品上，文字与图像之所以不可能离

---

① 周宪：《"读图时代"的图文"战争"》，《文学评论》2005年第6期。

开对方而孤立存在，就是因为二者各有着不同的侧重。所谓侧重的不同实质是各自适合的对象不同，正如前文所说，就艺术作品而言，文字更能清晰地表达复杂深邃的思想，而图像则更能表现世界的感性存在。作为精神界之战士，鲁迅形象资源指向的正是人类的复杂深邃的思想，因此，以图像的方式为主体来把握是非常困难的，原因是方式必须适合于所要把握的对象。比如，《狂人日记》以图像的方式把握就非常困难，类似"那赵家的狗，何以看我两眼"的原因与感受乃至最终指向的意义是很难用图像呈现的，而且这样的情形还是全文的主要艺术方式。至于《野草》这样包含着鲁迅全部人生哲学的作品恐怕更难以图像来揭示。但这也并不是说鲁迅所有的创作都不适合以图像的方式把握，也许相对于《阿Q正传》《狂人日记》之类的作品，《药》《伤逝》等作品以图像的方式来把握也许会获得更为直接的艺术震撼力。这样看来，读图时代图像尽管显示着显赫的霸权，但是鲁迅形象资源的建设上又确然传来了文字与图像各自的声音，还是"恺撒的就应归还恺撒，天主的就应归还天主"。

小结： 就鲁迅本身而言，我想鲁迅并不希望他的存在就是为民众仅仅带来片刻的、当下的快感，也许我们通过沉静的阅读持久地体验其间的深刻意义，以反观自身与现实社会，进而诉求于自身与现实社会的真实改变更契合于他的初衷与归宿。就鲁迅形象资源所本有的精神辐射力而言，它又不可避免地击穿读图时代平面化的肤浅，特别是对于平庸化的强烈拒斥，同时，它所具有的对于个体自省的激发力以及对于现实粉饰的去蔽更会揭破一切瞒和骗。这恰恰可以在一定程度上抵挡图像化所趋向的物质化、消费化弊端。

因此，在读图时代与鲁迅形象资源建设的关系上，有两个方面是应该引起我们特别警醒的。一方面，以图像的方式把握鲁迅形象资源，我们不应停留于"读图"，更不应停留于"读图"的快感，而应该是图像之后的意义自省，更不应以图像的方式在狂欢中将他转化为打发无聊时光的消费品，而这正是读图时代鲁迅形象资源建设的最大危机。另一方面，应该在读图时代释放出鲁迅形象资源所本有的对于平面化、物质化、消费化、世俗化、娱乐化对于人们精神所具有的穿透力与批判力，使读图时代不仅仅满足于图像化的视觉刺激与感官快感，更使其获得一种强烈的精神内省与触发，由"读图"变为"读人"和"立人"。

鲁迅与20世纪中国研究丛书

第七章　鲁迅与20世纪中国电影发展

　　鲁迅最早与电影结缘是在日本留学期间，据《呐喊·自序》记载，鲁迅就读仙台医学专门学校时，学校经常"用电影来显示微生物的形状的"，课间还"映些风景或时事的画片给学生看"。据说鲁迅"弃医从文"的人生转折就与某次放映的"日俄战争片"有关。尽管学术界对"幻灯片事件"的真实性存有争议，但鲁迅在日本期间就已接触电影并受到了它的影响则是无疑的。鲁迅的电影情缘贯穿了他的一生。据不完全统计，1916年到1936年20年间，鲁迅看过电影150余部，平均每年约7.5部，这中间欧美的影片134部，占到总数的89%，数量之大，在中国现当代作家当中实属少见。许广平在《鲁迅先生的娱乐》中说看电影"乃是鲁迅唯一的娱乐"。"（鲁迅）看过的电影很多，有时候甚至接连的去看，任何影院，不管远近我们都到！""鲁迅先生一生最奢华的生活怕是坐汽车看电影。"[①]鲁迅不仅是货真价实的电影迷，也是中国电影、戏剧创作的间接参与者。其作品自从上世纪20年代以来就不断被改编成剧本搬上舞台，逐渐形成了一个较为完备的影视与戏剧作品系列。

　　鲁迅与20世纪中国电影的关系是一个值得深挖的研究课题。本研究选取的基础文献是人民文学出版社出版的《鲁迅全集》，同时，为了对鲁迅著译有历时性的认识，笔者同时参考了《鲁迅著译编年全集》。1981年出版的《鲁迅与电影资料汇编》是研究鲁迅与电影关系的重要参考资料。编者提取鲁迅日记、

---

　　① 许广平：《鲁迅先生的娱乐》，《欣慰的纪念》，人民文学出版社1959年版，第117页。

通信、杂文中的电影信息，按照年份进行编排，并附上所看影片的三种分类统计，内容翔实、准确度高，无论从文献价值，还是学术价值，都是研究鲁迅电影生活的必读资料。但由于它仅参照《申报》《字林西报》等少数民国报刊，统计中出现了少数纰漏，附录所做分类也较简单，缺少对材料的具体运用，没有凸显材料本身的学术价值。笔者在该汇编基础上重新核对《申报》《银星》《电声》等民国报刊，将鲁迅的观影信息勘误改正，并增加了鲁迅陪周海婴观影的统计。由于上世纪30年代沪上的电影市场异常冗杂，仅凭零星的记录还无法还原鲁迅的观影全貌，因此笔者还参阅了两套民国资料汇编：一是2013年上海图书馆所编的《民国时期电影杂志汇编》影印本，这是迄今为止汇集民国电影期刊资料最全的资料集，其中登载的影片时评，以及电影理论译介，对研究电影与文学的关系、了解这一新兴艺术在知识分子群体中的容纳与接受有重要的参考价值；二是1983年上海书店出版的《申报》影印本。作为研究中国近现代史的"百科全书"，《申报》以"将天下可传之事，通播于天下"为旨归，其每期所附的"电影专刊"不仅登载电影时评和一些电影理论译作，而且提供各大影院上映电影的信息，包括影片的故事情节、主演明星、编剧导演等。如此，我们就能够还原鲁迅所看影片的"真相"，进而了解他的电影审美倾向。

亲友的回忆也是研究鲁迅电影生活的重要二手材料，笔者主要参阅了二三十年代与鲁迅交往密切之人的回忆录。《鲁迅回忆录》是出版较早的回忆集锦，其中散存着友人对鲁迅电影生活的回忆。譬如，宋庆龄的《追忆鲁迅先生》一文提到了鲁迅对苏联电影《夏伯阳》的评论："我们中国现在有数以千计的夏伯阳正在斗争。"曹白的《写在永恒的纪念中》一文记录了他与鲁迅关于苏联电影《冰天雪地》的有趣对话。萧红《回忆鲁迅先生》长文详细介绍了鲁迅的观影经历和观影取向。还有一些亲友在单本回忆录中的记载，如许广平在《欣慰的纪念》的相关章节中详细地介绍了鲁迅看电影的细节。周海婴在《鲁迅与我七十年》中提到父亲用电影的方式对他进行启蒙教育，还有周建人的《回忆鲁迅》、冯雪峰的《回忆鲁迅》、川岛的《和鲁迅相处的日子》、日本友人竹内好的《鲁迅》等等，这些珍贵的回忆展现了鲁迅生活的点滴，能够看到电影在其生活中的印记。

鲁迅对电影的本体思考首先体现在译介方面，迄今大多数学者将眼光聚焦在鲁迅翻译的三部文艺作品：卢那卡尔斯基的《艺术论》《文艺与批评》和岩崎昶的《现代电影与有产阶级》，尤其是后者所附的《译者附记》。吕亚人开门见山地指出鲁迅从《现代电影与有产阶级》一文中看出了电影的实质，认识到"电影艺术的思想内容总是紧密地和支配阶级的利益联系在一起的"。正是从这种观点出发，鲁迅在强调电影艺术的宣传教育作用的时候，往往把注意力放在影片的内容及其思想意义上。勇赴也认识到电影与鲁迅思想的关系，但他把关系发生的时间向前推至"五卅"运动，指出鲁迅是在这之后越来越关注电影的。究其原因，一是中国人民在反帝斗争中觉醒，使他认识到人民群众的力量和作用；二是当时的中国电影虽然游离于革命运动中，走着一条曲折发展的路，但它在社会生活中的影响日趋扩大。随后，仍将笔墨落在译作《现代电影与有产阶级》上，指出岩崎昶的电影理论与鲁迅当时因马克思主义阶级斗争理论的彻底洗礼而焕然一新的文艺观合拍。岳凯华的《〈现代电影与有产阶级〉：鲁迅的翻译策略与中国左翼电影运动的发生》开篇直切要害，指出鲁迅为拓展视野，直接将目光投向世界无产阶级电影的理论与实践，译著中涉及的电影观念的介绍，特别是《文艺与批评》中的《苏维埃国家与艺术》反映出他对电影的选择有着明确的阶级立场。接下来谈到鲁迅所撰写的《译者附记》，认为此文通过电影现象剖析电影实质，透出鲁迅对西方电影文化性质的刻骨铭心的省察、觉悟和深思，真正认识到好莱坞等西方影片不再是流光溢彩的梦幻天堂，而是"毒药"和"鸦片"。同时鲁迅也认识到"电影对于看客的力量的伟大"，促使国人电影观念发生了变革，意识到电影不仅是独立的艺术，更是文化领域与意识形态的斗争工具，为中国左翼电影运动的发生做好理论准备，指引了中国左翼电影运动的发展方向，即"反对电影文化侵略，创造革命的民族电影"。然而译作毕竟不全是译者的思想，因此我们要了解鲁迅的电影观还应参考他的一些杂文，如《略论中国人的脸》《上海文艺之一瞥》《"连环图画"辩护》《电影的教训》《未来的光荣》《运命》《"小童挡驾"》《论"人言可畏"》《我要骗人》等等。这些杂文包含了鲁迅对电影的独立思考。笔者在后面的论述中将着重分析这点。

近几年来，学界对电影与鲁迅思想的思考趋向多元。笔者认为分析得比较成功的是刘东方的《从鲁迅所观看电影的统计管窥其电影观——兼及鲁迅电影观的当下启示》，该文通过对鲁迅对电影的选择与评价来透视鲁迅的电影观，有理有据，观点新颖。此外，郭晓辉的《鲁迅与电影文化》中认为鲁迅看重的是电影的娱乐功能和社会教化功能。谭苗、潘皓的《鲁迅神话思想对中国当代魔幻电影创作的启示》指出鲁迅神话思想与当代中国魔幻电影创作的内在关联，其神话思想中的民族文化内涵、民族精神价值、文化自觉与自信对当代魔幻电影的创作有启示作用。这些新的思考维度为笔者撰文提供了重要借鉴。

鲁迅对电影艺术的思考除了体现在他对电影理论的介绍与电影作品的评点外，还体现在他创作中对电影技巧（元素）的借用中。郑家建的《另一种解读：〈故事新编〉中的蒙太奇艺术》以具体段落详细分析鲁迅对蒙太奇艺术的借用，见地独特，极具创新意识，为后续探讨《故事新编》中的电影元素提供了宝贵思路。事实上早在新中国成立前，茅盾在《玄武门之变》序言中也曾提到《故事新编》"将古代和现代错综交融"的电影化处理手法。此外，严家炎的《鲁迅与表现主义——兼论〈故事新编〉的艺术特征》，徐钺的《新编与新诠——〈故事新编〉的结构性分析》，熊岩、王建明的《论〈故事新编〉的空间结构特征》，廖久明的《〈故事新编〉的后现代主义特征》，楚石的《"融古铸今"艺术新探：对鲁迅〈故事新编〉的一种理解》都分析了《故事新编》不同一般纸媒文学作品的艺术特质，为本著作分析鲁迅创作的电影艺术元素奠定了基础。

第一节　20世纪中国电影业对鲁迅影评、电影理论资源的利用

一、鲁迅的电影情缘

（一）鲁迅与电影结缘

鲁迅与电影早在日本留学时期便已结缘，但真正频繁看电影却是1927年秋

鲁迅从广州移居上海之后。直到1936年鲁迅在上海逝世，十年间，他一共看了140余部电影，约占一生观影总数的95%。可见鲁迅的电影情缘与"摩登"上海有着极大的关系。电影于1896年进入中国，[①]但是它在香港、上海及内地其他的地域的发展各有不同。[②]一本晚清纪实笔记这样描写国人对电影的最初印象：

　　　　台上张极薄布幔，内燃地火灯，映出各种技巧，西人名曰"影戏"[③]。沪上曾演数次，尝询诸友人之往观者，云初时海阔天空，波涛汹涌，有轮船一艘，飞驶而下。幕被狂风吹转，横撞山脚下，截成两橛。正在惶急之际，又有一船自银涛雪浪中驶至，放小艇救起多人。一瞬间，又变成夕阳衰草、秀竹幽花景象，……技至乎生，恐不让偃师独步矣。[④]

　　早期的沪上电影业虽具雏形，却比较幼稚，除少数由外国人建造的新式影院外，多为旧式戏楼或私家戏园，放映量和观影人数都比较有限。上世纪二三十年代，随着上海对外门户地位的逐渐确立，电业业有了较大发展。据统计，到1928年，中国135家影院中，上海就占了30余家。[⑤]此后更以惊人的速度增长，到30年代末，已达50余家。[⑥]

---

　　① 1895年，法国的卢米埃尔兄弟，成功研制了"活动电影机"，它主要有摄影、放映和洗印等三种主要功能。该年3月22日，他们在巴黎法国科技大会上首放影片《卢米埃尔工厂的大门》获得成功，同年12月28日，正式向社会公映了他们摄制的一批纪实短片，有《火车进站》《水浇园丁》等12部影片。史学家认为，卢米埃尔兄弟所拍摄和放映已经脱离了实验阶段，因此他们把1895年12月28日世界电影首次公映之日定为电影诞生之时。而电影在中国最早的放映是1896年8月11日，上海闸北唐家弄私家花园内"又一村"在表演的娱乐节目中间穿插放映了由外国人带入的影片。

　　② 详见非我：《最初输入中国的电影》，《申报》1933年4月14日，上海图书馆编：《申报》，上海书店1982年影印本，第303册，第407页。

　　③ "影戏"，即"电影"，民国期刊中多称"影戏"。

　　④ 黄式权：《淞南梦影录》，葛元熙：《沪游杂记》，上海古籍出版社1989年版，第103—104页。

　　⑤ 参见勃灵：《全球影戏院之统计》，《新银星》1929年第2卷第11期，第13页，上海图书馆编：《民国时期电影杂志汇编》，国家图书馆出版社2013年影印本，第19册，第223页。

　　⑥ 参见姜玢：《20世纪30年代上海电影院与社会文化》，《学术月刊》2002年第11期。

电影能在竞争激烈的沪上娱乐界迅速立足，得益于它的几个特性：（一）作为综合性的视听艺术，集各家之所长，能够同时满足观众不同的感官需求。[①]（二）现实性和超现实性并存。它可以再现生活，有着写实的便利；也能超越现实，满足观众对未知世界的好奇心。（三）经济便利。游历的益处，人所共知，而由于客观条件的限制，人们常常不能远行。[②]电影将各地的风景民俗、逸闻趣事一一映现，使人们能随时享受银幕旅行。（四）影院的收费标准符合各层次市民的消费水平。当时影院主要有三个档次：首轮影院如卡尔登、大上海、大光明等，票价一元左右，夜场或包厢略贵；二三轮影院有共和、沪江等，票价从一角到六角不等。[③]这一政策使各影院在短期内培养起稳定的观众群，无论是上流社会的贵族，还是追求时尚的普通市民，都把看电影视作一种赶时髦的摩登行为。

当电影院成为一种新的文化环境，城市生活便拥有了一种新的娱乐生活，这生活方式是"好"是"坏"，取决于观者的知识结构和人生体验。笔者将人们观影初衷分为三类：第一类单为娱乐，观者注重的是曲折生动的故事情节；第二类将电影当成嗜好，这类观众习惯在观影前对影片做一番考察，看后再做一个优劣的鉴别；第三类视电影为一种新兴的艺术。他们有极深的眼光，了解艺术的特质，专喜推究影片中包含的审美及社会意义。鲁迅属于第三类，他以一种科学的鉴赏眼光观影，审视影片表层内容下的思想内涵，以求得对社会人生的全景观照。

鲁迅对电影的爱好与绍兴浓厚的看戏传统也有很大的关系。地方戏在绍兴特别受欢迎，拥有大量的观众，是那些不识字或者识字不多的人都能够和乐

---

① 其他艺术，如绘画、音乐、雕刻、建筑之类，对于感官享乐，都只是限于一部分而已。

② 就鲁迅本人来说，他曾有机会到日本和苏联旅行。1933年，山本初枝邀他旅日，他婉拒山本初枝说："日本风景优美，常常怀念，但看来很难成行。"萧三也向他转达苏联请他参加全苏第一次作家代表大会的意向，他这样答复萧三："大会我早想看一看，不过以现在的情形而论，难以离家，一离家，即难以复返，更何况发表记载，那么，一切情形，只有我一个人知道，不能传给社会，不是失了意义么？"

③ 详见《影与戏》1927年第1期第69—70页和第2期第76页，上海图书馆编：《民国时期电影杂志汇编》，国家图书馆出版社2013年影印本，第116册，第207—208页。

于接受的样式。幼年鲁迅受母亲的影响，谙熟于各种民间戏剧，高调班、乱弹班、安桥头的迎神赛会、黄甫庄的社戏，还有神秘幽深的鬼戏。虽然是儿时的经验，但这一民间艺术却充当了他与电影间的隐性媒介。电影同戏剧一样，有着多重的声音、运动的画面，而且作为一种基于"演员—观众"双向互动的交流工具，它是作者、导演、演员集体创作并与观众共同体验的一种人生经验，是三者合力构造的一个"想象的世界"。鲁迅幼时的观戏经验使他熟知舞台的各种"机关"，数十年后，当他在日本第一次"触电"①，舞台上的演员"转场"到银幕，他也从"乡下看客"变身为"银幕前的观众"，虽然视觉感官和心理接受都有所不同，但他很快适应了这种角色转变。从幼时的看戏，到成年后的观影，鲁迅从幼稚走向成熟，他的思维模式和体察社会的方式也随着年龄的增长而发生变化：

> 记得年幼时，很喜欢看猢狲骑羊，石子变白鸽，最末是将一个孩子刺死，盖上被单，大概是谁都知道，孩子并没有死，……但还是出神地看着，明明意识着这是戏法，而全心沉浸在这戏法中。②

对于传统戏剧艺术的体验为鲁迅认识电影打开了一扇窗，而鲁迅自身对都市新型娱乐方式的好奇与对外界知识的渴望则让他真正理解并走进这一艺术。

鲁迅观影讲究的是影片质量和观影舒适度，而不太计较价格。据许广平回忆，鲁迅开初是坐在"正厅"的位置，后来为避开"识与不识，善意或恶意的难堪的研究"，便坐上"花楼"了。③此外，为方便逃躲，鲁迅去影院很少坐电车或黄包车，一般步行，比较远的就坐汽车。④鲁迅当时的收入虽不稳

---

① 指幻灯片事件。

② 鲁迅：《三闲集·怎么写（夜记之一）》，《鲁迅全集》第4卷，人民文学出版社2005年版，第23页。

③ 沪上影院分三等：头等为楼上"花楼"，二等在楼下"大厅"后排，三等在前排靠近银幕。

④ 详见许广平：《鲁迅先生的娱乐》，《鲁迅的写作和生活》，上海文化出版社2006年版，第171页。

定，①但是一有余钱，他便携着亲友去影院，享受"玩"的乐趣。娱乐本身是一种目的，由于内涵指向不同，才显出娱乐趣味的高低雅俗和不同的娱乐收获。

（二）鲁迅所看影片概况

鲁迅认为："从作家的日记或尺牍上，往往能得到比看他的作品更明晰的意见，也就是他自己的简洁的注释。"②他日记中的电影信息，与友人的通信、杂文中的电影观感、亲人的回忆录③、友人的回忆文④，以及当时的电影杂志⑤，构成其"电影宫"的"地基"。自1916年9月24日看第一部电影开始⑥，到1936年10月10日看最后一部电影⑦，二十年间共观看影片一百五十多部。可以说，观影作为鲁迅生活的"瘾"，在其生命的最后十年里扮演了重要的角色。

1.选片标准：拒绝国产与青睐外国

沪上知识阶层喜看外国电影，是个不争的事实。原因之一，正所谓"他山之石，可以攻玉"，国内影片较诸外国影片，其艺术水准之高下，显而易见。鲁迅此前看过国产片《诗人挖目记》，"几乎不能终场而去"，《姊妹花》

鲁迅与20世纪中国研究丛书

① 我们可以粗略做个统计：每周一部电影，每次四人左右，交通费五元，票价花楼是一元，那么一个月看电影的支出最少是三十六元。这笔开销全由鲁迅负担，当时他的收入主要是版税、稿费、讲学的酬劳，还有大学院的兼职的报酬。鲁迅到上海后，由许寿裳推荐，由蔡元培聘任为大学院（即后来教育部）特任著作员，迄"一·二八"抗战后国民党政府改组为止，共五年之久，蔡元培还答应他可以自由创作。可以说，他的收入虽时高时低，但每月仍有固定的进项，这也是他能够频繁观影的经济基础。

② 见鲁迅为《现代作家书简》（孔另境编，花城出版社1982年版）所做的序。

③ 主要指许广平《鲁迅的写作和生活》《欣慰的纪念》，周海婴《鲁迅与我七十年》。

④ 据查阅，当时与鲁迅过交甚密的主要有内山完造、周晔、冯雪峰、萧军、萧红、李霁野、许寿裳、周建人、史沫特莱、增田涉、曹聚仁等。

⑤ 主要查阅上海图书馆整理编辑的《民国时期电影杂志汇编》，几乎囊括民国所有的电影杂志。

⑥ 据鲁迅日记1916年9月24日记载，"至季上寓，同往西长安街观影戏，至晚归"。这是笔者查阅到的没有片名记载的最早记录，而有片名记载的是1924年4月12日的记载："往平安电影公司看《萨罗美》（即《莎乐美》）。"

⑦ 鲁迅日记1936年10月10日记载："午后同广平携海婴并邀玛理，往上海大戏院观《Dubrovsky》（即《复仇艳遇》），甚佳。"

之类轰动一时的片子，"也绝对不肯去看"。①他对"国产"已经相当厌恶，将所谓"国粹"比作"无名肿毒"。②我们还可以借他在厦大所做《少读中国书，做好事之徒》的演讲为例，说明其对"国产"诸类的厌弃。演讲中，他把少读中国书同"救中国"联系起来，指出多读中国书的流弊至少有三点：一、使人意志不振作；二、使人但求平稳，不肯冒险；三、使人思想模糊，是非不分。相反，他是主张多看西文报纸杂志和外国文学作品的。这种"崇洋媚外"的文学审美态度可推及他对电影类型的取向。原因之二，外国电影的上映，为鲁迅开启了本土外的世界。美国片浓厚的资本主义色彩和宗教精神，德国片残忍与悲壮的时代特征，俄国片是政治体制凝视下的产物，英国片严肃，日本片惊艳……这些原本只能道听途说或者印于书本的文字如今都逼真地呈现于眼前，满足了鲁迅的视觉需求和求知欲望。

细数鲁迅所看的外国影片，探险片三十八部，历史宗教片十三部，侦探强盗片十部，喜剧片十部，歌舞片七部，科幻片六部，动画片五部（系列片记为一部），据文学作品改编的二十六部，还有少数的儿童、战争及歌舞题材的影片。③内容广泛、主题多元，下面笔者将对这些类型片做简要说明。

鲁迅获知外界信息是以自由体验为基础的，因而比较看重影片的"纪实性"，而当时最具有纪录性质的是探险和战争类影片。一旦影院有这两类影片上映，鲁迅几乎不会错过，而且还会稍加点评。比如，在观《世界大战》后，他就指出这部影片"将一九一四年至一九一七年的战争中所摄的各国（大抵是德法）的照片，凭了纯粹的历史底客观而编辑的留在软片上的记录"④。

"宗教"是20世纪初世界影坛的主流题材，在上海上映的外国影片中，

① 许广平：《鲁迅先生的娱乐》，《鲁迅的写作和生活》，上海文化出版社2006年版，第173页。

② 鲁迅：《热风·随感录三十九》，《鲁迅全集》第1卷，人民文学出版社2005年版，第334页。

③ 详见附录"鲁迅观影信息汇总"。有些只写了去看电影，但无法查明是什么影片，这种情况只纳入影片总数统计，不纳入类型统计。

④ ［日］岩崎·昶作，鲁迅译：《二心集·现代电影与有产阶级（译者按）》，《鲁迅全集》第4卷，人民文学出版社2005年版，第410页。

十之二三都取材于旧约《圣经》。譬如，《莎乐美》讲的是女主角变态的宗教爱情观；《十诫》上半段讲摩西出走，成为以色列民族膜拜的偶像。有人指出这是帝国主义国家利用电影进行的文化侵略，然而并不是所有宗教故事都是如此。好的宗教片本身就是一部经典，所谓《圣经》，不只是一本只记录戒规律条的小册子，而是一部"百科全书"。周作人在《圣书与中国文学》里说："原始社会的人，唱歌，跳舞，雕刻，绘画，都为什么呢？他们因为情动于中，不能自已，所以用了种种形式将他表现出来，仿佛也是一种生理上的满足，最初的时候，表现感情并不就此完事；他是怀着一种期望，想因了言动将他传达于超自然的或物，能够得到满足。"① 《圣经》除了"忧患的哲理""热烈的信仰""不灭的真理"以外，②同时是一部伟大的文学作品，而作为文学读本，文化层次较低的普通人难以理解其中的深奥教义；有文化修养的知识阶层对基督教又欠缺兴致。电影的出现拓展了圣经故事的表现模式，导演将《圣经》中的经典篇章经过二度创造搬上银幕，使之更加有趣而易于理解。

其他类型，例如侦探片，初期情节单调乏味③，到30年代，制作才趋向精良，能够给观众带来一些刺激紧张的情绪。鲁迅爱看"陈查理系列"的侦探片，如《陈查理探案》《陈查理之秘密》，他认为"这一位主角模拟中国人颇有酷肖之处，而材料的穿插也不讨厌"④。"在银幕中占第一等位置"⑤的历史片因为拍摄的是历史故事，布景和装饰较之其他类型片更为考究，显出特殊的艺术意味。鲁迅也觉得"历史的片子，可以和各国史实相印证，还可以看到

---

① 周作人：《圣书与中国文学》，《周作人自编集：艺术与生活》，北京十月文艺出版社2011年版，第38页。

② 张若谷：《电影与圣经》，《银星》1927年第1卷第5期第23页，上海图书馆编：《民国时期电影杂志汇编》，国家图书馆出版社2013年影印本，第14册，第301页。

③ 周剑峰《谈侦探片》载："剧情总是侦探捉强盗，强盗斗侦探，最后强盗被杀，侦探和女郎结婚，甚是呆板无聊。"见《新银星》1929年第2卷第13期第27页，上海图书馆编：《民国时期电影杂志汇编》，国家图书馆出版社2013年影印本，第20册，第29页。

④ 许广平：《鲁迅先生的娱乐》，《鲁迅的写作和生活》，上海文化出版社2006年版，第172页。

⑤ 参见转陶：《历史影片如何》，《银星》1926年第1卷第3期第15页，上海图书馆编：《民国时期电影杂志汇编》，国家图书馆出版社2013年影印本，第14册，第159页。

那一时代活的社会相"①。革命题材的鲁迅也有所涉猎，比如正面反映革命的《复仇艳遇》《夏伯阳》《冰天雪地》，取材俄国十月革命的美国影片《党人魂》，涉及"劳资关系"的《大都会》。卡通片因为可以"窥见艺术家的心灵的表现，把人事和动物联系起来，也顾合理想"②，鲁迅就常常带海婴去看。还有《从军乐》《玩意世界》《城市之光》一类的喜剧片，《科学怪人》《未来世界》之类的科幻片。

总之，鲁迅选择影片并不局限于某一题材类型，只要对自己有益或者有趣，他都会去了解。借用他为一个青年作者写的题记："纵观古今，横览欧亚，撷华夏之古言，取英美之新说，探其本源，明其族类，解纷挈领，粲然可观……"③他不仅求"博"，而且求"通"，他认为，只有"借助于人类命运的整体思考以及全史在胸的知识结构，超越因专业分工过细而造成的眼光与思路的相对狭隘"，才能理解隐藏在"纸背"后为世人所习焉不察的"历史（人生）真相"。④这是他根植于心的信条，亦是他创作的旨归。

2.观影有感：失望、不置可否、振奋人心

鲁迅对电影的评论非常简洁、随性，常常是只言片语，惜字如金，其目的并非要做长篇大论给人看，仅仅是个人喜好的记录而已。与其文学评论相比，鲁迅的影评缺乏系统性，但这更容易从中管窥鲁迅对电影的喜好。大致说来，鲁迅的观影感受可以分为三类：失望的、不置可否的以及振奋人心的。

被鲁迅贴上"失望"标签的影片多陈义肤浅、表演生硬，比如国产片。查阅相关资料后，笔者发现当时的国产片的确比较幼稚，制片方难以谋得合意的选材，便从古文中选取，如《乾隆下江南》之类，再就是一些庸俗的爱情故事，与欧美片相比，差距还很大。在"点评"了几部国产片后，"意犹未尽"

①　许广平：《鲁迅先生的娱乐》，《鲁迅的写作和生活》，上海文化出版社2006年版，第172页。

②　许广平：《鲁迅先生的娱乐》，《鲁迅的写作和生活》，上海文化出版社2006年版，第172页。

③　鲁迅：《集外集拾遗补编·题记一篇》，《鲁迅全集》第8卷，人民文学出版社2005年版，第370页。

④　陈平原：《作为学科的文学史》，北京大学出版社2011年版，第283页。

的鲁迅还在《略论中国人的脸》中辛辣讽刺了在电影上所表现的中国人的脸，此文虽然不是主要谈电影，但也可以看出他对中国电影不能正确地反映中国人，是采取着怎样憎恶的态度。此外，对于一些输入上海的"低俗"的欧美影片，鲁迅也较反感。他在《现代电影与有产阶级》"译者附记"中提到，欧美资本主义国家放映这些影片，有比经济更加重要的目的，即"以扩大其令人糊涂的教化"。

不置可否的影片，是指那些情节俗套、立意陈旧、演技幼稚的电影，它们虽不能引起观众兴趣，也不会引起反感。鲁迅日记中只提及片名，或只有类似"去某某影院观影"的相关表述，大致属于这一类。譬如《仲夏夜之梦》，1935年12月11日的日记这样记载："晚同广平携海婴往国泰大戏院观《仲夏夜之梦》，至则已满座，遂回寓，饭后复往，始得观。"①这部根据莎士比亚经典剧目改编的电影刚开映于同泰时，口碑载道，场场客满。鲁迅自然也信了宣传，特意跑去观看，毕竟，对莎士比亚大名的熟悉让他对改编后的电影充满期待。既然如此执着，那应该有所评价，可我们却无法查到相关记录。许广平回忆道："看后结果却使他失望，虽然有些新奇，似乎别开生面，却并不能说好的意义在那里。"②当影片内容与观者期待存在差距，又道不出令人生厌的地方，只能将其归于"平常"了。

振奋人心的影片，它的剧本内容、表现手段，以及导演、编剧、演员都相当出色。除了前面提到过的摄制精良的纪录片，鲁迅晚年青睐的苏联影片也属这一类。苏联电影"以其伟大，看了使人振奋"，他差不多一有新片就要去看。③1932年11月中苏复交后，原先禁映苏联影片的条例取消了，第一部经过删剪的苏联影片《生路》在个别影院放映，鲁迅捷足先登，并对这部描写苏维埃政府教育改造流浪儿的影片产生了很大的兴趣。1935年双十节，鲁迅应邀在

鲁迅与20世纪中国研究丛书

苏联驻沪使馆观看被推颂为苏联电影史的划时代作品《夏伯阳》，片中进步的思想倾向和鲜明的民族性格使他受到很大鼓舞，因而联想到"中国现在有数以千计的夏伯阳在战斗"①。翌年四月，当《夏伯阳》在上海大戏院公映时，他特邀胡风、萧军、萧红等朋友观看，以饱眼福。还有《复仇艳遇》，他在病榻中也不忘向朋友们竭力推荐。

鲁迅观影，带着的是不容假借的客观眼光，目光所及，是能容纳世界的视野，是能审视社会人生的高度。若仔细考究他的影评，不难发现这位思想的巨人在银光世界中所绽放的智慧之光。

当然，随着社会环境的变化，斗争队伍的消长，鲁迅选择电影的取向也在发生变化。比如，他对苏联电影的关注就与其思想转向密切相关。②20年代末，在与创造社、太阳社关于"革命文学"的论争中，他加紧阅读西方社会科学著作，③加固自己的理论基础。后来在编订《三闲集》的序言中，还提到"我有一件事要感谢创造社的，是他们'挤'我看了几种科学底文艺论，明白了先前的文学史家们说了一大堆，还是纠缠不清的疑问"④。理论的积淀使他系统了解了苏联文艺，直至加入"左联"，目睹了进步人士接连失踪、被杀，他的思想倾向发生了质的变化。此时苏联电影的出现符合他的审美需求，他亟需通过影片了解真实的生活，以寻找希望与勇气。鲁迅始终对电影保持着不变的热情。对他而言，电影是闲暇时的调剂，是朋友交往的谈资，是认识世界的窗口，是舆论斗争的工具。十年间，他始终朝着"立人"的方向前行，电影的出现不是为这条路增加荆棘，而是使之变得更宽更平坦。

---

① 详见宋庆龄：《追忆鲁迅先生》，《鲁迅回忆录》（一集），上海文艺出版社1978年版，第3页。

② 有人认为，"五卅"以后，鲁迅开始重视马克思主义理论，到30年代，已逐步成为马克思主义者。以往相信的"进化论"已退居幕后。笔者对此不以为然，其实阶级论和进化论，在鲁迅的思想中并不构成单一的、线性的联系，进化论作为他的价值观和方法论的组成部分，仍然得以批判的保留，从而构成他富于现代意义和个人特色的开放的思想体系。就算参加了阶级色彩的"左联"，他仍然保持着自身的独立性。

③ 他写信给《苏俄文艺论战》的译者任国桢，希望能提供一批有关唯物史观的书目。1928年的头三个月，他购入马克思主义经典著作及社会科学图书共一百三十多种。

④ 鲁迅：《三闲集·序言》，《鲁迅全集》第4卷，人民文学出版社2005年版，第6页。

鲁迅与20世纪中国传媒发展

179

二、鲁迅对20世纪中国影视理论发展的贡献

鲁迅曾说自己"于电影一道是门外汉，不懂得其中的奥妙"。确实，与数量巨大的文学批评和文学理论翻译相比，鲁迅对电影的批评和理论表述不多且写得随意。除了《现代电影与有产阶级》（翻译自岩崎昶的理论著作）和《译者附记》是较为完整的电影理论、评论外，其他散见于《上海文艺一瞥》《电影的教训》《〈准风月谈〉后记》《运命》《论"人言可畏"》《致山本初枝的信》等书、文上"片言只语"大多属于即兴的点评或个人感想，鲜有系统的论证。这些文字所蕴含的信息量自然无法与正式的理论、批评文章相比，但是其数量却已上百。据《鲁迅与电影（资料汇编）》统计，鲁迅共有210篇文章涉及电影的内容，其中日记170篇，书信24封，杂文13篇，译文3篇，因此如果"忽视鲁迅的这些文字，那将是一个很大的损失。它是鲁迅留给我们的宝贵的文化财富的一部分，这不仅在于它同样显现着鲁迅的深刻，还在于其中包含着鲁迅独特的、对我们极具启示性的电影眼光"[①]。这些文章包含着鲁迅对于中国电影发展的特殊贡献，总体说来表现在两个方面：一是对于电影娱乐功能与社会属性的辩证认识；二是对电影阶级性理论的翻译介绍。下面笔者将对之进行阐述：

1.鲁迅对于电影娱乐性与社会性、思想性的辩证认识

娱乐是鲁迅与电影产生实质性联系的纽带。"看电影是要高高兴兴，不是去寻不痛快"[②]，鲁迅从一开始就将电影摆放在娱乐的位置。这使得电影与他所从事的文学工作区分开来。许广平认为鲁迅对电影有一颗"宽容"的心，什么电影他都会去实地看看加以选择。在鲁迅的观影目录里，我们可以发现各种类型的电影，有高雅的外国文学名著改编片，如《仲夏夜之梦》《野性的呼唤》，也有追求刺激或搞笑的冒险、喜剧片，如《怕妻趣史》《皇后私奔记》《人兽奇观》等等。可以想象，如果换成同样题材的搞笑小说、冒险小说，鲁

迅是很难发生兴趣的，甚至还可能加以严厉批判。

鲁迅在认可电影娱乐功能的同时并没否认电影的艺术、思想与社会价值。电影传入中国以后，很长一段时期都被看作"玩意儿"，知识界普遍认为电影无力承担"经国之大业"。电影的娱乐性与社会价值在当时知识分子的心中有着难以弥合的鸿沟，直到"五四"新文化运动发生之际仍未改变。以至于新文化之风"对它（中国电影）也毫无触动"[1]。改行从事电影创作的新文学作家通常被视作"堕落"或"艺术卖淫"。[2]然而在鲁迅意识世界里，电影的娱乐功能与社会功能是统一的，他所说的"娱乐性"在大多数情况是指电影借助于光电技术再现或再造"艺术世界"给观众带来的愉悦感，它常常与电影的认识功能交织在一起，即在给人以娱乐快感的同时，又能扩展观众的视野，补足个体经验的不足。对此，鲁迅曾多次表示：

> 历史的片子，可以和各国史实相印证，还可以看到那一时代的社会相，也是喜欢看的。[3]

> 五色卡通集及彩色片，虽然没甚意义，却可以窥见艺术家的心灵的表现。[4]

> 战争片子或航海、航空演习片，也喜欢去看，原因觉得自己未必亲自参战，或难得机会去看实际的飞机、兵舰之类。[5]

---

① 陈卫平：《论鲁迅的电影眼光》，《鲁迅研究月刊》1991年第8期。

② 程季华等：《中国电影史》第一卷，中国电影出版社1981年版，第72页。

③ 许广平：《鲁迅先生的娱乐》，《鲁迅的写作和生活》，上海文化出版社2006年版，第172页。

④ 许广平：《鲁迅先生的娱乐》，《鲁迅的写作和生活》，上海文化出版社2006年版，第124页。

⑤ 许广平：《鲁迅先生的娱乐》，《鲁迅的写作和生活》，上海文化出版社2006年版，第125页。

看关于菲洲和南北极之类的片子，因为我想自己将来未必到菲洲和南北极去，只好在影片上得到一点见识了。[①]

也许有人会从上述例子中得出另外一个结论——鲁迅对电影的兴趣在于电影能让他获取知识。这样理解虽然有道理，但过于片面，认识世界与社会人生是鲁迅喜欢的电影的重要原因，但并不是唯一原因，真正吸引鲁迅的是其沉醉于图像构成的"世界"或者经历陌生的"人生"时所获得的愉悦感，而不是单纯知识的获取。因此当鲁迅看了介绍电影制作技巧的书以后非常懊悔。这些书让他洞穿了电影制作的奥秘——所谓"千丈悬崖"其实"离地不过几尺"，"奇禽怪兽，无非是纸做的"，[②]从而损坏了他观影时的身临其境之感。

鲁迅对电影娱乐性价值的肯定基于切身的观影感受和体验而非外来的电影理论，因为那时候的电影理论无论是鲁迅翻译的还是其他人引进的都很少去探讨电影娱乐性的价值。从这个角度来说，鲁迅对电影娱乐属性的肯定是对中国电影批评的丰富，具有一定的开创意义。更为重要的是，作为文化权威与政治权威的鲁迅，他对电影的爱好本身具有极大的榜样效应。特别是在鲁迅去世以后，许广平的《欣慰的纪念》、萧红的《回忆鲁迅先生》、夏衍的《鲁迅与电影》、曹白的《写在永恒的纪念中》、周海婴的《鲁迅与我七十年》、周建人的《回忆鲁迅》、冯雪峰的《回忆鲁迅》、川岛的《和鲁迅相处的日子》以及鲁迅的日记等等将鲁迅痴迷电影的种种细节呈现在大众面前，大大地提升电影在普通百姓心中的地位，对扩大影视业的群众基础以及巩固电影娱乐追求的合法性有极大的帮助。当然，鲁迅虽然肯定电影的娱乐性，但绝非娱乐至上者，他对电影业不健康的娱乐倾向一直持有严厉的批判。这一点已有许多研究者提及，故在此从略。

娱乐观也影响到鲁迅对文学作品影视改编的看法。在其著名的《致王乔南

① 鲁迅：《致颜黎民的信》，《鲁迅手稿全集·书信》第17册，文物出版社1979年版，第83页。

② 鲁迅：《花边文学·朋友》，《鲁迅全集》第5卷，人民文学出版社2005年版，第481页。

鲁迅与20世纪中国研究丛书

182

的信》中，鲁迅认为：

> 我的意见，以为《阿Q正传》，实无改编剧本及电影的要素，因为一上演台，将只剩了滑稽，而我之作此篇，实不以滑稽或哀怜为目的，其中情景，恐中国此刻的"明星"是无法表现的。
>
> 况且诚如那位影剧导演者所言，此时编制剧本，须偏重女脚，我的作品，也不足以值这些观众之一顾，还是让它"死去"罢。①

有研究者认为鲁迅反对将《阿Q正传》改编为电影是对电影娱乐化倾向不满。实际上，这种理解与鲁迅的本意并不相符。鲁迅作为资深的电影迷不可能不知道娱乐是电影艺术魅力所在而强人所难地去要求电影去娱乐化。他不赞成改编《阿Q正传》的原因是改作"不以滑稽或哀怜为目的"，"无改编剧本及电影的要素"。鲁迅在这里所说的"要素"显然是指电影的娱乐性元素。当王乔南增添娱乐元素，将《阿Q正传》改编成《女人和面包》时，鲁迅并没有因此否定他的做法，反而说"实在恰如目睹了好的电影一样"，或许在鲁迅看来《阿Q正传》从纸媒走向银幕也只能如此。

事实上，作为一个伟大的小说家和资深的电影迷，鲁迅对小说与电影在表现形式、传播载体、审美追求、接受群体的巨大差异深有体会。这一点在他翻译岩崎昶《现代电影与有产阶级》中已有表现，他认为电影借助于连续的图像作用向观众的形象思维直接传递信息，小说依靠的是文字符号，它需要读者经过联想和想象，将符号转化为形象才能欣赏到作品内容，小说的接受群体局限在识字群体，而电影的接受群体则更为广泛。鲁迅不像某些现代作家那样要求编者一味遵从原作，他给予了编者极大的自由——"先生既然要做，请任便就是了。……它化为'女人与面包'以后，就算于我无干了"②。

---

① 鲁迅：《书信·301013致王乔南》，《鲁迅全集》第12卷，人民文学出版社2005年版，第245页。

② 鲁迅：《书信·301013致王乔南》，《鲁迅全集》第12卷，人民文学出版社2005年版，第247页。

2.鲁迅对于中国现代左翼电影理论的贡献

鲁迅对于中国左翼电影的理论贡献集中体现在《现代电影与有产阶级（译文，并附记）》上。该文发表在左翼机关刊物《萌芽月刊》上，后来成为左翼电影运动的重要理论资源。中国左翼电影戏剧家联盟影评小组负责人尘无的著名文章《中国电影之路》就借用鲁迅译介的岩崎昶的观点，尤其是《普罗电影论》一文。中国左翼电影戏剧家联盟重要负责人夏衍更为直接地点出了左翼电影戏剧家联盟对鲁迅理论资源的借用，他在1936年的《鲁迅与电影》一文中认为，鲁迅在《现代电影与有产阶级（译文，并附记）》所主张的观点"差不多是每个影评者（编者注：左翼影评者）都能讲的话了"，然而"文章后面注的年月是'一九三〇·一·一六'，就觉得鲁迅先生在当时已经很有'先见'了"。[1]夏衍和尘无的评价无疑是鲁迅影响20世纪中国电影发展的重要证据。下面笔者对之加以详细的分析。

电影虽然于1896年传入中国，然而直到1905年中国才拍摄第一部片子，即《定军山》，这一部片子实质上是京剧演出的记录，还称不上真正的电影。直到1913年，中国电影界才拍摄出《庄子试妻》《难夫难妻》两部短故事，而真正意义上的长篇故事片直到1921年才出现。此后十年（1921—1931），中国电影进入了所谓的"旧市民"电影阶段。其间，中国电影公司拍摄了六百五十多部影片，"其中绝大多数是由鸳鸯蝴蝶派文人参加制作的，影片的内容也多为鸳鸯蝴蝶派文学的翻版。这一派文人和已经堕落了的文明戏导演、演员相结合，在相当长的时间内，盘踞了电影创作的编剧、导演、演员各个部门，占有极为优势的地位"[2]。不过这一时期电影从之前与戏曲结盟发展到了与旧文学结盟却是时代的进步，只是其宣扬的主题思想仍是封建旧伦理道德，并无多大改进。直到1930年代左翼电影的兴起，中国电影才发生真正的改观——旧市民电影逐步退出历史的舞台，中国电影开始与新文化资源结盟。中国左翼电影开

---

① 刘思平、邢祖文选编：《鲁迅与电影（资料汇编）》，中国电影出版社1981年版，第176页。

② 程季华主编：《中国电影发展史》第1卷，中国电影出版社1963年版，第43页。

启了"中国电影的黄金时代"①。

　　中国左翼电影运动的发生首先需要获得理论上的支撑。然而在1930年以前，中国电影的理论建设几乎是空白。1930年代初，文艺界开始引进外国现代电影理论，不过与文学理论相比，电影理论数量少且质量参差不齐，稍微像样一点的著作只有《电影导演论》《电影脚本论》（夏衍、郑伯奇合译）、《电影轨范》（陈鲤庭编译）等数部。鲁迅前瞻性地译介了有关无产阶级电影的理论，如卢那卡尔斯基《艺术论》和《文艺与批评》。特别是《文艺与批评》中的《苏维埃国家与艺术》所论述的电影阶级性，谈到了列宁对于电影的重要指示："在一切艺术中，对于我们最重要的是电影。"（鲁迅当时的译文是："在一切我国的艺术之中，为了俄罗斯，最为重要的，是电影。"②）有人由此指出，鲁迅首次传播了列宁这一有关电影的重要论述，让中国电影工作者初步认识到了电影的意识形态功能。③更为重要的译介是他在1930年1月翻译日本左翼电影理论家岩崎昶的《现代电影与有产阶级》及所附"译者附记"。这篇翻译文章和附记的目的是"要论述、廓清电影的意识形态功能。从而为中国电影，尤其是左翼电影的现实干预意图提供理论依据"④。

　　《现代电影与有产阶级》选自岩崎昶当时正在写作的《电影和资本主义》，具有很强的时效性，与世界无产阶级电影理论保持了同步。该文思想丰富，开篇提出了电影"作为宣传、煽动的手段"，接着分析了这种手段的特殊性，认为电影"并非将概念传给读者，却给以动作和具象"，具有"通俗性""感铭性""国际性"特点。接着该文又统计了世界各国的观影人数，证明了电影作为煽动手段具有其他媒介所不具备的优势。最后该文还用大量的篇幅阐述了电影与宣传、战争、爱国、宗教的关系，剖析它对小市民的影响，揭示出

　　① 袁庆丰：《中国现代文学和早期中国电影的文化关联——以1922～1936年国产影片为例》，《中国现代文学研究丛刊》2010年第4期。

　　② 刘思平、邢祖文选编：《鲁迅与电影（资料汇编）》，中国电影出版社1981年版，第131页。

　　③ 勇赴：《鲁迅与外国电影》，《天津师大学报（社会科学版）》1995年第1期。

　　④ 刘继纯：《以鲁迅为例看五四知识分子的电影态度》，《二十一世纪》（网络版）第79期。

"支配阶级"通过电影来加强对无产阶级意识形态的控制的秘密。岩崎昶的分析代表了那时有远见的知识分子的思考：

> 我们能够就现在所制成的一切影片，将那隐微的目的——有时这还未意识底地到了目的地步，止是倾向以至趣味的程度罢了，但那倾向以至趣味，结果也是一个重要的宣传价值——摘发出来。那或是向帝国主义战争的进军喇叭，或是爱国主义，君权主义的鼓吹，或是利用了宗教的反动宣传，或是资产者社会的拥护，是对于革命的压抑，是劳资调和的提倡，是向小市民底社会底无关心的催眠药，要之，是只为了资本主义底秩序的利益，专心安排了的思想底布置。①

此时的鲁迅有着较为鲜明的阶级立场，岩崎昶对电影的思考与他此时的心理期待和思维方式相契合。从这里，他看到了电影的实质，认识到电影的思想内容总是和支配阶级的利益紧密地相联系，制片方通过营造轻松的氛围使电影观众看不见"阶级"观念。其实，电影作为舶来品常常充当意识形态的宣传工具，关键是人们能否对此有所警醒和意识。正如鲁迅所说，帝国主义"用了废枪，使中国战争，纷扰，又用了旧影片使中国人惊异，胡涂。更久之后，便又运入内地，以扩大其令人糊涂的教化"②。此类精辟的见解，在《未来的光荣》《"小童挡驾"》《电影的教训》《拿来主义》《我要骗人》等文中一再提到，用以警醒世人"资本主义宣传电影"的危害。将该文收入《二心集》时，他仍不忘在序言中予以提及，"译文则选了一篇《现代电影与有产阶级》附在末尾，因为电影之在中国，虽然早已风行，但这样扼要的论文却还少见，留心世事的人们，实在很有一读的必要的"③。《现代电影与有产阶级》提升

① ［日］岩崎·昶作，鲁迅译：《二心集·现代电影与有产阶级》，《鲁迅全集》第4卷，人民文学出版社2005年版，第403页。

② ［日］岩崎·昶作，鲁迅译：《二心集·现代电影与有产阶级（译者附记）》，《鲁迅全集》第4卷，人民文学出版社2005年版，第418页。

③ 鲁迅：《二心集·序言》，《鲁迅全集》第4卷，人民文学出版社2005年版，第195—196页。

了普通大众的鉴别能力，同时也让左翼作家意识到电影的强大舆论功能，从而为利用电影进行意识形态斗争提供了理论上的论证。

鲁迅翻译完岩崎昶的《现代电影与有产阶级》后意犹未尽又写了"译者附记"。它是鲁迅利用岩崎昶的理论剖析中国电影有益尝试。附记中说上海的"风情、浪漫、香艳（或哀艳）、肉感、滑稽、恋爱、热情、冒险、勇壮、武侠、神怪"的片子"用这小镜子一照"，"用意如何，目的何在，都明明白白了"。①然而鲁迅并没有停留在照搬岩崎昶理论上，他认为中国与外国的国情不一样，加之这些外国电影原本不是为中国拍摄的，如果照搬岩崎昶的批评模式将之解读为西方资本家对中国无产阶级的意识形态的统治显然有些牵强，因此鲁迅借鉴岩崎昶阶级论的同时结合自己观影体验构建了独特的"殖民文化"批评模式：

> 那些影片，本非以中国人为对象而作，所以进入中国的目的，也就和制作时候的用意不同，只如将陈旧枪炮卖给武人一样，多吸收一些金钱而已。而中国人对于这些的见解，当然也和他们的本国人两样，只看广告中借以吸引看客的句子，便分明可知，于各类影片，大抵都只见其"非常风情浪漫香艳（或哀艳）肉感……"了。然而，冥冥中也还有功效在，看见他们"勇壮武侠"的故事巨片，不意中也会觉得主人如此英武，自己只好做奴才，看见他们非常风情浪漫的爱情巨片，便觉得太太如此肉感，真没法子办——自惭形秽。②

岩崎昶的理论偏重于阶级对立与阶级压迫的剖析，鲁迅的电影批评则倾向于对文化（精神）"奴役"的揭示，着重批判外来电影的"文化殖民"。他认为西方电影隐含着白色人种的优越性，以此来奴役其他人种的观众，培育奴

---

① ［日］岩崎·昶作，鲁迅译：《二心集·现代电影与有产阶级（译者附记）》，《鲁迅全集》第4卷。人民文学出版社2005年版，第419页。

② ［日］岩崎·昶作，鲁迅译：《二心集·现代电影与有产阶级（译者附记）》，《鲁迅全集》第4卷，人民文学出版社2005年版，第419页。

性。可见，鲁迅在接受阶级论的同时并没有完全放弃他之前的启蒙意识，而将两者进行了有机的融合。此后鲁迅的影评仍然延续了附记中的思路，例如在《电影的教训》中，鲁迅剖析了上海影院的情形——楼上豪华包间坐着白人和阔人，银幕上展示的是白人英雄、白人老爷和小姐。此般景象处处显示着白人资本家"高人一等"，让坐在楼下的"下等华人"心生"佩服"与"羡慕"。尤其是"当白色英雄探险非洲时"，常常由黑人奴仆来给他们"开路，服役，拚命，替死"，让"黄脸的看客"也深受感动，甘愿充当白人的黑奴角色。寥寥几笔就将外国电影背后的文化奴役揭示得一清二楚。鲁迅对于电影中"奴性"思想的反感不只限定于外国电影，对于国产电影亦是如此。鲁迅对《瑶山艳史》的批判就是很好的例子。《瑶山艳史》并不是一部很坏的电影（从那个时代中国电影的整体水平来看）。该电影展现了大量的瑶族人的日常生活影像，应属于鲁迅喜欢的电影类型（鲁迅一向喜欢通过电影来了解陌生地域和陌生民族的生活）。然而鲁迅甚至在没观看这部电影的情况下就对它进行了猛烈的批判，其原因在于国民党中央党部嘉奖该电影时的一句话——"开化瑶民"。正是它让鲁迅将此剧与西方国家的"文化殖民"联系在一起，故而在批判了西方电影中的白人优越感之后，接着写道：

> 这部片子，主题是"开化瑶民"，……中国的精神文明主宰全世界的伟论，近来不大听到了，要想去开化，自然只好退到苗瑶之类的里面去……黄帝子孙，也和黑人一样，不能和欧亚大国的公主结亲，所以精神文明就无法传播。①

鲁迅认为汉族开化瑶民的优越姿态与欧亚大国对待黑人的姿态如出一辙，它不能培育出健康文化，而是加剧了国民本性当中的"奴性"与"阿Q精神"。鲁迅是中国作家当中最早揭示外国电影的文化殖民的作家，但是他并没

① 鲁迅：《准风月谈·电影的教训》，《鲁迅全集》第5卷，人民文学出版社2005年版，第310页。

有将一切外来电影都归为文化侵略，他甚至还认为某些"辱华电影"他对中国有着积极的效力。例如，当国内观众将《月宫宝盒》"摔死蒙古太子"的情节视为"辱华电影"并抵制其演员范朋克访华时，鲁迅不以为然，认为《月宫宝盒》意图在教化"市民或无产者尽忠于有产阶级"，"决不是意在辱没中国的东西，况且故事出于《一千一夜》，范朋克并非作家，也不是导演⋯⋯不必对于他，为美金而演剧的个人如此之忿忿"。①后来在《立此存照（三）》中针对大家对辱华电影《上海快车》导演冯史丹堡批判，鲁迅解释道：

> 不看"辱华影片"，于自己是并无益处的，不过自己不看见，闭了眼睛浮肿着而已。但看了而不反省，却也并无益处。我至今还在希望有人翻出斯密斯的《支那人气质》来。看了这些，而自省，分析，明白那几点说的对，变革，挣扎，自做工夫，却不求别人的原谅和称赞，来证明究竟怎样的是中国人②。

通过观看"辱华影片"来反省、分析中国人自己，是鲁迅一贯的观点。鲁迅的电影批评实际上延续了"五四"时期的国民性批判和社会批判的思路。鲁迅虽然向左翼作家贡献了岩崎昶阶级论电影观，但是并没有机械地照搬岩崎昶的理论，而是结合中国实际情况，形成了注重奴性批判的新的左翼电影批评。

第二节　20世纪中国电影业对鲁迅政治资源与商业资源的借用

一、20世纪中国电影业对鲁迅政治资源的借用

新中国成立后，中国电影的生存环境发生了急剧变化，"电影的经济基

---

① ［日］岩崎·昶作，鲁迅译：《二心集·现代电影与有产阶级（译者附记）》，《鲁迅全集》第4卷，人民文学出版社2005年版，第420页。

② 鲁迅：《且介亭杂文末编·立此存照（三）》，《鲁迅全集》第6卷，人民文学出版社2005年版，第649页。

础、生产方式、管理方式、传播方式，以及电影的社会职能，接受对象，电影艺术家的思想意识、精神状态、美学追求，直至他们电影作品的文化品格和品种、样式、风格等电影文化的各个方面，都毫无例外地被置于急递裂变与更新的时代激流之中。其结果就是产生了一种与此前中国电影有着本质不同的新的电影形态和新的电影文化"①。这种电影文化最显著的标志就是将电影当作"阶级斗争的工具"（1948年10月中共中央宣传部颁发的《关于电影工作给东北局宣传部的指示》）。1949年宣传部在《关于加强电影事业的决定》指出："电影艺术具有最广大的群众性与普遍的宣传效果，必须加强这一事业，以利于在全国范围内及在国际上更有力地进行我党及新民主主义革命和建设事业的宣传工作。"围绕这个目标，中共中央采取一系列措施：

首先建立了严格的电影审查制度。1950年中央电影局等部门成立了由江青参与的文化部电影指导委员会，先后出台了《中央电影局各厂剧本及影片审查办法》《关于电影业的五个暂行办法》②等政策法规，规定：一、所有在营的电影业都要向中央人民政府文化部电影局登记。二、新拍的影片要求送审，取得"上演执照"后方可上映，全国电影院不得播放无上演执照的影片。"影片映演时，其内容如经检举有与中国人民政协共同纲领相抵触，应由中央直属省市或各大行政区文教主管机关审查属实后，报请中央人民政府文化部决定处理办法。"③三、1950年以前拍的旧影片需要重新审查，取得全国上演执照后方可上演。然而随着《清宫秘史》批判、《武训传》批判的开展，宣传部进一步集中电影审查权，出台了一套严格的政治审查制度。《中央人民政府政务院关于加强电影制片工作的决定》（1953）、《关于各种影片送局审查次数的规定》（1953）和《故事影片电影剧本审查暂行办法（草案）》（1953）明确了政治审查的程序——"故事片剧本、大型纪录片拍摄提纲和完成片等均应由中

---

① 石川：《政治·影像·诗意：1949—1966年的中国电影》，中国艺术研究院2011年博士学位论文。

② 《关于电影业的五个暂行办法》即《电影业登记暂行办法》《电影新片领发上演执照暂行办法》《电影旧片清理暂行办法》《国产影片输出暂行办法》和《国外影片输入暂行办法》。

③ 吴迪编：《中国电影研究资料》（上卷），文化艺术出版社2006年版，第68页。

央文化部电影局认真地完成初审，然后由中央文化部审查批准，故事片剧本批准后，电影局应认真负责审查分镜头剧本"①。层层把关之下，电影工作者创造的自主性被严重侵害。总的说来，新中国成立初期电影审查经历了三个发展阶段：1949年的"群众监督审查"，1951年的"电影指导委员会审查"，1953年以后的"由文化部电影局和文化部统一集中，层层负责的审查"②。新生政权对电影制作的审查与控制日趋严格，此后虽然某个时期有所放松，但总体上仍延续了1953年的审查模式。

其次，重组了中国电影业的物质基础。新中国成立之初，中国电影业主要有十一家，其中由政府直接控制的国营制片厂三家，即"东影""北影""上影"；私有制片厂七家，即文华影业公司、华光影业公司、昆仑影业公司、大同电影企业公司、国泰影业公司、大光明影业公司、大中华影业公司；公私合营性质的制片厂一家，即长江影业公司。为了更好掌控全国的电影生产，这八家私营电影制片厂很快并入了"上影"，实现了公有化转制。直至"文革"结束前，中国大陆无体制之外的私营电影制片厂存在。经过改制，中国电影业逐渐由自负盈亏的企业模式转变为依靠政府财政支持的文化宣传机构，其商业属性被大大削弱。除了控制电影制片厂外，中共还重组了电影的发行与播放渠道。1950年代，中央电影事业管理局成立了中央影片经理公司并在各省、市、自治区成立了分公司，组建了"一套从中央到地方，自上而下的、政企合一的电影发行放映体制"③。与主流政治不符合的电影即使拍摄出来也无法进入流通渠道与观众见面。

经过上面的整改后，党和政府完全掌控了中国电影业发展的命脉。获取政府的认可与支持成了电影业生存与发展的唯一出路。在这种情形下，如何将自己纳入党和国家的政治宏图之中是电影走上发展快车道的关键。而鲁迅所蕴含的巨大政治资源恰恰为此时电影发展获取政府支持提供了条件。与武训等未被定性的旧时代人物不一样，鲁迅被奉为中国现代文化的"旗手""中华民族新

①　胡菊彬、姚晓濛：《新中国电影政策及其表述（上）》，《当代电影》1989年第1期。

②　胡菊彬、姚晓濛：《新中国电影政策及其表述（上）》，《当代电影》1989年第1期。

③　何海凤：《1950年代新中国电影政策研究》，内蒙古师范大学2015年硕士学位论文。

文化的方向"。早在1937年毛泽东就将鲁迅定性为"文学家""民族解放的急先锋""党外布尔什维克""中国的第一等圣人"①,其地位之高,无其他作家可比。1940年毛泽东在其著名的《新民主主义论》中认为:"鲁迅,就是这个文化新军的最伟大和最英勇的旗手。鲁迅是中国文化革命的主将,他不但是伟大的文学家,而且是伟大的思想家和伟大的革命家。鲁迅的骨头是最硬的,他没有丝毫的奴颜和媚骨,这是殖民地半殖民地人民最可宝贵的性格。鲁迅是在文化战线上,代表全民族的大多数,向着敌人冲锋陷阵的最正确、最勇敢、最坚决、最忠实、最热忱的空前的民族英雄。鲁迅的方向,就是中华民族新文化的方向。"②在毛泽东的影响下鲁迅很快成为"政治权威""延安新文化的象征"③。新中国成立后,鲁迅地位进一步提升,成了仅次于毛泽东的政治权威,其作品与语录被广泛地引用在各种文章、演说当中。然而此时鲁迅作为"革命家""党外的布尔什维克"身份虽已确定,但是将这种身份变成具体的形象并灌输到广大老百姓心中去却是未完成的政治任务。

在这样的一种情况下,"鲁迅"为影视戏剧业的发展提供了重要的契机。早在1937年,陕北苏区人民抗日剧社改编了《阿Q正传》并将之搬上了舞台,毛泽东和其他领导人不仅亲自观看且给予了极高的评价。第二年10月鲁迅艺术学院又上演了钟敬之编导的活报剧《鲁迅之死》。1941年元旦,延安再次演出话剧《阿Q正传》并取得巨大的成功。美国记者斯诺夫人曾这么描述延安上演的鲁迅作品:"演出组成功的剧目之一,是鲁迅的名小说《阿Q》。剧本是由上海的许幸之改编的,改编得确实很好。……引起了一场狂笑,几乎能把屋顶吵塌。"④借助于对"鲁迅"的重新编码,中国共产党希望逐步实现无产阶级文化对中国现代文化的领导和改造。对"鲁迅"的重新编码在新中国成立之后

①　蓝棣之:《症候式分析:毛泽东的鲁迅论》,《清华大学学报(哲学社会科学版)》2001年第2期。

②　毛泽东:《新民主主义论》,《毛泽东选集》第二卷,人民出版社1966年版,第658—659页。

③　田刚:《"鲁迅"在延安》,《延安大学学报(社会科学版)》2012年第3期。

④　[美]海伦·斯诺:《卓有成效的延安舞台》,安危译,《陕西戏剧》1984年第3期。

显得尤为紧迫。

首先，1950年代到1980年代鲁迅作品的改编都是在党和政府安排下的特定政治行为。1956年拍摄的《祝福》是为了纪念鲁迅逝世20周年，1981年拍摄的《阿Q正传》《伤逝》《药》《鲁迅传》是为了向鲁迅100周年诞辰献礼。它们都是党的文化宣传工作的一部分，而非单纯的艺术行为或商业行为。以电影《祝福》为例，官方控制了该电影制作的整个流程——其拍摄计划是由中共高层开会决定的，剧本改编是中央委托文化部副部长夏衍执行的，导演、摄影师、美工的人选也是由中共主管部门决定的，甚至制片公司也是中共中央决定的，它们可以随时更换制片厂（起初由上海电影制片厂负责制作，中途更换为北京电影制片厂）。另外，电影《祝福》的宣传推广也带有政府行为的影子。例如1956年4月28日的《人民日报》在显赫的位置上刊登了《鲁迅名著"祝福"将摄成影片》的宣传预告，这是其他影片难以享受的特殊待遇。

其次，1950年代到1980年代鲁迅作品的改编都做了一定的政治化改动。影视界普遍服从国家的政治需要对鲁迅进行政治化改造——删除、忽略鲁迅作为孤独先觉者、自由斗士和犹豫彷徨的知识分子的一面，凸显、放大其作为"革命家""党外的布尔什维克"的一面。在选材方面，他们常常选择揭露社会黑暗、表现下层人们悲惨生活的作品加以改编（如《祝福》《药》《阿Q正传》等），而对鲁迅拷问知识分子心灵的作品常常弃之不顾。其次，编者还会增添或删改故事情节来"改造"原作的人物与主题。《祝福》就增加了"地主放高利贷"的情节，将人物的悲剧由封建礼教压迫转变为地主的经济剥削。这类的改写到1980年代仍然存在。例如1981年的电影《阿Q正传》中，小D被塑造成走向觉醒的无产者，他在阿Q被枪毙后甚至说出了"阿Q哥还是一条好汉"的话。这样处理虽然吻合时代对"工农兵形象"的塑造却背离了鲁迅的国民性批判主题。《鲁迅传》（1981）同样存在着严重问题，一方面它过于突出了党的领导人与鲁迅的交往与友谊，而对鲁迅与左翼作家之间的矛盾却有意回避，另一方面也增添了一些没有历史依据的内容来强化鲁迅的阶级情感，例如借助画外音宣扬"唯有农村小朋友是他（鲁迅）的知心"。这些改动落实了鲁迅作为"革命家""党外的布尔什维克"身份，使得鲁迅更吻合时代政治的发展，将以鲁迅为代表的"五四"新文化顺理成章地转变为无产阶级领导的文化。[①]

"鲁迅"及"鲁迅作品"的政治价值还表现在它能帮助电影工作者有效规避政治风险。1950年代，在经历了《清宫秘史》批判、《武训传》批判以及反"右倾"、拔白旗等"过左"的政治运动之后，电影业的政治色彩越来越浓，影视批评已逐步被政治批判所取代。电影工作者触犯政治底线将会遭受严厉打击甚至送进监狱。广大电影工作者如履薄冰，生怕犯政治错误，更不用说创造出优秀的电影作品。在这种高压之下，"鲁迅"成为规避政治风险的有效途径。众所周知，鲁迅在新中国的政治上享有很高的地位。批判鲁迅，本身就是严重的政治错误。即使在1958年的"拔白旗"几乎横扫新中国成立后文艺创作时，鲁迅作品包括作品的改编都是神圣不可批判的。陈荒煤的《坚决拔掉银幕上的白旗——1957年电影艺术片中错误思想的批判》、邢祖文的《我国电影中资产阶级思想表现的一个根源》是当时颇为知名的影评。后者曾写道：

> 在1957年国产电影创作中，也有各色各样的白旗：有的披上一层粉红色外衣，实则是以资产阶级人性论来代替阶级分析，有的在作品中掺杂了自我欣赏的低级趣味和伤感情调，貌似批判实则却在歌颂那过了时的资产阶级精神生活和物质生活，有的陶醉于庸俗低劣的爱情描写，以为非此不足以避免公式化，有的干脆生吞活剥地把资产阶级一套腐朽东西都搬了过来。[②]

上文大有全盘否认1957年及之前中国电影之势，然而在谈及电影《祝福》时，作者的笔调也急剧一转，认为《祝福》是"优秀故事片"，"以新的题材样式，新的风格，新的处理手法，使我激动，使我高兴"。不管这些赞美是出自批评者真实观影感受还是出于对鲁迅权威的"屈服"，有一点是明显的，即鲁迅作品的改编是不会轻易遭受思想上的批判。那么这是否意味着鲁迅作

---

① 妥佳宁：《"进化"链条上的"革命中间物"——1949—1979对鲁迅形象及其话语资源的借用机制》，《鲁迅研究月刊》2013年第11期。

② 邢祖文：《我国电影中资产阶级思想表现的一个根源》，《中国电影》1958年第10期。

品的改编就没有异议呢？恰恰相反，鲁迅作品的改编常常遭受争议。以《祝福》为例，该电影上映之时，《大众电影》《山花》等杂志就刊发不少争鸣的文章，如《是否"画蛇添足"？——对〈祝福〉的一点意见》（龙世辉）、《重读〈祝福〉及初看影片》（陈伯吹）、《夜读抄——看了影片"祝福"以后》（张毕来）、《不是发展了原著，而是背离了原著——从影片"祝福"中祥林嫂砍门槛等问题谈起》（舒若、竹山、孟蒙、刘超）等等。不过这些批评主要集中在三个方面：第一，电影《祝福》删除了小说中"我"的角色以及相关内容使得知识分子自我批判、自我反省的主题无法体现；第二，为了增强祥林嫂的反抗性硬添加了"砍门槛"的情节，不符合祥林嫂的性格发展，也违背了鲁迅的思想；第三，增加了"放高利贷"的内容，强化了地主阶级与农民阶级的矛盾和冲突；第四，过于丑化鲁四老爷、鲁四太太，增加了扣发、盘剥下人工钱的情节，同时又过于美化贺老六，把他表现得过于温和，与鲁迅的思想不符。针对上述批评也有人提出不同意见，认为增加砍门槛的内容是无产阶级觉醒的体现，是祥林嫂心理发展的必然过程。另外有人从电影与小说的差异角度分析，认为电影《祝福》增加了一些小说当中没有的内容是必要的，不应扼杀其价值。这些争论持续了很久，直到80年代还有人就《祝福》的电影改编问题与夏衍等人商榷。尽管批评不断，但针对鲁迅作品改编的批评限定在电影与原作是否相吻合的问题上，绝少质疑鲁迅作品改编的思想导向，这与当时盛行的政治化影评完全不一样。当时的政治化影评常常从阶级视角出发剖析电影作品背后的阶级意识，其批判的着眼点是电影的思想与时代政治的吻合度，这种文艺批评行为常引发为政治批斗。鲁迅作品改编的批评始终停留在改编的技术（艺术）层面而非思想政治层面，因而电影《祝福》《药》《阿Q正传》和《伤逝》虽然曾引发长达数十年的争议，但是始终都控制在学术层面并没有上升到政治批斗，这与鲁迅政治地位的特殊性不无关系。

值得注意的是1956年《祝福》的改编也暴露出了改编鲁迅作品的潜在风险。鲁迅作为政治权威，任何对偏离于原作的解读都可能会被视为歪曲、亵渎伟人的行为。加之，鲁迅的思想与作品一向以"否定""颠覆""揭露""批判"为特征，其笔下的人物大多带有"奴性""流氓""懦弱"等国民劣根性，与时代要求的"正面塑造工农兵的光辉形象"相去甚远。如果完全照搬鲁迅作品必与现实政治不合，然而如果按照时代政治要求对鲁迅"改写"又可能招致观众和学术界的批评，鲁迅巨大的政治资源同时也产生了巨大的政治压力，束缚着电影工作者的创造力。1960年代电影界聚集了各种力量多次想拍《鲁迅传》，最终都无法完成，主要原因便在此。

二、20世纪中国电影业对鲁迅商业资源的借用

（一）政治资源与商业资源的转化

在西方国家，"电影是一种由工业社会走向消费社会的意识形态。这就是说，电影本身作为一种意识形态却是以文化消费品的形式出现的。因而意识形态本身是被掩蔽的或者说是潜在的。但电影传入中国时，中国没有一个工业社会转向消费社会的过程，因而，电影在中国被迅速纳入中国式'文以载道'的轨道，即阶级斗争轨道"[①]。1951年9月，《武训传》批判之后，江青便全面否定了私营电影业存在的合法性，她说："这些厂（私人电影制片厂）生产的不是普通产品，而是对千百万人的思想发生作用的电影，因此，私营公司决不能照这样搞下去，电影生产必须置于党的直接领导之下，必须坚决执行毛主席的文艺方针——为工农兵服务。"此后，电影制片厂的国有化改造便加速进行，新中国成立前存在的八大私人公司很快被国营电影制片厂收购，演变为党和政治的准宣传机构，其发行渠道名义上是中央影片经理公司和各大行政区的子公司，实质上是受党直接控制的自上而下、政企合一的电影流通网络。不过，电影业作为国营企业的企业属性并没有被完全铲除，票价制度也没有取消（由各地文化部门统一定价），另外在某些政治宽松的时刻政府也会设法推动影视商业的发展，例如1953年《政务院关于建立电影放映网与电影工业的决定》就提议电影放映队要逐步实行企业经营，减少对国家补贴的依赖，影片发行公司和国营电影院也要全部企业化管理。然而这个目标直到改革开放前都未实现。有资料显示："1953年到1956年6月，在发行一百多部的国产片中，

---

① 胡菊彬、姚晓濛：《新中国电影政策及其表述》，《当代电影》1989年第1期。

鲁迅与20世纪中国研究丛书

有七成以上的影片没有收回成本，更有甚者，有的影片只收回成本的十分之一。"①值得注意的是，鲁迅作品的改编却给不景气的中国电影带来了极高的票房。

在电子媒介资源匮乏的时代，纸媒文学作品常常在读者中享有无上的影响力。纸媒文学名家名作蕴藏巨大的商业资源。影视业如果能妥善汲取纸媒文学资源，借助纸媒文学已有的名气，不仅能将自己置于高标准的质量起点，又能借助文学作品已有的影响力扩充传播的范围，实现电影业的丰收。《祝福》《阿Q正传》《鲁迅传》《药》《伤逝》都是这方面成功的例子。以《祝福》为例，该片原本计划只在"首都""大华"两家影院上映4天，"不料一经映出，影院门前购票者人山人海，由于广大观众向电影发行部门发函要求扩大上映，不得不决定由各甲级影院轮流上映，连映55天达370场"②，打破中国电影上映率的纪录，创造了中国电影史上的一个奇迹，成为当时少数盈利的电影作品之一。观众观看后意犹未尽，还在《中国电影杂志》、《大众电影》、《电影艺术》（"百花奖"的组织者）等主流电影刊物展开了激烈的讨论。据不完全统计，光1956年《大众电影》刊发了12篇与电影《祝福》有关的文章；《中国电影杂志》刊发了2篇；《电影艺术》刊发了3篇。"十七年"期间国内主流电影刊物刊发关于电影《祝福》的文章超过30篇。其数量远远超过了同时期《钢铁战士》《渡江侦察记》《董存瑞》等优秀电影，只有《白毛女》的可以匹敌。除了1956年的上映的《祝福》外，1981年上映的《阿Q正传》《鲁迅传》《药》等同样也"获得了很大的成功"③。这些成功与"鲁迅"纸媒文学的巨大影响是分不开的。

值得注意的是，鲁迅的政治资源同样也能带来巨大的商业利益。尤其是在商业化较弱的时代，政治上的威望常常能带来巨大的商业利润。新中国成立后，接二连三的政治教育与政治运动大大地提升了群众的政治激情，培育出一

---

① 《广大观众希望提高艺术片质量》，《光明日报》1957年11月18日。

② 宁波市政协文史委编：《宁波帮与中国近现代电影业》，中国文史出版社2006年版，第140页。

③ 鲁海：《〈阿Q正传〉的电影剧本》，《图书馆杂志》1986年第3期。

大批对政治充满激情与兴趣的观众，形成了独特的观影方式——"负载着强烈政治色彩的身心愉悦，将看电影视为另一种体验政治激情的活动，并自觉地认同其政治内涵，认作另一个思想教育的课堂"①。在这种观影方式中，具有政治权威性的影片即使没有娱乐性可言，观众仍乐意去观看，仍能从政治激情体验中获得类似艺术的愉悦感。

（二）"名人"鲁迅的商业炒作

新时期以来，政治高压放松，鲁迅又面临着被商业"炒作"的命运。事实上，早在1930年代王乔南就尝试将《阿Q正传》改编为以"女角"为主的《女人和面包》，体现出商业化的端倪。1980年代以后，商品经济浪潮兴起，"鲁迅"被市场化的命运似乎更难避免。与其他作家相比，鲁迅的市场化转变比较艰巨。首先，在过去某个时期，"鲁迅"与政治过密联系给人们留下一个难以磨灭的官方意识形态代言人印象，这与追求娱乐疏远政治的大众心态不相符；其次，鲁迅作品的故事性不强，主题又过于严肃深刻，缺乏娱乐性，这样的作品比较难迎合大众的娱乐胃口。因而，电影业想要利用鲁迅的名人效应获取经济利益，不可避免地要"歪曲""包装"鲁迅。2000年江苏南方派文化传播公司制作的电视剧《阿Q的故事》就是一个典型案例。它采用当代港台言情电视常用的多角恋爱模式将鲁迅笔下的人物"乱点鸳鸯谱"，编制出了复杂的多角关系——阿Q喜欢孔乙己的女人秀儿，秀儿喜欢夏瑜，夏瑜喜欢县太爷的女儿子君……不仅如此，电视剧还对夏瑜的革命行为做了世俗化处理——夏瑜是因为子君的死走向革命，而阿Q则为了不想让秀儿难过去替代夏瑜受刑。整个剧本完全采用了时下流行的爱情剧套路，抽取鲁迅作品的元素打乱重组，完全背离了鲁迅的思想。2001年由政府、高校、电影公司合作的《孔乙己正传》搬上了话剧舞台。与《阿Q的故事》全由民间商业运作不同，《孔乙己正传》则增加了官方和学术精英的力量，可惜该剧与前者一样将"鲁迅"商业化，其关注的重心已经不再是鲁迅的作品与思想，而是商业卖点与各种炒作——美国百老

---

① 黄会林、王宜文：《新中国"十七年"电影美学探论》，见郦苏元、胡克、杨远婴主编：《新中国电影50年》，北京广播学院出版社2000年版，第144页。

鲁迅与20世纪中国研究丛书

汇明星、300万的明清古董家具、超大豪华的舞美设计、高科技带来的舞台奇观、绚丽的服饰……在大众猎奇的狂欢中"鲁迅作品孤独寂寞绝望以及于绝望中抗争的精英处境与话语本质的彻底消解"[①]。

在文化消费的时代，恪守鲁迅的严肃性、深刻性，要求影视业完全遵从原著显然有点强人所难。或许我们可以换一种方式来思考当下对"鲁迅"的恶搞。首先，在文化消费的时代影视界仍然对"鲁迅"恋恋不忘，说明鲁迅其人和其文蕴含了很多"娱乐"的元素，人们只要对它进行不同角度的解读或组装就能让"过时"的"鲁迅"重新"时尚"起来，介入当下市民生活。这正是鲁迅作品内涵丰富的体现。其次，当代影视戏剧作品对"鲁迅"恶搞本质上是对过去神坛鲁迅的反感与后现代式的颠覆，观众们在颠覆、破坏中获得极大的快感，这种方式与当年鲁迅颠覆封建文化与制度存在一定的相通性。从这个意义上说，当下影视界对鲁迅的恶搞，也是鲁迅资源参与中国影视业建设的另一种途径。

第三节　20世纪中国影视业对鲁迅文学、思想资源的借用

一、20世纪鲁迅作品的影视、戏剧改编与时代导向

文学作为一种语言艺术，其叙事、结构、情节等有自身的独特性，然而依托语言为媒介的中国文学在20世纪某些特定年代里，由于语言文字与教育水平的制约，传播的广度非常有限。作为更易为广大群众接受且为新兴的艺术形式，比如电影、电视、话剧、网络新媒体等等方兴未艾；传统的艺术形式比如传统戏曲紧跟时代潮流，注重从题材上进行艺术新探索，它们或者出于开发市场的需要，或者出于思想启蒙的动机，或者出于艺术探索的目的，对新文学作品进行各种各样的改编，大大丰富了现代文学的表现形式，提升了其影响力。而鲁迅作品是中国现代文学与文化最为重要部分之一，关于他的作品的电影、

---

① 张吕：《被意识形态话语"改编"的鲁迅》，《鲁迅研究月刊》2010年第11期。

戏剧改编从一开始就受到各阶层人们的关注。自20世纪20年代陈梦韶改编话剧《阿Q正传》以来，鲁迅成了现代文学作品改编最多的作家之一，形成了一个较为完备的影视与戏剧作品系列。

鲁迅作品的影视改编与戏剧改编在方式上略有差别，影视改编主要从小说改编而来，常依据某一部（篇）小说；戏剧改编虽然也是以小说改编为主，但常常掺入了散文、散文诗的内容。综合多部作品进行改编的情况在戏剧改编中较为常见。不过总体看来，鲁迅作品被改编得最多的还是小说，且主要集中在三方面题材：一是与农村或小城镇题材相关的小说，这类作品表现的大多是底层小人物，如孔乙己、祥林嫂、阿Q、华老栓等，在特定的历史时期对于这些底层人物的表现容易吻合阶级话语的需求；二是部分关于知识分子与学生生活题材的小说，如《伤逝》《记念刘和珍君》等；三是鲁迅的"故事新编"中的历史故事，如《铸剑》《过客》《理水》《奔月》《采薇》等，它们形式上的"先锋性"为当代后现代舞台、影视艺术创造提供了极好的范本与材料。当然，除了小说之外，鲁迅一些散文（杂文）作品也被融入改编的范围，如《无常》《女吊》《对于左翼作家联盟的意见》《过客》《为了忘却的记念》《记念刘和珍君》《北平五讲》《答托洛斯基派的信》等等。借助于改编，鲁迅作品不仅获得了生机，还迅速地传播到社会各个阶层，为中国电影业的发展提供了成熟的艺术资源和深刻的思想资源。鲁迅作品的改编主要分为新中国成立前、新中国成立后"十七年"时期、新时期开始阶段至90年代初与90年代至当下等四个阶段。

1.民国时期鲁迅作品的改编

新中国成立前，国统区关于鲁迅作品的改编以戏剧改编为主，主要作品有陈梦韶的话剧《阿Q正传》、田汉的《阿Q正传》（五幕）、许幸之的《阿Q正传》（六幕）、冯亦代导演的《过客》等等；电影改编只有南薇改编自《祝福》的《祥林嫂》。戏剧改编比较多，这一方面是由于相较于电影而言戏剧改编在时间成本、演出成本、准备成本等方面更具优势，另一方面也因为中国当时的电影技术还比较幼稚，影视艺术形式远远没有戏剧那么普及。

这时期的改编大多是由左翼文人执笔。他们通过对鲁迅"旧作"的改编与利用将之纳入左翼文学阵营中，以充实左翼文学的创作业绩。以陈梦韶改编的话剧《阿Q正传》为例，该剧出版于1931年，是最先从革命文学角度塑造阿Q的戏剧作品。陈梦韶在《写在本剧之前》中说：“阿Q是无产阶级和无知识阶级的代表人物。知道阿Q的人，说他是忠诚的劳动者；不知道阿Q的人，说他是偷窃的无赖。知道阿Q的人，说他是具有‘人类性’的孤独者；不知道阿Q的人，说他是猥亵的东西。知道阿Q的人，说他是人间冤抑的无告者；不知道阿Q的人，说他是该死的乱臣贼子。”[①]小说《阿Q正传》创作于1921年，本以国民性批判、社会批判为宗旨，属于典型的“五四”启蒙主义范围，然而经过陈梦韶的解读和“改编”后却染上了强烈的左翼文学色彩。田汉和许幸之继承了这种改编思路，继续从阶级角度来改编《阿Q正传》。田汉与许幸之都是左翼作家，且为“左联”的发起人，他们从阶级角度改编鲁迅作品是“左联”固有的政治使命。田汉版《阿Q正传》将鲁迅笔下的人物区分为两大对立阶级，并按照左翼文学对无产阶级与有产阶级的预设强化了阿Q身上的反抗性并凸显了剥削阶级的残忍与贪婪；许幸之版的《阿Q正传》同样将赵老爷、钱老爷等上流社会人物全部塑造为虚伪、好色、贪婪之徒，缺乏各自的特征与生命神采。这些改编按照左翼文学理论对鲁迅笔下的人物做了“修改”，弱化了鲁迅作品的启蒙意识而强化了其阶级对立。尽管如此，与此后相当长时期的鲁迅作品改编相比，这一时期的改动对“鲁迅”扭曲的程度还不算严重，大多仍停留在解读的自由效度之内。

2.“十七年”期间鲁迅作品的改编

“十七年”期间鲁迅作品的改编有两个时间上的节点，一个是鲁迅先生逝世20周年的1956年，一个是鲁迅先生80周年诞辰的1961年。这个时期鲁迅作品的改编有几处值得注意：一是鲁迅改编的作品上映、公开演出、出版较多，反映出鲁迅在新中国这一时期的崇高地位；二是戏剧改编数量多，但是影响较小，主要有上海人民艺术剧院吕复编导的独幕剧《起死》与黄佐临、王炼、屈楚编导的《鲁迅作品片断》，上海电影制片厂演员剧团黄佐临、应云卫编导

---

① 陈梦韶：《写在本剧之前》，《阿Q剧本》，上海华通书局1931年版，第1—2页。

的《阿Q大团圆》等；电影改编虽只有两部但反响较大，分别是1956年桑弧导演、夏衍编剧的《祝福》，1958年香港长城与新新影业公司改编的电影《阿Q正传》。

夏衍编剧的《祝福》是这时期影响最大的作品。电影改编较为忠实于原著，按照时间顺序进行叙事，遵照小说的设定情节，集中地表现了祥林嫂的后半生，比较鲜活地刻画了"祥林嫂"这个人物悲剧命运，同时影片整体氛围上展现了鲁迅的冷峻、朴实的风格。这些成功之处当然与编剧夏衍存在密切的关系。夏衍的改编理论倾向于忠实原著，力求保留原作的思想与风格，鲁迅凝重、冷峻甚至窒息的风格在电影《祝福》中得到了一定程度的保留。然而受时代的影响，这部电影也添加了一些阶级斗争的因素。在人物塑造上，《祝福》中的底层人物重新按照时代对于"劳动人民"的想象来塑造。原作中贺老六的信息极少，仅仅是作为祥林嫂"夫"的符号存在。电影《祝福》则依托当时的阶级观念特意淡化了贺老六的"夫"的身份，没有按照"五四"反封建模式将贺老六描述为"夫权"压迫者，而是按照阶级理论的指引将之塑造为忠厚老实善良、有一技之长的劳动人民。为了突出劳动人民的美好秉性，编者还特意添加了贺老六悉心照顾撞伤眉角的祥林嫂以及隐瞒伤情去拉纤等情节。一桩买卖婚姻便被改编成劳动人民的美好爱情。另外，为强化剧情的冲突，编者特意将贺老六病死与孩子被狼吃掉在同一时间表现，从而产生了强烈的观影冲击。失夫与失子同时发生，形成了对祥林嫂心灵的巨大冲击，强化了小说的冲突，合理阐释了祥林嫂走向"绝望"的心灵历程。

突出地主阶级对农民的剥削压榨也是夏衍版《祝福》的重要内容。阶级剥削在鲁迅的小说中表现得非常少，编剧为此做了大量的"补充"和"改写"。首先，贺老六的死被安排在杨七老爷催债情境下发生。贺老六的受伤就是在给杨七老爷帮工落下的，而且是在没有工钱、没有供饭情况下的帮工。电影通过强化贺老六与杨七老爷，祥林嫂与鲁四老爷、鲁四太太的对立突出了无产阶级与有产阶级之间的冲突。编剧并不满足于此，在影片中还添加了原作中并没有的祥林嫂砍门槛这一情节。编剧设定这一环节是为了契合了时代政治的需要——突出底层人民的阶级觉悟和反抗精神。然而将祥林嫂打扮为阶级反抗者并不吻合鲁迅的本意，且在一定程度上消解了国民性批判的力度。这一处理方式为后来其他作家改编提供了不好的"样板"。

以夏衍编剧的《祝福》为代表的"十七年"的影视戏剧改编，删除鲁迅知识分子反思的内容，隐藏了鲁迅对下层人们愚昧与麻木一面的悲哀与批判，弱化了鲁迅作品的文化启蒙主题，"改编"出了一个符合"十七年"想象的革命鲁迅影像。

3.新时期以来至90年代初的鲁迅作品的改编

经历过十年动乱时期之后，从伤痕文学开始，中国文艺逐步走向反思文学、寻根文学，当其时，在整个社会呼唤理性、呼唤回归五四精神的潮流下，"鲁迅"再次以正当的面目回归到知识学界的视域，成为知识界拨乱反正的重要推手。1981年，在鲁迅先生100周年诞辰时期，掀起了鲁迅热潮。特点有二：一是电影、戏剧改编作品较多、影响力较大。电影改编主要有岑范导演、陈白尘编剧、严顺开主演的《阿Q正传》，水华导演，张瑶均、张磊编剧的《伤逝》，吕绍连导演，肖尹宪、吕绍连编剧的《药》。戏剧改编主要有陈白尘的《阿Q正传》和梅阡的《咸亨酒店》，此外还有宁夏话剧团的《药》，张学新编剧、赵路和陈小鸥导演的新版《阿Q正传》，等等。二是改编的方法由单一的忠实于原著转向多元的创造性改编，这一点在戏剧改编上比较明显，特别是梅阡的《咸亨酒店》等作品。

《阿Q正传》《药》《伤逝》三部改编电影均产生于1981年。从电影产生的背景来看，当时已经摆脱社会动乱、意识形态挂帅时期，进入到一个相对稳定的思想解放阶段，鲁迅正在经历着重读，回归理性与回归五四精神是时代的主动追求。然而相对于之前的影片《祝福》的而言，学界对《阿Q正传》《药》《伤逝》三部电影改编的评述则是贬多褒少。

电影《药》相较而言还比较忠实原著，情节、风格都与小说较为一致，整个剧都笼罩在悲怆、黑暗的气氛之中。电影力图从过去将鲁迅"阶级化"处理的倾向挣脱出来，回归到鲁迅作品的本身。该电影不少细节的处理与创造也有颇多可取之处，比如刻画了懂事乖巧、富有善心的华小栓形象。虽然他存钱接济夏瑜母亲的情节，有些"拔高"了人物的思想境界，显得有些"造作"，但是其他底层人物的思想境界刻画得还有分寸。例如通过刻画他们对人血馒头一次又一次的迷信显出他们的无知，对夏瑜母亲的冷眼显示了冷漠，对于细琐事情的"围观"显示出生活的无意义，都是符合鲁迅对底层人们的特性的认识。不过有些情节的添加似乎不够妥当，例如夏瑜刺杀巡抚、革命者接济夏瑜母亲，夏瑜坟头的立碑等等，这些情节虽然使得电影增添了光明色彩，使得作品加入更多积极的因素，但是它们同时也将鲁迅对国民性与中国革命艰难性的深刻洞察变为"肤浅"的乐观。更为重要的是，这部电影的主题也不够明确，情节也不完整。小说主题是刻画人们思想上的麻木与革命者牺牲的无意义，封建主义思想对人们的戕害，同时对于革命与牺牲之崇高意义的消解，没有统一的主题，也没有中心人物，都是风景画一般，有些凌乱无章法；在情节方面，失却故事的完整性，编剧对于小说留白，比如夏瑜劝阿义一段、夏瑜被捕事由等，没有进行合理化的构思、想象，以呈现完整的结构。

《伤逝》是鲁迅唯一一篇以爱情为题材的小说，着重探讨的是妇女解放与爱情问题，是对娜拉出走后怎么办的一种探索。电影《伤逝》从好处讲，是一部表现人物情感的类型片，拍摄手法比较唯美，摄影艺术方面比较突出，存在大量的蒙太奇镜头，繁复堆砌，非常优美雅致；整部影片注重借助外在的景观、色调、声音来表达男女主人公的情绪，完整地呈现涓生与子君的爱情。电影艺术需要通过具体的行动、动作与细节来表现主题，然而电影《伤逝》在有些方面却做得不够，例如，子君与叔父的破裂表现不够充分；子君去世的原因交代不清；涓生求生部分展示不够充分深入、真实；等等。在人物刻画方面，过多地将镜头留给涓生，且多表现涓生的优处与子君的平庸处，人物之间的对立过于明显。影片虽然展示了当时北京的风俗，然而生活细节却严重不足，缺乏生活化的场景，很多镜头都是涓生的旁白、独白，没有从动作上去做文章。它没有悲剧所应有的崇高感，也没有情节化、生活化；情节上的懒、慢、拖，大量无用的镜头用于堆砌人生的情绪变化，缺乏质感。

《阿Q正传》是鲁迅最为重要的作品之一，也是唯一的中篇小说，同时也是其所有作品中改编最多的作品。小说旨在表现阿Q身上凝聚的国民劣根性，揭示其悲哀的一面，并以其为视角审视未庄的阶级分层、人物形象、革命本

鲁迅与20世纪中国研究丛书

质、伦理道德等。电影《阿Q正传》虽然争议较大，但是相对于《伤逝》与《药》而言，要成功得多，首先它讲述了一个完整的故事，并表现出了小说阿Q的重要性格与特性，对于革命本质、未庄几个重要人物的刻画都是有可取之处。在人物刻画方面，电影中的赵老爷、白举人、地保、把总比小说人物的刻画更具生活气息，比如晚上点灯这一情节突出赵老爷的吝啬刻薄，谋划白举人的箱子可见其城府，嫁祸阿Q突出其狠毒；白举人在电影中地位更重要，编剧将其与夏瑜被杀联系起来，也不失为可取的地方；地保的形象是活生生的赵家狗腿子，又是欺善怕恶的典型人物，贪婪而霸道；把总的形象较之小说更加具体、鲜活，比如鼓动士兵卖命、自己拿大头等。这部电影改编之所以遭受批判主要在于小说的核心人物——阿Q的塑造上。电影削弱了阿Q形象的核心地位，对其主要的性格展现得很不充分；小说是以喜剧的外壳包裹着悲剧的内核，电影改编作品在表现悲剧内蕴方面远远不够，结果给人留下了滑稽的印象。

整体来看，这一时期的戏剧改编与前一时期相比则更显人性化。与前期的田汉、许幸之版本的《阿Q正传》相比，陈白尘版《阿Q正传》人物刻画更丰富，虽然在刻画赵老爷这个刻薄形象时，尽显其恶，然而在处理下层人物，特别是阿Q时则是基于人物自身，作为一个现实人来塑造的，没有过于将其美化。

另外，这一时期的戏剧也探索了多方面的改编手法，比如梅阡的《咸亨酒店》，这部戏剧作品采用了复合式的写法，根据编剧自身的设计与考虑，将鲁迅作品中的诸多人物、情节拼接成一个新的整体。该作品围绕咸亨酒店，以《狂人日记》《长明灯》《药》的人物故事为主，以《明天》《阿Q正传》《孔乙己》《祝福》之中的人物为辅，表现了一个群体人物画像。该剧最为成功之处是关于疯子和狂人的塑造。正如作者所言："当我构思《咸亨酒店》剧本时，最早在我头脑中活起来的便是'狂人'这一艺术形象。他具有极大的吸引力使我非写他不可，而且要成为戏中的主要人物之一。狂人，我是把

《狂人日记》中的狂人和《长明灯》里的疯子合而为一的。"①鲁迅生前对这种杂糅多种文体、多种作品的人物的做法是非常支持的，他曾明确表示："将《呐喊》中的另外的人物也插进去，以显示未庄或鲁镇的全貌的方法，是很好的。"②这个剧作是鲁迅作品改编的一种全新探索，对此后的戏剧改编产生了较大的影响。

不过这个剧本也存在一个明显的不足之处——结构平淡。《咸亨酒店》主要依托《长明灯》《狂人日记》《药》三篇小说，辅之以《明天》《阿Q正传》《孔乙己》《祝福》四篇作品，作品的核心集结于咸亨酒店，以此为参照点，展示人物的行动、行为与思想。这种结构与老舍的《茶馆》较为相似。然而与《茶馆》不一样的在于，《茶馆》经历三个重要阶段折射了时代巨大变化，但是几个固定的人物仍贯穿了始终。《咸亨酒店》则更多的是作为空间平台出现，是人物活动的一个场景，没有纵向的时代变化，没有将戏剧的结构与情节的推进结合起来，导致这部戏剧的戏剧色彩相对较淡。

4. 90年代初至20世纪末鲁迅作品的改编

90年代以来，文学求新求变，出现先锋派、新写实主义等现代派文学潮流。与此相一致，鲁迅作品也被重新解析、解构，卷入了光怪陆离的现代派风格的改编当中。从改编方法来看，先锋实验性逐步增强，尤其是到了上世纪末和新世纪初，鲁迅作品的实验戏剧改编一度成为热潮，产生了大量的形式各异的作品，如古榕编导的《孔乙己正传》，郑天玮编剧、王延松导演的《无常·女吊》，深圳大学艺术学院师生共同编演的《故事新编》三部曲（《出关篇》《奔月篇》《铸剑篇》），林兆华改编的《故事新编》，河南曲剧社的《阿Q与孔乙己》，等等。此外，还有童汀苗编剧的话剧《呐喊》、辽宁省鞍山市艺术剧院编演的话剧《圈》、8集电视剧《阿Q的故事》、4集黄梅戏音乐电视剧《祝福》等。

① 梅阡：《疯子与狂人的合而为一——〈咸亨酒店〉改编琐记之一》，中国戏剧出版社1982年版，第121页。

② 鲁迅：《且介亭杂文·答〈戏〉周刊编者信》，《鲁迅全集》第6卷，人民文学出版社2005年版，第148页。

鲁迅与20世纪中国研究丛书

这一时期的改编主要是沿着梅阡的《咸亨酒店》的写法与创作精神，进行超越原著束缚的大胆创造、发挥，如林兆华改编的《故事新编》和郑天玮编剧、王延松导演的《无常·女吊》等等。林兆华的《故事新编》以小说集《故事新编》为蓝本，以《铸剑》为核心，综合《理水》《采薇》《奔月》等6个故事而成，形式大胆而自由，是对鲁迅作品解构之后的再建构。这个剧本只保留了原作的几个情节，大量引入评书、昆曲、京剧身段和现代舞等形式，整体气质显示出鲁迅"故事新编"特有的幽默、荒诞和创造力，不失为戏剧改编的重大收获。郑天玮的《无常·女吊》亦是如此，他所依凭的主体是《伤逝》，综合了《在酒楼上》《孤独者》《无常》《女吊》《头发的故事》等鲁迅的一系列作品，围绕涓生与子君的爱情悲剧，借助于虚实相生的表现手法营造出一个荒谬、怪诞的世界，喜剧、"搞笑"的外衣下又包含着深沉。

这类戏剧改编不追求情节与原作的一致性，而是追求创作精神与人物精神世界的相通性。它们常常融合鲁迅多个作品的人物与情节，失事求似，从更高层面展现鲁迅的精神世界，具有鲜明的先锋实验性，代表了鲁迅作品改编的时代新风。

这一时期还有一股完全脱离鲁迅作品与精神的改编之风，尤其是90年代末期，全国的戏剧院逐步改制，戏剧开始投身于市场，迎合大众俗口味成为依靠市场生存的戏剧行业难免抗拒的选择，标新立异、恶搞娱乐的剧作开始流行。鲁迅作品的改编也不例外。它主要表现在对鲁迅启蒙叙事的情爱化、娱乐化、性爱化改编。事实上，早在陈白尘版《阿Q正传》和梅阡《咸亨酒店》就已有意突出女性角色，不过这些作品没有完全脱离原文精神，也没有将作品的重心转向情感与性爱叙事。但是，90年代末期以来的《孔乙己正传》《圈》等作品则完全消解了鲁迅作品的严肃性，为了迎合大众庸俗口味，情感与性爱成了改编作品的表现中心。

《孔乙己正传》以孔少成和丁举人两家的世代恩仇为背景，围绕孔少成大悲大喜传奇婚姻与爱情纠葛及科场失意开展叙事，主旨在于表现晚清的爱情传奇，只是顺带刺了一下腐朽的科举制度。该剧很难算得上是鲁迅作品的改编了，除了名字相似外可以说两者无甚瓜葛，完全是另起炉灶。另一部剧作

《圈》虽然糅合了《阿Q正传》和《药》中的一些情节，貌似有忠实原作的痕迹，然而整个剧作的中心却是阿Q与吴妈两性关系。剧本中充斥大量的性与爱的对话与行为。在穿着红肚兜、躺在阿Q怀里的吴妈"让我完完整整地给你"的喊声里"鲁迅精神"荡然无存。这样的改编之作是对鲁迅启蒙意识（尤其国民性批判）的消解。

5.鲁迅作品影视、戏剧改编的得失与意义

鲁迅作品借助于各种现代传媒传播到社会各个阶层、各个领域，不管是习字的还是不习字的都可以接触到"鲁迅"，大大扩大了鲁迅的影响力。从这个角度来看，鲁迅作品的影视、戏剧改编加深了鲁迅对于20世纪中国的影响。另外，鲁迅作为一个巨大的文化、政治符号具有天然的舆论效果，是一个新闻热词、热点，现代传媒与"鲁迅"结合无疑是扩大自身影响的最为有效的途径之一，而鲁迅精神也为现代传媒提供了思想的制高点，促进传媒自身发展。

首先，鲁迅作品电影、戏剧改编对中国现当代戏剧、电影发展起到了推动的效用，大量的改编本身就是传媒繁荣发展的重要体现。除了影视等主流传媒外，"鲁迅"对于某些地方性传媒媒介的发展也产生了积极影响，比如鲁迅资源对于越剧发展的影响，形成了《祥林嫂》《鲁迅在广州》《孔乙己》等越剧系列作品，这些改编因为"鲁迅"的思想深度和名人效应吸引了大量的观众。同时，在改编鲁迅作品的过程中，地方戏的表现艺术也得到较大发展，例如越剧《孔乙己》打破以往中规中矩、忠实原著的改编方式，杂糅了鲁迅多部小说人物，采用了一些现代派艺术手法，增强了越剧的艺术表现力。

同时，我们也要认识到，鲁迅作品电影、戏剧改编也产生了一些负面影响，而这背后包含政治和商业两方面的原因。"十七年""文革"期间的鲁迅作品改编，本质上是对鲁迅作品的政治化"改造"。这时期鲁迅作品的改编，不少改动并不是为了适应新的媒介形式的需要，而是出于政治的需要。它们通过强化（添加）鲁迅作品中的人物、故事的阶级性，将鲁迅改装为阶级斗争的先锋和毛主席的"小兵"。然后借助于权力媒体，将"改装后"的"鲁迅"推送到全国观众面前，这种被政治阐释后的"鲁迅"为大家所接受，"原本"的那个鲁迅反而在大众面前销匿。新时期以后，随着市场经济的崛起，商业文

化、娱乐文化逐渐占据主流的地位，对鲁迅作品的"恶搞""情色化涂鸦"盛行。《孔乙己正传》《圈》便是这类代表作，它们消解鲁迅思想资源、文学资源的价值，加剧了当代传媒领域已经存在的媚俗化、恶俗化倾向，起到了不良的作用。下面笔者将详细探讨20世纪中国电影业对鲁迅文学资源的利用。

二、20世纪中国电影业对鲁迅文学资源的利用

鲁迅，中国现代文学史上最重要的作家，具有多方面的艺术创造：以冷峻的现实主义精神深剖了中国国民的灵魂，把中国小说的思想推到了一个新的深度；以大胆的艺术形式创新，拓宽了现代文学的表现形式，形成了以现实主义为底色、融合各种创作手法的中国现代文学创作方法，建立了中国现代小说的民族形式。因此有人说：中国现代小说既在鲁迅手中开始，又在鲁迅手中成熟。其作品所蕴含的巨大艺术资源是不言而喻的。然而中国电影艺术却比较幼稚，直到1930年代之前还没有形成具有中国风味的民族电影形式。新中国成立以后，电影业又与政治密切相关。1956年11月18日《光明日报》第1版刊发的《广大观众希望提高艺术片质量》指出：建国后所拍的影片"质量太差、公式化概念化想象严重和影片缺少民族风格"，即使是获奖的影片质量也堪忧，因为"片面强调影片的评奖，而对影片的质量和主要创作人员的艺术成就没有加以区分对待"。[①]1957年"双百"期间情况有所好转，但接踵而来的"反右""拔白旗""文革"等极端左倾运动严重扼杀了电影艺术创造的自由，直到1980年代才改变。

鲁迅作品改编因借用了鲁迅成熟的文学资源，与同时期的其他电影拉开了较大的距离，提升了中国电影的艺术水准。具体而言，表现如下：

第一，中国电影业借助鲁迅文学资源提升了艺术品位与思想深度，于当时急功近利的政治电影热潮中开辟出一股更为深刻的、价值更为久远的电影清流。中共中央对电影题材、内容的限定经历了从宽到严的过程。1948年10月，中宣部发布了《关于电影工作给东北局宣传部的指示》提出："我们审查电影

---

① 《优秀影片评奖有严重缺点》，《人民日报》1957年5月22日第7版。

剧本的标准，在政治上只要是反帝、反封建、反官僚资本主义的，而不是反苏、反共、反人民民主的就可以。还有一些对政治无大关系的影片，只要在宣传上无害处，有艺术上的价值，就可以。"新中国成立之初仍延续了这个标准，认为"表现现阶段的四大阶级的——工、农、小资产阶级、民族资产阶级——人物的事情，就是毛主席的文艺方向"①。然而这样宽松的制度很快被突如其来的几次大批判打乱。1950年对《清宫秘史》《内蒙春光》的批判，1951年对《武训传》《荣誉属于谁》《我们夫妇之间》《关连长》《中朝一家》的批判，以及从1951年11月起的电影界整风运动，中共对电影题材的控制突然变严，要求电影"以社会主义精神教育人民的目的"，描写新时代"劳动人民中间的先进分子、英雄人物"，并要"一年一度按一时一地的政治方针和行政策略而规划电影题材"。电影逐渐沦为一时政策的宣传，即便比较优秀的电影作品亦是如此，例如《李双双》是配合宣传"大跃进"时期中的新人、新事而作的。《火红的年代》配合"反苏修"和"两条路线斗争"的政治任务而作；《南征北战》是由江青负责的"电影指导委员会"为八一建军节的献礼而作，目的是宣传毛泽东军事思想。另外，《我们村里的年轻人》《林海雪原》《高山下的花环》《万水千山》《野火春风斗古城》等电影作品也都是"按一时一地的政治方针和行政策略"而拍摄。

1957年"百花齐放"时期，中央高层对"只许写工农兵题材，只许写新社会，只许写新人物"政策进行了反思，一时间对电影题材与主题的限制有所放松。②然而，1958年"大跃进"很快来临，政治监控又骤然加紧。文化部的《关于促进影片生产大跃进的决定》要求"艺术片的题材，必须尽量反映大跃进的情况；新闻纪录片、科学教育片，增加反映工农业跃进题材的比重"。"各制片厂要密切注意全国全面大跃进动态，及时的发现目前实际生活和斗争中的新题材，以大跃进为背景，拍摄更多反映新人新事的影片"，"不能适应这一要求或政治质量不好的剧本，应该改换"。在这种政策之下，"1958年的

---

① 《在剧影周会上听史东山报告侧记》，《青春电影杂志》1951年第9期。

② 陆定一：《百花齐放，百家争鸣》，《人民日报》1956年6月13日。

电影制片数量'放了卫星',虽达到105部,但绝大多数质量明显下降,尤其是其中颂扬'大跃进'的'纪录性艺术片',大多是粗制滥造的政治宣传品,有的就因质量太差,拍完后被封存库中,成了废品"。①

在这样的一种时代氛围中,电影《祝福》的拍摄显示出了特别的意义。鲁迅不仅为那个时代提供了"与众不同"的脚本,还在处理电影与现实的关系、人物形象塑造与艺术形式创新等方面提供了诸多启示。首先,电影《祝福》的题材与人物形象突破了一味讴歌新时代、新人物的电影俗套。1950年代中后期的电影几乎都是"正面人物"在"正面环境"中展开,其主题是歌颂新时代的新人新事。本来,唱赞歌的电影作为众多电影种类的一种无可厚非,然而这个时期歌颂型电影成为新中国电影创作的唯一模式,就陷入公式化、教条化的错误之中。电影《祝福》的题材和人物与其他电影不一样,它描写的是旧社会的生活,表现的人物也不是朝气蓬勃的工农兵,而是有点麻木和奴性的旧社会女性。它拓展了1950年代中国电影的表现范围,将鲁迅创立的"五四"文学的批判性传统和启蒙精神再次带回中国艺术当中,改变了新中国成立后电影界一味"歌颂"的做法,深刻剖析了旧社会遗留在劳苦大众身上的精神创伤与奴性。与众多轻描淡写的"歌颂"电影相比,电影《祝福》在表现社会现实上显示出难得的深度。另外在人物塑造上,虽然电影《祝福》增加了"砍门槛"的情节,人为地强加了祥林嫂反抗精神,但与"十七年"电影中的工人、农民形象相比,麻木、愚昧、奴性仍是祥林嫂的主要特征。通过这个人物形象的刻画,电影《祝福》在一定程度上打破了当时的电影塑造劳苦大众的定式,抵制了人物塑造中的公式化。

另外,借助于作品改编中国电影传承了鲁迅的悲剧意识。鲁迅认为,悲剧就是将有价值的东西撕破给人看。这种悲剧观在1950年代以后的影坛几乎无踪影。"瞒"和"骗"一时间盛行之极,极度膨胀的革命乐观主义使得创作者无视斗争的艰巨性,任何斗争都以新生的工农兵阶级战胜敌对阶级为结局。电影

---

① 盘剑:《商业与政治:中国电影意识形态表达方式的时代选择》,《北京电影学院学报》2003年第4期。

已经失去了反映生活、认识生活的能力。夏衍在改编《祝福》时虽然对原作做了不少有悖鲁迅思想的修改，但电影的主要情节仍遵从了原作，以祥林嫂孤苦伶仃地死去为结局。这种结局在"十七年""文革"电影中极为罕见，以至于为了避免官方对悲剧结局的谴责，编者再三以画外音的形式强调：这样的时代一去不复返了。除了《祝福》外，《阿Q正传》《药》《伤逝》等都遵从了鲁迅设定的悲剧结局。与其他歌颂性电影相比，浓郁的悲剧色彩增强了这些作品对黑暗社会的批判力度以及对国民劣根性的反思深度。让观众对社会改造的艰难有了更为深刻的认识，对人的解放的艰巨性有了更为清醒的认识。

"文革"结束后，中国电影的政治化倾向大大减弱，但"文革"痕迹并未完全消除。一些电影的角色常常被政治化、符号化，如《间隙和奸细》《特殊身份的警官》《神圣的使命》等等，不过整体而言电影已经不再是延续"文革"时期的阶级论路线，而是要清除过去"左"倾路线和阶级论的残余，反思"文革"的民族性悲剧根源，建构新的时代精神，为中国的现代化事业服务。

与新时期的"伤痕文学""反思文学"相应，这时期的电影界在回顾"文革"噩梦、清理"文革"带来的巨大心理阴影时拍出了一部部充满"文革"血腥画面的电影，如《枫》《丹心谱》《于无声处》《芙蓉镇》《南方的岸》《文君街传奇》等等，对残暴、疯狂的政治年代的各种现象的描绘和再现，成了这时期电影的主流。这些电影由于离"文革"很近，叙述者的切身体验在加强历史叙事的真实性的同时，也使得作品丧失了批判的深度，沦为声泪俱下的控诉与血腥场面的展示。

加之，"文革"结束后人们对现实普遍地感到茫然和困惑，当时的电影又没能触及民族悲剧的根源，于是人们转向文学尤其是鲁迅的思想与作品中寻找现实问题的答案。鲁迅关于"中国文化、心理层面的历史挖掘与剖析"以及"从民族文化传统集体无意识的人性生成角度出发，透析积习难改的文化惰性因子和畸形心理"，为清除"文革"余毒，促成"现代人格的转变与生成提供经验和教训"。①鲁迅作品的改编虽然仍难摆脱"十七年"与"文革"时期的

鲁迅与20世纪中国研究丛书

---

① 赵庆超：《中国新时期文学作品的电影改编研究》，山东师范大学2010年博士学位论文。

叙事模式，但是人物的复杂性、丰富性得到了重视。《阿Q正传》《药》虽然添加一些不妥的修改，但总体上仍保留了对传统文化惰性因子和畸形心理的批判，《伤逝》在批判社会黑暗的同时也反思了知识分子自身的软弱无能。借助于鲁迅的文学、思想资源，中国电影在对"文革"声泪俱下的控诉中增加了对国民精神人格的批判。鲁迅"着眼于国民文化心理层面的探寻"，"对极左政治造成的心灵良知的丧失和健康人性的荒芜的社会现状无疑起着追根溯源的反思作用，对1980年代社会文化的良性发展有着深远影响"，[①]成为重构新的时代精神的基因，因为只有清理了中国传统文化在现代性进程中的这些负面因子，中国现代性进行才能健康前行。

另外，鲁迅作品的改编对于推动新时期中国电影艺术发展也有多方面的帮助。这中间《阿Q正传》的改编对中国喜剧电影发展做出的贡献最为突出。中国的喜剧电影发展非常缓慢，直到1930年代以后才始有喜剧形式的出现。而在这之前或同期，大多数中国喜剧电影还停留在滑稽片的阶段，纯粹为了搞笑而搞笑，"通过性格缺陷、人性贪婪以及反常心理导致的行为倒错来制造笑料和噱头"[②]。其代表作如《滑稽大王游华记》《饭桶》等等，或从传统戏曲取材，或从当时商业化气息极浓的文明戏借用资源，内容肤浅，场面打打闹闹，追逐嬉戏。直到1937年袁牧之执导的《马路天使》出现之后，中国的喜剧片才真正成熟。该片以喜剧手法表达悲剧内容，成功融合了"喜剧、爱情、友情、悲情、黑帮等各种元素"[③]，整部电影节奏明快，情节诙谐，人物性格丰富，具有一定的社会深度与人性的深度。然而新中国成立以后，三四十年代形成的以国民性批判为内容的讽刺喜剧和以文化批判为主的幽默喜剧遭受到严厉的批判、打击。1957年《未完成的喜剧》就是中国现代喜剧的优秀继承者，它以"朱经理之死""大杂烩""古瓶记"三个小故事来展开情节，讽刺了社会上的官僚主义、利己主义作风。可惜的是这部影片还没有问世，就被判

---

① 赵庆超：《中国新时期文学作品的电影改编研究》，山东师范大学2010年博士学位论文。

② 饶曙光：《中国喜剧电影史》，中国电影出版社2005年版，第24页。

③ 江萌：《陈白尘与中国喜剧电影》，《南大戏剧论丛》2015年第2辑。

为毒草，编剧和导演都被打成右派。《球场风波》《新局长到来之前》《花好月圆》等延续中国现代喜剧风格的电影也遭受了同样的命运。在接二连三的政治打击下，中国喜剧逐渐由讽刺、揭露转向了歌颂，出现了以《今天我休息》（1959）、《五朵金花》（1959）为代表的"社会主义的新型喜剧"。这类喜剧回避社会矛盾，全依靠误会和巧合等小技巧来制造笑点，艺术水平和思想深度极其低下。即便如此，"文革"期间连这样的喜剧电影不允许拍摄。改革开放以后，中国喜剧电影发展的重要任务就是连起三四十年代开创的中国现代喜剧传统。电影《阿Q正传》无疑为这个传统的恢复做出重要贡献。与"十七年"及"文革"期间清一色的正面人物不一样，阿Q身上沉淀着中华民族千百年来的劣根性，电影通过对阿Q荒唐、可笑行为的刻画与揭示，达到"将无意义的东西撕破给人看"的喜剧效果。电影《阿Q正传》不仅有助于清除"文革"遗留下来的弊病，也使得中国电影重新与"五四"新文学结盟，拉近了电影与现代中国文学的差距。《阿Q正传》的改编为此后中国电影的发展树立了一个优秀的范例。

第四节　鲁迅创作中的电影化想象

作为资深的电影迷，电影似乎不可避免地进入鲁迅生活的方方面面，尤其是在文学创作方面。正如许广平在《鲁迅先生怎样对待写作和编辑工作》中指出鲁迅常常利用电影的材料来进行写作。事实上，不仅电影的材料进入鲁迅的写作的内容当中，电影某些技巧也被鲁迅灵活地运用到现代文学的创作当中。

鲁迅对电影的特点了解得非常深入，他认为戏剧使用的语言是通俗、精练的，①电影则不同，电影是活动照相而成的具象画面和它的艺术特点——非概念的直接视觉形象而产生的通俗性和感染力。另外，他还以雅科夫列夫的小说《十月》为例来探讨小说艺术借用电影结构和表现手法的可能——"那用了

①　鲁迅看过由北京人艺戏剧专门学校演出的新戏后的评点：古装片是"在银幕上有着身穿不知何时何代的衣服的人在缓慢地动作"；时装片则"带些上海洋场式的狡猾"。详见许钦文《〈鲁迅日记〉中的我》之《砖塔胡同》一篇。

鲁迅与20世纪中国研究丛书

加入白军和终于彷徨着的青年（伊凡及华西理）的主观，来述十月革命的巷战情形之处，是显示着电影式的结构和描写法的清新的"①。虽然只是简单的表述，也可看出他对小说借用电影式结构的研究与愿望。

《故事新编》是鲁迅最后一本小说集，共收小说八篇，写作时间从1922年冬到1935年底，历时十三年。与《呐喊》《彷徨》相比，《故事新编》在形式上有着独特之处。可以说，鲁迅是想通过《故事新编》的写作，"对在《呐喊》、《彷徨》为他自己和中国现代小说所建立起的规范，进行新的冲击，寻找新的突破。在这个意义上，可以把鲁迅的《故事新编》看作是一部'试验性'的作品"②。笔者认为，可以用电影语言对《故事新编》的"试验性"进行解读，以显现其"新编"的内核。

一、时空交错的叙事结构

在传统的文学叙事中，作家多重视时间，而忽视空间，只是把空间当成时间的附属物看待。而电影独特的表现手段使作家开始尝试用画面的空间形式来打破传统的时间流程，影像化的描写开始取代传统小说对故事情节的叙述，不同场景间的反映参照和不同事件的并置使叙述处于同一时间平面，使得小说在时空转换上突破了文学陈规。笔者认为《故事新编》就是这样一部时空交错的文学作品。

茅盾认为《故事新编》"将古代和现代错综交融，成为一而二，二而一"③。这种古今交融的艺术手法源自作者对现代和古代的共时性洞察方式。作为一个空间意识异常强烈的作家，鲁迅笔下的故事呈现出特异而复杂的时空形式。在《故事新编》中，我们可以看到"时间"已失去了稳定性和方向性，出现"共时"的形态，作者并不拘泥于事件发生的"某时"，而是重视经过时

① 鲁迅：《译文序跋集·〈十月〉（后记）》，《鲁迅全集》第10卷，人民文学出版社2005年版，第352页。

② 钱理群等：《中国现代文学三十年》（修订本），北京大学出版社1998年版，第386页。

③ 详见茅盾为宋云彬《玄武门之变》做的序。

间重组后的事件能否产生新的含义。同时，他高明地建构了文本空间，将人、神、鬼并置在同一空间平台上。

作者首先把两个或两个以上来自不同空间的"故事"交叉、并置①，使它们发生冲突、差异，呈现如"银幕式"平面的视觉效果：主人公性格不再凸显，细节被放大并推到前台，文本深度降低。可以说，他不仅复制了"历史"，还恰当地调整、控制了"历史源"之间的张力，并且依靠这种张力建构起新的文本空间。以《铸剑》为例，眉间尺的复仇传说源于《列异传》和《搜神记》，属于汉魏六朝的志怪系统；而《吴越春秋·阖闾内传》和《越绝书·越绝外传记宝剑》等幼时读过的古书应属于汉魏六朝的杂史小说系统。②这两个系统都有各自的时空结构、意义内涵和叙事谋略，按理说是不应该发生意义重合的。但作者就像剪辑师，把这些来自不同系统的"故事"，通过文本"融裁"，不断抽取、植入，将它们像橘子瓣③似的不分主次先后并置在一起，形成新的故事。这种空间结构与电影手法中的平行蒙太奇极为相似，即依照主题或剧情相关性的原则将发生在不同空间里的两个或两个以上的分离事件

---

① 并置作为弗兰克提出的一个重要的创作批评概念（注："并置是指在文本中并列地放置游离于叙述过程之外的各种意象和暗示、象征和联系，使它们在文本中取得连续参照与前后参照，从而结成一个整体。"参见［美］约瑟夫·弗兰克等著，秦林芳译：《现代小说中的空间形式》，北京大学出版社1991年版，第3页。）首先是针对传统时间艺术的"变化"而言的。所谓传统的时间艺术就小说而言，颇像刘再复总结的"小说历史进化的一般轮廓"认为的那样，小说在"生活故事化的展示阶段"和"人物性格化的展示阶段"大多近似成长小说的模式，有着明晰的时间进程。（参见刘再复：《性格组合论》，上海文艺出版社1986年版，第32—40页。）其次，并置强调的是打破叙述的时间流，并列地放置那些或小或大的意义单位，使文本的统一性不是存在于时间关系中，而是存在于空间关系中。

② 参见鲁迅1936年2月18日致徐懋庸信："关于《铸剑》的出典，现在完全忘记了，只记得原文大约二三百字，我是只给铺排，没有改动。也许是见于唐宋类书或地理志上，那里的三王冢条下，不过简直没法查。"1936年3月28日致增田涉信："《故事新编》中的《铸剑》，确是写得较为认真。但是出处忘记了，因为是取材于幼时读过的书，我想也许是在《吴越春秋》或《越绝书》里面。日本的《中国童话集》之类也有，记得是看过的。"另：萧军在《〈铸剑〉篇一解》中认为铸剑的故事出自《吴越春秋·阖闾内传第四》，而眉间尺的人物形象出自《吴越春秋·王僚使公子光传》。

③ 戈特弗里德将小说比作橘子，小说的"故事源"比作橘子瓣："一个桔子由数目众多的瓣、水果的单个的断片、薄片诸如此类的东西组成，它们都相互紧挨着，具有同等的价值。"（参见［美］约瑟夫·弗兰克等著，秦林芳编译：《现代小说中的空间形式》，北京大学出版社1991年版，第142页。）

交叉剪辑在一起。

情节也是古今交融的重要表现。在小说中，鲁迅有意把现代情节不合逻辑地插入与其无关的一个事件中，通过画面的不协调和冲突造成读者的惊异。这既不是历史的"重现"，也不是现实的"摹写"，而是一个个具有双重性质的影像。《理水》中大禹治水和"文化山学者"是两个并置的画面，镜头重点捕捉文化山的学者，可这些画面对情节的发展并没有推动力，一些现代镜头不应该出现在大禹治水的剧情的逻辑进展中。作者有意把两者共置于一个时空内，通过镜头的撞击确立了一种内在对照的关系——"文化山学者"就是现代的卫道士，而大禹则是不被待见的实干家。《采薇》中小穷奇安慰伯夷叔齐自己不会学"海派剥猪猡"，批判了上海的盗贼劫匪。《出关》中"账房先生"所说的"提拔新作家"一语巧妙地讥讽了30年代出版商的丑态。《起死》通过一起寻常巷陌的民事纠纷，讽刺政务人员认人不认事的阿谀奉承的丑态。这些现代情节不是一种简单化或可有可无的语言符号，而是一种充满表意性、表情性的符号。鲁迅的讽刺力量借助于镜头内部各个因素之间的不和谐使内容从一种具体现实的层面，升华到隐喻的层面，这其中蕴聚着巨大的能量。

最后是人物，小说中所塑造的主要人物几乎都有文献可考。无论是对墨子、大禹的歌颂，还是对伯夷、叔齐及老子、庄子的批评，作者对历史人物的描写，基本上都符合文献所载历史人物的本来面貌，即使注入作者的批判精神，所写的主要情节也并非凭空捏造。但是，在具体的故事情节组织中，鲁迅又加入了具有现代色彩的喜剧性元素。比如《理水》，"文化山"上的穿着古人衣冠出现的各个学者，张口闭口"OK""古貌林"，引经据典时则将"莎士比亚"挂在嘴边。鲁迅并未随意涂抹历史或对现实进行简单的比附与影射，而是通过合理的艺术虚构，让这些人物跨越时间的界限来到现代，或在重新建构或完全解构这些历史人物的过程中灌注进一种现代精神。其实人物跨越时间界限，穿插于不同时空的情节在30年代的电影中并不少见。比如据刘易斯·卡罗尔的童话《阿丽思漫游奇境记》所拍的故事片，主人公就从现实穿越到蓬莱仙境、天国乐园、海底龙宫、地下洞府等奇境，《电国秘密》的主人公也曾来到离地万尺的木乃伊国，探索科学的秘密。

鲁迅偏重于空间思维，善于在表面纷乱杂陈的事物中发现不变、重复、并置、统一的内核。虽然时空的交叉并置使原本符合历史逻辑的故事变得"漏洞百出"，但他却不以为然。他以"游戏"的态度对待世界，将自己所处时代的语词与琐事织入小说中与历史直接会面，使"过去"与"现在"相互指涉，既相互消解、变异，又相互逆转、再造，以此来达到洞察国民性、重建国民精神的目的。

二、镜头式的叙事方法

镜头在电影叙事中起着至关重要的作用，在《故事新编》中，鲁迅细化的笔触如特写镜头，漫画的铺开如长镜头，加上并置的视角，使小说呈现立体的图像。

电影理论家普多夫金认为"在集中注意细节时，我在自己的感觉中会相对地减慢它的速度"[1]。通过对场景的特写，可以感悟到平时或由于太长或由于过短而无法被感知的过程。《铸剑》中"三头争斗"是典型的特写镜头，一般作家只能静态地捕捉，而鲁迅却能细致地把握时间流程，在动态中完成场景的特写。

特写镜头一：

> 随着歌声，水就从鼎口涌起，上尖下广，像一座小山，但自水尖至鼎底，不住地回旋运动。那头即随水上上下下，转着圈子，一面又滴溜溜自己翻筋斗，人们还可以隐约看见他玩得高兴的笑容。过了些时，突然变了逆水的游泳，打旋子夹着穿梭，激得水花向四面飞溅，满庭洒下一阵雨来。[2]

这里从近景推入（水自上而下的流动），推至鼎中之头的场面，水中浮游着的头，先顺向转着圈子，显出"高兴的笑容"，然后逆向打旋，激起水花四溅，因为逆向运动需要更强大的力量，就在这时，描写到达了高潮。

特写镜头二：

那头也就在水中央停住，面向王殿，颜色转成端庄。这样的有十余瞬息之久，才慢慢地上下抖动；从抖动加速而为起伏的游泳，但不很快，态度很雍容。绕着水边一高一低地游了三匝，忽然睁大眼睛，漆黑的眼珠显得格外精采。[1]

这里特写较之镜头一运动节奏明显减缓，"从抖动加速而为起伏的游泳，但不很快，态度很雍容"。但镜头的中心始终聚焦在头的神情，由端庄到雍容到忽然睁大眼睛。一张一弛，作者对镜头内部两方面内容不同的处理方式，构成一种张力关系。

特写镜头三：

头忽然升到水的尖端停住；翻了几个筋斗之后，上下升降起来，眼珠向着左右瞥视，十分秀媚，嘴里仍然唱着歌。[2]

动作被分切得越来越细微，仿佛时间就永远地凝固在那一瞥视的瞬间。动作的节奏越来越严密、冷峻、紧凑，一系列的短镜头使积聚在一起的细节在短促、紧张的对比与强烈的律动中互相撞击，从而增加画面内部的张力和运动感。

特写镜头四：

---

[1]　鲁迅：《故事新编·铸剑》，《鲁迅全集》第2卷，人民文学出版社2005年版，第445页。

[2]　鲁迅：《故事新编·铸剑》，《鲁迅全集》第2卷，人民文学出版社2005年版，第446页。

王站起身，跨下金阶，冒着炎热立在鼎边，探头去看。只见水平如镜，那头仰面躺在水中间，两眼正看着他的脸，待到王的眼光射到他脸上时，他便嫣然一笑，这一笑使王觉得似曾相识，却又一时记不起是谁来。①

这几个画面中的动作是静止的，但镜头处理的方式、角度则在不断变化。再映出眉间尺"两眼正看着他（王）的脸"之后，接着就出现"王的眼光射到他（眉间尺）脸上"，一方面使画面内部的交流和影像叠加；另一方面，也在悄悄地积聚画面体验的势能和强度，使得画面所包容的情绪悄悄地达到一个爆破的临界点。

鲁迅也善于"漫画式"描写，如长聚焦镜头，先从一个点写起，慢慢推移到远处，包括环境场面、人物出场，从而展现整个场景，具有层次感和立体感。《理水》中宴会就是一个典型的长镜头。虽然宴会在一个相对密闭的空间展开，但镜头能突破空间的局限，（全景）"这一天真是车水马龙，不到黄昏时候，主客就全都到齐了，院子里却已经点起庭燎来"，（推至室外）"鼎中的牛肉香，一支透到门外虎贲的弃子跟前，大家就一齐咽口水"，（淡入）"酒过三巡，大员们就讲了一些水乡沿途的风景，芦花似雪，泥水如金，黄鳝膏腴，青苔滑溜……"，（淡出，中景）"微醺之后，才取出大家采集了来的民食来"，（特写）"都装着细巧的木匣子，盖上写着文字，有的是伏羲八卦体，有的是仓颉鬼哭体……"。②作者用平行的镜头，将宴会的盛况通过不同景别的组接全面地展现出来，将官员的腐败、奢靡之风进行漫画式呈现。

电影与文学不同，它通过视点变换，在各自视域内发生交叉、重叠，从

① 鲁迅：《故事新编·铸剑》，《鲁迅全集》第2卷，人民文学出版社2005年版，第446—447页。

② 鲁迅：《故事新编·理水》，《鲁迅全集》第2卷，人民文学出版社2005年版，第393—394页。

鲁迅与20世纪中国研究丛书

而构成一个三维立体空间。①在这个空间内，事物是从多方位、多层面得以观照和展现的。在《故事新编》中，鲁迅在文本内部进行着巧妙的视角转换。如《采薇》结尾部分"伯夷和叔齐都缩做一团，死在山背后的石洞里"，他们的死因引起小丙君、阿金姐、闲人三类人的猜测，小丙君认为他们"不肯超然，不肯安分守己"是导致离开养老堂而病死首阳山的原因；阿金姐认为他们死于贪心，"光喝鹿奶不够，还觊觎鹿肉"使鹿逃跑而少了吃食；闲人们或说老死，或说病死，或说被强盗杀死，众说纷纭。这些分散的视角把伯夷、叔齐的形象转化成几个局部画面，读者在阅读过程中，通过整合而在其内心视域中构成完整的形象。这一新的形象唤起读者一种独特的情感状态，并促使他们重新回过头来整合、升华文本中关于这一形象的所有描述。《出关》中写老子到函谷关，关尹喜介绍他"是位馆长，有学问的先生"，而账房先生则认为他是个迂腐可笑的老头子。玄乎含混的瞎折腾之后，关尹喜对老子显然已经失去了热情，此时的老子便是只值"五个饽饽"的"老作家"了。一系列视角的切换，仿佛在老子周围立起了多面"哈哈镜"，老子的形象就在这不断变幻、相互映照的叙述视角所构成的镜像世界中被变形、幻化，读者重新理解，继而产生一种内在的深化主题形象的力量。《起死》是一出独幕剧，情节在对话中展开，我们看到由庄子、汉子、巡士这三个人物发出的声音构成三个视角，如探照灯一样，交替落在庄子的身上。庄子由于迷惑而做出"起死"的举动，"起死"后的汉子抱怨庄子偷了他的衣物，巡士指责庄子是个"昏蛋"。三个声音制造了空间距离，引导读者进入小说的情境当中，成为另一种意义上的"观众"，使文本的空间向当下延伸。

三、声画结合的画面感

20年代末，有声电影诞生，声音使剧情从开始到结束有一个准确的步骤，而声音结构的独立性和象征性亦可烘托故事的情节发展，深化电影的深层内涵。小说中的声音元素也是如此，不但可增加作品的可读性，也可调剂读者的

鲁迅与20世纪中国传媒发展

---

① 文学通常是借助单一视点及其视域所构成的是一个二维平面。

阅读感受。虽然历史的题材造成了阅读间离，但声音元素的融入可使读者更加立体地审视作品。如《铸剑》中眉间尺夜晚与老鼠的"互动"，因为声音而显得动感十足。从被老鼠"扑通一声"的惊醒，听见后用"爪子抓着瓦器的声音"而感到烦躁，老鼠"啾啾地急促地喘气"，又"扑通一声"被按入水里，最后"只听得吱的一声"死掉。① 这简单的声音使静谧的夜晚不再宁静，平淡的叙述开始变得波澜不惊，文本所呈现的不再是静态的文字，而是多层面的意义内涵。同时，因为声音拓展了文本的想象空间，调动了读者的阅读感受，作者、文本、读者间的互动形式更加多样。

画面感是电影带给观者最直接也是最重要的感官体验，在《故事新编》中，我们不难发现能够进行画面想象的文字。如《奔月》中后羿第一次回到家，等待女佣的晚饭，他呆坐于桌前，"对面墙上挂着的彤弓，彤矢，卢弓，卢矢，弩机，长剑，短剑，便都在昏暗的灯光中出现"②。这是一个非常静止的镜头，不需要过多的修饰，就使后羿陷入深深的回忆中，他想象以前的英勇事迹，沉醉于过往的骄傲，而当女佣将仅有的炸酱面搬上餐桌时，通过镜头的切换，把他从回忆中拉回现实，那些回忆只留存在墙面上，那死气沉沉的、布满灰烬的弓、弩、剑。当后羿又一次回到家，不见太太嫦娥，"他在房里转了几个圈子，走到堂前，坐下，仰头看着对面壁上的彤弓，彤矢，卢弓，卢矢，弩机，长剑，短剑……"③。同样的画面再次出现，此刻的出现不是单纯的回忆，而是衬托出主人公的心境，读者的情绪也呈现前后截然不同的变化。

声音和画面因素可以将人物形象塑造成不同感受的巨大"级差"，为提供从"含义"方面进行各种解释的可能性，使作品诱发出足够的信息量，调动读者的直接情绪，进而促使他们的心理定式有多种解释可能性。同时，也为故事的发生发展塑造了有意义的环境，为读者提供了多维的解读空间。

---

① 详见鲁迅：《故事新编·铸剑》，《鲁迅全集》第2卷，人民文学出版社2005年版，第432—433页。

② 鲁迅：《故事新编·奔月》，《鲁迅全集》第2卷，人民文学出版社2005年版，第372页。

③ 鲁迅：《故事新编·奔月》，《鲁迅全集》第2卷，人民文学出版社2005年版，第379页。

第五节　鲁迅的神话观对中国当代魔幻电影创作的启示

20世纪以来，电影层次已经达到传播大众思想的最高境界。在好莱坞开启的魔幻风潮之后，兴起了一批中国式的东方魔幻。本节之所以选择魔幻电影作为当代影视文化与鲁迅精神对接的切入口，一方面是因为魔幻电影在当下具有的重要经济文化意义，另一方面则是因为魔幻电影通过对现代人生存空间和精神世界的洞察，在广阔的想象叙事空间里向人们提供了一个具体"家园"意向。魔幻电影与鲁迅文学世界中的故乡"母题"一样，都是基于一种漂泊者对于寻根的渴求。而一旦我们将魔幻电影与鲁迅的神话观进行对比，就会很容易发现：当代中国电影发展的困境和瓶颈不仅是产业发展落后以及技术差距，更严重的问题其实在于对于自身传统文化价值的自信明显不足。

一、鲁迅的神话观高度肯定了中国电影魔幻化的文化基础

20世纪鲁迅曾经对中国神话的神话性质、历史，神话与科学的关系以及对欧洲文艺和中国文化的影响提出了自己的精辟见解。当时，初到日本的鲁迅因为受进化论等进步思想影响，开始撰文介绍西方自然科学的新成果，并以此为出发点反对封建迷信和吃人的礼教。但他发现在此过程中，有人以"破迷信"为名，否定传统的宗教信仰，并嘲笑中国古老的神话。针对这些人的主张，鲁迅对于中国古代神话给予了极大的肯定，并阐明了神话在民族文化发展中的重要作用。鲁迅强调"神话之作，本于古民睹天物之奇觚，则逞神思而施以人化，想出古异，诙诡可观"，又惊叹"太古之民，神思如是，为后人者，当若何惊异瑰大之"。[①]这段话高度评价了先民创作神话对于后世文艺的巨大影响，认为中国神话本身具有"瑰大之"的神奇魅力。这种肯定性的观点奠定了鲁迅对于中国神话的基本态度。而后来，他又在《中国小说史略》中谈到神话的功效"神话不特为宗教之萌芽，美术之由起，且实为文章之渊源。"[②]给予

---

① 鲁迅：《集外集拾遗补编·破恶声论》，《鲁迅全集》第8卷，人民文学出版社2005年版，第32页。

② 鲁迅：《中国小说史略》，《鲁迅全集》第9卷，人民文学出版社2005年版，第19页。

了高度的肯定，认为神话是宗教、美术、文学等一切艺术的起源。

文化发展的历史其本身就是对于古老和传统不断肯定、不断追溯的历史。电影作为一种艺术形式虽诞生刚过百年，但"电影的层次已经达到传播大众思想的最高境界"[①]。其产生的广泛影响已经超过了历史悠久的文学以及其他艺术。20世纪以来，没有哪一种艺术形式获得了电影这样广泛的社会关注，产生了如此巨大的经济文化效益。以《哈利波特》系列、《魔戒》三部曲、《纳尼亚传奇》、《阿凡达》等这些好莱坞大片为例，他们在创造了巨额票房价值的同时，也引领了全球性的魔幻电影潮流。

从2006年的《无极》到后来的《画皮》《画壁》，以及《白蛇传说》《画皮2》，中国电影也开始成为这股魔幻风潮的追随者。在一批中国式的东方魔幻电影兴起的背后，中国电影似乎承接了文学的衣钵，开始在传统的民族神话传说中寻找"文章之渊源"的艰难探索。这批以魔幻形式出现的中国电影，无论是在电影票房还是电影制作技术上来说，都对中国电影产业产生了极大的影响。

魔幻电影作为当代最受瞩目的电影类型有其必然性。在高度发达的现代都市物质文明中，在城市挤压农村生存空间的现代影像世界里，"魔幻"如同用光影铸造一个梦境，为观众提供了已经几乎失语的童年慰藉，在这个世界里，童话、神话等人类文明的古老印记都以视听语言的具体形式得以再现。而从另一个方面来说，魔幻电影在取得巨大商业成功的同时，其作为传播手段对于主流文化的推广，对于意识形态的指向性已经越来越成为其中显著的类型符号。我们之所以选择魔幻电影作为当代影视文化与鲁迅精神对接的切入口，一方面是因为魔幻电影在当下具有的重要经济文化意义，另一方面则是因为魔幻电影通过对现代人生存空间和精神世界的洞察，在广阔的想象叙事空间里向人们提供了一个具体"家园"意向，这与鲁迅文学世界中的故乡"母题"一样，都是基于一种漂泊者对于寻根的渴求。

---

① ［加拿大］马修·弗雷泽：《软实力：美国电影、流行乐、电视和快餐的全球统治》，刘满贵、宋金品、尤舒译，新华出版社 2006年版，第31页。

文化是"指一种由历史延续下来，被深深地植根于一个民族心中的，无论何时何地何种阶级都无须思索的信奉和认同，并且在他们日常生活的各个方面都会始终表现出来的传统精神"①。3D荧屏因为电脑特效的参与而成了与魔幻电影相结合、讲述中国神话最适宜的当代媒介载体，那么魔幻电影也必须同时承担中国神话的文化观念。中国神话的文化观念并不仅仅是人鬼相恋那么简单，也并不是灵与肉的交融这样直白而肤浅。从《指环王》三部曲，我们可以看到好莱坞魔幻电影的文化指征。魔戒象征着人类潜意识里所有阴暗与罪恶的东西。因此，魔戒的持有者会被这魔戒最终引向邪恶。唯一可以抵挡诱惑的人承担起了销毁魔戒的重任。销毁魔戒的过程是人类对自身不懈的探索的过程，是一次克服固有邪恶本能的寻根之旅。而《哈利波特》里主人公哈利波特与伏地魔两人之间的关系也充分说明了这一点。寻找人自身的本质和天性，这种人类命运的寓言式结构是西方文化所一以贯之的特质所在。也是好莱坞通过其魔幻电影产品所传达给世界观众的核心价值观。

鲁迅曾对中国神话的长处和短处进行过系统的分析。在他看来，中国神话的文化观念有其历史的传承性："中国之神鬼谈，似至秦汉方士而一百年，故鄙意以为先搜集至六朝（或唐）为止群书，且又析为三期，第一期自上古至周末之书，其根柢在巫，多含古神话。第二期秦汉之书，其根柢亦在巫，但稍变为'鬼道'，又杂有方士之说。第三期六朝之书，则神仙之说多矣，今集神话，自不应杂入神仙谈，但在两可之间者，亦只得存之。"②对于中国神话的混淆和演变现状，鲁迅在《中国小说史略》中的分析是："然详案之，其故殆尤在神鬼之不别。天神地祇人鬼，古者虽若有辨，而人鬼亦得为神祇。人神淆杂，则原始信仰无由蜕尽；原始信仰存则类于传说之言日出而不已，而旧有者于是僵死，新出者亦更无光焰也。如下例，前二为随时可生新神，后三为旧神

① ［加拿大］马修·弗雷泽：《软实力：美国电影、流行乐、电视和快餐的全球统治》，刘满贵、宋金品、尤舒译，新华出版社2006年版，第31页。

② 鲁迅：《致傅筑夫、梁绳祎》，《鲁迅书信集》上册，人民文学出版社1976年版，第66—67页。

有转换而无演进。"① "盖神思一端，虽古之胜今，非无前例，而学则构思验实，必与时代之俱升，古所未知，后无可愧，且亦无庸讳也。"②这是鲁迅对中国神话体系较为中肯的评价。

从鲁迅的神话观念我们可以看出，鲁迅对于中国古代神话的研究和肯定都为当今的东方魔幻电影创作提供了坚实的理论基础。虽然东西方神话传说包括史诗英雄等各个方面都有迥异，但是以世界文化潮流发展的大趋势来看，深具民族文化特性的产品将赢得最终的胜利，而中国神话有着自身的宏伟构建和瑰丽的闪光点，完全能够成为中国魔幻电影的创作源泉。

二、中国魔幻电影缺乏鲁迅精神所代表的文化自觉与自信

与西方传统的神话体系相比，中国神话有着体系不全、神鬼不分的劣势。如果仅仅将神话和传说作为一种文学和影视的渊源，以"神话大抵以一'神格'为中枢，又推演为叙说"③来说，鲁迅的神话观所首先肯定的是中国神话与西方神话相比而凸显出的文化的自信与自觉。

在鲁迅看来，中国神话的长处并不在于具有完整的神族谱系或宏大的远古史诗，中国神话的题材是"迨神话演进，则为中枢者渐近于人性，凡所叙述，今谓之传说。传说之所道，或为神性之人，或为古英雄，其奇才异能神勇为凡人所不及，而由于天授，或有天相者，简狄吞燕卵而生商，刘媪得交龙而孕季，皆其例也。此外尚甚众"④。从这段论述中，我们已经能清楚地看到中国神话的魔幻特质，以及对于英雄不同于凡人的高度定义。

将魔幻电影与鲁迅的神话观对比，我们就会发现，当下的中国魔幻电影在文化和精神层面有着明显的自信不足。例如，电影《无极》虽然利用了道家五行的诸多元素来建立其世界观，但是这个世界观除了五行的文化概念，宫殿的

---

① 鲁迅：《中国小说史略》，《鲁迅全集》第9卷，人民文学出版社2005年版，第24页。

② 鲁迅：《坟·科学史教篇》，《鲁迅全集》第1卷，人民文学出版社2005年版，第27页。

③ 鲁迅：《中国小说史略》，《鲁迅全集》第9卷，人民文学出版社2005年版，第19页。

④ 鲁迅：《中国小说史略》，《鲁迅全集》第9卷，人民文学出版社2005年版，第20页。

造型与中国传统建筑有几分相似之外，实际上处处都在套用《指环王》的叙事方式，甚至还出现了日本化的"阁老"人物造型和议事制度。《无极》采用传统中国文化，又想方设法通过西化来进行变异，希望能达到一个融贯东西的效果，但其文化和精神的缺失导致故事荒诞，最终招致诸多诟病。而在电影《画壁》里，人物身着东方衣冠，却将仙境设计成有着奥林匹斯山的神界体系。中国神话体系确实是存在董永和七仙女、牛郎和织女的爱情故事，但是当下中国魔幻电影抛弃"心与爱"的传统文化道德观，将"灵与肉"这种西方文化剩饭进行反复渲染。通篇下来，观众只记得众仙女为男女情爱而颠三倒四完全偏离的英雄主义的主题。另一部魔幻巨制电影《白蛇传说》中作为最大的亮点和卖点的特技制作就更不用说了。乍看来，电影创作者确实是在传统文化中找寻主题，但是我们纵观当下的魔幻电影就会发现，其实质与我们的神话观念相去甚远。

神话是关于英雄的传说。对于西方故事中的英雄，坎贝尔的观点是："英雄从日常生活的世界出发，冒种种危险，进入一个超自然的神奇领域，在那神奇的领域中，和各种难以置信的有威力的超自然体相遭遇，并且取得决定性的胜利，于是英雄完成那神秘的冒险，带着能够为他的同类造福的力量归来。"[1]在好莱坞魔幻电影中，主人公要经历种种神秘的体验，在奇遇和磨难中寻求外在神力和魔力的帮助，这才是故事主线。而在《指环王》系列、《纳尼亚传奇》系列等等电影中被广泛使用的欧洲传统文化素材，如魔法、巫术、神兽等等，只是主线的陪衬和道具。在任何一个神话故事和任何一部魔幻电影中，具有某一文化特征的普通人历经劫难、超越自我最终拯救世界，才是好莱坞魔幻电影除了视觉奇观带来的冲击力之外，对观众更深层次的吸引力。而英雄在劫难中的反复与自身确认，最终找到可靠的归属感，这也是魔幻电影通过潜意识的神话思维和生存态度，追寻现代人的精神家园的价值所在。

如果我们用这种英雄观来回顾前几年票房过亿的《画皮》系列就会发现，

① ［美］邓迪斯编：《西方神话学读本》，朝戈金等译，广西师范大学出版社2006年版，第102页。

这部号称源自《聊斋志异》、开创 "东方魔幻主义" 的系列魔幻大片,虽然在技术上代表着中国电影特技制作的新水准,但是其故事内核与魔幻却相差甚远。以创造了7.5亿票房的电影《画皮2》为例,电影探讨的是关于色相是否重要、究竟有多重要这一主题。一个男人究竟是爱女人的心,还是她的皮囊。这原本不是《聊斋志异》中《画皮》的初衷所在。但是通过电影的升华演绎,其结局变为男主角自毁双眼以示绝不再为女人的美貌所惑,而两位女主角最终一人一妖合为一体,从而实现了女人在精神与相貌上的完美结合。从人物的行为动机上来说,陈坤饰演的男主角并无保家卫国的宏愿,也没有舍生取义的英雄豪情,一直以来因为自责和担心门户差距而一直回避自己的爱情,直到被狐妖的色相所惑,在外敌入侵之前一直没有任何主动性的行为。赵薇饰演的女主角因为一次意外毁容而对爱情失去信念,更在男主角与妖女小唯的交合后放弃了原本的信念,认清了男人更爱女人的相貌的现实。其接受现实的方式是用自己的心换来了一张美貌的人皮,宁愿变成狐妖也要尝试男女交合之欢。这样的主角当然不是鲁迅所说的"古英雄",他们既没有实现自我救赎也没有能力拯救他人。一味的缠绵悲情使得一部电影时时体现着人物内心的狭小格局。这与神话中的"女娲""后羿"等形象相比,与鲁迅所说的"神性之人""奇才异能神勇为凡人所不及"相比,没有舍生取义主动赴死的悲剧性,也没有慷慨悲歌的豪情。将宏大的民族文化背景转述为男女之间的小情爱,这是目前中国魔幻电影的整体通病。而正由于内核的缺失,导致电影更加强调外在形式、追求新锐的视觉效果,将3D效果作为最大卖点而放弃了魔幻电影本身具有的文化意义,使之虽有"魔幻爱情"大片之称,但是实为以神话的外衣装点爱情故事,与魔幻主义的内涵相去甚远。

在全球化的魔幻电影热潮中,从中国魔幻电影身上我们既看不到对于家园和故土的精神追求,也看不到任何英雄的存在。在看似繁荣的中国魔幻电影影像背后,留下的镜头是《无极》里张柏芝站立在城墙之上,面对千军万马询问一句:"你们想看看我这件衣服下面穿的是什么吗?"是《画皮》里特技与音效所营造出的陈坤与周迅的梦境交欢,是《画皮2》中赵薇与周迅在水中沐浴的唯美镜头。小唯、白素贞,这些反抗宿命的精神象征在电影上都只剩下了一副露着香肩美腿的皮囊。在文化上不追根溯源，在精神上极度自卑，最终只能以色相诱人，这便是目前为止中国魔幻电影在制作上的制胜法宝。《无极》以来的这些魔幻电影都有不俗的票房成绩，但这种一时的商业成绩，无法掩盖这种精神自卑以及对中国神话的曲解，这种肤浅的文化诉求终究将对中国电影发展带来伤害。以中国古代神话的包装贩卖伪西方文化的实质，已经成为当下中国魔幻电影创作的普遍现状。

　　鲁迅认为神话是初民驰骋和恣肆其想象和智慧的结果，记录了太古之民丰富和奇特的"神思"，作为后人当"惊异瑰大之"。当下的中国电影魔幻题材却难以脱离男女之情的小情怀，无法实现真正的恢宏与壮丽。美女无疑是一个极具吸引力的视觉符号，小倩、小唯、白素贞这种形象的确是中国传统神话中的常见元素，但是遍观《哈利波特》《饥饿游戏》等占据年度北美电影票房前十名的好莱坞魔幻大片，他们的共同点都是以儿童或青春期的少年为主角，主人公在影片中经历着童话般的剧情。电影将大量的笔墨用在描写软弱无能的孩子历经艰险长大成人的勇敢故事，而在男女情爱方面保持着纯情坚贞，其爱情观念符合社会主流。虽然是商业片，但是在魔幻电影中却通篇没有裸露的暗示和挑逗，更没有影射情色的镜头。反观《无极》中张柏芝脱衣以示魅力，《画皮》中的梦幻交合，实际上却是我们的"东方魔幻主义"仍然徘徊在卖弄情色的初级阶段。中国电影虽号称有严格的审查机制，但是西方魔幻电影大都将观片人群定义在暑期档的青少年观众。而中国魔幻的主流观众群体却相对模糊不清。我们彰显的是什么，弘扬的是什么？那些唯美的情色镜头和仅仅局限于小我的个人价值观究竟是否适合给青少年观看呢？中国特色的东方魔幻电影与西方现实魔幻主义相比之下实在是相去甚远。而这既不是中国神话的本来面目，也不是鲁迅先生所说的"惊异瑰大之"，更谈不上在深层次的集体意识中寻找到的民族文化之根。

　　中美电影之间的巨大差距如果只在技术层面，那么依靠中华民族的勤劳和智慧奋起直追，有朝一日一定能够超越。但如果是文化方向和精神层面的问题，导致我们满足于以魔幻的包装出现的视觉欣赏，就意味着当年鲁迅在《孔乙己》《药》和《阿Q正传》中奋力高呼的国民性问题在近一个世纪之后的今天，依然没有完全解决，这种潜意识的民族自卑将成为中华民族文化复兴的最大障碍。在当今社会东西方充分交流融合的同时，我们仔细分析一下东西方差异就会发现，我们现在努力地去了解西方，我们研究好莱坞制片体系，主流价值观念，但是真正被忽视的，是我们自身。中美电影合作最大的问题在于我们对于东方文化本身的不自知，这种不自知来自西方对于东方的东方主义理解，但是更深层次来说，是因为我们对于自身认识的缺失。

20世纪60年代拉丁美洲文学创作者曾振臂高呼，强烈反对第一世界对于第三世界国家文化的强势输出，由此促进了拉丁美洲魔幻主义文学的兴起。与当时相比，目前的文化后殖民主义通过更为强势的影视文化，将自身的价值观和意识编码灌输给第三世界的文化入侵已经愈演愈烈。现代各国的民族电影都在好莱坞的电影全球化面前风雨飘摇。但奥斯卡最佳外语片往往颁发给关注人性底线上的善良的电影创作者而不是魔幻电影。这一方面是因为好莱坞魔幻巨制本身的强大，另一方面却是对民族文化精髓的深刻肯定。可见，没有民族文化自信我们无法谈到文化生产力，也无法掌握世界电影创作这种强势文化传播手段的话语权。

三、当代中国电影创作需要重拾鲁迅精神

鲁迅曾经举过这样一个例子："自大与好古，也是土人的一个特性。英国人乔治葛来任纽西兰总督的时候，做了一部《多岛海神话》，序里说他著书的目的，并非全为学术，大半是政治上的手段。他说，纽西兰土人是不能同他说理的。只要从他们的神话的历史里，抽出一条相类的事来做一个例，讲给酋长祭师们听，一说便成了。譬如要造一条铁路，倘若对他们说这事如何有益，他们决不肯听；我们如果根据神话，说从前某某大仙，曾推着独轮车在虹霓上走，现在要仿他造一条路，那便无所不可了。"[1]我们现在是不是已经脱离了"土人"的意识暂不好说，但好莱坞利用魔幻电影进行文化倾销的企图和方式

① 鲁迅：《热风·随感录四十二》，《鲁迅全集》第1卷，人民文学出版社2005年版，第343—344页。

与前者仍如出一辙。伴随19世纪末西方资本主义向东方的扩张和侵略，西方中心主义的主流电影文化与中国各阶层进行政治、经济、文化的对立和整合，中国知识分子面临中心话语的解构—守护—重新洗牌的被动，但是与此相应的共时性层面，从文化的横截面来看却长期被忽视。一直以来，鲁迅电影批评的重心从来不是暴力革命意识的鼓动，而是更"基础性"地放在了对中国国民性的批判上。纵然与鲁迅的时代已有近一个世纪之隔，我们却依然需要从他的身上吸取养料。

在当今世界多元的文化格局中，我们从未放弃对中国文化竞争力的尝试。虽然遭遇西方影视文化的强势来袭，但我们从未忽视提升中国文化软实力发展的需要。不可否认，当下最有影响力的美国文化和欧洲文化已经成为世界文化的"两极"，但我们也正在向具有独特性、影响力的"第三极文化"而努力。"数千年传统的中国文化争取成为第三极文化并不意味着我们短时间内要在技术手段，艺术表现或者在电影票房上与欧洲、美国或者其他国家电影一争高下，而是要通过弘扬和传播'第三极文化'所代表的核心价值和民族精神，在提供休闲娱乐和艺术享受的同时重塑民族文化自信，构建社会核心价值体系。"[1]正因为如此，鲁迅以远古神话作为探索、考察中国国民精神的现代化问题而寻求精神向导的维度，同时关照西方文化和现代思潮的宏大背景，并以进行不息的生命力为人类生活的根本，这种对待神话的精神才是我们当代魔幻主义电影创作所需要的。

"中国既以自尊大昭闻天下，善诋諆者，或谓之顽固；且将抱守残阙，以底于灭亡。近世人士，稍稍耳新学之语，则亦引以为愧，翻然思变，言非同西方之理弗道，事非合西方之术弗行，掊击旧物，惟恐不力，曰将以革前缪而图富强也。"[2]鲁迅不是简单地以理智还原的态度看待神话，而是关注神话世界所反映的初民的原始生命活力与情感内容。他对于中国神话的独特理解和认

① 中国文化国际传播研究院课题组：《银皮书：2011中国电影国际传播研究年度报告》，北京师范大学出版社2012年版，第3页。

② 鲁迅：《坟·文化偏至论》，《鲁迅全集》第1卷，人民文学出版社2005年版，第45页。

识，是鲁迅文化思想的重要组成部分，对于解读传统文化、创造有中国特色的魔幻电影有着至关重要的意义。

要在中西方之间寻找契合的魔幻电影题材本身是一项艰辛的工作。近年来，我们一直听到《西游记》要拍成魔幻电影的各种消息。在我们的民族记忆里，《西游记》已经能算上最有世界影响力的故事题材。但是在好莱坞看来，石头里蹦出来的孙悟空，因为学成了本领无所事事而去天庭捣乱，因为不甘心官职太小而大闹蟠桃园，之后因为反叛的精神而大闹天宫，这一系列的中国式英雄主义背后缺乏个人牺牲的宏大主题，也缺乏社会奉献这样的普世价值观的意义。孙悟空之所以成为中华民族最耳熟能详的人物是因为对于一个长期思想禁锢的民族国家而言，他的精神极具个人英雄的突破和挑战，彰显着不屈服的抗争，但是如果将其视为一个国际化的题材，以素以自由主义、个人主义见长的西方观点来看，孙悟空却显得平淡无奇。这也许是《西游记》一直没有成功搬上大银幕的致命伤。这也是中国电影一直处于一种自娱自乐状态而无法走向世界的根本原因。在《西游记》的问题上，我们遇到了一个悖论：要有国际化的票房，我们就必须按照美国价值观进行改编，但是一旦进行改编，就再也不具有中国传统文化特质，会在国内市场被谩骂一片。这也许能看出除了魔幻电影以外，整体中国电影创作的两重性困境。一方面，好莱坞大片席卷我国票房；但是另一方面，观众看好莱坞是因为知道那仅仅是好莱坞的休闲娱乐形式，一旦进行中国化的诠释和演变往往不得民心。如果鲁迅当年对于黑屋子的比喻一般，中国电影产业仿佛越来越陷于一个自娱自乐的怪圈。在这种文化怪圈里，无法突破，无法融合，也无法解释。

但也许正因为如此，才更需要我们将强大的鲁迅精神从文学范畴借鉴到电影创作领域。鲁迅与电影文化之间绝不仅仅是电影与观众之间的普通关系，我们需要从鲁迅精神中获得力量和指引，能够从民族文化的思想根源中找到自身的文化支撑，找到一种可以让我们摆脱长期僵化的思维模式，认同人性的光辉，认同人的价值和力量，以及英雄崇拜的可能。电影永远需要英雄。在鲁迅看来，民族没有英雄与有了英雄不知表现、不知敬仰同样悲哀。没有哪一类型电影比魔幻电影更需要英雄表现与英雄情怀，这些正是我们整体民族血脉中缺失的，也正是我们在此时再提及鲁迅的神话观念与魔幻电影创作的主要原因。

时值此时，莫言作为第一个获得诺贝尔文学奖的中国籍作家，似乎昭示着中国魔幻文学经过长期的发展已经开始被世界所认同，意味着当代中国文学已经在世界舞台上与其他民族的优秀文化作品赢得了同样的尊重。这种尊重和认同将能够跨越种族、文化乃至时空，这便是艺术的魅力。而作为更加具有传播效应的电影来说，一时的视觉奇观在人类文化的历史长河中无法留下任何的只言片语。中国魔幻电影想要像中国魔幻现实主义文学那样承担起传播中国传统文化的重任，就必须秉承魔幻文学所具有的展示中国古老传统的内心秘史的使命，对其人性底线上所能达到的美学境界加以深层眺望，将鲁迅对于神话体系的建构和分析，对于西方强势文化的态度，将其对于国民性的批判，对民族之魂的构建都运用到我们今天的电影创作中来，这才是中国电影未来的希望所在。

结 语

在对鲁迅与20世纪中国现代传媒的关系进行全面分析后，我们发现，鲁迅在20世纪中国现代传媒发展中最为重要的贡献在于他强化了现代传媒与中国现代启蒙的关系，促成了一种独特的"现代传媒语境中的启蒙"的发生。这种启蒙方式与西方近代启蒙运动大相径庭。西方启蒙思想家很少利用报刊等现代大众传媒来建构、阐述、传播自己的启蒙思想，也很少通过对具体社会问题的批判来表述他们的启蒙观念，他们常常醉心于纯理论（思想）大厦的构建，写作了诸如《论法的精神》（孟德斯鸠）、《社会契约论》（卢梭）、《纯粹理性批判》（康德）、《浮士德》（歌德）之类的体系庞大、思想精深的经典巨著，成为启蒙运动的行动指南与精神力量。鲁迅等现代知识分子始终都没有类似的启蒙巨著问世，他们的启蒙运动从一开始就在大众文化特质极浓的报刊传媒上进行，"不以建构思想体系为主要目的，藏之青山传之后世的学术著作让位于直面现实的杂感随笔"①。他们借助于报刊传媒批判社会文化并在讨论与批判的过程中逐渐确定了自己的启蒙思想。现代报刊传媒不仅是其启蒙的载体，也是其启蒙的方式。这种启蒙与具体的现实人生紧紧地联系在一起，而非像卢梭、康德那样在"书斋"中构建启蒙的宏伟蓝图或理论原则。

鲁迅的独特贡献在于他以其独特的思想与实践促使了中国现代报刊传媒的某种转型——"由宏观的政治文化和历史批判视野部分地转向具体的社会文明

① 周海波：《现代传媒视野中的中国现代文学》，山东师范大学2004年博士学位论文。

和现实批判问题"①，并直接引起了《新青年》《新潮》《语丝》《莽原》等杂志"对人生问题的关注以及对文学创作的关注"②，最终使得这种着眼于现实人生的报刊传媒语境中的启蒙很快成为时代潮流。与卢梭、孟德斯鸠、康德等"学院派"气息浓厚的西方思想家相比，鲁迅所倡导的启蒙呈现出鲜明的现实目的性和琐碎性（这与报刊传媒的文体特征有一定的关系）。他的启蒙思想散见于零碎、杂芜的报刊短章中，缺乏西方大哲那种"系统地讨论和研究启蒙哲学的、理性精神等问题"的启蒙巨著，但是在连续的文化讨论和社会批判中我们仍然可以感受到其启蒙思想的整体面貌。③

　　依托于现代传媒，以鲁迅为代表的中国现代知识分子于西方启蒙方式之外开辟了一条新的启蒙路线——他们借助于报刊传媒，在对具体文化问题的讨论中摸索中国现代文化建设的思路，并在对某些社会问题的批判中实现启蒙的目标。他们将西方启蒙中的"哲学批判演化为一种现实的批判，生命意义的阐释演化为生存方式的解读，从关注大众日常生活的哲学意义出发，提出与生命相关的话题，……而启蒙思想也成为平民思想和生存观念的哲学升华。这些思想通过报刊传媒传播到读者大众当中，直接作用于大众的生活和思想"④同时，鲁迅毕生都在维护启蒙与现代传媒的健康关系。因为从深处看，隶属大众文化的现代媒体与"启蒙"也存在深刻的矛盾。现代媒体追求商业利润和政治功利的本性常常会窒息其启蒙和审美的属性，将读者大众引向报刊文化的消费或者政治盲从之中，消解了现代传媒所承担的社会责任和审美任务。鲁迅虽然没有完全否定现代传媒的商业性和政治性，但是对现代传媒过于商业化、娱乐化、政治化保持了高度的警惕，他通过自办刊物、出版社，编辑杂志，资助新人等方式来消解商业化、政治化给出版业带来的不良影响，重辟"针砭时弊""传播思想""探索新路"的传

　　①　朱寿桐：《鲁迅与〈新青年〉文学传统的创立》，《暨南学报（哲学社会科学版）》2006年第2期。

　　②　朱寿桐：《鲁迅与〈新青年〉文学传统的创立》，《暨南学报（哲学社会科学版）》2006年第2期。

　　③　周海波：《现代传媒视野中的中国现代文学》，山东师范大学2004年博士学位论文。

　　④　周海波：《现代传媒视野中的中国现代文学》，山东师范大学2004年博士学位论文。

媒阵地，将现代出版业发展重新拉入中国现代文化建设的轨道之中。

必须看到的是，"媒介是人的延伸"[①]，媒介对于人们的感知有巨大的影响。鲁迅在影响现代传媒的同时，现代传媒也在影响着"鲁迅"的形象。一方面，作为一个伟大的精神文化象征，鲁迅形象本身是中国现代传媒发展取之不尽的媒介资源。早在二三十年代，以孙伏园为代表的"青年学生圈"就借助于《晨报副刊》《京报副刊》打造"文坛领袖"的鲁迅形象，并将之推上青年们的"导师"宝座。借助鲁迅的品牌效应，孙伏园等人扩展了自己刊物的影响空间。当然，媒体对于鲁迅的批判与涂鸦也一直未断，以陈西滢为代表的"现代评论圈"和以"太阳社""创造社"为代表的"革命文学圈"以及后来的"右翼文人圈"一面在诋毁、抹黑鲁迅，一面也在利用鲁迅制造舆论话题争取话语权和发展空间。于是鲁迅的形象在大众的视野中由单纯的作家衍生出多种面孔和多重影像，这一过程既表明"鲁迅"日益成为制造舆论话题的媒介资源，也展现出现代传媒对作家形象、创作和发展的支持与否定、促进与阻碍，以及鲁迅本人的自我认知、抗争与改造。

另一方面，鲁迅先生在去世后，他的成就与精神逐渐超出文学与文化本身而成为民族精神的伟大象征，成为现代中华民族的一个具有无与伦比的影响力的文化符号，而这些精神象征与文化符号的建构与体现也是通过去世后的鲁迅与20世纪中国现代传媒的深刻联系来得以完成的。在相当长的时期里，鲁迅形象的建构与中国现代政治、文化各势力的角力和争夺的需求和策略相呼应。现代传媒文化传播功能使之具有的"公共话语"空间的性质，最后演化为各派势力争夺舆论认可和话语权的"战场"。为了争夺话语权，各个现代传媒根据自身的利益需要将鲁迅塑造成各种不同的形象，这里面既有正常的，也有病态的，正是它们构成了中国现代传媒发展的独特风景，也显示了鲁迅精神超越时间和横贯历史的伟大的生命力量，体现出他与我们这个民族深刻的精神联系和在不同时代的重要价值与历史影响，并且在不同的意义上折射出我们这个民族

---

① ［加拿大］马歇尔·麦克卢汉：《理解媒介：论人的延伸》，译林出版社2011年版，序言第1页。

在不同时代所具有的独特的精神症候，反映出不同时代和不同的传媒方式的不同特点与存在的问题。通过审视"鲁迅去世后"鲁迅形象的建构与中国现代传媒发展的关系，我们也可以看出，只有自由、开放的环境，独立、多元的方式，才能更近地走向鲁迅，鲁迅精神资源才可以得到充分利用，中国文化才能得到正常发展；而一旦落入某一势力的掌控，受一元化的霸权笼罩，鲁迅的精神资源不仅得不到合理的利用，甚至还会沦为当权者的附庸。

最后要指出的是，20世纪末期，随着大众文化的崛起，中国文化长期以来的"官方—精英"格局被逐渐打破。大众传媒释放的时代情绪表达着对长期以来以鲁迅符号为标识的文化一体化的强烈逆动。这既是当代传媒对鲁迅符号"另类"建构与利用的历史背景，也是鲁迅另类形象建构的内在推力。从新时期对于"言必称鲁迅"的政治文化一体化的心理逆反与对个体自由意志的渴念，到1990年代随着市场经济的深入转向追逐名利的炒作，再至新世纪将此推向狂欢的极端，形成"另类"建构与利用"鲁迅"的历史轨迹。需要强调的是，这一历史过程中特别是网络狂欢对于鲁迅的任意解构、亵渎或妖化，虽然应该予以驳斥并从学理上予以澄清，但是这种行为也包括有价值的精神成分，即：这种狂欢本身具有的对于一切以神圣化面目出现的专制话语的解构，对于个体自由意志朝气蓬勃的张扬，以及由此获得的在精神文化压制下突围的力量。

随着电子文化的兴起，当代传媒不可避免地将走向读图时代，图像文化将成为文化产业的霸主。作为精神界之战士，鲁迅形象资源指向的是人类复杂深邃的思想，因而以图像的方式来把握是非常困难的，很容易使"鲁迅"平面化、娱乐化、简单化。不过，鲁迅形象资源本身所具有精神辐射力又不可避免地击穿读图时代平面化的肤浅，特别是对于平庸化的强烈拒斥，它所具有的对于个体自省的激发力以及对于现实粉饰的去蔽力更会揭破一切瞒和骗，而这恰恰可以在一定程度上抵挡图像化所趋向的物质化、消费化弊端。从而由"读图"变为"读人"，进而演化为"立人"，特别是"立"可以与图像化等现代技术体系相配套的崭新的生命个体。这又意味着读图时代也同是人之现代重建的契机。从这个意义上说，读图时代既是"人"的危机，也是"人"的契机，而鲁迅形象资源正是我们所拥有的走出危机、把握契机的最珍贵文化资源。

附录

鲁迅观影信息汇总

年	月日	日记内容	影片名	类型	出品国
1916	9月24日	至季上寓，同往西长安街观影戏，自晚归寓			
	9月30日	夜同三弟往大栅栏观影戏，十一时归寓			
	10月1日	下午至长安街观影戏			
1917	2月23日	夜至平安公司观影戏后，赴国子监宿			
1924	4月12日	往平安电影公司看《萨罗美》	莎乐美（多情公主）	爱情	英国
	4月19日	午后往开明戏园观非洲探险影片	非洲百兽大会	探险	美国
	11月30日	往真光观电影	游街惊梦	喜剧	美国
1925	1月1日	下午往中天看电影，至晚归	爱之牺牲	爱情	
	2月19日	午后衣萍来，同往中天剧场观电影	水火鸳鸯	爱情	中国
	6月4日	下午同季市往中天场观电影	斩龙遇仙记前集		德国
	6月6日	午后衣萍来，下午往中天看电影	斩龙遇仙记后集		德国
	7月17日	晚品青、衣萍、小峰来邀往公园夜饭并观电影	乱世英雄（为国牺牲）		美国

	10月10日	夜赴全校恳亲会，听演奏及观电影			
	10月24日	夜观影戏，演《林肯事迹》	林肯事迹	历史	美国
1926	11月26日	夜观电影			
	12月3日	夜略看电影，为《新人之家庭》，劣极	新人之家庭	其他	中国
	12月10日	夜观电影			
	1月20日	夜观电影			
	1月22日	夜观本校演电影			
	1月23日	夜同伏园观电影《一朵蔷薇》	一朵蔷薇	其他	中国
	1月24日	夜观电影，曰《诗人挖目记》，浅妄极矣	诗人挖目记	其他	中国
	3月7日	晚同谢玉生，廖立峨，季市，广平观电影			
	3月20日	赴国民电影院观电影			
	3月21日	晚同季市、广平、月平往永汉电影院观《十诫》	十诫	宗教	美国
1927	3月23日	晚观电影			
	10月7日	饭毕同观影戏于百新（星）戏院	剪发奇缘	其他	美国
	10月8日	夜同三弟、广平往中有天饭，饭讫往百新戏院观影戏	党人魂	历史	美国
	10月17日	看影戏			
	10月22日	夜同三弟及广平观电影			
	10月25日	夜同三弟及广平至日本演艺馆观电影	二十五度酒精、影等短片	其他	日本
	11月5日	夜同三弟及广平往奥迪安大戏院观电影	怕妻趣史	喜剧	美国
	1月20日	晚同蕴如、晔儿、三弟及广平往明星戏院观电影《海鹰》	海鹰		美国
	1月21日	晚观电影，同去六人			
	1月22日	旧历除夕也，夜同三弟及广平往明星戏院观电影《疯人院》	疯人院	其他	美国
1928	2月4日	午同广平往中有天午饭，小峰所邀，同席十人，饭后往明星戏院观电影	战地莺花录（暴风雨中的孤儿）	其他	美国
	5月4日	同真吾、方仁、广平往上海大戏院观《四骑士》电影	四骑士（儿女英雄）	战争	美国

	5月16日	往明星戏院观电影	*医验人体*	其他	德国
	6月12日	夜同曾女士、立峨、方仁、王女士、三弟及广平往明星戏院看电影	*医验人体*	其他	德国
	11月24日	晚同柔石、真吾、三弟及广平往ISIS（上海大戏院）看电影	*有情人*	爱情	美国
	11月25日	下午有麟来，夜同往ODEON（奥迪安大戏院）看电影，并邀三弟、广平	*忘恩岛和非洲猎怪*	探险	美国
	12月1日	夜同柔石、三弟及广平往光陆大戏院看电影：《暹罗野史》	*暹罗野史*	探险	美国
1929	2月11日	午后同柔石、三弟及广平往爱普庐观电影	*皇后私奔记*	喜剧	美国
	3月8日	夜邀柔石、真吾、方仁、三弟及广平往ISIS电影馆观《Faust》	*浮士德*	其他	美国
	4月5日	午后同贺昌群、柔石、真吾、贤桢、三弟及广平往光陆电影院观《续三剑客》	*续三剑客*		美国
	6月7日	夜同方仁、贤桢、三弟及广平往东海电影院观电影	*天涯恨*		美国
	6月8日	同方仁、真吾、贤桢、三弟及广平往北京大戏院观《古城末日记》影片	古城末日记	历史	美国
	6月10日	夜同贤桢、三弟及广平往上海大戏院观《北极探险记》影片	北极探险记	探险	美国
	7月25日	夜同柔石、真吾、方仁及广平往百星大戏院看卓别林之演《嘉尔曼》电影，在北冰洋冰店饮刨冰而归	嘉尔曼（痴心荡妇）	喜剧	美国
1930	2月17日	夜邀侍桁、柔石及三弟往奥迪安戏院观电影	*侠盗雷森（伏尔加-伏尔加）*	强盗	美国
1931	5月8日	下午同增田、文英及广平往上海大戏院观《人兽世界》	*人兽奇观（鲁迅记错了）*	探险	美国
	5月16日	夜与广平邀蕴如及三弟往上海大戏院观《人兽世界》	*人兽奇观（鲁迅记错了）*	探险	美国
	6月3日	夜同蕴如、三弟及广平往奥迪安大戏院观电影《兽国春秋》	兽国春秋	探险	美国

	6月28日	清水君来，邀往奥迪安大戏院观《Escape》	逃亡	其他	美国
	7月30日	夜同增田君及广平往奥迪安馆观电影，殊不佳	狼狈为好	喜剧	美国
	8月5日	夜同蕴如、三弟及广平观电影			
	8月12日	夜同蕴如、三弟及广平往奥迪安观电影	摩洛哥	其他	美国
	8月16日	邀三弟来寓午餐，下午同赴国民大戏院观电影《Ingagi》，广平亦去	兽世界	探险	美国
	8月23日	夜同增田君、三弟及广平往山西大戏院观电影《哥萨克》，甚佳	哥萨克	战争	美国
	8月24日	四人又至山西大剧院观《哥萨克》	哥萨克	战争	美国
	9月13日	邀蕴如及三弟夜饭，饭毕并同广平往国民大戏院观电影	破坏者	爱情	美国
	10月7日	夜同广平往奥迪安观电影	两亲家游菲洲	喜剧	美国
	10月9日	夜邀王蕴如、三弟及广平通往国民大戏院观《南极探险》电影	南极探险	探险	美国
1931	10月11日	夜邀三弟、蕴如及广平往国民大戏院观《西线无事》电影	西线无战事	战争	美国
	10月14日	夜同广平往上海大戏院观电影《Belly in Kid》	义士艳史	爱情	美国
	10月18日	夜邀蕴如及三弟并同广平至上海大戏院观电影	蝙蝠祟	侦探	美国
	10月20日	夜同广平往奥迪安大戏院观《故宇妖风》电影	故宇妖风（黑猫爪）	爱情	美国
	10月30日	夜邀蕴如及三弟并同广平往上海大戏院观《地狱天使》电影	地狱天使	战争	美国
	11月13日	访三弟，值其未归，少顷偕蕴如来，遂并同广平往国民大戏院观电影《银谷飞仙》，不佳，即退出。至虹口大戏院观《人间天堂》，亦不佳	银谷飞仙 人间天堂	其他	美国
	11月15日	夜同广平往明珠大戏院观电影《三剑客》	三剑客		美国
	11月21日	下午邀蕴如及三弟并同广平往新光戏院观电影《禽兽世界》	禽兽世界	探险	美国
	11月23日	夜同广平往威利大戏院观电影《陈查礼》	陈查礼（中国大侦探陈查礼）	侦探	美国

1932	1月4日	午后邀蕴如、三弟及广平往上海大戏院观《城市之光》，已满座，遂往奥迪安观《蛮女恨》	蛮女恨	其他	美国
	1月10日	午后邀蕴如、三弟及广平往上海大戏院观《城市之光》	城市之光（市光）	喜剧	美国
1933	1月15日	夜邀蕴如及三弟并同广平往上海大戏院观电影，曰《人猿泰山》	人猿泰山	探险	美国
	2月19日	夜同广平往上海大戏院观苏联电影，名曰《生路》	生路（人生大道）	其他	苏联
	4月7日	三弟来，饭后并同广平往明珠大戏院观《亚洲风云》影片	亚洲风云（国魂）	其他	苏联
	10月15日	晚蕴如及三弟来，少坐即同往上海大戏院观电影，曰《菠萝洲之野女》	菠萝洲之野女（洪荒历险记）	探险	美国
	12月18日	夜同广平往融光大戏院观电影，曰《罗宫春色》	罗宫春色	历史	美国
	12月23日	午后同广平邀冯太太及其女儿并携海婴往光陆大戏院观儿童电影《米老鼠》及《神猫艳女》。赠阿玉和阿菩泉五，明日可看儿童电影	米老鼠 神猫艳女	动画	美国
1934	1月7日	同广平邀蕴如、三弟、密斯何及碧珊往上海大戏院观电影《Ubangi》	兽国奇观	探险	美国
	2月19日	饭后同往威利大戏院观电影，为马来深林中情状，广平亦去	龙虎斗	探险	美国
	2月20日	夜同广平往上海大戏院观电影	非洲孔果国	探险	美国
	2月22日	午后同广平携海婴并邀何太太携碧山往虹口大戏院观电影	菲州小人国	纪录探险	美国
	3月11日	晚蕴如及三弟来，饭后同往大上海戏院观《锦绣天》，广平亦去	锦绣天	歌舞	美国
	3月22日	夜同广平往金城大戏院观《兽王历险记》	兽王历险记	探险	美国
	3月29日	夜同广平往卡尔登戏院观电影	泰山之王	探险	美国

鲁迅与20世纪中国研究丛书

	4月2日	夜同广平往南京大戏院观电影	*云裳艳曲*	歌舞	美国
	4月3日	午后与广平携海婴访蕴如，并邀阿玉、阿菩往融光大戏院观《四十二号街》	四十二号街	歌舞	美国
	4月7日	晚蕴如来，夜三弟来，饭后与广平邀之至北京大戏院观《万兽之王》	万兽之王	探险	美国
	4月8日	夜同广平往卡尔登大戏院观《罗京管乐》	罗京管乐	歌舞	德国
	4月14日	夜与广平邀蕴如及三弟往南京大戏院观《凯塞林女皇》	凯塞林女皇	历史	美国
	4月15日	夜与广平往上海大戏院观《亡命者》	亡命者	其他	美国
	4月21日	晚三弟来，饭后并同广平往大上海戏院观《虎魔王》	虎魔王	探险	美国
	5月4日	晚蕴如及三弟来，饭后与广平共四人至上海大戏院观《拉斯普丁》	拉斯普丁	历史，宗教	美国
	5月5日	夜同广平往新光大戏院观《阿丽思漫游奇境记》	阿丽思漫游奇境记		美国
	5月25日	夜同广平往新光戏院观电影	*生吞活捉*	探险	美国
1934	5月31日	夜同广平往新光戏院观苏联电影《雪耻》	雪耻	其他	苏联
	6月2日	饭后同往巴黎大戏院观《魔侠吉诃德》	魔侠吉诃德		英国
	6月11日	同三弟及广平往南京大戏院观《民族精神》，原名《Massacre》	民族精神	其他	美国
	6月14日	夜同季市及广平往南京大戏院观《富人之家》	富人之家（大富之家）	历史，宗教	美国
	6月15日	夜同广平往光陆大戏院观电影	*米老鼠大会*	动画	美国
	6月23日	夜与蕴如及三弟并同广平往融光大戏院观《爱斯基摩》	爱斯基摩	探险	美国
	6月30日	夜同蕴如、三弟及广平往融光大戏院观电影《豹姑娘》	豹姑娘	科幻	美国
	9月9日	下午同广平携海婴并邀阿霜至大上海戏院观《降龙伏虎》	降龙伏虎	探险	美国
	9月22日	饭后并同广平往南京大戏院观电影。	*泰山情侣*	探险	美国
	9月23日	夜同内山君及其夫人、村井、中村并一客往南京大戏院观《泰山情侣》	泰山情侣	探险	美国

	9月28日	夜同广平观电影			
1934	10月3日	夜同广平邀内山君及其夫人、村井、中村往新中央戏院观《金刚》	金刚	科幻	美国
	10月10日	夜同广平往光陆大戏院观《罗宫绮梦》	罗宫绮梦	歌舞	美国
	10月11日	夜同广平往上海大戏院观《傀儡》	傀儡	喜剧	苏联
	10月14日	夜同广平邀内山君及其夫人、村井、中村、蕴如及三弟往上海大戏院观《金刚之子》	金刚之子		美国
	10月17日	同广平往南京戏院观《VivaVilla》	自由万岁	历史	美国
	10月22日	晚蕴如及三弟来,饭后并同广平往融光大戏院观电影《奇异酒店》	奇异酒店	歌舞	美国
	11月6日	夜同广平往新光戏院观电影《科学权威》	科学权威	科幻	美国
	11月8日	夜同广平往新光戏院观《科学权威》后集	科学权威后集	科幻	美国
	11月14日	与广平同往金城大戏院观《海底探险》	海底探险	探险	美国
1935	1月2日	夜内山君及其夫人来邀往大光明影戏院观《CLEOPATRA》,广平亦去	倾国倾城	历史,宗教	美国
	1月29日	下午同广平携海婴往上海大戏院观《抵抗》	抵抗	其他	苏联
	2月16日	同广平携海婴往丽都大戏院观《泰山情侣》	泰山情侣	探险	美国
	3月11日	夜蕴如及三弟来,遂并同广平往光陆大戏院观《美人心》	美人心	其他	美国
	3月12日	夜同广平往丽都大戏院观《金银岛》	金银岛	探险	美国
	4月2日	下午同广平携海婴往上海大戏院观《金银岛》	金银岛	探险	美国

1935	4月4日	夜同广平往邀三弟及蕴如同至新光大戏院观《Baboona》	漫游兽国记	探险	美国
	4月8日	同广平往邀蕴如及三弟至融光戏院观《珍珠岛》上集	珍珠岛 上		
	4月9日	夜同广平往融光戏院观《海底寻金》	珍珠岛 上（鲁迅记错了）	探险	美国
	4月11日	夜同广平往邀蕴如及三弟至融光大戏院观《珍珠岛》下集	珍珠岛 下	探险	美国
	4月20日	午后蕴如携阿菩来，遂邀之并同广平携海婴往光陆大戏院观米老鼠儿童影片	米老鼠儿童影片	动画	美国
	4月30日	夜蕴如及三弟来，遂并同广平往卡尔登影戏院观《荒岛历险记》下集，甚拙，如《珍珠岛》	荒岛历险记 下	探险	美国
	5月4日	下午同广平携海婴往上海大戏院观《玩意世界》	玩意世界	喜剧	美国
	5月11日	夜与蕴如、阿菩、三弟及广平、海婴同往新光大戏院观《兽国寻尸记》	兽国寻尸记	探险	美国
	6月16日	晚仲方、西谛、烈文来，饭后并同广平携海婴出观电影			
	6月29日	下午邀蕴如及阿玉、阿菩并同广平携海婴往光陆大戏院观米老鼠影片凡十种	米老鼠大会	动画	美国
	8月5日	晚三弟来，遂邀蕴如并同广平携海婴往南京大戏院观《剿匪伟绩》	剿匪伟绩	侦探、强盗	美国
	8月14日	下午同广平携海婴往南京大戏院观《野性的呼声》，与原作甚不合	野性的呼声		美国
	9月8日	晚河清来，饭后并同广平往卡尔登大戏院观《Non-Stop Revue》	万芳团		美国
	9月27日	海婴生日也，下午同广平携之（海婴）至大光明大戏院观《十字军英雄记》	十字军英雄记	历史，宗教	美国

	日期	内容	片名	类型	国别
1935	10月1日	夜同广平往光陆大戏院观《南美风光》	南美风月	探险	美国
	10月3日	夜同广平往巴黎大戏院观《黄金湖》	黄金湖	探险	苏联
	10月20日	夜同广平往邀蕴如及三弟往大光明戏院观《黑屋》	黑屋（黑地狱）	强盗	美国
	10月21日	晚饭后同往河清同往丽都大戏院观《电国秘密》，广平亦去	电国秘密上	科幻	美国
	10月23日	夜同广平往丽都观《电国秘密》下集	电国秘密下	科幻	美国
	10月25日	夜与广平往邀三弟及蕴如同至融光大戏院观《陈查理探案》	陈查理探案	侦探	美国
	10月27日	同广平携海婴访萧军夫妇，未遇，遂至融光大戏院观《漫游兽国记》	漫游兽国记	探险	美国
	11月3日	下午同广平携海婴往卡尔登影戏院观《海底探险》，夜同广平往金城大戏院观《钦差大臣》	海底探险（龙宫历险）钦差大臣	探险	美国
	11月10日	下午同广平携海婴往往卡尔登戏院观《Angkor》，捐给童子军募捐队一元	兽国古城	探险	美国
	11月12日	夜同广平往光陆大戏院观《菲洲战争》	菲洲战争	其他	英国
	11月13日	夜同广平往邀三弟及蕴如同至融光戏院观《黑衣骑士》	黑衣骑士	强盗	美国
	11月15日	夜同广平往融光戏院观《"G"Men》	一身是胆	侦探	美国
	11月24日	同广平携海婴往南京戏院观《寻子伏虎记》	寻子伏虎记	探险	美国
	11月26日	夜同广平往卡尔登大戏院观《蛮岛黑月》	蛮岛黑月	探险	美国
	12月6日	夜同广平往卡尔登大戏院观《泰山之子》上集	泰山之子上（野人记）	探险	美国
	12月11日	晚同广平携海婴往国泰大戏院观《仲夏夜之梦》，至则已满座，遂回寓，饭后复往，始得观	仲夏夜之梦	历史	美国

	12月29日	夜同广平往融光戏院观《Clive in India》	儿女英雄	其他	美国
	1月2日	同广平携海婴往丽都大戏院观《从军乐》	从军乐	喜剧	美国
	1月12日	下午同广平携海婴往卡尔登影戏院观《万兽女王》上集	万兽女王上	探险	美国
	1月15日	夜同广平往卡尔登大戏院观《万兽女王》下集	万兽女王下	探险	美国
	2月4日	下午与广平携海婴往巴黎戏院观《恭喜发财》	恭喜发财	歌舞	美国
	2月11日	夜同广平往大光明影戏院观《战地英魂》	战地英魂	历史	美国
	2月12日	晚河清来，夜同往大光明戏院观《铁汉》，广平亦去	铁汉	其他	美国
	2月15日	夜三弟来，饭后并同广平携海婴往大上海影戏院观《古城末日记》	古城末日记	历史	美国
1936	2月19日	夜同广平往大光明影戏院观《陈查理之秘密》	陈查理之秘密	侦探	美国
	2月25日	同广平往融光戏院观《土宫秘密》	土宫秘密	历史	英国
	3月28日	邀萧军、悄吟、蕴如、蕖官、三弟及广平携海婴同往丽都影戏院观《绝岛沈珠记》下集	绝岛沈珠记	探险	美国
	4月11日	饭后邀客及广平携海婴同往光陆戏院观《铁血将军》	铁血将军	历史	美国
	4月13日	饭后邀三客并同广平往上海大戏院观《Chapayev》	夏伯阳	历史	苏联
	4月18日	晚三弟及蕴如携蕖官来，饭后并同广平携海婴往卡尔登戏院观《The Devil's Cross》	剑侠狄伯卢	侦探	美国
	4月26日	与广平携海婴往卡尔登戏院观杂片	欢天喜地 卓别林 米老鼠 外国王先生 大力士 异马	动画	美国

	5月7日	下午同广平携海婴往上海大戏院观《铁马》	铁马	其他	苏联
	6月10日	同广平携海婴往大上海大戏院观《龙潭虎穴》	龙潭虎穴	探险	美国
	10月4日	鹿地君及其夫人来，下午邀之往上海大戏院观《冰天雪地》，马理及广平携海婴同去	冰天雪地	其他	苏联
	10月6日	午后同马理及广平携海婴往南京大戏院观《未来世界》，殊不佳	未来世界	科幻	英国
	10月10日	午后同广平携海婴并邀马理往上海大戏院观《Dubrovsky》，甚佳	杜勃洛夫斯基（复仇艳遇）	历史	苏联

注：用斜体表示的影片名是鲁迅没有记载，通过查阅《申报》所得。由于鲁迅当时未在日记中注明电影名称，表格中部分信息只好付诸阙如。

参考文献

一、著作类

胡适：《白话文学史》，团结出版社2005年版。

陈根生：《鲁迅名篇问世以后》，复旦大学出版社1986年版。

单小曦：《现代传媒语境中的文学存在方式》，中国社会科学出版社2008年版。

冯并：《中国文艺副刊史》，华文出版社2011年版。

戈双剑、杨晶：《鲁迅：生存与表意的策略》，广东教育出版社2012年版。

郝庆军：《诗学与政治·鲁迅晚期杂文研究（1933—1936）》，文化艺术出版社2007年版。

胡春阳：《话语分析：传播研究的新路径》，上海人民出版社2007年版。

王吉鹏：《鲁迅与中国报刊》，吉林大学出版社2003年版。

葛涛编选：《网络鲁迅》，人民文学出版社2001年版。

葛涛：《鲁迅文化史》，东方出版社2007年版。

李长之：《李长之批评文集》，珠海出版社1999年版。

李何林：《李何林文论选》，人民文学出版社1986年版。

李家驹：《商务印书馆与近代知识文化的传播》，商务印书馆2005年版。

周海波：《现代传媒视野中的中国现代文学》，中华书局2008年版。

刘震：《左翼文学运动的兴起与上海新书业（1928—1930）》，人民文学出版社2008年版。

陈平原：《中国小说叙事模式的转变》，北京大学出版社2010年版。

张涛甫：《报纸副刊与中国知识分子的现代转型：以〈晨报副刊〉为例》，广西师范大学出版社2007年版。

王烨：《新文学与现代传媒》，学林出版社2008年版。

马永强：《文化传播与现代中国文学》，安徽大学出版社2003年版。

姚福申、管志华：《中国报纸副刊学》，上海人民出版社2007年版。

陈漱渝：《教材中的鲁迅》，福建教育出版社2013年版。

解洪祥：《中国现代文学精神》，山东教育出版社2003年版。

钱理群：《与鲁迅相遇》，生活·读书·新知三联书店2003年版。

林贤治：《人间鲁迅》，安徽教育出版社2004年版。

林贤治：《鲁迅的最后十年》，中国社会科学出版社2003年版。

林贤治：《一个人的爱与死》，东方出版中心2006年版。

曹聚仁：《鲁迅评传》，复旦大学出版社2006年版。

王乾坤：《鲁迅的生命哲学》，人民文学出版社1999年版。

李允经：《鲁迅的情感世界——婚恋生活及其投影》，北京工业大学出版社1996年版。

周海婴：《鲁迅与我七十年》，南海出版公司2001年版。

王得后：《鲁迅与中国文化精神》，花城出版社1993年版。

李长之：《鲁迅批判》，北京出版社2003年版。

薛绥之主编：《鲁迅杂文辞典》，山东教育出版社1986年版。

金宏达：《鲁迅文化思想探索》，北京师范大学出版社1986年版。

王观泉：《鲁迅与美术》，上海人民美术出版社1979年版。

郜元宝：《鲁迅精读》，复旦大学出版社2005年版。

钱理群：《鲁迅作品十五讲》，北京大学出版社2003年版。

刘再复：《鲁迅和自然科学》，科学出版社1976年版。

刘增杰：《鲁迅与河南》，河南人民出版社1981年版。

符杰祥：《知识与道德的纠葛——鲁迅与现代中国文学者的选择》，东方出版中心2009年版。

徐麟：《鲁迅中期思想研究》，湖南师范大学出版社1997年版。

倪墨炎：《鲁迅后期思想研究》，人民文学出版社1984年版。

朱寿桐：《孤寂的旗帜——论鲁迅传统及其资源意义》，文化艺术出版社2005年版。

张梦阳：《中国鲁迅学通史》，广东教育出版社2002年版。

钱理群：《心灵的探寻》，河北教育出版社2000年版。

汪晖：《反抗绝望——鲁迅及其文学世界》，河北教育出版社2000年版。

王富仁：《中国鲁迅研究的历史与现状》，福建教育出版社2006年版。

王富仁：《中国反封建思想革命的一面镜子》，北京师范大学出版社1986年版。

王富仁：《中国文化的守夜人——鲁迅》，人民文学出版社2002年版。

阎庆生：《鲁迅创作心理论》，陕西人民教育出版社1996年版。

郑家建：《被照亮的世界——〈故事新编〉诗学研究》，福建教育出版社2001年版。

孙郁：《20世纪中国最忧患的灵魂》，群言出版社1993年版。

高远东：《现代如何"拿来"——鲁迅的思想与文学论集》，复旦大学出版社2009年版。

冯光廉、刘增人、谭桂林：《多维视野中的鲁迅》，山东教育出版社2002年版。

方汉奇主编：《中国新闻事业通史》，中国人民大学出版社1996年版。

林非：《鲁迅和中国文化》，学苑出版社2000年版。

钱理群：《走进当代的鲁迅》，北京大学出版社1999年版。

王晓明：《无法直面的人生——鲁迅传》，上海文艺出版社2001年版。

阎晶明：《鲁迅的文化视野》，昆仑出版社2001年版。

周作人：《关于鲁迅》，新疆人民出版社1997年版。

房向东：《鲁迅与他"骂"过的人》，上海书店出版社1996年版。

张直心：《比较视野中的鲁迅文艺思想》，云南大学出版社1997年版。

黄侯兴：《鲁迅："民族魂"的象征》，山东人民出版社1993年版。

汪晖、陈燕谷主编：《文化与公共性》，生活·读书·新知三联书店1998年版。

李霁野：《鲁迅先生与未名社》，湖南人民出版社1980年版。

张邦卫：《媒介诗学传媒视野下的文学与文学理论》，社会科学文献出版社2006年版。

金惠敏：《媒介的后果——文学终点上的批判理论》，人民出版社2005年版。

陈漱渝主编：《一个都不宽恕——鲁迅和他的论敌》，人民日报出版社2010年版。

王晓明主编：《批评空间的开创——二十世纪中国文学研究》，东方出版中心1998年版。

陈漱渝主编：《谁挑战鲁迅——新时期关于鲁迅的论争》，四川文艺出版社2002年版。

夏衍：《写电影剧本的几个问题》，人民文学出版社1978年版。

房向东：《"横站"：鲁迅与左翼文人》，上海三联书店2014年版。

陈梦韶：《写在本剧之前》，上海华通书局1931年版。

田汉：《阿Q正传》，戏剧时代出版社1937年版。

许幸之：《〈阿Q正传〉的改编经过及导演计划》，上海戏剧艺术研究会1939年版。

汪家熔：《近代出版人的文化追求》，广西教育出版社2002年版。

陈白尘：《〈阿Q正传〉改编者的自白》，中国戏剧出版社1981年版。

梅阡：《咸亨酒店》，中国戏剧出版社1982年版。

赵凤翔、房莉：《名著的影视改编》，北京广播学院出版社1999年版。

张宗伟：《中外文学名著的影视改编》，中国广播电视出版社2002年版。

张梦阳：《阿Q新论——阿Q与世界文学中的精神典型问题》，陕西人民教育出版社1996年版。

周作人：《鲁迅小说里的人物》，河北教育出版社2002年版。

［美］孔飞力：《中国现代国家的起源》，生活·读书·新知三联书店2013年版。

闵开德、吴同瑞：《鲁迅文艺思想概述》，北京大学出版社1986年版。

叶再生：《中国近代现代出版通史》，华文出版社2002年版。

周葱秀、涂明：《中国近现代文化期刊史》，山西教育出版社1999年版。

秦绍德：《上海近代报刊史论》，复旦大学出版社1993年版。

杨光辉等编：《中国近代报刊发展概况》，新华出版社1986年版。

郭汾阳、丁东：《报馆旧踪》，江西教育出版社1999年版。

宋军：《申报的兴衰》，上海社会科学院出版社1996年版。

谢其章：《漫话老杂志》，山东友谊出版社2000年版。

王文彬编：《中国报纸的副刊》，中国文史出版社1988年版。

陈昌凤：《蜂飞蝶舞：旧中国著名报纸副刊》，福建人民出版社1999年版。

应国靖：《现代文学期刊漫话》，花城出版社1986年版。

吴廷俊：《新记〈大公报〉史稿》，武汉出版社2002年版。

李良荣：《中国报纸文体发展概要》，福建人民出版社1985年版。

李白坚：《中国出版文化概观》，广西教育出版社1999年版。

吴相：《从印刷作坊到出版重镇》，广西教育出版社1999年版。

邹韬奋：《我的出版主张》，广西教育出版社1999年版。

周月亮：《中国古代文化传播史》，北京广播学院出版社2000年版。

［法］戴仁：《上海商务印书馆（1897—1947）》，商务印书馆2000年版。

包天笑：《钏影楼回忆录》，香港大华出版社1971年版。

郜元宝：《在语言的地图上》，文汇出版社1999年版。

曹聚仁：《我与我的世界》，人民文学出版社1983年版。

曹聚仁：《文坛五十年》，东方出版中心1997年版。

徐铸成：《报海旧闻》，上海人民出版社1981年版。

朱庆森：《书海珠尘——漫话老版本书刊》，新华出版社2001年版。

刘小清、刘晓滇编著：《中国百年报业掌故》，江苏人民出版社2000年版。

王芝琛、刘自立编：《1949年前的〈大公报〉》，山东画报出版社2002年版。

《大公报》一百周年报庆编委会编：《我与〈大公报〉》，复旦大学出版社2002年版。

唐沅等编：《中国现代文学期刊目录汇编》，天津人民出版社1988年版。

阿英：《晚清文艺报刊述略》，古典文学出版社1958年版。

严家炎：《中国现代小说流派史》，人民文学出版社1989年版。

吴福辉：《都市漩流中的海派小说》，湖南教育出版社1995年版。

程华平：《中国小说戏曲理论的近代转型》，华东师范大学出版社2001年版。

［美］余英时：《论天人之际》，中华书局2014年版。

［美］余英时：《余英时文集》，广西师范大学出版社2014年版。

郭志刚、李岫主编：《中国三十年代文学发展史》，湖南教育出版社1998年版。

雷梦水：《北京同文馆及其刊书目录》，北京出版社1994年版。

叶文心：《民国知识人：历程与图谱》，生活·读书·新知三联书店2015年版。

朱德发：《跨进新世纪的历程：中国文学由古典向现代转换》，明天出版社2000年版。

朱德发、贾振勇：《评判与建构——现代中国文学史学》，山东大学出版社2002年版。

洪子诚：《问题与方法》，生活·读书·新知三联书店2002年版。

范伯群：《中国近现代通俗文学史》，江苏教育出版社2000年版。

刘炎生：《中国现代文学论争史》，广东人民出版社1999年版。

廖超慧：《中国现代文学思潮论争史》，武汉出版社1997年版。

陈安湖主编：《中国现代文学社团流派史》，华中师范大学出版社1997年版。

陈平原、〔日〕山口守编：《大众传媒与现代文学》，新世界出版社2003年版。

沈卫威：《自由守望——胡适派文人引论》，上海文艺出版社1997年版。

倪邦文：《自由者梦寻——现代评论派综论》，上海文艺出版社1997年版。

〔美〕李欧梵：《现代性的追求》，生活·读书·新知三联书店2000年版。

王晓明主编：《二十世纪中国文学史论》，东方出版中心1997年版。

刘纳：《创造社与泰东图书局》，广西教育出版社1999年版。

郝雨：《中国现代文化的发生与传播》，上海大学出版社2002年版。

栾梅健：《前工业文明与中国文学》，广西教育出版社2000年版。

罗钢、刘象愚主编：《文化研究读本》，中国社会科学出版社2000年版。

袁进：《中国文学观念的近代变革》，上海社会科学院出版社1996年版。

王绍曾：《近代出版家张元济》，商务印书馆1995年版。

张人凤：《智民之师张元济》，山东画报出版社1998年版。

王建辉：《文化的商务——王云五专题研究》，商务印书馆2000年版。

〔美〕李欧梵：《上海摩登——一种新都市文化在中国（1930—1945）》，北京大学出版社2001年版。

杨扬：《商务印书馆：民间出版业的兴衰》，上海教育出版社2000年版。

高恒文：《京派文人：学院派的风采》，上海教育出版社2000年版。

张永胜：《鸡尾酒时代的记录者——〈现代〉杂志》，上海人民出版社2003年版。

李康化：《漫话老上海知识阶层》，上海人民出版社2003年版。

高福进：《"洋娱乐"的流入——近代上海的文化娱乐业》，上海人民出版社2003年版。

邹振环：《20世纪上海翻译出版与文化变迁》，广西教育出版社2000年版。

邹振环：《译林旧踪》，江西教育出版社2000年版。

邹振环：《影响中国近代社会的一百种译作》，中国对外翻译出版公司1996年版。

鲁湘元：《稿酬怎样搅动文坛——市场经济与中国近现代文学》，红旗出版社1998年版。

汪耀华选编：《民国书业经营规章》，上海书店出版社2006年版。

江沛、纪亚光：《毁灭的种子——国民政府时期意识管制分析》，陕西人民教育出版社2000年版。

马以鑫：《中国现代文学接受史》，华东师范大学出版社1998年版。

王铁仙：《瞿秋白论稿》，华东师范大学出版社1984年版。

唐金海、周斌主编：《二十世纪中国文学通史》，东方出版中心2003年版。

朱文华：《现代文学史》，上海人民出版社1999年版。

周斌：《夏衍传略》，上海文艺出版社1994年版。

吴俊：《鲁迅个性心理研究》，华东师范大学出版社1992年版。

吴俊编译：《东洋文论——日本现代中国文学论》，浙江人民出版社1998年版。

邵燕君：《倾斜的文学场——当代文学生产机制的市场化转型》，江苏人民出版社2003年版。

孙晶：《文化生活出版社与现代文学》，广西教育出版社1999年版。

史春风：《商务印书馆与中国近代文化》，北京大学出版社2006年版。

路英勇：《认同与互动——五四新文学出版研究》，安徽文艺出版社2004年版。

栾梅健：《二十世纪中国文学发生论》，广西师范大学出版社2006年版。

秦林芳：《浅草—沉钟社研究》，中国社会科学出版社2002年版。

汪原放：《亚东图书馆与陈独秀》，学林出版社2006年版。

陈离：《在"我"与"世界"之间——语丝社研究》，东方出版中心2006年版。

诸葛蔚东：《媒介与社会变迁——战后日本出版物中变化着的价值观念》，北京大学出版社2006年版。

李频：《编辑家茅盾评传》，河南大学出版社2006年版。

王本朝：《中国现代文学制度研究》，西南师范大学出版社2002年版。

朱晓进：《政治文化与中国二十世纪三十年代文学》，人民出版社2006年版。

王友贵：《翻译家鲁迅》，南开大学出版社2005年版。

马嘶：《百年冷暖——20世纪中国知识分子的生活状况》，北京图书馆出版社2003年版。

课程教材研究所：《新中国中小学教材建设史研究丛书·中学语文卷》，人民教育出版社2010年版。

吴海勇：《时为公务员的鲁迅》，广西师范大学出版社2005年版。

傅国涌：《1949年：中国知识分子的私人记录》，长江文艺出版社2005年版。

陈明远：《文化人的经济生活》，文汇出版社2005年版。

陈霖：《文学空间的裂变与转型》，安徽大学出版社2004年版。

孟繁华：《传媒与文化领导权——当代中国的文化生产与文化认同》，山东教育出版社2003年版。

戈宝权：《中外文学因缘——戈宝权比较文学论文集》，北京出版社1992年版。

崔银河：《晨报副刊与中国现代文学》，远方出版社2005年版。

李频：《大众期刊运作》，中国大百科全书出版社2003年版。

徐松荣：《维新派与近代报刊》，山西古籍出版社1998年版。

上海书店《申报》影印组编印：《申报介绍》，上海书店1983年版。

许纪霖编：《二十世纪中国思想史论》，东方出版中心2000年版。

［美］周策纵：《五四运动史》，岳麓书社1999年版。

王余光、吴永贵、阮阳：《中国新图书出版业的文化贡献》，武汉大学出版社1998年版。

唐弢等：《鲁迅著作出版本丛谈》，书目文献出版社1983年版。

邵培仁：《传播学》，高等教育出版社2000年版。

项翔：《近代西欧印刷媒介研究——从古腾堡到启蒙运动》，华东师范大学出版社2001年版。

潘知常、林玮：《大众传媒与大众文化》，上海人民出版社2002年版。

童庆炳：《文体与文体的创造》，云南人民出版社1994年版。

罗岗：《叙事学导论》，云南人民出版社1994年版。

［美］W.C.布斯：《小说修辞学》，北京大学出版社1987年版。

［荷］米克·巴尔：《叙述学：叙事理论导论》，中国社会科学出版社1995年版。

申丹：《叙述学与小说文体学研究》，北京大学出版社1998年版。

格非：《小说叙事研究》，清华大学出版社2002年版。

石昌渝：《中国小说源流论》，生活·读书·新知三联书店1994年版。

［德］康德：《历史理性批判文集》，商务印书馆1991年版。

［德］E.卡西勒：《启蒙哲学》，山东人民出版社1996年版。

［俄］巴赫金：《巴赫金文论选》，中国社会科学出版社1996年版。

［法］托多罗夫：《巴赫金、对话理论及其他》，百花文艺出版社2001年版。

［美］爱德华·W.萨义德：《知识分子论》，生活·读书·新知三联书店2002年版。

［美］丹尼尔·贝尔：《社群主义及其批评者》，生活·读书·新知三联书店2002年版。

［美］丹尼斯·K.姆贝：《组织中的传播和权力：话语、意识形态和统治》，中国社会科学出版社2000年版。

［德］哈贝马斯：《公共领域的结构转型》，学林出版社1999年版。

［德］本雅明：《本雅明文选》，中国社会科学出版社1999年版。

［德］本雅明：《发达资本主义时代的抒情诗人》，生活·读书·新知三联书店1989年版。

［德］霍克海默：《霍克海默集》，上海远东出版社1997年版。

［美］丹尼尔·贝尔：《资本主义文化矛盾》，生活·读书·新知三联书店1989年版。

陆扬、王毅：《大众文化与传媒》，上海三联书店2000年版。

［美］戴安娜·克兰：《文化生产：媒体与都市艺术》，译林出版社2001年版。

［英］迈克·费瑟斯通：《消费文化与后现代主义》，译林出版社2000年版。

［加拿大］马歇尔·麦克卢汉：《理解媒介》，商务印书馆2001年版。

［英］多米尼克·斯特里纳蒂：《通俗文化理论导论》，商务印书馆2001年版。

［美］斯蒂文·小约翰：《传播理论》，中国社会科学出版社1999年版。

［加拿大］埃里克·麦克卢汉、弗兰克·秦格龙编：《麦克卢汉精粹》，南京大学出版社2000年版。

［美］马克·波斯特：《第二媒介时代》，南京大学出版社2001年版。

［美］约翰·菲斯克：《解读大众文化》，南京大学出版社2001年版。

［法］让·波德里亚：《消费社会》，南京大学出版社2001年版。

［美］伯格：《通俗文化、媒介和日常生活中的叙事》，南京大学出版社2000年版。

［法］皮埃尔·布迪厄、［美］华康德：《实践与反思——反思社会学导引》，李猛、李康译，中央编译出版社1998年版。

［法］皮埃尔·布迪厄：《艺术的法则——文学场的生成和结构》，刘晖译，中央编译出版社1998年版。

［法］皮埃尔·布迪厄：《文化资本与社会炼金术》，包亚明译，上海人民出版社1997年版。

［美］戴维·斯沃茨：《文化与权力——布迪厄的社会学》，陶东风译，上海译文出版社2006年版。

［法］罗贝尔·埃斯卡皮：《文学社会学》，浙江人民出版社1987年版。

高宣扬：《布迪厄的社会理论》，同济大学出版社2004年版。

朱国华：《文学与权力文学合法性的批判性考察》，华东师范大学出版社2006年版。

［美］詹姆斯·罗尔：《媒介、传播、文化——一个全球性的途径》，商务印书馆2005年版。

姜椿芳、梅益编：《中国大百科全书·新闻出版》，中国大百科全书出版社1999年版。

［日］清水英夫：《现代出版学》，沈询澄、乐惟清译，中国书籍出版社1991年版。

［日］上山安敏：《神话与理性：十九世纪末至二十世纪初欧洲的知识界》，孙传钊译，上海人民出版社1992年版。

［英］斯坦利·昂温：《出版概论》，谢婉若译，中国书籍出版社2002年版。

余敏主编：《出版学》，中国书籍出版社2002年版。

［英］尼克·史蒂文森：《认识媒介文化——社会理论与大众传播》，商务印书馆2001年版。

［美］丹尼尔·切·切特罗姆：《传播媒介与美国人的思想——从莫尔斯到麦克卢汉》，中国广播电视出版社1991年版。

［美］邓迪斯编：《西方神话学读本》，朝戈金等译，广西师范大学出版社2006年版。

［美］埃弗里特·E.丹尼斯等编：《图书出版面面观》，张志强译，河北教育出版社2005年版。

［美］本尼迪克特·安德森：《想象的共同体——民族主义的起源与散布》，吴叡人译，上海人民出版社2005年版。

［加拿大］马修·弗雷泽：《软实力：美国电影、流行乐、电视和快餐的

全球统治》，刘满贯、宋金品、尤舒译，新华出版社2006年版。

［英］丹尼斯·麦奎尔：《受众分析》，刘燕南、李颖、杨振荣译，中国人民大学出版社2006年版。

周爱群、胡翼青：《受众研究的理论与实践》，江苏人民出版社2005年版。

二、史料出版类

刘思平、邢祖文选编：《鲁迅与电影（资料汇编）》，中国电影出版社1981年版。

薛绥之主编：《鲁迅生平史料汇编》，天津人民出版社1983年版。

鲍昌、邱文治编：《鲁迅年谱（1881—1936）》，天津人民出版社1979年版。

李何林编：《鲁迅年谱》，人民文学出版社2000年版。

鲁迅博物馆鲁迅研究室编：《鲁迅年谱》，人民文学出版社1984年版。

曹聚仁：《鲁迅年谱》，生活·读书·新知三联书店2011年版。

复旦大学、上海师大、上海师院鲁迅年谱编写组编：《鲁迅年谱》，安徽人民出版社1979年版。

中国社会科学院文学研究所鲁迅研究室编：《1913—1983鲁迅研究学术论著资料汇编》，中国文联出版公司1985—1987年版。

西北大学鲁迅研究室编：《鲁迅研究年刊》，陕西人民出版社1980年版。

山东师范学院中文系现代文学教研组：《鲁迅主编及参与或指导编辑的杂志》，山东师范学院1976年版。

《上海地质矿产志》编纂委员会：《地质矿产志》，上海社会科学出版社1999年版。

［法］梅朋、傅立德：《上海法租界史》，倪静兰译，上海译文出版社1983年版。

费成康：《中国租界史》，上海社会科学院出版社1992年版。

张静庐辑注：《中国近代出版史料初编》，上杂出版社1953年版。

张静庐辑注：《中国近代出版史料二编》，群联出版社1954年版。

张静庐辑注：《中国近代出版史料补编》，中华书局1957年版。

张静庐辑注：《中国现代出版史料》（甲编、乙编、丙编、丁编），中华书局1957年版。

张静庐辑注：《中国出版史料补编》，中华书局1957年版。

张静庐：《在出版界二十年》，上海杂志公司1938年版。

宋原放主编：《出版史料》（现代部分上、下），山东教育出版社2001年版。

宋原放主编：《出版史料》（近代部分上、下），湖北教育出版社2004年版。

陈伯海主编：《上海文化通史》，上海文艺出版社2001年版。

彭明主编：《中国现代史资料选辑》（第四册），中国人民大学出版社1993年版。

中国人民政治协商会议上海市委员会文史资料工作委员会编：《上海文史资料选辑》，上海人民出版社1984年版。

中国人民政治协商会议全国委员会文史资料研究委员会《文史资料选辑》编辑部编：《文史资料选辑》，中国文史出版社1989年版。

上海市文史馆文史资料工作委员会：《上海地方史资料（1—6）》，上海社会科学院出版社1983年版。

中共上海市党史资料征集委员会：《上海革命文化大事记1919—1937年》，上海书店出版社1995年版。

俞筱尧、刘彦捷编：《陆费逵与中华书局》，中华书局香港有限公司2002年版。

魏绍昌编：《鸳鸯蝴蝶派研究资料》，上海文艺出版社1984年版。

芮和师等编：《鸳鸯蝴蝶派文学资料》，福建人民出版社1984年版。

《晨报副镌影印本》，人民文学出版社1981年版。

中共中央马恩列斯著作编译局研究室编：《五四时期期刊介绍》（第一集），生活·读书·新知三联书店1979年版。

中共中央马恩列斯著作编译局研究室编：《五四时期期刊介绍》（第二集），生活·读书·新知三联书店1979年版。

中国第二历史档案馆编：《中华民国史档案资料汇编》，江苏人民出版社1979年版。

上海文艺出版社《中国现代文艺丛刊》编辑组编辑：《中国现代文艺资料丛刊》，上海文艺出版社1962年版。

中国近代现代出版史编纂组编：《中国近代现代出版史学术讨论会文集》，中国书籍出版社1990年版。

中国出版科学研究所科研办公室编：《近现代中国出版优良传统研究》，中国书籍出版社1994年版。

吉少甫：《书林初探》，上海三联书店1995年版。

俞筱尧著，沈芝盈编：《书林随缘录》，中华书局2002年版。

北京图书馆编：《民国时期总书目（语言文学、文学理论、世界文学、中国文学）》，书目文献出版社1992年版。

朱联保编撰：《近现代上海出版业印象记》，学林出版社1993年版。

宋原放：《出版纵横》，上海人民出版社1998年版。

郭汾阳、丁东：《书局旧踪》，江西教育出版社1999年版。

张伟：《尘封的珍书异刊》，百花文艺出版社2004年版。

沈鹏年辑：《鲁迅研究资料编目》，上海文艺出版社1958年版。

宋应离等编：《20世纪中国著名编辑出版家研究资料汇辑》（全10册），河南大学出版社2005年版。

陈瘦竹主编：《左翼文艺运动史料》，南京大学学报编辑部1980年版。

王景山：《鲁迅书信考释》，文化艺术出版社1982年版。

朱正：《鲁迅回忆录正误》，湖南人民出版社1979年版。

朱正：《鲁迅传》，三联书店（香港）有限公司2008年版。

张能耿：《鲁迅早期事迹别录》，河北人民出版社1981年版。

林辰：《鲁迅事迹考》，人民文学出版社1981年版。

王韦编：《徐懋庸研究资料中国现代文学史资料汇编（乙种）》，江西人民出版社1985年版。

周国伟编著：《鲁迅著译出版本研究编目》，上海文艺出版社1996年版。

吴迪编：《中国电影研究资料》，文化艺术出版社2006年版。

叶雪芸编：《叶紫研究资料》，湖南人民出版社1985年版。

人民美术出版社编辑：《"鲁迅与美术"研究资料：回忆鲁迅的美术活动》，人民美术出版社1981年版。

王锡荣选编：《画者鲁迅》，上海文化出版社2006年版。

秦川：《鲁迅出版系年1906—1936年》，黑龙江人民出版社1984年版。

上海鲁迅纪念馆编：《鲁迅著译系年目录（中国现代文学史资料丛书甲种）》，上海文艺出版社1981年版。

三、文集类

鲁迅：《鲁迅全集》，人民文学出版社1976／1981／2005年版。

鲁迅：《鲁迅全集》，中国文联出版社2013年版。

《编年体鲁迅著作全集插图本》，福建教育出版社2006年版。

茅盾：《茅盾全集》，人民文学出版社1989年版。

成仿吾：《成仿吾文集》，山东大学出版社1985年版。

汪晖：《汪晖自选集》，广西师范大学出版社1997年版。

陈独秀：《陈独秀书信集》，新华出版社1987年版。

钱玄同：《钱玄同文集》，中国人民大学出版社1999年版。

李霁野：《李霁野文集》，百花文艺出版社2004年版。

臧克家：《臧克家文集》，山东人民出版社1994年版。

上海社会科学院文学研究所编：《三十年代在上海的"左联"作家》，社会科学院出版社1988年版。

梁启超：《饮冰室合集》，中华书局1989年版。

孔海珠：《左翼·上海（1934—1936）》，文艺出版社2003年版。

周佛海：《往矣集》，上海书店1989年版。

阿英：《夜航集》，中国文联出版公司1993年版。

吕思勉：《吕思勉遗文集》，华东师范大学出版社1995年版。

许广平：《许广平文集》（全三卷），江苏文艺出版社1998年版。

周作人：《周作人日记》（上、中、下），大象出版社1998年版。

郁达夫：《郁达夫日记集》，浙江文艺出版社1986年版。

郁达夫：《郁达夫书信集》，浙江文艺出版社1987年版。

胡适：《胡适来往书信选》（上、中、下），中华书局香港分局1983年版。

包子衍：《〈鲁迅日记〉札记》，湖南人民出版社1980年版。

黄源：《鲁迅书简漫札（〈西湖丛书〉之二）》，西湖文艺编辑部1979年版。

李富根、刘洪主编：《恩怨录·鲁迅和他的论敌文选》，今日中国出版社1996年版。

徐懋庸：《徐懋庸杂文集》，生活·读书·新知三联书店1983年版。

高长虹：《高长虹文集》（上、中、下），中国社会科学出版社1989年版。

李一氓：《一氓题跋》，生活·读书·新知三联书店1981年版。

孔另境：《现代作家书简》，上海书店1985年版。

四、回忆类

许广平：《欣慰的纪念》，人民文学出版社1981年版。

蔡元培等：《未能忘却的忆念》，上海古籍出版社1999年版。

赵家璧：《编辑忆旧》，生活·读书·新知三联书店1984年版。

赵家璧等：《编辑生涯忆鲁迅》，河北教育出版社2002年版。

赵家璧：《文坛故旧录——编辑忆旧续集》，生活·读书·新知三联书店1991年版。

马国亮：《良友忆旧——一家画报与一个时代》，生活·读书·新知三联书店2002年版。

上海鲁迅纪念馆编：《赵家璧文集》，上海文艺出版社2008年版。

沈尹默等：《回忆伟大的鲁迅》，新文艺出版社1958年版。

赵景深：《文坛忆旧》，上海书店1983年版。

赵景深：《文坛回忆》，重庆出版社1985年版。

巴金、老舍等：《文学回忆录》，四川人民出版社1983年版。

高长虹：《走到出版界》，上海泰东图书局1929年版，上海书店1985年版。

孙伏园、孙福熙：《孙氏兄弟谈鲁迅》，新星出版社2006年版。

吴曙天：《断片的回忆》，北新书局1927年版。

徐铸成：《徐铸成回忆录》，生活·读书·新知三联书店1998年版。

［美］史沫特莱等：《海外回响——国际友人忆鲁迅》，河北教育出版社2002年版。

李霁野：《鲁迅先生与未名社》，人民文学出版社1984年版。

中国社会科学院文学研究所：《左联回忆录》（上、下），中国社会科学出版社1982年版。

黄源：《忆念鲁迅先生》，人民文学出版社1981年版。

陈子善、王自立编注：《郁达夫忆鲁迅》，花城出版社1982年版。

孙伏园、许钦文等：《鲁迅先生二三事——前期弟子忆鲁迅》，河北教育出版社2002年版。

马蹄疾辑录：《许广平忆鲁迅》，广东人民出版社1979年版。

川岛：《和鲁迅相处的日子》，人民文学出版社1981年版。

《新文学史料》编辑部编：《我亲历的文坛往事·忆名师（他述篇）》，人民文学出版社2004年版。

钟敬文：《关于鲁迅的论考与回想》，陕西人民出版社1982年版。

秋石、黄明明编：《我们都是鲁迅的学生——巴金与黄源通信录》，文汇出版社2004年版。

周国伟、彭晓：《寻访鲁迅在上海的足迹》，上海教育出版社1987年版。

陈漱渝：《鲁迅在北京》，天津人民出版社1978年版。

程麻：《鲁迅留学日本史》，陕西人民出版社1985年版。

李伟：《曹聚仁传》，河南人民出版社2004年版。

中华书局编辑部编：《回忆中华书局》，中华书局2001年版。

汪原放：《回忆亚东图书馆》，学林出版社1983年版。

丁言昭：《曹聚仁：微生有笔月如刀》，上海教育出版社1999年版。

周健强：《聂绀弩传》，四川人民出版社1987年版。

罗慧生：《鲁迅与许寿裳》，浙江人民出版社1982年版。

单演义编著：《鲁迅与瞿秋白》，天津人民出版社1986年版。

茅盾：《我走过的道路》（上、中、下），人民文学出版社1984年版。

张国焘：《我的回忆》，东方出版社2004年版。

徐懋庸：《徐懋庸回忆录》，人民文学出版社1982年版。

李平、胡忌编：《赵景深印象》，学林出版社2002年版。

陈星：《新月如水——丰子恺师友交往实录》，中华书局2006年版。

李勇：《曹聚仁研究》，贵州人民出版社1991年版。

李济生编著：《巴金与文化生活出版社》，上海文艺出版社2003年版。

乔丽华：《吴朗西画传》，中国福利会出版社2004年版。

倪墨炎：《现代文坛偶拾》，学林出版社1985年版。

倪墨炎：《现代文坛散记》，上海三联书店1992年版。

倪墨炎：《现代文坛灾祸录》，上海书店出版社1996年版。

倪墨炎：《现代文坛随录》，上海人民出版社1989年版。

倪墨炎：《现代文坛内外》，汉语大词典出版社1998年版。

周作人：《鲁迅的青年时代》，河北教育出版社2002年版。

廖久明：《高长虹与鲁迅及许广平》，东方出版社2005年版。

许寿裳：《亡友鲁迅印象记》，上海文化出版社2006年版。

五、出版史类、出版志类

杨寿清：《中国出版界简史》，永祥印书馆1946年版。

方汉奇：《中国近代报刊史》，山西教育出版社1981年版。

李龙牧：《中国新闻事业史稿》，上海人民出版社1985年版。

张召奎：《中国出版史概要》，山西人民出版社1985年版。

郑如斯、肖东发编著：《中国书史》，书目文献出版社1987年版。

马光仁主编：《上海新闻史（1850—1949）》，复旦大学出版社2014年版。

［英］李约瑟：《中国科学技术史》（第五卷第一分册），科学出版社1990年版。

姚福申：《中国编辑史》，复旦大学出版社1990年版。

宋原放、李白坚：《中国出版史》，中国书籍出版社1994年版。

饶曙光：《中国喜剧电影史》，中国电影出版社2005年版。

吉少甫：《中国出版简史》，学林出版社1991年版。

胡太春：《中国近代新闻思想史》，山西教育出版社1981年版。

胡太春：《中国报业经营管理史》，山西教育出版社1988年版。

来新夏等：《中国近代图书事业史》，上海人民出版社2000年版。

商务印书馆编：《商务印书馆一百年》，商务印书馆1998年版。

熊复：《中国抗日战争时期大后方出版史》，重庆出版社1999年版。

李明山：《中国近代版权史》，河南大学出版社2003年版。

熊月之主编：《上海通史》（八卷本），上海人民出版社1999年版。

曹正文、张国瀛：《旧上海报刊史话》，华东师范大学出版社1991年版。

生活书店史稿编辑委员会编：《生活书店史稿》，生活·读书·新知三联书店1995年版。

张宪文等主编：《中华民国史丛书》，河南人民出版社1985年版。

〔美〕费正清：《剑桥中华民国史》，中国社会科学出版社1988年版。

叶再生主编：《出版史研究》（一），中国书籍出版社1994年版。

肖东发主编：《中国编辑出版史》，辽宁教育出版社1996年版。

黄镇伟编著：《中国编辑出版史》，苏州大学出版社2003年版。

戈公振：《中国报学史》，上海古籍出版社2003年版。

吴永贵：《民国出版史》，福建人民出版社2011年版。

边春光主编：《出版词典》，上海辞书出版社1992年版。

江苏省地方志编纂委员会：《江苏省志·出版志》，江苏科学技术出版社1996年版。

北京出版志编纂委员会：《北京出版史志》（一辑），北京出版社1993年版。

北京出版志编纂委员会：《北京出版史志》（二辑），北京出版社1994年版。

北京出版志编纂委员会：《北京出版史志》（三辑），北京出版社1994年版。

北京出版志编纂委员会：《北京出版史志》（四辑），北京出版社1994年版。

北京出版志编纂委员会：《北京出版史志》（七辑），北京出版社1996年版。

北京市地方志编纂委员会：《北京志·出版志》，北京出版社2005年版。

上海图书馆编：《民国时期电影杂志汇编》，国家图书馆出版社2013年版。

六、书话类

唐弢：《晦庵书话》，生活·读书·新知三联书店1998年版。

姜德明主编：《唐弢书话》，北京出版社1997年版。

薛冰：《旧书笔谭》，浙江摄影出版社1997年版。

姜德明主编：《倪墨炎书话》，北京出版社1998年版。

虎闱：《旧书鬼闲话》，河北教育出版社2005年版。

黄中海、张能耿：《鲁迅书话》，福建人民出版社1982年版。

陈漱渝主编：《鲁迅版本书话》，北京图书馆出版社2004年版。

姜德明：《书叶丛话——姜德明书话集》，北京图书馆出版社2004年版。

姜德明主编：《鲁迅书话》，北京出版社1997年版。

曹聚仁著，曹雷编：《曹聚仁书话》，北京出版社1998年版。

后　记

　　"鲁迅与20世纪中国传媒发展"属于国家重大社科基金项目"鲁迅与20世纪中国研究"的子项目。2014年，我入南京师范大学中国语言文学博士后流动站做博士后研究。受合作导师谭桂林教授之邀，我有幸参与了这个项目的研究，并提交了20余万字的研究报告作为我在站期间的主要工作成果。2017年，"鲁迅与20世纪中国研究丛书"获得国家出版基金资助，"鲁迅与20世纪中国传媒发展"的课题也忝列其中。于是，本人在充实、修订原研究报告的基础上，遂成此书。

　　鲁迅对20世纪中国传媒的介入是极其深刻而明显的，一方面在其生前，鲁迅的编辑、出版和他的撰述实践在一定程度上影响到了当时报刊及出版业的走向；另一方面在其去世以后，鲁迅著述不断出版，关于他的研究、阐释甚至争论和根据他的作品与生平所改编、创作的影视、戏剧、绘画与雕塑等形式多样的文艺作品也不断涌现，构成了文化与传媒领域中的一个非常独特的现象——"鲁迅文化"现象。鲁迅对中国现代传媒发展的影响并没有因其生命的终止而停滞，本著作将鲁迅作为伟大的精神象征和文化符号，既研究作为一个独特的生命个体（知识分子、职业作家）对于现代传媒的自觉介入，还研究作为生命个体的鲁迅在去世以后作为一种纯粹的精神象征与文化符号的"鲁迅"通过现代传媒非常有力地介入了中国的民族精神与民族生存，并在对上述关系的反思和梳理的基础上，就"利用"和"开掘"作为一种精神象征与文化符号的"鲁迅资源"方面，提出一种对于我们这个民族来说更加合理的方案。当然，上述目标是否完成还有待读者们的检验。

　　本书付梓之际，我首先要感谢我的导师谭桂林先生，他严谨的治学态度与谦和诚恳的处世风格一直是我学习的榜样。没有他的督促和指导，本书是难以完成的。然而由于本人才疏学浅、水平有限，对于谭老师的指导意见，本人抑或有误读或没吃透之处，在此还请老师和广大读者批评指正，以待日后完善。课题组成员谭苗博士、刘素师妹亦对本书做出了贡献，第七章的四、五节和引言等部分系他们执笔完成。张宁博士、丰杰博士、杨世海博士分别参与到第二、四、五章部分内容的写作。另外，陈彩林、李玮等朋友及我的研究生谢青松也为本书的付梓付出了辛勤的汗水。在此，本人对上述专家、学者、朋友给予的教诲、支持和帮助致以最诚挚的谢意。

　　本书的写作过程中参考、借鉴了数百种期刊、专著及其他资料，它们为我们的研究提供了诸多启示和帮助，限于篇幅不一一列出。在此对这些成果的作者致以崇高敬意，注释部分若有不当之处也请见谅。最后还要感谢百花洲文艺出版社为本书的编辑出版做的大量工作。

唐东堰于红谷滩

2017年10月13日